NOVECENTO
61

La Biblioteca di Repubblica
NOVECENTO
61

RUMORE BIANCO
Don DeLillo

Titolo originale: *White Noise*
Traduzione: *Mario Biondi*

Edizione speciale per *la Repubblica*

© 1984 e 1985 Don DeLillo
© 1999 Giulio Einaudi Editore S.p.A., Torino
© 2003 MEDIASsAT/ MDS BOOKS/Euromeeting Italiana
per questa edizione

Stampa e legatura
Printer, Industria Gráfica, S.A.,
Barcellona

ISBN   84-96142-01-9
Dep. Legale   B. 835-2003

Gruppo Editoriale L'Espresso SpA - Divisione la Repubblica
Piazza Indipendenza 23/c - Roma

Supplemento al numero odierno de *la Repubblica*
Direttore Responsabile: Ezio Mauro
Reg. Trib. Roma n. 16064 del 13/10/1975

DON
DeLILLO
Rumore bianco

Traduzione di Mario Biondi

LA BIBLIOTECA DI REPUBBLICA

A Sue Buck e a Lois Wallace

PARTE
PRIMA

Onde e radiazioni

I

Le station wagon arrivarono a mezzogiorno, lunga fila lucente che attraversò il settore occidentale del campus. In fila indiana girarono con cautela attorno alla scultura metallica in forma di I, color arancio, dirigendosi verso i dormitori. I tetti delle auto erano carichi di valige assicurate con cura, piene di abiti leggeri e pesanti; scatole di coperte, scarponi e scarpe, cancelleria e libri, lenzuola, cuscini, trapunte; tappeti arrotolati e sacchi a pelo; biciclette, sci, zaini, selle inglesi e western, gommoni già gonfiati. A mano a mano che rallentavano fino a mettersi a passo d'uomo e infine fermarsi, saltavano fuori velocissimi gli studenti, che si precipitavano agli sportelli posteriori per cominciare a scaricare gli oggetti sistemati nell'interno: gli stereo, le radio, i personal computer; piccoli frigo e fornellini portatili; scatole di dischi e cassette; asciuga e arricciacapelli; racchette da tennis, palloni da calcio, mazze da hockey e da lacrosse, frecce e archi; sostanze illegali, pillole e strumenti anticoncezionali; junk-food ancora nei sacchetti della spesa: patatine all'aglio e alla cipolla, *nachos*, tortini di crema di arachidi, wafer e cracker, cicche alla frutta e popcorn caramellato; gazzose Dum-Dum, mentine Mystic.

È uno spettacolo cui assisto ogni settembre da ventun'anni. Un evento infallibilmente superbo. Gli studenti si salutano a vicenda con grida comiche e fingendo improvvisi svenimenti. L'estate l'hanno avuta gravida di piaceri proibiti, come sempre. I genitori se ne stanno lì, abbagliati dal sole, accanto alle auto, vedendo immagini riflesse di se stessi in tutte le direzioni. Abbronzature coscienziose. Volti ben composti e gli sguardi carichi di ironia. Avvertono un senso di rinnovamento, un mutuo riconoscersi. Le donne briose e vigili, con snelle figure denotanti dieta, conoscono i nomi di tutti. I mariti, paghi di calcolare quanto tempo è passato, distaccati ma comprensivi, esperti nel ruolo di genitore: ne spira un qualcosa che denota una copertura assicurativa stratosferica. È tale congrega di station wagon, come tutto ciò che a tali genitori capita di fare nel corso dell'anno, a confermare loro, più dei riti formali e delle leggi, come essi costituiscano un'accolta di persone dai pensieri uguali, dai valori simili, un popolo, una nazione.

Lasciai l'ufficio e scesi dalla Hill verso la città. Vi sono case con torrette e verande a due piani, dove la gente sta seduta all'ombra di vecchissimi aceri. Vi sono revival greci e chiese gotiche. C'è un manicomio con un portico allungato, gli abbaini decorati e un tetto spioventissimo sormontato da un ornamento cruciforme in forma di ananas. Babette e io, con i figli nati dai nostri precedenti matrimoni, abitiamo in fondo a una strada tranquilla, in quella che un tempo era una zona di boschi con profonde gole. Oltre il cortile sul retro adesso passa un'autostrada, molto infossata rispetto a noi, così che di notte, quando ci sistemiamo nel nostro letto di ottone, lo scarso traffico scorre via, mormorio remoto e regolare che avvolge il nostro sonno, quasi un chiacchiericcio di anime morte ai margini di un sogno.

Io sono preside del dipartimento di studi hitleriani presso il College-on-the-Hill. Sono stato io, nel marzo del '68, a inventare gli studi hitleriani in America del nord. Era una giornata fredda e luminosa, con venti intermittenti da est. Quando feci balenare nel rettore l'idea che avremmo potuto edificare un intero dipartimento attorno alla vita e all'opera di Hitler, fu lesto a coglierne le possibilità. Il successo fu immediato ed elettrizzante. Il rettore divenne consigliere per Nixon, Ford e Carter prima di morire su uno skilift in Austria.

All'incrocio tra la Quarta ed Elm Street le auto svoltano a sinistra verso il supermercato. Una poliziotta, accucciata in un veicolo in forma di scatolone, perlustra la zona in cerca di auto in divieto di parcheggio, di parchimetri violati, di bolli scaduti. Sui pali del telefono, per tutta la città, ci sono appiccicati casarecci cartelli riguardanti cani e gatti perduti, a volte redatti con calligrafia infantile.

II

Babette è di alta statura e dimensioni piuttosto vaste. Ha una circonferenza e una pesantezza notevoli. I suoi capelli formano una zazzera di un biondo entusiasta, quella tonalità fulva che un tempo si definiva biondo sporco. Se fosse minuta, sarebbero troppo bamboleggianti, birichini, artefatti. La mole invece conferisce al suo aspetto arruffato una certa serietà. Le donne di vaste dimensioni a quelle cose non ci pensano. Mancano della furberia che serve per le trame del corpo.

— Avresti dovuto esserci anche tu, — le dissi.

— Dove?

— È il giorno delle station wagon.

— Me lo sono perso un'altra volta? Dovresti essere tu a ricordarmelo.

— Arrivavano fino dopo la biblioteca di musica, giù fino all'interstatale. Celesti, verdi, viola, marron. Luccicavano al sole come una carovana del deserto.

— Lo sai che le cose bisogna ricordarmele, Jack.

Babette, scarmigliata, ha la noncurante dignità di chi sia troppo preoccupato da argomenti seri per essere consapevole o curarsi del proprio aspetto. Non che dia grandi contributi nel senso generale del termine. Tira su e accudisce i bambini, tiene un corso in un programma educativo per adulti, fa parte di un gruppo di volontari che leggono ai ciechi. Una volta alla settimana fa un po' di lettura a un uomo anziano, di nome Treadwell, che abita in periferia. È noto come il Vecchio Treadwell, come se fosse un riferimento toponomastico, una formazione rocciosa o una palude. Babette gli legge qualcosa dal *National Enquirer*, dal *National Examiner*, dal *National Express*, dal *Globe,* dal *World,* dallo *Star.* Il vecchio pretende la sua dose settimanale di storie sensazionali. Perché negargliela? Il fatto è che Babette, a qualunque cosa si dedichi, mi fa sentire dolcemente appagato, legato a una donna di grande animo, amante della luce e della vita intensa, all'eterogeneo fremito dell'aria di famiglia. La guardo continuamente agire in sequenza calcolata, abilmente, con apparente agio, diversamente dalle mie mogli precedenti, che avevano una certa tendenza a sentirsi straniate dal mondo oggettivo, gruppo preso di sé e un po' nevrotico, vagamente legato con la comunità delle informazioni segrete.

— Non sono le station wagon, che volevo vedere. Com'è la gente? Le donne portano gonne scozzesi, golf a punto ritorto? Gli uomini hanno la giacca da cavallerizzo? E come sarebbe poi, una giacca del genere?

— Si sentono a proprio agio con i soldi, — risposi. — E credono sinceramente di averne diritto. È una convinzione che gli dà una specie di salute grezza. Emanano una certa luce.

— Non riesco bene a immaginare la morte a quel livello di reddito, — convenne.

— Forse non c'è una morte come la conosciamo noi. Sono soltanto delle carte che cambiano mano.

— Non che non si abbia una station wagon anche noi.

— Ma è piccola, grigio metallizzato e con una portiera completamente arrugginita.

— Dov'è Wilder, — chiese lei, in preda a uno dei suoi attacchi di panico, mettendosi a chiamare il bambino, uno dei suoi, che se ne stava seduto immobile sul triciclo nel cortiletto.

Babette e io le nostre conversazioni le teniamo in cucina. La cucina e la camera da letto sono le stanze più importanti della casa, i ricettacoli del potere, le fonti. In questo lei e io siamo uguali, nel senso che consideriamo il resto della casa come uno spazio per immagazzinare mobilio, giocattoli, tutti gli oggetti mai usati nei precedenti matrimoni e diverse serie di figli, regali di parenti acquisiti e perduti, cose smesse e cianfrusaglie. Oggetti, scatole. Perché simili beni hanno un peso tanto doloroso? Emanano oscurità, senso di presentimento. Mi rendono diffidente, non nei confronti del fallimento personale, della sconfitta, ma di qualcosa di più generale, un qualcosa di grande portata e contenuto.

Babette arrivò con Wilder e lo fece sedere sul banco della cucina. Denise e Steffie scesero e ci mettemmo a parlare degli oggetti scolastici di cui avevano bisogno. Dopo un po' fu l'ora di pranzare. Entrammo pertanto in un periodo di caos e fracasso. Vorticammo intorno, bisticciammo un po', facemmo cadere utensili. Finalmente fummo tutti soddisfatti di quello che eravamo riusciti a sgraffignare da armadietti e frigo o a fregarci a vicenda e ci mettemmo a spalmare in silenzio senape o maionese sul nostro cibo dai vivaci colori. L'atmosfera era di pregustazione mortalmente seria, di faticosa conquista. Il tavolo era affollato, tanto che Babette e Denise si sgomitarono due volte, anche se nessuna delle due disse niente. Wilder era ancora seduto sul banco, circondato da cartoni aperti, stagnola appallottolata, sacchetti luccicanti di patatine fritte, tazze di sostanze appiccicose coperte con fogli di plastica, anelli e strisce ritorte di apertura delle lattine, fette di formaggio all'arancio involte a una a una. Arrivò Heinrich, il mio unico figlio maschio, esaminò attentamente la scena, quindi uscì dalla porta sul retro e scomparve.

— Non è il pranzo che avevo in mente di concedermi, — disse Babette. — Era mia ferma intenzione prendere un po' di yogurt con germi di grano.

— Dov'è che l'abbiamo già sentita questa storia? — chiese Denise.

— Forse proprio qui, — rispose Steffie.

— Continua a comperare quella roba.

— Ma non la mangia mai, — fece eco Steffie.

— Perché pensa che se continua a comperarla, poi le toccherà mangiarla per liberarsene. È come se cercasse di imbrogliarsi da sola.

— Occupa mezza cucina.

— Ma la butta sempre via prima di arrivare a mangiarla, perché va a male, — continuò Denise. — Così poi ricomincia tutto da capo.

— Ovunque si guardi, — riprese Steffie, — ce n'è un po'.

— Si sente in colpa se non la compera, si sente in colpa se la compera e non la mangia, si sente in colpa quando la vede nel frigo, si sente in colpa quando la butta via.

— È come se fumasse anche senza farlo, — insistette Steffie.

Denise aveva undici anni, ragazza dal muso duro. Portava avanti una contesa più o meno giornaliera contro le abitudini materne che le sembravano sciupone o dannose. Io Babette la difendevo. Le dicevo che ero io quello che doveva mostrare disciplina in materia di dieta. Le ricordavo quanto mi piacesse così com'era fatta. Facevo intendere che, insita nella voluminosità, se contenuta nei giusti limiti, c'è una forma di onestà. Una certa mole, negli altri, ispira fiducia.

Ma Babette non era contenta dei propri fianchi e delle cosce, per cui camminava a passo rapido e correva su per i gradini dello stadio, alla scuola superiore in stile neoclassico. Diceva che dei suoi difetti facevo virtù perché era nella mia natura di mettere le persone amate al riparo dalla verità. Nella quale verità, sosteneva, sarebbe stato in agguato qualcosa.

Nel corridoio di sopra si mise in azione il rivelatore di fumo, per informarci o che le batterie si erano scaricate o che la casa era in fiamme. Finimmo di pranzare in silenzio.

III

I presidi di dipartimento, al College-on-the-Hill, indossano la toga accademica. Non grandi vesti a lunghezza intera, che spazzano per terra, ma tuniche senza maniche, increspate alle spalle. Un'idea che mi piace. Mi piace liberarmi il braccio dalle pieghe dell'indumento per guardare l'orologio. Il semplice atto di verificare l'ora, per effetto di questa fiorettatura si trasforma. I gesti affettati aggiungono fascino alla vita. Gli studenti in ozio, osservando il preside che attraversa il campus, il braccio ripiegato che emerge dalla veste medievale, l'orologio digitale che sfavilla intermittente nel crepuscolo dell'estate avanzata, possono arrivare a considerare il tempo in sé come un ornamento complesso, una vicenda di umana consapevolezza. La toga è nera, ovviamente, e va con quasi tutto.

Un vero e proprio edificio Hitler non esiste. Abbiamo sede nella Centenary Hall, oscura struttura in mattoni che dividiamo con il dipartimento di cultura popolare, ufficialmente nota come Ambienti americani. Curioso gruppo. Il personale docente è composto quasi unicamente di emigré, transfughi da New York, svegli, duri, pazzi del cinema, folli per i «trivia». Sono qui per decifrare il linguaggio naturale della cultura, per trasformare in metodo formale le splendide piacevolezze da loro conosciute nell'infanzia trascorsa all'ombra dell'Europa, un aristotelismo fatto di involucri di chewing-gum e di canzoncine dei detersivi. Il preside del dipartimento è Alfonse «Fast Food» Stompanato, fosco individuo dalle spalle larghe, la cui collezione di bottiglie di gazzosa anteguerra è esposta in permanenza in una nicchia. Tutti i suoi insegnanti sono di sesso maschile, portano abiti stazzonati, hanno bisogno di farsi tagliare i capelli, tossiscono senza mettersi la mano davanti alla bocca. Messi insieme sembrano una banda di camionisti riuniti per identificare il corpo di un collega fatto a pezzi. L'impressione che danno è di diffusa irritazione, sospetto e intrigo.

Parziale eccezione a quanto sopra è costituita da Murray Jay Siskind, ex giornalista sportivo, che una volta mi chiese di pranzare con lui in sala mensa, dove l'odore istituzionale di cibo vagamente definito risvegliò in me oscure e cupe memorie. Murray era nuovo alla Hill e aveva spalle curve, occhialetti rotondi e barba alla Amish. Era visiting professor di icone viventi e sembrava imbarazzato da ciò che era andato a spigolare in quegli anni dai suoi colleghi di cultura popolare.

— Capisco la musica, capisco i film, capisco persino come i fumetti possano insegnarci qualcosa. Ma in questo posto ci sono docenti ordinari che non leggono altro che le scatole dei cereali.

— È l'unica avanguardia di cui disponiamo.

— Non che mi lamenti. Questo posto mi piace. Ne sono completamente innamorato. Abitare in una città piccola. Voglio stare alla larga dalle città grosse e dalle complicazioni sessuali. Calore. Ecco che cosa significano per me le città grosse. Si scende dal treno, si esce dalla stazione e si è presi dalla scalmana. Il calore dell'aria, del traffico, della gente. Il calore del cibo e del sesso. Il calore dei grattacieli. Il calore che esce dalla metropolitana e dalle gallerie. Nelle città grosse ci sono almeno cinque gradi di più. Il calore si leva dai marciapiedi e cala dal cielo inquinato. Gli autobus sbuffano calore. Emana dalle folle di acquirenti e impiegati. Tutta l'infrastruttura si basa sul calore, lo usa disperatamente, ne produce altro. La definitiva morte per calore dell'universo, di cui gli scienziati amano parlare, è già ben avviata a verificarsi: in qualsiasi città di dimensioni grandi o medie si sente ovunque che si sta realizzando. Calore e umidità.

— Dove abiti, Murray?

— In una pensione. Ne sono totalmente affascinato e intrigato. Una splendida vecchia casa in rovina, vicino al manicomio. Sette o otto pensionanti, più o meno permanenti, tranne me. Una donna depositaria di un segreto terribile. Un uomo dall'aspetto ossessionato. Un altro che non esce mai di camera.

Una donna che sta per ore accanto alla cassetta delle lettere, in attesa di qualcosa che sembra non arrivare mai. Un uomo senza passato. Una donna con troppo passato. C'è un odore di vite infelici, da cinema, che mi fa sentire perfettamente a mio agio.

— E tu che personaggio saresti?

— L'ebreo. Che cos'altro potrei essere?

C'era qualcosa di commovente nel fatto che Murray vestisse quasi sempre di velluto a coste. Avevo la sensazione che fin dall'età di undici anni, nel suo popoloso agglomerato di cemento, avesse associato l'idea di quella stoffa resistente con un più elevato livello di cultura, proprio di un posto impossibilmente distante e alberato.

— Non posso non essere felice in una città che si chiama Blacksmith, — disse. — Io sono qui per evitare le relazioni sentimentali. Le città grandi ne sono piene, piene di gente sessualmente sveglia. Ci sono parti del mio corpo che non incoraggio più le donne a manipolare liberamente. Mi sono trovato impegolato in una relazione con una donna, a Detroit. Aveva bisogno del mio seme per una causa di divorzio. La cosa comica è che a me le donne piacciono. Alla vista di un paio di gambe lunghe, che procedono a grandi passi, briosi, come una brezza sale dal fiume, in un giorno feriale, nel gioco della luce del mattino, vado in tilt. Altra cosa comica è che da qualche tempo non è per il corpo delle donne che vado pazzo, ma per la loro mente. Delicati recessi e massiccio flusso unidirezionale, come un esperimento di fisica. Che divertimento parlare con una donna intelligente, con le calze, quando accavalla le gambe. Il leggero rumore di elettricità statica, prodotto dal nylon che fruscia, sa rendermi felice a diversi livelli. Terza e conseguente cosa comica è che sono le donne più complicate, nevrotiche e difficili quelle da cui sono invariabilmente attratto. Mi piacciono gli uomini semplici e le donne complesse.

I suoi capelli erano aderenti alla testa e avevano un aspetto greve. Aveva sopracciglia folte, ciuffi di peli che si arricciavano sui lati del collo. La barbetta rigida, limitata al mento e non accompagnata da baffi, sembrava un componente facoltativo, da appiccicare o togliere a seconda dei casi.

— Che tipo di lezioni pensi di tenere?

— È esattamente quello di cui vorrei parlarti, — rispose. — Con Hitler hai fatto una cosa magnifica. L'hai creata tu, l'hai alimentata, l'hai fatta tua. Non c'è nessuno, in qualsiasi facoltà di università o college di questa parte del paese, che possa anche soltanto pronunciare la parola Hitler letteralmente o per metafora senza fare riferimento a te. Il centro, la fonte indiscussa è qui. Adesso Hitler è una cosa tua, l'Hitler di Gladney. Dev'essere una profonda soddisfazione. Il college è conosciuto a livello internazionale per effetto degli studi hitleriani. Ha raggiunto un'identità, il senso di un risultato acquisito. Attorno a questa figura storica hai sviluppato un intero sistema, una struttura con innumerevoli sottostrutture e correlati ambiti di studio, una storia nella storia. Un'impresa che considero formidabile. Magistrale, sottile e favolosamente anticipatrice. È quello che vorrei fare anch'io con Elvis.

Diversi giorni più tardi Murray mi chiese notizie di un'attrazione turistica nota come la stalla più fotografata d'America. Quindi facemmo in auto ventidue miglia nella campagna che circonda Farmington. C'erano prati e orti di mele. Bianche staccionate fiancheggiavano i campi che scorrevano ai nostri fianchi. Presto cominciarono ad apparire i cartelli stradali. LA STALLA PIÙ FOTOGRAFATA D'AMERICA. Ne contammo cinque prima di arrivare al sito. Nell'improvvisato parcheggio c'erano quaranta auto e un autobus turistico. Procedemmo a piedi lungo un trattturo per vacche fino a un lieve sopralzo isolato, creato apposta per guardare e fotografare. Tutti erano muniti di macchina fotografica, alcuni persino di treppiede, teleobiettivi, filtri. Un uomo in un'edicola vendeva cartoline e diapositive, fotografie della stalla prese da quello stesso sopralzo. Ci mettemmo in piedi accanto a una macchia di alberi a osservare i fotografi. Murray mantenne un silenzio prolungato, scribacchiando di quando in quando qualche appunto in un quadernetto.

— La stalla non la vede nessuno, — disse finalmente.

Seguì un lungo silenzio.

— Una volta visti i cartelli stradali, diventa impossibile vedere la stalla in sé.

Quindi tornò a immergersi nel silenzio. La gente armata di macchina fotografica se ne andava dal sopralzo, immediatamente sostituita da altra.

— Noi non siamo qui per cogliere un'immagine, ma per perpetuarla. Ogni foto rinforza l'aura. Lo capisci, Jack? Un'accumulazione di energie ignote.

Quindi ci fu un lungo silenzio. L'uomo nell'edicola continuava a vendere cartoline e diapositive.

— Trovarsi qui è una sorta di resa spirituale. Vediamo solamente quello che vedono gli altri. Le migliaia di persone che sono state qui in passato, quelle che verranno in futuro. Abbiamo acconsentito a partecipare di una percezione collettiva. Ciò dà letteralmente colore alla nostra visione. Un'esperienza religiosa, in un certo senso, come ogni forma di turismo.

Seguì un ulteriore silenzio.

— Fotografano il fotografare, — riprese.

Poi non parlò per un po'. Ascoltammo l'incessante scattare dei pulsanti degli otturatori, il fruscio delle leve di avanzamento delle pellicole.

— Come sarà stata questa stalla prima di venire fotografata? — chiese Murray. — Che aspetto avrà avuto, in che cosa sarà differita dalle altre e in che cosa sarà stata simile? Domande a cui non sappiamo rispondere perché abbiamo letto i cartelli stradali, visto la gente che faceva le sue istantanee. Non possiamo uscire dall'aura. Ne facciamo parte. Siamo qui, siamo ora.

Ne parve immensamente compiaciuto.

IV

Quando i tempi sono incerti, la gente si sente costretta a mangiare in eccesso. Blacksmith è piena di simili adulti e bambini obesi, pance cascanti, gambe corte, che si muovono come anatre. Faticano a emergere dalle utilitarie, si mettono in tuta e corrono a famiglie intere in campagna; camminano per strada con il cibo dipinto in faccia; mangiano nei negozi, in auto, nei parcheggi, nelle code degli autobus e nelle sale del cinema, sotto la maestosità degli alberi.

Soltanto gli anziani sembrano al riparo dalla febbre del mangiare. Anche se talvolta appaiono assenti dal proprio dire e gestire, sono tuttavia magri e hanno un aspetto sano, le donne agghindate con cura, gli uomini vestiti bene e con criterio, intenti a prendere un carrello dalla fila in attesa fuori dal supermercato.

Attraversai il prato all'inglese della scuola superiore e raggiunsi il retro dell'edificio, dirigendomi verso il piccolo stadio scoperto. Babette stava correndo su per i gradini. Io mi sedetti sul lato opposto del campo, nella prima fila di sedili in pietra. Il cielo era pieno di nuvole che correvano velocissime. Raggiunta la cima dello stadio, Babette si fermò e fece una pausa, posando le mani sull'alto parapetto e appoggiandovisi per riposare in diagonale. Poi si voltò e scese giù, con i seni che ballonzolavano. Il vento le increspava la tenuta sovrabbondante. Camminava con le mani sui fianchi, le dita allargate. Teneva il viso sollevato, a cogliere l'aria fresca, per cui non mi vide. Quando raggiunse l'ultimo gradino in basso, si voltò per rivolgersi verso i sedili e procedette a fare qualche esercizio di scioltezza del collo. Poi si mise a correre su per i gradini.

Tre volte salì i gradini, scendendo lentamente. In giro non c'era nessuno. Si impegnava duramente, capelli svolazzanti, gambe e spalle in azione. Ogni volta che raggiungeva la cima, si appoggiava al muro, con la testa bassa, la parte superiore del corpo che pulsava. Dopo l'ultima discesa le andai incontro ai bordi del campo da gioco e l'abbracciai, infilandole le mani dentro l'elastico dei pantaloni di cotone grigio. Sopra gli alberi comparve un aeroplanino. Era madida e calda, emanava odore di animale.

Corre, spala la neve, calafata vasca da bagno e lavandino. Fa giochi di parole con Wilder e di notte, a letto, legge ad alta voce classici dell'erotismo. E io che cosa faccio? Faccio prillare i sacchi della spazzatura e ne lego l'estremità superiore, faccio qualche vasca nella piscina del college. Quando vado a camminare, i maniaci dello jogging mi arrivano alle spalle senza fare rumore, comparendomi di fianco e facendomi fare un soprassalto di spavento, come un imbecille. Babette parla coi cani e coi gatti. Io vedo macchie colorate con la coda dell'occhio destro. Lei progetta gite sciistiche che non facciamo mai, con il viso illuminato dall'eccitazione. Io salgo a piedi per l'altura fino a scuola, osservando le pietre sbiancate a calce che fiancheggiano i vialetti delle case più recenti.

Chi morirà prima?

Domanda che si presenta di quando in quando, come, per esempio: dove sono le chiavi dell'auto? Conclude una frase, prolunga uno sguardo tra di noi. Mi chiedo se il pensiero in sé non partecipi della natura dell'amore fisico, un darwinismo al rovescio, che premii il sopravvissuto con tristezza e timore. O è un elemento inerte dell'aria che respiriamo, una cosa rara come il neon, con un punto di fusione, un peso atomico? La stringevo tra le braccia sulla pista di cenere. Alcune ragazzine vennero verso di noi correndo, trenta fanciulle in pantaloncini dai colori vivaci, un'improbabile massa ballonzolante. Il respiro ansioso, il ritmo accavallato dei passi. A volte penso che il nostro amore sia privo di esperienza. La questione del morire si fa saggio strumento di memoria. Ci guarisce della nostra innocenza nei confronti del futuro. Le cose semplici sono fatali, o è una superstizione? Guardammo le ragazzine, compiuto il loro giro, arrivare di nuovo. Ora erano in fila allungata, con il viso contorto da smorfie e un'andatura particolare, quasi prive di peso nel loro entusiasmo, capaci di toccare il suolo con dolcezza.

L'aeroporto Marriott, il Downtown Travelodge, lo Sheraton Inn e il Centro Congressi.

Dirigendoci verso casa dissi: — Bee vuole venire da noi a Natale. Possiamo metterla con Steffie.

— Si conoscono?

— Si sono viste a Disney World. Andrà tutto bene.

—Quando sei stato a Los Angeles?

— Vuoi dire Anaheim.

— Quando sei stato ad Anaheim?

— Vuoi dire Orlando. Sono ormai quasi tre anni.

— E io dov'ero? — chiese ancora.

Mia figlia Bee, nata dal mio matrimonio con Tweedy Browner, stava proprio allora iniziando le medie in un sobborgo di Washington e aveva qualche problema a riadattare la propria vita agli Stati Uniti dopo due anni passati in Corea del sud. Andava a scuola in taxi, faceva telefonate ad amichetti di Seul e Tokyo. Quando era all'estero voleva mangiare panini al ketchup e patatine. Adesso si preparava pasti infuocati e sfrigolanti a base di cespi di scalogno e gamberetti nani, monopolizzando la cucina tecnologica di Tweedy.

Quella sera, un venerdì, ordinammo cibo cinese e guardammo insieme la televisione, tutti e sei. Babette ne aveva fatto una regola. Sembrava pensare che se i bambini guardavano la televisione in compagnia dei genitori una sera alla settimana, l'effetto sarebbe stato di demistificare il mezzo ai loro occhi, di farne un'attività totalmente domestica. Il latente effetto narcotizzante e il misterioso potere di lavaggio del cervello ne sarebbero stati gradualmente ridotti. Ragionamento che mi faceva sentire vagamente insultato. La serata in effetti costituiva una sottile forma di punizione per noi tutti. Heinrich se ne stava seduto in silenzio, in compagnia dei suoi involtini primavera. Steffie si sconvolgeva ogni volta che sembrava stesse per succedere qualcosa di vergognoso o umiliante a qualcuno sullo schermo. Aveva un'ampia capacità di sentirsi imbarazzata per conto degli altri. Capitava spesso che se ne andasse dalla stanza, finché Denise non l'avvertiva che la scena era finita. Denise sfruttava tali occasioni per tenere lezioni alla ragazzina più giovane sulla durezza, l'esigenza di essere cattivi in questo mondo, di avere il pelo sullo stomaco.

Era mia abitudine formalizzata, di venerdì, dopo una serata passata davanti alla TV, leggere attentamente fino a tarda notte testi di argomento hitleriano.

Una sera del genere mi misi a letto accanto a Babette e le dissi come il rettore mi avesse consigliato, ancora nel '68, di fare qualcosa circa il mio nome e il mio aspetto, se volevo essere preso sul serio come innovatore in campo hitleriano. Jack Gladney, aveva detto, non andava bene, chiedendomi quali altri nomi potessi avere a disposizione. Avevamo finito con il convenire che dovevo inventarmi un'ulteriore iniziale, chiamandomi J.A.K. Gladney, etichetta che portavo come un vestito preso in prestito.

Il rettore aveva poi richiamato la mia attenzione su quella che definiva la mia tendenza a fornire un'immagine debole del mio io. Quindi aveva suggerito calorosamente che aumentassi di peso. Voleva che «mi espandessi» per essere all'altezza di Hitler. Lui stesso era alto, corpulento, rubicondo, dotato di doppio mento e piedi grossi, un tipo noioso. Una combinazione formidabile. Io avevo il vantaggio di essere caratterizzato da una altezza considerevole, mani grandi e piedi grossi, ma avevo un gran bisogno di ingrossarmi, o perlomeno così riteneva, di darmi una parvenza di eccesso malsano, di infarcimento ed esagerazione, di goffa imponenza. Se avessi potuto imbruttirmi, sembrava suggerire, la mia carriera ne avrebbe tratto enormi vantaggi.

Quindi Hitler mi aveva dato un motivo per espandermi ed evolvermi, per quanto io sia stato talvolta poco perseverante nell'impegno. Gli occhiali dalla nera montatura spessa e dalle lenti scure erano state un'idea mia, alternativa alla barba ispida che la mia moglie di allora non aveva voluto mi lasciassi crescere. Babette aveva detto che la sequenza J.A.K. le piaceva e che non pensava servisse a richiamare l'attenzione in un senso meschino. Per lei implicava dignità, importanza e prestigio.

Io sono il personaggio finto che si adegua al nome.

V

Godiamoci questi giorni senza finalità fintanto che è possibile, mi dissi, temendo qualche sorta di rapida accelerazione.

A prima colazione Babette lesse ad alta voce tutti i nostri oroscopi, valendosi della sua voce di narratrice. Quando arrivò ai miei, cercai di non ascoltare: in realtà li volevo sentire, probabilmente ero in cerca di qualche segno.

Dopo cena, mentre salivo di sopra, sentii la TV dire: — Ora assumiamo la posizione del mezzo loto e pensiamo alla spina dorsale.

Quella sera, qualche secondo dopo essere andato a dormire, mi parve di cadere dentro me stesso, un leggero sprofondamento da tuffo al cuore. Svegliato di colpo, fissai lo sguardo nel buio, rendendomi conto di aver sperimentato la più o meno normale contrazione muscolare nota come scossa mioclonica. È così, dunque: una cosa improvvisa, perentoria? La morte, pensai, non dovrebbe essere invece come l'immersione del cigno, ali bianche, levigato, che lascia la superficie intatta?

Nell'asciugatrice si rivoltolavano dei blue jeans.

Al supermercato ci imbattemmo in Murray Jay Siskind. Nel suo cestino c'erano alimenti e bevande generici, tutti prodotti non di marca, avvolti in involucri comuni, bianchi, dalle etichette semplici. C'era una lattina bianca con la scritta PESCHE IN SCATOLA. C'era una busta bianca di prosciutto affumicato senza la finestrella in plastica per la vista di una fetta campione. Un barattolo di noccioline abbrustolite con un'etichetta bianca su cui si leggevano le parole NOCCIOLINE IRREGOLARI. Mentre li presentavo, Murray continuava ad annuire alla volta di Babette.

— È la nuova austerità, — disse. — Imballo insipido. Mi attrae. Mi sembra non soltanto di risparmiare soldi, ma anche di dare un contributo a una sorta di consenso spirituale. È come la Terza guerra mondiale. È tutto bianco. Ci porteranno via i colori per usarli nello sforzo bellico.

Fissava Babette negli occhi, estraendo alcuni articoli dal nostro carrello e annusandoli.

— Queste noccioline le ho già comperate. Sono rotonde, cubiche, butterate, grinzose. Noccioline rotte. Un sacco di polvere in fondo al barattolo. Però sono buone. Ma soprattutto mi piacciono gli imballi in sé. Avevi ragione, Jack. È l'ultima avanguardia. Coraggiose forme nuove. Capaci di scuoterti.

Una donna piombò in una rastrelliera di libri sul davanti del negozio. Un uomo tarchiato emerse dal cubicolo sopraelevato, nell'angolo opposto, e si mosse con cautela alla sua volta, la testa china di lato per avere una visione più chiara. Una cassiera gridò: — Prezzemolo, Leon? — e lui, mentre si avvicinava alla donna, rispose: — Settantanove. —Aveva il taschino zeppo di pennarelli.

— Quindi alla pensione ti fai da mangiare, — disse Babette.

— In stanza ho un angolo di cottura. Ci sto benissimo. Leggo i programmi della TV, le inserzioni di *Ufologia Oggi*. Voglio immergermi nell'America della magia e del terrore. Il mio seminario sta andando bene. Gli studenti sono in gamba e reagiscono con prontezza. Mi fanno domande e io rispondo. Mentre parlo prendono appunti. È un'autentica sorpresa, nella mia vita.

Prese una bottiglia di lenitivo ad azione rinforzata e lo annusò lungo il bordo del tappo di sicurezza. Quindi annusò i nostri meloni gialli e le nostre bottiglie di club soda e ginger ale. Babette si inoltrò nella corsia dei surgelati, zona da cui il medico mi aveva prescritto di stare alla larga.

— I capelli di tua moglie sono una meraviglia vivente, — disse Murray, guardandomi attentamente in faccia, quasi per comunicarmi un più profondo rispetto di me basato sulla suddetta informazione.

— Sì, è vero, — riconobbi.

— Ha una capigliatura notevole.

— Credo di capire che cosa intendi.

— Spero che quella donna ti piaccia.

— Nella maniera più assoluta.

— Perché una donna come quella non capita facilmente.

— Lo so.

— Dev'essere brava con i bambini. Di più: scommetto che è una gran cosa da avere vicino nel caso di una tragedia familiare. È il tipo che sa prendere tutto sotto controllo, mostrare energia e spirito positivo.

— A dire il vero va in crisi. Per lo meno, così è stato quando è morta sua madre.

— A chi non succederebbe?

— È andata in crisi quando Steffie ha chiamato dal campeggio per dire che si era rotto un osso in una mano. Abbiamo dovuto viaggiare tutta la notte in macchina. Mi sono trovato sul tratturo di una ditta di legname. Lei piangeva.

— Sua figlia, lontana, in mezzo a estranei, in pena. Normale, no?

— Non è figlia sua. È mia.

— Non è nemmeno figlia sua?

— No.

— Fantastico. Devo dire che mi piace.

Ce ne andammo tutti e tre insieme, cercando di far passare i carrelli tra i tascabili sparsi per tutto l'ingresso. Murray ne spinse uno nel parcheggio, dove ci aiutò a sistemare tutta la nostra mercanzia — stipata in sacchetti doppi — nel retro della station wagon. Le auto entravano e uscivano. La poliziotta, nella sua minivettura, perlustrava la zona a caccia di bandierine rosse sui parchimetri. Dopo aver aggiunto l'unico sacchetto leggero di prodotti bianchi di Murray al nostro carico, ci avviammo per Elm Street verso la sua pensione. Mi parve che Babette e io, nella massa e varietà dei nostri acquisti, nella grassa abbondanza suggerita da quei sacchetti — il peso, le dimensioni e il numero, i disegni familiari delle confezioni e la vivacità dei caratteri, le scatole giganti, i formati famiglia con il contrassegno fosforescente dell'offerta speciale — nonché nella sensazione che provavamo di esserci riempiti di scorte — il senso di benessere, la sicurezza e l'appagamento che quei prodotti apportavano a una sorta di casetta annidata nel nostro intimo —, mi parve, dicevo, che avessimo conseguito una pienezza dell'essere che doveva risultare ignota a coloro che hanno bisogno di meno, si aspettano di meno, incentrano tutta la loro vita su solitarie passeggiate serali.

Accomiatandosi, Murray prese la mano di Babette.

— Vi chiederei di salire a vedere la mia stanza, ma è troppo piccola per due persone, a meno che non siano preparate all'intimità.

Murray è capace di esibire uno sguardo che risulta sfuggente e franco al tempo stesso. Uno sguardo che dà uguale credito al disastro come al successo goduroso. Sostiene che ai tempi dei suoi garbugli urbani credeva che esistesse un solo modo per sedurre una donna, ovvero quello di esibire apertamente e chiaramente il proprio desiderio. Quindi si sforzava di evitare il discredito e la messa in parodia di se stesso, l'ambiguità, l'ironia, la sofisticazione, la vulnerabilità, una civile stanchezza del mondo e un senso tragico della storia: ovvero, secondo lui, esattamente tutto ciò che gli risulta più naturale. Di tutto questo, a un solo elemento, la vulnerabilità, ha consentito di penetrare a poco a poco nel suo programma di libidine diretta. Sta quindi cercando di sviluppare una vulnerabilità che le donne possano trovare attraente. Vi lavora con coscienza, come se fosse in palestra, con gli attrezzi davanti a uno specchio. Ma fino a ora le sue fatiche hanno prodotto soltanto questo sguardo mezzo sfuggente, impacciato, adulatore.

Ci ringraziò per il passaggio e lo guardammo andarsene verso il portico cadente, puntellato con blocchi di scorie, dove un uomo in sedia a dondolo fissava lo sguardo nel vuoto.

VI

L'attaccatura dei capelli di Heinrich sta cominciando ad arretrare. Mi domando come mai. Che sua madre abbia consumato qualche tipo di sostanza perfora-geni quando era incinta? O forse ho qualche colpa io? Che lo abbia tirato su, involontariamente, in prossimità di uno scarico di sostanze chimiche, nel flusso di correnti d'aria gonfie di residui industriali capaci di produrre una degenerazione del cuoio capelluto, oltre che splendidi tramonti? — Secondo la gente, da queste parti, trenta o quarant'anni fa, i tramonti non erano affatto così straordinari —. La colpevolezza dell'uomo nei confronti della storia e dei flussi del proprio stesso sangue è stata complicata dalla tecnologia, dal diuturno diffondersi della malfida morte.

Il ragazzo ha quattordici anni ed è spesso evasivo e lunatico, mentre altre volte risulta fastidiosamente arrendevole. Ho la sensazione che questo suo corrispondere ai nostri desideri e alle nostre pretese sia un sistema personale di rimprovero. Babette teme che finirà barricato in una stanza, a innaffiare con centinaia di caricatori di arma automatica un centro commerciale vuoto, finché non arriveranno a beccarlo le pattuglie dell'antiterrorismo con le armi pesanti, i megafoni e i corpetti antiproiettile.

— Questa sera piove.

— Sta già piovendo, — precisai.

— La radio ha detto questa sera.

Lo stavo accompagnando a scuola in auto per il primo giorno dopo un attacco di mal di gola e febbre. Una donna in impermeabile giallo fermava il traffico per far attraversare alcuni bambini. Me la immaginai nello spot televisivo di una minestra, che si toglie il berretto di incerata mentre entra nella gaia cucina dove il marito accudisce una pentola di fumante zuppa di aragosta, ometto bassino, con sei settimane di vita.

— Guarda il parabrezza, — replicai. — È pioggia o no?

— Sto soltanto dicendo quello che ho sentito.

— Il semplice fatto che l'abbiano detto alla radio non significa che dobbiamo sospendere il giudizio sull'evidenza dei nostri sensi.

— I nostri sensi? Si sbagliano molto più spesso di quanto abbiano ragione. È stato dimostrato in laboratorio. Non conosci tutti i teoremi secondo i quali nulla è come appare? Non c'è passato, presente o futuro fuori della nostra mente. Le cosiddette leggi del moto sono una grossa mistificazione. Anche il suono può ingannare la mente. Soltanto perché non lo si sente, non significa che non ci sia. I cani lo sentono. E anche altri animali. Ma sono sicuro che ci sono suoni che anche i cani non possono sentire. Tuttavia nell'aria ci sono, in forma di onde. Forse non si fermano mai. In tonalità alte, più alte, sempre più alte. Arrivati da chissà dove.

— Piove, — replicai, — o no?

— Preferirei non dover rispondere.

— E se qualcuno ti puntasse una pistola alla testa?

— Chi, tu?

— Qualcuno. Un uomo in trench e occhiali affumicati. Ti punta una pistola alla testa e dice: «Piove o no? Non devi fare altro che dire la verità e io metto via la pistola e sparisco».

— Che verità vuole? Quella di chi stia viaggiando quasi alla velocità della luce in un'altra galassia? Quella di chi sia nell'orbita di una stella neutrone? Magari, se potessero vederci attraverso un telescopio, potremmo apparirgli alti settanta centimetri e potrebbe star piovendo ieri invece che oggi.

— È contro la *tua* testa che quell'individuo sta puntando la pistola. Quindi vuole la tua, di verità.

— A che cosa serve la mia verità? Non significa niente. E se invece questo tizio con pistola venisse da un pianeta di un sistema solare del tutto diverso? Ciò che noi chiamiamo pioggia, lui lo chiama sapone. E invece ciò che chiamiamo mele lo chiama pioggia. Che cosa dovrei dirgli?

— Si chiama Frank J. Smalley ed è di St. Louis.

— Vuole sapere se sta piovendo *adesso*, esattamente in questo istante?

— Qui e adesso. Esatto.

—Esiste un adesso? L'«adesso» viene e se ne va non appena lo si è pronunciato. Come faccio a dire che adesso piove, se il tuo cosiddetto «adesso» diventa «allora» non appena lo pronuncio?

— Ma se hai detto che non esiste passato, né presente, né futuro.

— Soltanto nei nostri verbi. È l'unico posto dove li si trova.

— Pioggia è un sostantivo. C'è della pioggia qui, in questo preciso luogo, in qualsiasi momento nell'ambito dei due minuti successivi a quello che sceglierai per rispondere alla domanda?

— Se intendi parlare di un luogo preciso, mentre sei in una vettura in evidente movimento, allora penso che il problema di questa discussione stia proprio lì.

— Dammi una risposta e basta, Heinrich, d'accordo?

— Il massimo che posso fare è cercare di indovinare.

— O piove o no, — ribattei.

— Esattamente. Proprio quello che intendo io. Si tirerebbe a indovinare. Se non è zuppa è pan bagnato.

— Ma lo si *vede* che sta piovendo.

— Si vede anche il sole che si muove nel cielo. Ma è lui che si muove, o la terra che gira?

—Un'analogia che non accetto.

— Tu sei sicurissimo che si tratti di pioggia. Come fai a sapere che non è acido solforico proveniente dalle fabbriche oltre il fiume? Come fai a sapere che non sono i residui radioattivi di una guerra in Cina? Tu vuoi una risposta qui e adesso. Puoi dimostrare, qui e adesso, che quella roba è pioggia? Come faccio a sapere che quella che tu definisci pioggia lo è veramente? E comunque, che cos'*è* la pioggia?

— Quella cosa che cade dal cielo e ci — come si dice — bagna.

— Io non sono bagnato. E tu?

— D'accordo, — dissi. — Benissimo.

— No, davvero: sei bagnato?

— Ottimo, — risposi. — Vittoria dell'incertezza, del caso, del caos. L'ora più bella per la scienza.

— Fa' il sarcastico.

— Sofisti e pignoli si godono il loro trionfo.

— Continua, fa' il sarcastico. Non mi importa.

La madre di Heinrich attualmente vive in un ashram. Ha preso il nome di Madre Devi e si occupa delle cose pratiche. L'ashram è situato ai margini dell'ex città mineraria di Tubb, nel Montana, dove si affinava il bronzo e che adesso si chiama Dharamsalapur. Diffusissime le solite voci di libertà e insieme schiavitù sessuale, droghe, nudismo, lavaggio della mente, scarsa igiene, evasione fiscale, culto delle scimmie, tortura, morte prolungata e orrenda.

Lo guardai procedere sotto il diluvio verso l'entrata della scuola. Si mosse con deliberata lentezza, togliendosi il berretto mimetico a dieci metri dalla soglia. In momenti simili scopro di volergli bene con una disperazione animale, avverto il bisogno di prendermelo sotto il cappotto e di strizzarmelo al petto, tenerlo lì, proteggerlo. Sembra attirare su di sé un pericolo. Un pericolo che si raccoglie nell'aria e lo segue di stanza in stanza. Babette gli prepara i suoi biscotti preferiti. Lo guardiamo alla sua scrivania, un tavolo non verniciato, coperto di libri e riviste. Lavora fino a notte avanzata, studiando le mosse di scacchi di una partita che gioca per posta con un assassino chiuso nel penitenziario.

Il giorno dopo il tempo era caldo e limpido, e gli studenti, sulla Hill, stavano seduti nei prati o alle finestre del dormitorio, ascoltando le loro cassette, prendendo il sole. L'aria era un sogno a occhi aperti di malinconie estive, l'ultimo giorno carico di languore, l'opportunità di andare ancora una volta in giro con le membra nude, di annusare il trifoglio nel fieno. Andai all'Arts Duplex, nostro edificio più recente, un complesso con ali e facciata in alluminio anodizzato, color verde mare, in cui si riflettono le nubi. Al piano inferiore c'era il cinema, spazio inclinato e coperto di moquette scura, con duecento sedili di felpa. Mi sedetti nella luce scarsa, a un capo della prima fila e aspettai che arrivassero i miei allievi dell'ultimo anno.

Erano tutti specializzati in Hitler, membri dell'unico corso in cui insegnavo ancora, Nazismo Avanzato, tre ore alla settimana, limitato a laureandi qualificati, corso di studi destinato a coltivare la prospettiva storica, il rigore teoretico e un modo maturo di osservare il persistere dell'attrazione esercitata sulle masse dalla tirannide fascista, con particolare riferimento a parate, adunate e uniformi, tre certificati di frequenza, relazioni scritte.

Ogni semestre provvedevo alla proiezione del materiale cinematografico storico. Film di propaganda, scene girate a congressi di partito, estratti di mistiche epopee a base di parate di ginnasti e alpinisti, raccolta che avevo tagliato e montato a formare un documentario impressionistico della durata di ottanta minuti. Vi predominavano le scene di massa. Affollate riprese ravvicinate di migliaia di persone all'uscita di uno stadio dopo un discorso di Goebbels, una fiumana di gente che si alza, si ammassa ed esplode nel traffico. Atrii festonati di bandiere con svastica, ghirlande mortuarie e insegne di teschi. File di migliaia di portabandiera disposti in bell'ordine davanti a fasci di luce immobile, centotrenta fari antiaerei puntati al cielo: scena che suggeriva l'idea di una nostalgia geometrica; notazione formale di un poderoso desiderio di massa. Non c'era voce narrante. Soltanto slogan, canzoni, motivi, discorsi, grida, acclamazioni, accuse, strilli.

Mi alzai e presi posizione sul davanti della sala, nella corsia centrale, di fronte all'ingresso.

Arrivarono emergendo dalla luce del sole, in pantaloncini corti da passeggio, in popeline, e T-shirt di produzione limitata, magliette lava e appendi, capi da polo, strisce da rugby. Li guardai prendere posto, osservandone l'aria sottomessa e riverente, di aspettativa incerta. Alcuni avevano blocchi per appunti e pile a matita, altri portavano con sé materiali di lettura sistemati in raccoglitori dai colori vivaci. Si sentirono mormorii, fruscii di carta, il rumore rimbombante dei sedili che cadevano a mano a mano che gli studenti vi si sistemavano. Mi appoggiai contro il davanti del proscenio, in attesa che entrassero i pochi ritardatari e che qualcuno chiudesse fuori dalla porta la nostra voluttuosa giornata d'estate.

Dopo un po' ci fu un silenzio generale. Era arrivato il momento di pronunciare le parole di introduzione. Lasciai per un attimo che il silenzio diventasse ancora più profondo, poi liberai le braccia dalle pieghe della veste accademica per poter gestire liberamente.

Quando la proiezione fu terminata, qualcuno mi chiese ragguagli sull'intrigo per uccidere Hitler. La discussione si spostò sugli intrighi in genere. Mi trovai a dire alle teste lì riunite: — Tutti gli intrighi tendono alla morte. È la loro natura. Intrighi politici, terroristici, amorosi, narrativi, intrighi dei giochi infantili. Ogni volta che intrighiamo ci accostiamo alla morte. È come un contratto che devono firmare tutti, chi intriga come coloro che sono i bersagli dell'intrigo.

È vero? Perché l'ho detto? Che cosa significa?

VII

Due sere alla settimana Babette frequenta la chiesa congregazionalista, all'altro capo della città, per insegnare la posizione corretta agli adulti riuniti nello scantinato. Fondamentalmente insegna loro come si sta in piedi, ci si siede e si cammina. La maggior parte dei suoi allievi sono anziani. E non mi è chiaro perché vogliano migliorare il loro portamento. Noi sembriamo ritenere che sia possibile tenere lontana la morte seguendo regole di buon comportamento. A volte vado con lei nello scantinato della chiesa e l'osservo mentre sta in piedi, si volta, assume diverse pose epiche, compie gesti aggraziati. Fa riferimenti allo yoga, al kendo, al camminare in stato di trance. Parla di dervisci sufi, di montanari sherpa. I vecchi annuiscono e ascoltano. Nulla è estraneo, nulla è troppo remoto da mettere in pratica. Mi sorprendono sempre la loro disponibilità e fiducia, la dolcezza del loro credere. Nulla è troppo dubbio per risultare loro utile nella ricerca della redenzione del corpo da una vita passata in posizione scorretta. È la fine dello scetticismo.

Rientrammo sotto una luna color calendola. La nostra casa, in fondo alla via, aveva un aspetto vecchio e smorto, con la luce del portico a splendere su un triciclo di plastica, una catasta di ciocchi, tre ore di fiamma colorata, in segatura e cera. Denise stava facendo i compiti in cucina, tenendo d'occhio Wilder, che era sceso giù per sedersi sul pavimento e fissare lo sguardo oltre lo sportello della stufa. Silenzio nei corridoi, ombre sul prato in pendenza. Chiudemmo la porta e ci spogliammo. Il letto era un casino. Riviste, bacchette per tende, una calza infantile lurida. Babette canticchiò un motivetto di uno spettacolo di Broadway, sistemando le bacchette in un angolo. Ci abbracciammo, cademmo sul letto di fianco ma in maniera controllata, poi ci sistemammo meglio, immergendoci nella carne l'uno dell'altra, cercando di allontanare a calci le lenzuola dalle caviglie. Nel suo corpo c'erano diverse cavità lunghe, luoghi dove la mano poteva fermarsi per studiare l'enigma nel buio, luoghi rallentatempo.

Secondo noi in cantina viveva qualcosa.

— Che cosa vuoi fare? — chiese Babette.

— Quello che vuoi tu.

— Io voglio fare quello che preferisci tu.

— Quello che preferisco è piacerti, — replicai.

— Io voglio farti felice, Jack.

— Lo sono quando ti piaccio.

— Voglio solo fare quello che vuoi fare tu.

— E io quello che preferisci tu.

— Ma tu mi piaci quando mi consenti di piacerti, — ribatté lei.

— In quanto maschio della coppia, ritengo che piacere sia responsabilità mia.

— Non capisco bene se è una dichiarazione di affettuosa sensibilità o un'affermazione sessista.

— È sbagliato che il maschio sia sollecito nei confronti della propria compagna?

— La tua compagna lo sono quando giochiamo a tennis, cosa che, tra l'altro, dovremmo ricominciare a fare. Altrimenti sono tua moglie. Vuoi che ti legga qualcosa?

— Ottima idea.

— Lo so che ti piace che legga roba sexy.

— Credevo che piacesse anche a te.

— Non è fondamentalmente la persona a cui viene letto qualcosa, quella che ne gode il beneficio e la gratificazione? Quando leggo al Vecchio Treadwell, non lo faccio certamente perché quei tabloid li trovo stimolanti.

— Treadwell è cieco, io no. Credevo che ti piacesse leggere i brani erotici.

— Se ti piacciono, allora ho piacere di farlo.

— Ma devono piacere a te, Baba. Altrimenti come dovrei sentirmi?

— A me fa piacere che a te piaccia la mia lettura.

— Ho la sensazione che ci stiamo palleggiando un peso. Il peso di essere quello che prova piacere.

— Ma io voglio davvero leggere qualcosa, Jack. Sul serio.

— Ne sei totalmente e completamente sicura? Perché altrimenti non lo si fa nel modo più assoluto.

Qualcuno accese il televisore in fondo al corridoio e una voce di donna disse: — Si rompe facilmente a pezzetti, si chiama scisto. Quando è bagnato, odora di argilla.

Ascoltammo lo scorrere del traffico notturno, che andava lievemente scemando.

Dissi: — Scegli il secolo. Vuoi leggere storie di giovani etrusche schiave, di libertini georgiani? Credo che abbiamo qualche testo sui bordelli dove si praticava la flagellazione. E il Medioevo? Abbiamo incubi e succubi. Bizzeffe di suore.

— Quello che preferisci.

— Voglio che sia tu a scegliere. Così è più sexy.

— Uno sceglie, l'altro legge. Non occorre un equilibrio, una sorta di dare e avere? Non è questo che lo rende più sexy?

— Tensione, suspense. Ottimo. Scelgo io.

— E io leggo, — consentì lei. — Ma non voglio niente in cui ci siano uomini che hanno penetrato donne, tra virgolette, o che le stanno penetrando. «La penetrai». «Mi penetrò». Noi donne non siamo degli atri, né degli ascensori. «Lo volevo dentro di me», come se lui potesse entrare completamente, firmare il registro, dormire, mangiare eccetera. D'accordo? Non mi interessa quello che fanno, basta che non penetrino o non siano penetrate.

— D'accordo.

— «La penetrai e mi misi a pompare».

— Sono totalmente d'accordo, — convenni.

— «Penetrami, penetrami, sì, sì».

— Una mania idiota, assolutamente.

— «Entra, Rex. Ti voglio dentro, duro, fino in fondo, sì, adesso, oh!»

Cominciai ad avvertire un formicolio di erezione. Che stupidaggine, fuori contesto. Babette rideva delle proprie frasi. La TV disse: — Finché i chirurghi della Florida non hanno applicato una pinna artificiale.

Babette e io ci diciamo tutto. Personalmente ho sempre detto le cose come stavano, pari pari, a tutte le mie mogli.

Naturalmente, con l'accumularsi dei matrimoni, le cose da dire aumentano. Ma quando affermo che credo nell'apertura totale al partner, non lo intendo in termini meschini, come gioco della verità o banale rivelazione. È una forma di autorinnovamento, un gesto di fiducia custodiale. L'amore ci aiuta a sviluppare un'identità sufficientemente sicura da poter essere affidata alle cure e alla protezione di un'altra persona. Babette e io abbiamo rivolto le nostre vite per esporle allo sguardo intento del compagno, le abbiamo rivoltate sotto la luce della luna nelle nostre mani pallide, parlando fino a notte avanzata di padri e madri, infanzia, amicizie, risvegli, vecchi amori, vecchi timori (tranne che quello della morte). Nessun particolare dev'essere tralasciato, nemmeno un cane con le zecche o il figlio di una vicina che mangiava gli insetti per scommessa. L'odore delle dispense, il senso dei pomeriggi vuoti, la sensazione delle cose che ci piovevano sulla pelle, cose come eventi e passioni, la sensazione del dolore, della perdita, della delusione, del piacere intenso che lascia senza fiato. In tali declamazioni notturne creiamo uno spazio tra le cose come le sentivamo allora e come ne parliamo adesso. Lo spazio riservato all'ironia, alla comprensione e all'affetto divertito, strumenti con cui ci riscattiamo dal passato.

Decisi per il ventesimo secolo. Quindi mi misi l'accappatoio e scesi lungo il corridoio fino alla camera di Heinrich per cercare un giornaletto di bassa lega, da cui Babette potesse leggere qualcosa, di quelli che pubblicano lettere dei lettori sulle proprie esperienze sessuali. Secondo me è uno dei pochi contributi dell'immaginazione moderna alla storia delle pratiche erotiche. Sono lettere in cui agisce una fantasia doppia. La gente prima scrive episodi immaginati e poi li vede pubblicati in una rivista a diffusione nazionale. Quale dei due momenti è il più eccitante?

C'era Wilder, occupato a guardare Heinrich che faceva un esperimento di fisica con alcune palline di acciaio e un'insalatiera. Heinrich indossava una vestaglia di spugna, aveva un asciugamano attorno al collo e un altro in testa. Mi disse di cercare di sotto.

In una pila di materiale assortito trovai alcuni album di foto di famiglia, dei quali un paio avevano almeno una cinquantina di anni. Li portai su in camera. Quindi passammo ore a sfogliarli, seduti nel letto. Bambini con il viso contorto in una smorfia per la luce, donne con cappellino da sole, uomini che si riparavano gli occhi dal riverbero, come se il passato avesse disposto di un tipo di luce che non ci è più dato sperimentare, un fulgore domenicale che costringeva la gente vestita della festa a contrarre la faccia e a porsi a una certa angolazione rispetto al futuro, quasi — sembrava — con lo sguardo rivolto da un'altra parte, con appiccicati in faccia sorrisi fissi e ben tracciati, scettici nei confronti di qualcosa che pertiene alla natura della macchina fotografica a cassetta.

Chi morirà prima?

VIII

La mia battaglia con la lingua tedesca cominciò a metà ottobre e durò quasi tutto l'anno accademico. In quanto figura di maggior rilievo degli studi hitleriani in nord America, era da molto tempo che cercavo di nascondere il fatto che non conoscevo il tedesco. Non lo parlavo e non lo leggevo, non lo capivo e non sapevo neanche da che parte cominciare per mettere su carta la frase più elementare. I più scarsi fra i miei colleghi in Hitler lo sapevano un po', altri o lo parlavano bene o sapevano usarlo in maniera ragionevole a fini di conversazione. Nessuno poteva specializzarsi in studi hitleriani, al College-on-the-Hill, senza un minimo di un anno di tedesco. In breve: vivevo ai margini di un territorio di ampia vergogna.

Il tedesco. Carnoso, distorto, sputacchione, porporino e crudele. Ma bisognava finalmente affrontarlo. Non era forse rappresentato dallo stesso sforzo di Hitler di esprimersi in tedesco, il cruciale senso latente della sua imponente e strabripante autobiografia, dettata in un carcere-fortezza delle montagne bavaresi? Grammatica e sintassi. Può darsi che si sia sentito imprigionato in più di un senso.

Ho fatto diversi tentativi per imparare il tedesco, serie indagini su origini, strutture, radici. Avvertivo il potere mortale della lingua. Volevo parlarla bene, usarla come talismano, come strumento protettivo. Più mi ritraevo davanti al compito di imparare vere parole, regole e pronunce, più importante mi sembrava andare avanti. Ciò che riluttiamo a toccare, sembra spesso essere l'essenza stessa di cui è intessuta la nostra salvezza. Ma mi sfuggivano i suoni di base, l'aspra settentrionalità scattante di parole e sillabe, il porgere imperioso. Tra la parte posteriore della lingua e la volta della bocca succedeva qualcosa che si prendeva gioco dei miei tentativi di formulare parole tedesche. Ero tuttavia deciso a riprovare.

Dal momento che avevo raggiunto un elevato livello professionale, che le mie lezioni erano ben frequentate e i miei articoli pubblicati nelle riviste più importanti, che indossavo una veste accademica e gli occhiali scuri giorno e notte ogni qual volta ero al campus, che portavo in giro centoquattro chili in una struttura di un metro e novantasette, disponendo inoltre di mani e piedi grossi, sapevo che le mie lezioni di tedesco dovevano rimanere un segreto.

Mi misi pertanto in contatto con un uomo che non aveva nulla a che fare con il college, un individuo di cui mi aveva parlato Murray Jay Siskind, suo compagno di pensione nella casa in assicelle verdi a Middlebrook. Aveva cinquant'anni passati e camminava strascicando leggermente i piedi. Aveva capelli radi, viso affabile e portava le maniche della camicia arrotolate sugli avambracci, esponendo la sottostante canottiera a maniche lunghe.

La sua carnagione era di una tonalità che voglio definire color carne. Si chiamava Howard Dunlop. Affermò di aver fatto il chiropratico, ma non fornì nessuna spiegazione del perché non fosse più attivo, né disse dove avesse imparato il tedesco, o perché, ma qualcosa dei suoi modi mi trattenne dal chiederglielo.

Ci sedemmo nella sua stanza di pensionante, buia e disordinata. Accanto alla finestra era appoggiato, chiuso, un asse per stirare. C'erano pentole sbreccate di smalto, cassette di utensili posate su un cassettone. Il mobilio era vago, scompagnato. Sui bordi della stanza c'erano gli oggetti fondamentali. Un calorifero scoperto, una branda con coperta militare. Dunlop stava seduto sul margine di una sedia dallo schienale diritto e declamava principi generali di grammatica. Quando passava dall'inglese al tedesco, era come se nella laringe gli fosse stata strizzata una corda. Nella sua voce compariva un'emozione improvvisa, un raschiare e gargarizzare che parevano il risvegliarsi di un'ambizione animalesca. Mi guardava a bocca spalancata e gesticolava, gracidava. Rischiò lo strangolamento. Dalla radice della sua lingua arrivavano suoni di rigurgito, aspri rumori intrisi di passione. Stava soltanto mostrandomi certe strutture basilari della pronuncia, ma la trasformazione avvenuta nel suo volto e nella sua voce mi fecero pensare che stesse compiendo una transizione tra due diversi livelli dell'essere.

Me ne stetti seduto a prendere appunti.

L'ora passò in fretta. Quando gli chiesi di non parlare con nessuno di queste lezioni, Dunlop si limitò a un'avara scrollata di spalle. Poi mi venne in mente che era lui quello che Murray, nel suo sommario dei compagni di pensione, aveva descritto come quello che non usciva mai di camera.

Fermatomi alla stanza di Murray, gli chiesi di venire a casa con me per cena. Posò la copia di *American Transvestite* che stava guardando e si infilò la giacca di velluto a coste. Quindi ci fermammo sul portico il tempo necessario perché spiegasse al padrone di casa, lì seduto, di un rubinetto che sgocciolava nel bagno del secondo piano. Tale padrone di casa era un uomo florido e di vaste dimensioni, di una salute tanto robusta ed esuberante che sembrava vittima di un infarto proprio mentre lo guardavamo.

— Riuscirà a sistemarlo, — disse Murray, mentre ci dirigevamo a piedi verso Elm Street. — Alla fine aggiusta tutto. È bravissimo con tutti quegli utensili, attrezzi e strumenti di cui la gente di città non conosce nemmeno i nomi. Li sanno soltanto nelle comunità fuori mano, cittadine e zone rurali. Peccato che sia un benpensante pazzesco.

— Come fai a saperlo?

— Quelli che sanno aggiustare le cose lo sono quasi sempre.

— In che senso?

— Pensa a tutti quelli che sono venuti a casa tua a riparare qualcosa. Tutti benpensanti, no?

— Non saprei.

— Guidano furgoncini che hanno sul tetto la scaletta allungabile e appeso a penzolare sul lunotto un qualche talismano, no?

— Non saprei, Murray.

— È evidente, — concluse.

Quindi mi chiese perché avessi scelto proprio quest'anno per imparare il tedesco, dopo tanti anni passati a scapolarla. Gli spiegai che per la primavera successiva era in programma un seminario di studi hitleriani. Tre giorni di conferenze, laboratori e tavole rotonde. Hitlerologi provenienti da diciassette stati americani e da nove paesi stranieri. Era prevista anche la presenza di alcuni tedeschi autentici.

A casa Denise sistemò un sacchetto fradicio di spazzatura nel compressore della cucina. Quindi lo mise in moto. Il pistone diede il suo colpo di maglio verso il basso con un tremendo rumore di torsione, evocatore di sensazioni arcane. Bambini entravano e uscivano dalla cucina, acqua sgocciolava nel lavandino, nell'ingresso si sentivano i gemiti della lavatrice. Murray parve assorbito nel reticolo dei rumori. Metallo che cigolava, bottiglie che esplodevano, plastica che veniva spiaccicata. Denise ascoltava attentamente, per accertarsi che da tutto quel rumore di frantumazione emergessero i giusti elementi sonici, a significare che l'apparecchio funzionava come si deve.

Heinrich disse a qualcuno al telefono: — Gli animali l'incesto lo praticano continuamente. Quindi com'è possibile che sia una cosa contro natura?

Babette arrivò dalla sua seduta di corsa, zuppa di sudore. Murray attraversò la cucina per stringerle la mano. Lei inciampò in una sedia, ispezionando la stanza in cerca di Wilder. Io vidi che Denise stava facendo un paragone mentale tra la tenuta da corsa della madre e il sacco umido che aveva gettato nel compressore. Glielo lessi nello sguardo, connessione sarcastica. Erano questi livelli secondari di esistenza, questi lampi extrasensoriali, queste sfumature fluttuanti dell'essere, queste sacche di rapporti formatesi in maniera inattesa, a farmi credere che noi costituivamo un fatto magico, adulti e bambini uniti a condividere una serie inesplicabile di cose.

— Dobbiamo far bollire l'acqua, — disse Steffie.

— Perché?

— L'hanno detto alla radio.

— Lo dicono sempre, — commentò Babette. — È la novità del momento, come girare il volante verso il marciapiede quando si sbanda. Ecco che arriva Wilder. Credo che possiamo mangiare.

Il bambino procedeva con andatura ondeggiante, crollando il testone, e vedendolo avvicinarsi sua madre fece delle smorfie di intenso piacere, maschere felici e stravaganti.

— I neutrini vanno diritti al cuore, — disse Heinrich nella cornetta.

— Sì sì sì, — disse Babette.

IX

.

Il martedì la scuola elementare dovette essere evacuata. I bambini vennero colti da mal di testa e irritazione agli occhi, oltre ad avvertire un sapore metallico in bocca. Una maestra si mise a rotolare sul pavimento, parlando lingue straniere. Nessuno capiva che cosa stesse succedendo. Gli incaricati delle ricerche dissero che poteva dipendere dal sistema di ventilazione, dalla vernice o dallo smalto, dalla schiuma isolante, dall'isolante elettrico, dal cibo della mensa, dai raggi emessi dai microcomputer, dall'amianto antincendio, dall'adesivo dei contenitori per il trasporto, dalle esalazioni di cloro della piscina, o forse da qualcosa di ancora più profondo, più sottile, più intimamente insito nello stato essenziale delle cose.

Denise e Steffie quella settimana rimasero a casa, mentre uomini in tuta di Mylex e maschera respiratoria procedevano a ispezioni sistematiche dell'edificio con un'apparecchiatura di rilevamento a raggi infrarossi e strumenti di misurazione. Dal momento che lo stesso Mylex è un materiale sospetto, gli esiti risultarono piuttosto ambigui, per cui venne programmata una seconda serie di rilevamenti più seri.

Le due ragazzine, Babette e io, con Wilder, andammo al supermercato. Qualche minuto dopo essere entrati ci imbattemmo in Murray. Era la quarta o quinta volta che lo vedevo lì, più o meno quante lo avevo visto al campus. Afferrò Babette per il bicipite sinistro e le volteggiò attorno, quasi volesse annusarle i capelli.

— Bella cena, — disse poi, standole direttamente alle spalle. —Anche a me piace cucinare, per cui so apprezzare doppiamente chi lo fa bene.

— Vieni quando vuoi, — replicò lei, voltandosi per tentare di vederlo.

Ci spostammo tutti assieme nell'interno ultra-condizionato. Wilder stava seduto nel carrello e cercava di afferrare al volo qualche oggetto dai banchi. Secondo me, tuttavia, ormai era troppo grande e grosso. Mi chiedevo anche come mai il suo vocabolario sembrava bloccato sulle venticinque parole.

— Sono felice di essere qui, — disse Murray.

— A Blacksmith?

— A Blacksmith, nel supermercato, nella pensione, alla Hill. Sento di imparare qualcosa di importante ogni giorno che passa. Morte, infermità, l'aldilà, lo spazio cosmico. Qui è tutto molto più chiaro. Riesco a pensare e vedere.

Ci spostammo nella zona degli alimentari generici, dove Murray si attardò con il suo cesto di plastica a grufolare tra cartoni e vasetti bianchi. Non ero sicuro di aver capito che cosa intendesse dire. Che cosa significava «molto più chiaro»? Che cosa riusciva a pensare e vedere?

Steffie mi prese per mano e oltrepassammo i banchi della frutta, zona che si estendeva per una quarantina di metri lungo una sola parete. I banchi erano disposti in diagonale e avevano sul retro degli specchi, cui la gente mollava accidentalmente dei pugni tentando di raggiungere la frutta sistemata nei ripiani superiori. Una voce all'altoparlante disse: — Kleenex Softique, per favore, il vostro camion blocca l'ingresso —. Quando qualcuno prendeva un frutto da certi punti delle pile perfettamente disposte, mele e limoni rotolavano a terra, a due a due, a tre a tre. C'erano sei tipi di mele, nonché meloni esotici di diverse colorazioni chiare. Tutto sembrava di stagione, irrorato, lustrato, luccicante. La gente prendeva sottilissimi sacchetti di plastica dagli espositori e cercava di capire da quale estremità si aprissero. Sistemi elettronici inespressivi, scorrere e stridere di carrelli, apparecchi di amplificazione e per fare il caffè, grida di bambini. E sopra a tutto, o sotteso a tutto, un rombo sordo e non localizzabile, come di forma di vita sciamante, esterna alla sfera della comprensione umana.

— Lo hai detto a Denise, che ti spiace?

— Magari dopo, — replicò Steffie. — Ricordamelo tu.

— È carina e vuole esserti sorella maggiore e amica, se glielo consenti.

— Amica, non so. È un po' prepotente, non ti pare?

— A parte il dirle che ti spiace, non dimenticare di renderle il *Prontuario medico*.

— È sempre lì a leggere quella roba. Non ti pare strano?

— Almeno legge qualcosa.

— Già, elenchi di droghe e medicinali. E vuoi sapere perché?

— Perché?

— Perché sta cercando di scoprire gli effetti collaterali della roba che prende Baba.

— Che roba prende, Baba?

— Non chiederlo a me. Chiedilo a Denise.

— E tu come fai a sapere che Babette prende della roba?

— Chiedilo a Denise.

— E se invece lo chiedessi a Baba?

— Chiediglielo, — concluse Steffie.

Murray emerse da una corsia e si mise a procedere di fianco a Babette, davanti a noi. Le prese dal carrello una confezione doppia di tovaglioli di carta e l'annusò. Denise aveva trovato alcuni amici, con i quali si portò nella parte anteriore del supermercato per guardare i tascabili negli espositori girevoli, i libri dai caratteri metallici luccicanti, dalle lettere in rilievo, dalle vivaci illustrazioni trasudanti culto-violenza e tempestosa avventura. Aveva in testa una visiera verde. Sentii Babette dire a Murray che erano tre settimane che la portava quattordici ore al giorno. Non sarebbe mai andata in giro senza: non usciva neanche di camera. La portava a scuola, quando era aperta, la portava in bagno, nella poltrona del dentista, a tavola. In quella visiera c'era qualcosa che sembrava parlarle, offrirle pienezza e identità.

— È la sua interfaccia con il mondo, — disse Murray.

Stava aiutando Babette a spingere il suo carrello stracarico. Lo sentii dire: — I tibetani credono che vi sia uno stato di transizione tra la morte e la rinascita. La morte sarebbe fondamentalmente un periodo di attesa. Dopo poco tempo l'anima sarà accolta da un nuovo grembo. Nel frattempo essa restituisce a se stessa una parte della divinità che ha perduto al momento della nascita —. Studiai il profilo di Babette per cogliervi una reazione. — È la stessa cosa che penso io ogni volta che vengo qui.

Questo posto ci ricarica sotto il profilo spirituale, ci prepara, è un passaggio o una transizione. Guarda quant'è luminoso. È pieno di dati sovrannaturali.

Mia moglie gli sorrise.

— Tutto è celato nel simbolismo, nascosto da veli di mistificazione e strati di materiale culturale. Ma si tratta senza ombra di dubbio di dati sovrannaturali. Le grandi porte si aprono scorrendo e si chiudono spontaneamente. Onde di energia, radiazione incidente. E poi ci sono lettere e numeri, tutti i colori dello spettro, tutte le voci e i rumori, tutte le parole in codice e le frasi convenzionali. È soltanto questione di decifrare, ricombinare, eliminare gli strati di impronunciabilità. Non che sia il caso, non che ne possa derivare alcuno scopo utile. Questo non è il Tibet. E neanche il Tibet è più quello di una volta.

Continuai a esaminare il profilo di Babette, che mise dello yogurt nel carrello.

— I tibetani cercano di vedere la morte per ciò che essa è. Ovvero la fine dell'attaccamento alle cose. Una verità semplice ma difficile da capire. Tuttavia, una volta che si sia smesso di negare la morte, si può procedere tranquillamente a morire e poi ad affrontare l'esperienza della rinascita uterina, o l'aldilà giudaicocristiano, o l'esperienza extracorporea, o un viaggio su un Ufo, o come che lo si voglia chiamare. E possiamo farlo con chiarezza di visione, senza timore riverenziale o terrore. Non dobbiamo aggrapparci artificialmente alla vita, e neanche alla morte. Non si fa altro che procedere verso le porte scorrevoli. Onde e radiazioni. Guarda come è tutto ben illuminato. Questo posto è sigillato, conchiuso in sé. È senza tempo. Un'altro motivo per cui penso al Tibet. Morire, in Tibet è un arte. Arriva un sacerdote, si siede, dice ai parenti in lacrime di andarsene e fa sigillare la stanza. Porte e finestre, tutte sigillate. Ha cose serie da fare. Salmodie, numerologia, oroscopi, recitazioni. Qui non moriamo, facciamo acquisti. Ma la differenza è meno marcata di quanto si creda.

Ormai stava praticamente mormorando, per cui cercai di avvicinarmi senza andare a sbattere con il mio carrello in quello di Babette. Volevo sentire tutto.

— I supermercati così grandi, puliti e moderni, per me sono una rivelazione. Ho passato la vita in negozietti di gastronomia con banchi sbilenchi pieni di vassoi su cui erano disposti mucchietti mollicci e umidi di sostanze di svariate colorazioni chiare. Banchi tanto alti da costringere a stare in punta di piedi per ordinare. Grida, accenti diversi. Nelle città nessuno più nota la specificità del morire. Il morire è una componente dell'aria. Si trova ovunque e in nessun luogo. Morendo gli uomini gridano, per farsi notare, per farsi ricordare per un paio di secondi. Morire in un appartamento di città può deprimere l'anima, penso, per diverse vite a venire. Nelle cittadine di provincia invece ci sono le villette, le piante nei bovindi. La gente nota di più la morte. I morti hanno volti, automobili. Se non si sa un nome, si sa però quello di una strada, di un cane. «Aveva una Mazda arancione». Di una persona si sanno un paio di cose inutili che diventano importanti elementi di identificazione e collocazione cosmica, nel caso in cui essa muoia all'improvviso, dopo una breve malattia, nel proprio letto, con trapunta e cuscini rivestiti uguali, in un mercoledì pomeriggio piovoso, febbricitante, un po' congestionata nei seni nasali e al petto, pensando alla lavatura a secco.

Babette esclamò: — Dov'è Wilder? — voltandosi a fissarmi con un'espressione intesa a significare che erano passati dieci minuti da quando l'aveva visto l'ultima volta. Erano altri sguardi, meno meditabondi, meno colpevoli, a indicare più ampi lassi di tempo, più profondi mari di distrazione. Tipo: «*Toh! Non lo sapevo che le balene erano mammiferi*». Più ampio il lasso di tempo, più vacuo lo sguardo, più pericolosa la situazione. Come se il senso di colpa fosse un lusso che si permetteva soltanto quando il pericolo era minimo.

— Come ha fatto a scendere dal carrello senza che me ne accorgessi?

I tre adulti si disposero ciascuno all'estremità di una corsia e presero a sbirciare nel traffico scorrente di carrelli e corpi. Quindi ce ne facemmo altre tre, la testa sporta in avanti, muovendoci leggermente a zig zag per cambiare visuale. Continuavo a vedere chiazze di colore sulla destra, ma quando mi voltavo da quella parte non c'era più niente. Erano anni che le vedevo, ma mai così tante, né così gaiamente animate. Fu Murray a vedere Wilder nel carrello di un'altra donna, che fece un cenno di saluto alla volta di Babette e si diresse verso di noi. Abitava nella nostra via, con una figlia adolescente e un infante asiatico di nome Chun Duc. Lo indicavano tutti per nome, quasi con un tono di orgogliosa proprietà, ma nessuno sapeva chi fossero i veri genitori, né di dove fosse o da dove venisse.

— Kleenex Softique, Kleenex Softique.

Steffie mi teneva la mano in un modo che, dopo un po' di tempo, ero arrivato a capire non voleva essere dolcemente possessivo, come pensavo sulle prime, ma rassicurante. Ero vagamente sbalordito. Una presa salda, intesa a farmi ritrovare la fiducia in me stesso, a impedirmi di rassegnarmi di fronte a qualsivoglia umor tetro lei ritenesse di aver colto aleggiare attorno alla mia persona.

Prima di portarsi alla coda rapida, Murray ci invitò a cena, il sabato seguente.

— Basta che me lo facciate sapere all'ultimo momento.

— Verremo senz'altro, — disse Babette.

— Non preparo niente di complicato, per cui basta che chiamiate poco prima per dirmi se viene qualcun altro. Non c'è neanche bisogno che chiamiate. Se non vi fate vedere, capirò che è successo qualcosa e che non siete riusciti a farmelo sapere.

— Veniamo senz'altro, Murray.

— Portate anche i bambini.

— No.

— Benissimo. Ma se decidete di portarli, nessun problema. Non voglio abbiate l'impressione che vi vincolo. Non consideratevi legati a un impegno ferreo. Se venite, bene, altrimenti amen. Io devo comunque mangiare, per cui non è una catastrofe se succede qualcosa e dovete rinunciare. Voglio solo sappiate che se decidete di fare un salto, con o senza bambini, io sono lì. Abbiamo fino a maggio o giugno per farlo, quindi non è che la scelta di sabato venturo abbia un significato particolare.

— Il prossimo semestre torni? — chiesi io.

— Vogliono che tenga un corso sugli incidenti d'auto nel cinema.

— Fallo.

— Certo.

Nella coda della cassa mi strusciai contro Babette. Lei mi si appoggiò e io la circondai con le braccia, mettendole le mani sui seni. Lei fece ruotare le anche e io le strofinai il naso tra i capelli, mormorando: «Sudicia bionda». La gente compilava assegni, ragazzi di alta statura impacchettavano le merci. Alle casse nessuno parlava inglese, come nemmeno agli scaffali della frutta e dei surgelati, né tra le auto del parcheggio. Sentivo sempre più di frequente lingue che non sapevo identificare e ancor meno capire, anche se i ragazzi alti erano nati in America e le cassiere idem, basse, grassotte nei loro grembiuli azzurri, con pantaloni in tessuto elastico e minuscole scarpe bianche di corda. Cercai di infilare la mano nella gonna di Babette, sulla pancia, mentre la coda in lento movimento procedeva verso l'ultimo punto di acquisto, mentine per l'alito cattivo e inalatori nasali.

Fu all'esterno, nel parcheggio, che sentimmo parlare per la prima volta di un morto nel corso dell'ispezione alla scuola elementare, uno degli uomini in maschera e tuta di Mylex, con gli stivaloni, grande e grosso. Morto di schianto, secondo la voce diffusa, in un'aula del secondo piano.

X

La retta, al College-on-the Hill, è di quattordicimila dollari, compreso il brunch della domenica. Secondo me c'è una connessione tra questa cifra imponente e il modo in cui gli studenti si sistemano fisicamente nelle zone di lettura della biblioteca. Stanno seduti su ampi sedili imbottiti, in varie sorti di stravaccamenti, chiaramente calcolati per costituire il segno distintivo di un gruppo di affini o di un'organizzazione segreta. Se ne stanno lì in posizione fetale, spaparacchiati, con le ginocchia valghe, inarcati, ingarbugliati, a volte quasi a gambe all'aria. Posizioni talmente studiate da attenere alla mimica classica. Vi è, in esse, qualcosa di ultraraffinato e congenito. A volte mi sembra di essere penetrato in un sogno da Estremo Oriente, troppo remoto per essere interpretato. Ma è soltanto un linguaggio da classe economica, quello che parlano, in una delle sue manifestazioni esterne ammissibili, come l'arrivo in massa delle station wagon all'inizio dell'anno.

Denise osservò la madre strappare il nastrino di cellofan da una confezione speciale di sedici pezzi di chewing gum involti uno per uno. Quindi, mentre tornava all'agendina che teneva posata davanti a sé sul tavolo da cucina, gli occhi le si fecero più piccoli. Il suo volto undicenne divenne un'esperta maschera di esasperazione contenuta.

Attese un lungo istante, poi con voce priva di espressione disse: — Nel caso che tu non lo sappia, quella roba lì, nelle cavie di laboratorio produce il cancro.

— Sei stata tu a dire che dovevo masticare gomma senza zucchero, Denise. È stata un'idea tua.

— Allora sulla confezione non c'era nessuna avvertenza. Adesso invece ce la mettono, e stento a credere che tu non l'abbia vista.

Stava trascrivendo nomi e numeri telefonici da un'agendina vecchia a una nuova. Niente indirizzi. I suoi amici, stirpe dotata di coscienza analogica a sette bit, disponevano soltanto di numero telefonico.

— A me va benissimo comunque, — disse Babette. — Dipende unicamente da te. O mastico gomma con zucchero e coloranti artificiali, oppure mastico quella senza zucchero e colore, che fa male ai ratti.

Steffie mise giù il telefono. — Non masticare niente, — ribatté. — Ci hai mai pensato?

Babette stava rompendo uova in un'insalatiera di legno. Mi rivolse uno sguardo che chiedeva come facesse la ragazzina a parlare al telefono e contemporaneamente ad ascoltarci. Perché ci trova interessanti, avrei voluto rispondere.

Rivolta alle ragazzine, Babette continuò: — Sentite: o mastico gomma, o fumo. Se volete che ricominci a fumare, portatemi via i miei chewing gum e le mie Mentho-Lyptus.

— Perché devi proprio fare una cosa o l'altra? — chiese Steffie. — Perché non la pianti con tutte e due?

— O perché non le fai tutt'e due? — chiese Denise, con il volto accuratamente slavato di ogni espressione. — È questo che vuoi, vero? Riusciamo tutti a fare quello che vogliamo, tranne che, se domani vogliamo andare a scuola, noi non possiamo, perché la stanno disinfestando, o chissà che cosa.

Il telefono suonò e Steffie si precipitò a rispondere.

— Non sono una criminale, — replicò Babette. — Non voglio fare altro che dare di quando in quando una masticatina a un pezzetto minuscolo e insipido di gomma.

— Be', non è una cosa così semplice, — commentò Denise.

— Non è neanche un delitto, però. Ne mastico un paio al giorno, di questi pezzetti.

— Be', non puoi più.

— E invece sì, Denise. Voglio. L'atto di masticare mi rilassa, guarda un po'. Stai facendo un gran putiferio per niente.

Steffie riuscì a richiamare la nostra attenzione per il semplice mezzo dell'espressione implorante del suo viso. Teneva la mano sulla cornetta. Non parlò, limitandosi a formulare le parole con le labbra.

Gli Stover vogliono venire qui.

— Genitori o figli? — chiese Babette.

Steffie scrollò le spalle.

— Non li vogliamo, — disse Babette.

— Tienili alla larga, — aggiunse Denise.

Che cosa dico?

— Quello che vuoi.

— Tienili alla larga da qui.

— Sono noiosi.

— Digli di stare a casa.

Steffie si ritirò con il telefono, facendogli schermo con il corpo, gli occhi pieni di timore ed eccitazione.

— Non è possibile che un po' di gomma faccia male.

— Secondo me hai ragione. Fregatene. È soltanto un'avvertenza sull'involucro.

Steffie appese. — Pericolosa soltanto per la tua salute.

— Soltanto per quella dei topi, — precisò Denise. — Penso che tu abbia ragione. Fregatene.

— Forse crede che siano morti nel sonno.

— Erano soltanto dei roditori inutili, quindi che differenza fa?

— Che differenza fa, perché tutto questo putiferio? — chiese Steffie.

— E poi mi piacerebbe credere alla storia che ne mastica solamente due al giorno, visto il modo come dimentica le cose.

— Che cosa dimentico? — chiese Babette.

— Niente, niente, — rispose Denise. — Lascia perdere.

— Che cosa dimentico?

— Continua pure a masticare. Fregatene dell'avvertenza. Non me ne importa niente.

Sollevai Wilder da una sedia e gli diedi sull'orecchio un bacio schioccante che lo fece ritrarre deliziato. Quindi lo posai sul piano della cucina e salii di sopra a cercare Heinrich, che era nella sua stanza, occupato a studiare la disposizione dei pezzi da scacchi in plastica.

— Continui a giocare con quel tizio in prigione? Come va?

— Abbastanza bene. Penso di averlo incastrato.

—Che cosa ne sai di questo individuo? È un po' che avevo voglia di chiedertelo.

— Per esempio chi ha ammazzato? La grande novità del giorno. Ci si preoccupa della vittima.

— Sono mesi che giochi a scacchi con lui. E che cosa ne sai, a parte il fatto che è in galera a vita, per omicidio? È giovane, vecchio, nero, bianco? Non vi comunicate altro che le mosse degli scacchi?

— Ogni tanto ci mandiamo un biglietto.

— Chi ha ammazzato?

— Era molto stressato.

— E che cos'è successo?

— Lo stress continuava ad aumentare.

— Quindi è uscito e ha fatto fuori qualcuno. A chi ha sparato?

— A certa gente di Iron City.

— Quanti?

— Cinque.

— Cinque persone.

— Senza contare il poliziotto, che è successo dopo.

— Sei persone. Aveva una cura ossessiva delle proprie armi? Disponeva di un arsenale ammassato nella sua squallida stanzetta di fianco a un parcheggio di cemento a sei piani?

— Alcune pistole e una carabina a ripetizione con telescopio.

— Mirino telescopico. Ha sparato da un cavalcavia di autostrada, ha affittato una camera? È entrato in un bar, in una lavanderia automatica, nel suo ex posto di lavoro e si è messo a fare fuoco indiscriminatamente? Gente che si disperdeva di qua e di là, cercando riparo sotto i tavoli. Altra, fuori in strada, che pensava di sentire dei petardi. «Stavo aspettando l'autobus quando ho sentito questi piccoli schiocchi, come se qualcuno sparasse dei petardi».

— È salito su un tetto.

— Un cecchino da tetto. Ha scritto un diario, prima di salirci? Ha registrato nastri con la propria voce, è andato al cinema, ha letto libri su altri omicidi di massa, per rinfrescarsi la memoria?

— Ha inciso dei nastri.

— Nastri. E che cosa ne ha fatto?

— Li ha mandati alle persone a cui voleva bene, chiedendo il loro perdono.

— «Non posso farci niente, miei cari». Le vittime erano persone completamente estranee? È stato un massacro fatto per motivi di rancore? Era stato licenziato? Aveva sentito delle voci?

— Completamente estranee.

— Aveva sentito delle voci?

— Alla TV.

— Rivolte esclusivamente a lui? Che indicavano proprio lui?

— Che gli dicevano di farsi un posto nella storia. Aveva ventisette anni, era disoccupato, divorziato e con la macchina completamente inutilizzabile. Gli stava scappando tra le mani il tempo.

— Voci insistenti, che lo hanno messo in crisi. Come si è comportato con la televisione? Ha concesso un sacco di interviste, ha scritto lettere al direttore del giornale locale, ha cercato di tirarne fuori un libro?

— A Iron City la televisione non c'è. Non ci ha pensato, finché è stato troppo tardi. Dice che, un'altra volta, non farebbe un comune omicidio, ma un attentato.

— Sceglierebbe con più cura, ammazzerebbe una persona famosa, si farebbe notare, prolungherebbe l'effetto.

— Adesso sa che un posto nella storia non ce l'avrà.

— Neanch'io, se è solo per quello.

— Ma tu hai Hitler.

— Sì, già, certo.

— Tommy Roy Foster, invece, che cosa aveva?

— D'accordo. Tutte queste cose te le ha dette nelle lettere che ti manda. E nelle risposte, tu che cosa gli dici?

— Che perdo i capelli.

Lo guardai. Era in tuta da ginnastica, aveva un asciugamano attorno al collo e polsini da tennis.

— Lo sai che cosa direbbe tua madre di questa relazione basata sugli scacchi per posta?

— Io so quello che diresti tu. Lo stai dicendo adesso.

— Come sta tua madre? Hai avuto sue notizie, di recente?

— Vuole che questa estate io vada all'ashram.

— E tu hai voglia di andarci?

— Chi lo sa che cosa ho voglia di fare? Chi lo sa che cosa ha voglia di fare in genere la gente? Come si fa a esserne sicuri? Non è tutta una questione di chimica cerebrale, di segnali che vanno avanti e indietro, di energia elettrica nella corteccia? Come si fa a sapere se una cosa è esattamente ciò che si vuole fare, oppure soltanto una qualche specie di impulso nervoso nel cervello? Una minuscola attività secondaria ha luogo da qualche parte, in un punto privo di importanza dentro uno degli emisferi cerebrali, ed ecco che di punto in bianco mi viene voglia di andare nel Montana, oppure no. Come faccio a sapere se ho veramente voglia di andarci e non sono soltanto un po' di neuroni che fanno fuoco, o qualcosa del genere? Magari capita soltanto un lampo, per caso, nel midollo e di punto in bianco eccomi lì nel Montana, dove scopro che in realtà non avevo nessunissima voglia di andarci. Se non sono in grado di controllare quello che mi succede nel cervello, come faccio a essere sicuro di quello che avrò voglia di fare fra dieci secondi, per non parlare di quest'estate e del Montana? È tutta questione di attività cerebrale, per cui non si sa che cosa dipenda dalla propria persona e che cosa da un neurone che ha appena fatto fuoco o magari cilecca. Non è per questo che Tommy Roy ha ammazzato quelle persone?

Il mattino andai in banca. Raggiunsi la cassa automatica per controllare il mio saldo. Inserii la carta, composi il codice segreto, digitai la mia richiesta. La cifra che comparve sullo schermo corrispondeva abbastanza al conto che avevo fatto io, arrivandovi stentatamente dopo una lunga serie di analisi su documenti e di tormentate operazioni aritmetiche. Sentii diverse ondate di sollievo e gratitudine. Il sistema elettronico aveva dato il suo assenso alla mia vita. Ne avvertii il sostegno e l'approvazione. Il cervellone, la struttura centrale, piazzata dentro un locale sbarrato, in una città lontana. Che gradevole interazione. Sentii che qualcosa di profondo valore personale, ma non denaro, tutt'altro, era stato autenticato e confermato. Due guardie armate stavano accompagnando fuori dalla banca una persona disturbata. Il sistema elettronico era invisibile, cosa che lo rendeva ancora più incredibile, ancora più inquietante da averci a che fare. Ma eravamo in consonanza, almeno per ora. Le reti, i circuiti, i flussi, le armonie.

XI

Mi svegliai nella morsa di un sudore mortale. Senza difese nei confronti del tormento delle mie stesse paure. Una pausa al centro del mio essere. Ero privo della volontà e della capacità fisica di uscire dal letto al fine di andare in giro per la casa buia, sostenendomi a pareti e ringhiere delle scale. Camminare a tastoni, reimpossessarmi del mio corpo, rientrare in questo mondo. Il sudore mi colava sulle costole. L'orologio digitale sulla radiosveglia indicava le 3:51. In momenti come questi, sempre numeri dispari. Che cosa significa? Che la morte è dispari? Che esistono numeri accresci-vita e altri carichi di minaccia? Babette mormorò qualcosa nel sonno e io mi accostai a lei, respirandone il calore.

Finalmente mi addormentai, per essere svegliato dall'odore di un toast che bruciava. Doveva essere Steffie. Li brucia spesso, a qualsiasi ora, apposta. Le piace l'odore, è la sua droga, il suo profumo preferito. La gratifica in modi inattingibili per il fumo di legna, o per le candele smorzate, o per l'odore di polvere da sparo che aleggia per la strada, prodotto dai petardi fatti scoppiare il Quattro Luglio. Ha anche stabilito un ordine di preferenze. Bruciato di pane di segale, bruciato di pane bianco e così via.

Mi misi l'accappatoio e scesi giù. Lo facevo sempre, mettermi l'accappatoio e andare a parlare di cose serie con uno dei nostri figli. Insieme a Steffie, in cucina, c'era Babette. La cosa mi stupì. Pensavo che fosse ancora a letto.

— Vuoi un toast? — chiese la ragazzina.

— La settimana prossima faccio cinquantun'anni.

— Non significa poi essere tanto vecchi, no?

— Sono venticinque anni che me lo continuo a ripetere.

— Male. Quanti anni ha mia madre?

— È ancora giovane. Ne aveva soltanto venti quando ci siamo sposati la prima volta.

— È più giovane di Baba?

— Quasi uguale. Tanto perché non pensi che sono il tipo che va sempre in cerca di donne più giovani.

Non sapevo bene se le mie risposte erano dirette a Steffie oppure a Babette. Cose che succedono in cucina, dove i livelli dei dati sono numerosi e profondi, come avrebbe potuto dire Murray.

— È ancora nella CIA? — chiese Steffie.

— Si era detto di non parlarne, no? E comunque è soltanto una agente esterna.

— Che cosa vuol dire?

— Roba che fa la gente al giorno d'oggi per avere un secondo reddito.

— Che cosa fa esattamente? — chiese Babette.

— Le arriva una telefonata dal Brasile e viene attivata.

— E poi?

— Porta in giro in lungo e in largo per l'America latina una valigetta piena di soldi.

— E basta? Potrei farlo anch'io.

— Ogni tanto le mandano un libro da recensire.

— La conosco? — chiese Babette.

— No.

— So come si chiama?

— Dana Breedlove.

Le labbra di Steffie formularono le parole mentre le pronunciavo.

— Non avrai intenzione di mangiare quella roba, vero? — le chiesi.

— Io il mio toast lo mangio sempre.

Suonò il telefono e sollevai la cornetta. Una voce femminile mi gratificò di una formula di saluto di alta classe. Disse di essere generata da un computer, parte di un'indagine di mercato mirata a determinare i livelli attuali del desiderio di consumo. Aggiunse che mi avrebbe fatto una serie di domande, facendo una pausa dopo ciascuna per darmi modo di rispondere.

Passai la cornetta a Steffie. Quando fu evidente che era alle prese con la voce sintetizzata, mi rivolsi a Babette a bassa voce.

— Le piaceva l'intrigo.

— A chi?

— A Dana. Le piaceva coinvolgermi in certe cose.

— Di che genere?

— Faide. Piantare zizzania tra gli amici. Intrighi di casa, di facoltà.

— Roba ordinaria, direi.

— Con me parlava in inglese, al telefono, invece, in spagnolo o portoghese.

Steffie si girò su se stessa e usò la mano libera per allontanarsi il golf dal corpo, in maniera da poterne leggere l'etichetta.

— Puro acrilico vergine, — disse nella cornetta.

Babette verificò a sua volta l'etichetta del proprio. Prese a cadere una pioggerellina.

— Che effetto fa avere quasi cinquantun'anni? — chiese.

— Niente di diverso dai cinquanta.

— Con la differenza che uno è pari e l'altro dispari, — precisò lei.

Quella sera, nella stanza bianco sporco di Murray, dopo una cena spettacolare a base di gallina della Cornovaglia foggiata in forma di rana e preparata su un fornelletto a due fiamme, ci spostammo dalle sedie pieghevoli in metallo al letto a castello, per prendere il caffè.

— Quando facevo il giornalista sportivo, — disse Murray, — viaggiavo continuamente, vivevo in aereo, in albergo e tra il fumo degli stadi, per cui non sono mai arrivato a trovarmi a mio agio a casa mia. Adesso ne ho una.

— Hai fatto meraviglie, — disse Babette, facendo scorrere uno sguardo disperato per il locale.

— È piccola, scura e comune, — replicò lui in tono compiaciuto. — Un contenitore per il pensiero.

Indicai il vecchio edificio a quattro piani che copriva diversi acri sull'altro lato della strada. — Non arriva rumore dal manicomio?

— Vuoi dire botte e strilli? È interessante che la gente continui a chiamarlo manicomio. Dev'essere per via di quell'architettura strampalata, del tetto così inclinato, delle colonne, degli svolazzi qua e là, che non riesco a decidere se sono pittoreschi o sinistri. Non sembra un ospizio o un'unità psichiatrica. Ha proprio l'aspetto di un manicomio.

I pantaloni gli stavano diventando lucidi alle ginocchia.

— Mi spiace che non abbiate portato i ragazzi. Voglio conoscerne un po', di quelli piccoli. Viviamo in una società che è loro. Ai miei studenti dico che sono già troppo vecchi per figurare in maniera rilevante nella sua formazione. Minuto dopo minuto stanno già cominciando a diversificarsi l'uno dall'altro. «In questo preciso istante», dico loro, «voi state emergendo dal nucleo, divenendo meno riconoscibili come gruppo, meno etichettabili da parte dei pubblicitari e dei produttori di cultura di massa. I ragazzi sono un autentico universale. Ma voi siete ben oltre questo stadio, già cominciate a deviare, a sentirvi estraniati dai prodotti che consumate. A chi sono destinati? Qual è il vostro posto negli schemi del marketing? Una volta usciti dalla scuola, ci vorrà poco perché sperimentiate la vasta solitudine e insoddisfazione dei consumatori che hanno perso la propria identità di gruppo». Poi picchietto la matita sul tavolo per indicare il sinistro scorrere del tempo.

Essendo tutti seduti sul letto, per rivolgersi a Babette Murray doveva chinarsi molto in avanti, guardando oltre la tazza del caffè che tenevo in mano.

— Quanti figli avete in tutto?

Babette parve avere un'esitazione.

— C'è naturalmente Wilder. E poi Denise.

Murray sorseggiò il proprio caffè, cercando di guardarla di sguincio, con la tazza appoggiata al labbro inferiore.

— C'è Eugene, che quest'anno vive con il padre in Australia occidentale. Ha otto anni. Suo padre effettua ricerche nell'entroterra. È anche padre di Wilder.

— Si tratta di un ragazzino che cresce senza televisione, Murray, — intervenni, — per cui potrebbe essere il caso di definirlo un bambino della foresta, un selvaggio strappato alla boscaglia, intelligente e coltivato, ma privato dei codici e dei messaggi più profondi che marcano la sua specie come unica.

— La TV costituisce un problema soltanto se si è dimenticato come guardare e ascoltare, — replicò Murray. — Ne discuto continuamente con i miei studenti. Cominciano a pensare di doversi ribellare al mezzo televisivo, esattamente come una generazione precedente si è rivoltata contro i genitori e il paese. Io invece dico loro che devono imparare di nuovo a guardare da bambini. A scavare il contenuto. A decifrare i codici e messaggi, per usare la tua espressione Jack.

— E loro che cosa dicono?

— Che il termine televisione non sarebbe altro che un modo diverso di indicare la pubblicità postale, quella che si butta via. Ma io dico loro che non posso essere d'accordo. Dico loro che da più di due mesi sto seduto in questa stanza a guardare la TV fino alle ore piccole, ascoltando con attenzione, prendendo appunti. Grande esperienza, che rende umili, consentitemi di dirlo. Prossima al mistico.

— E la tua conclusione qual è?

Murray incrociò compostamente le gambe e rimase seduto con la tazza in grembo, sorridendo direttamente al vuoto che aveva davanti.

— Onde e radiazioni, — disse poi. — Sono giunto a capire che il mezzo televisivo è una forza di fondamentale importanza nella casa tipica americana. Conchiusa in sé, senza tempo, autolimitata, autoriferente. È come un mito nato qui nel nostro soggiorno, come una cosa che conosciamo in modo preconscio, quasi in sogno. Ne sono molto intrigato, Jack.

E mi guardò, ancora sorridendo in modo vagamente sfuggente.

— Bisogna imparare a guardare. Bisogna aprirsi ai dati. La TV offre un'incredibile quantità di dati sovrannaturali. Porta allo scoperto ricordi della nascita del mondo, ci accoglie nella grata, nel reticolo di macchioline ronzanti che formano la struttura dell'immagine. C'è la luce, c'è il suono. Ai miei studenti chiedo: «Che cosa volete di più?» Guardate la ricchezza di dati celata in quella grata, in quel bell'involucro, le canzoncine, i quadretti di vita famigliare pubblicitari, i prodotti che balzano in primo piano emergendo dalle tenebre, i messaggi codificati e le ripetizioni interminabili, simili a tanti mantra. *Coke is it. Coke is it. Coke is it.* Il mezzo televisivo trabocca praticamente di formule sacre, se riusciamo a ricordarci come rispondere con innocenza e a superare l'irritazione, la stanchezza e il disgusto.

— Ma i tuoi studenti non sono d'accordo.

— Peggio della pubblicità per posta, dicono: da buttare via. Secondo loro la televisione rappresenterebbe gli spasimi agonici della coscienza umana. Si vergognano del proprio passato televisivo. Vogliono parlare di cinema.

Si alzò e tornò a riempirci le tazze.

— Come fai a sapere così tante cose? — chiese Babette.

— Sono di New York.

— Più parli, più appari sfuggente, come se stessi cercando di convincerci di qualcosa.

— Il miglior discorso è quello che seduce.

— Sei mai stato sposato? — gli chiese Babette.

— Una volta sola, per poco tempo. Mi occupavo di football americano: dei Jets, dei Mets e dei Nets. Che figura stramba devo sembrarvi, adesso, bislacco solitario che si isola in compagnia di un apparecchio TV e di mucchi di fumetti polverosi. Non crediate che non mi farebbe piacere ricevere una visita sensazionale, tra le due e le tre del mattino, — rispose lui, — da parte di una donna intelligente, in tacchi a spillo e gonna con lo spacco, nonché munita di tutti i debiti accessori da alto gradimento.

Mentre tornavamo a casa, io che tenevo Babette allacciata in vita con un braccio, piovigginava. Le strade erano vuote. In Elm Street tutti i negozi erano chiusi, le due banche appena fiocamente illuminate, gli occhiali al neon nella vetrina dell'ottico gettavano sul marciapiede una luce fasulla.

Dacron, Orlon, Lycra Spandex.

— Adesso mi dimentico le cose, — disse Babette, — ma non sapevo che fosse diventato così evidente.

— Infatti non lo è.

— Hai sentito Denise? Quando è stato, la settimana scorsa?

— Denise è una ragazzina sveglia, una tipa tosta. Non se ne accorge nessun altro.

— Faccio un numero al telefono e mi dimentico chi sto chiamando. Vado al negozio e mi dimentico che cosa comperare. Qualcuno mi dice qualcosa? Me lo dimentico. Me lo dicono di nuovo? E di nuovo me lo dimentico. E così via, con un sorriso idiota.

— Ci dimentichiamo tutti qualcosa, — replicai.

— Ma io dimentico nomi, facce, numeri di telefono, indirizzi, appuntamenti, istruzioni, indicazioni.

— È una cosa che succede più o meno a tutti.

— Mi dimentico che a Steffie non piace essere chiamata Stefanie. A volte la chiamo Denise. Mi dimentico dove ho parcheggiato l'auto e poi per un lungo, ma lungo, istante, mi dimentico persino com'è fatta l'auto.

— L'oblio è penetrato nell'aria e nell'acqua. Si è introdotto nella catena alimentare.

— Forse è per via della gomma che mastico. Ti sembra inverosimile?

— Forse dipende da qualche altra cosa.

— A cosa ti riferisci?

— Oltre ai chewing gum, tu prendi qualcos'altro.

— Come ti è venuta un'idea del genere?

— Di seconda mano da Steffie.

— E a lei com'è venuta?

— Denise.

Babette tacque un attimo, ammettendo la possibilità che se la fonte di una voce o di una teoria era Denise, questa poteva benissimo essere vera.

— E Denise che cosa dice che prendo?

— Volevo appunto chiederlo a te prima che a lei.

— Per quanto ne so, caro Jack, io non prendo niente da cui possano dipendere i miei vuoti di memoria. D'altra parte non sono vecchia, non ho avuto ferite alla testa e nella mia famiglia non c'è niente, se si esclude qualche utero rovesciato.

— Quindi stai dicendo che forse Denise potrebbe avere ragione.

— Non si può escludere.

— Stai dicendo che forse prendi qualcosa che ha l'effetto collaterale di danneggiare la memoria.

— O prendo qualcosa e non me lo ricordo, o non prendo niente e non me lo ricordo lo stesso. La mia vita è tutta un o-o. O mastico la gomma con zucchero, o mastico quella senza. O fumo o ingrasso. O ingrasso o corro su per i gradini dello stadio.

— Vita piuttosto noiosa, direi.

— Spero che duri per sempre, — ribatté lei.

Poco dopo le strade furono coperte di foglie. Foglie che cadevano rotolando e strusciando lungo lo spiovente dei tetti. Ci furono ogni giorno momenti di vento forte, che spogliava ulteriormente gli alberi, e nei cortiletti sul retro o nei praticelli davanti alle abitazioni comparvero i pensionati, che trascinavano rastrelli dai denti ricurvi. Sacchi neri vennero accostati ai paracarri in file sbilenche.

Una serie di bambini spaventati fece la sua comparsa alla nostra porta per i consueti scherzi di Halloween.

XII

Andavo a lezione di tedesco due volte alla settimana, di pomeriggio tardi, con il buio che calava via via sempre più presto. Era norma di lavoro di Howard Dunlop che stessimo seduti uno di fronte all'altro per tutta la durata della lezione. Voleva che studiassi le posizioni della sua lingua mentre mi dimostrava la pronuncia di consonanti, dittonghi, vocali lunghe e corte. A sua volta lui mi guardava attentamente in bocca mentre tentavo di riprodurre quegli infelici suoni.

Il suo era un viso mite e tranquillo, una superficie ovale senza tratti distintivi, finché non dava il la alla procedura delle vocali. Allora iniziava la distorsione. Una cosa stranissima da vedere, vergognosamente affascinante, come potrebbe essere un attacco di epilessia se tenuto sotto controllo. Ritirava la testa nel busto, stringeva gli occhi, si abbandonava a smorfie e boccacce umanoidi. Quando arrivava il mio turno di ripetere i rumori, facevo altrettanto, se non altro per compiacere l'insegnante, torcendo la bocca, chiudendo completamente gli occhi, consapevole di una superarticolazione tanto tormentata da dover sembrare un'improvvisa stortura della legge naturale, come una pietra o un albero che si sforzassero di parlare. Quando aprii gli occhi, era lì a pochi centimetri dalla mia bocca, chino a scrutare. Mi chiedevo regolarmente che cosa diavolo ci vedesse.

Ogni lezione era preceduta e seguita da un silenzio teso. Cercavo di fare quattro chiacchiere, di indurlo a parlare degli anni passati a fare il chiropratico, della sua vita prima del tedesco. Lui fissava lo sguardo nel vuoto, non irritato o annoiato, né evasivo, ma soltanto distaccato, libero, apparentemente, da ogni connessione tra gli eventi. Quando parlava, degli altri pensionanti o del padrone di casa, nella sua voce compariva qualcosa di querulo, una nota contratta di lamentosità. Per lui era importante credere di aver passato la vita tra gente che continuava a non capire niente.

— Quanti allievi ha?

— Di tedesco?

— Sì.

— Di tedesco soltanto lei. Prima ne avevo altri. È passato di moda. Sono cose che vanno a cicli, come tutto.

— Che cos'altro insegna?

— Greco, latino, navigazione oceanica a vela.

— E la gente viene qui a impararla?

— Non più tanto.

— È sbalorditivo quanta gente ci sia al giorno d'oggi che insegna, — dissi. — C'è un insegnante per persona. Tutti quelli che conosco sono o insegnanti o allievi. Secondo lei che cosa significa?

Dunlop rivolse lo sguardo verso la porta di un armadio. — Insegna qualcos'altro? — chiesi.

— Metereologia.

— Metereologia. E come mai?

— La morte di mia madre ha avuto su di me un effetto tremendo. Sono letteralmente entrato in crisi, ho perduto la fede in Dio. Ero inconsolabile, mi sono chiuso completamente in me stesso. Poi un giorno ho visto per caso le previsioni del tempo alla TV. Un giovane dinamico, con una bacchetta luccicante, stava in piedi davanti a una foto multicolore, ripresa dal satellite, e dava le previsioni per i cinque giorni successivi. Ero lì ipnotizzato dalla sua sicurezza di sé e dalla sua bravura. Sembrava quasi che un messaggio venisse trasmesso dal satellite metereologico attraverso quel giovanotto fino a me, che ero lì seduto nel mio sedile di tela. Quindi mi sono rivolto alla metereologia per averne conforto. Mi sono messo a leggere carte metereologiche, a raccogliere libri di metereologia, a presenziare ai lanci dei palloni metereologici. Mi sono reso conto che il clima era una cosa che stavo cercando da tutta la vita. Mi ha dato un senso di pace e sicurezza che non avevo mai provato. Rugiada, gelo e nebbia. Tempeste di neve. La corrente a getto. In quest'ultima credo addirittura che ci sia qualcosa di grandioso. Ho cominciato a uscire dal guscio, a parlare con la gente per strada. «Bella giornata». «Pare che pioverà». «Le pare che faccia abbastanza caldo?» Il tempo che fa lo notano tutti. Come prima cosa, quando ci si alza, si va alla finestra e si guarda com'è il tempo. Lo fa lei, lo faccio io. Ho messo insieme una lista di risultati che intendevo raggiungere nell'ambito della metereologia. Ho seguito un corso per corrispondenza, ho preso un diploma per insegnare la materia in edifici legalmente occupabili da meno di cento persone. Ho insegnato metereologia in scantinati di chiese, in parcheggi di roulotte, in tavernette e soggiorni. Sono venuti ad ascoltarmi a Millers Creek, a Lumberville, a Watertown. Operai, casalinghe, mercanti, poliziotti, pompieri. Nei loro occhi vedevo qualcosa. Una fame, un bisogno impellente.

I gomiti della sua canottiera a maniche lunghe erano bucati. Stavamo in piedi al centro della stanza. Aspettai che continuasse. Erano la stagione dell'anno e l'ora del giorno adatte perché un po' di persistente tristezza si infiltrasse nella tessitura delle cose. Penombra, silenzio, gelo ferreo. Un certo senso di solitudine nelle ossa.

Quando arrivai a casa, in cucina c'era Bob Pardee che faceva pratica di swing golfistico. È il padre di Denise. Disse che era di passaggio in città con l'auto, diretto a Glassboro per una dimostrazione, e quindi aveva pensato di portarci tutti fuori a cena.

Sollevò le mani allacciate in un movimento lento sopra la spalla sinistra, portando a termine il gesto in scioltezza. Denise lo teneva d'occhio da uno sgabello accanto alla finestra. Lui indossava un cardigan piuttosto peloso, con maniche che facevano le pieghe sui polsini.

— Che tipo di dimostrazione? — chiese Denise.

— Oh, sai. Carte, frecce. Sbatto un po' di colori su una parete. È un buon sistema per comunicare, tesoro.

— Hai cambiato mestiere un'altra volta?

— Raccolgo fondi. E ho anche un bel daffare, puoi crederci.

— Che tipo di fondi?

— Ma, sai, quello che c'è. La gente vuole darmi buoni dell'assistenza alimentare, stampe? Magnifico, a me non importa.

Era piegato per eseguire un colpo con il putter. Babette si appoggiò alla porta del frigo con le braccia incrociate, osservandolo. Di sopra una voce dall'accento inglese diceva: — Ci sono forme di vertigine che non comportano giramenti di testa.

— Fondi per fare? — chiese Denise.

— C'è una cosetta di cui può essere che tu abbia sentito parlare e che si chiama Fondazione per la Prevenzione degli Incidenti Nucleari. Fondamentalmente un fondo di difesa legale per l'industria. Caso mai succedesse qualcosa.

— Caso mai che cosa?

— Caso mai svenissi per la fame. Facciamoci fuori qualche cotolettina, eh? Che cosa ne dici Babette? Sono quasi pronto a scannarmi da me la mia bestia.

— Ma quanti mestieri sarebbero, comunque?

— Non rompere, Denise.

— Non importa, lascia perdere, fa' quello che vuoi.

Bob portò i tre ragazzi più grandi al Wagon Wheel. Io accompagnai Babette alla casa sul fiume, dove avrebbe fatto un po' di lettura al signor Treadwell, il vecchio cieco che vi abitava con la sorella. Tra di noi stava seduto Wilder, occupato a giocare con i tabloid di supermercato che costituivano il materiale di lettura preferito dallo stesso Treadwell. Come lettrice volontaria per ciechi, Babette aveva qualche riserva circa il gusto dei vecchi per l'abominevole e il sordido, ritenendo che i portatori di handicap fossero moralmente tenuti a più elevati tipi di intrattenimento. Se non potevamo contare su di loro per qualche vittoria dello spirito umano, su chi mai? Avevano un esempio da dare, come faceva lei in veste di lettrice e assistente sociale. Ma il proprio compito lo eseguiva con spirito professionale, e di conseguenza leggeva con assoluta serietà al vecchio, come a un bambino, storie di morti che lasciano messaggi nelle segreterie telefoniche.

Wilder e io aspettammo in auto. Il programma, dopo la lettura, era di raggiungere tutti e tre il gruppo del Wagon Wheel al Dinky Donut, dove loro avrebbero preso il dolce e noi avremmo cenato. Per quella parte di serata avevo portato con me una copia di *Mein Kampf*.

La casa dei Treadwell era una struttura antiquata, con graticci marci lungo il portico. Meno di cinque minuti dopo essere entrata Babette ne uscì, raggiungendo con passo incerto l'estremità più lontana del suddetto portico e sbirciando nel cortiletto immerso nella penombra. Poi tornò lentamente verso l'auto.

— La porta era aperta. Sono entrata: nessuno. Ho guardato

in giro: niente e nessuno. Sono salita di sopra: non una traccia di vita. Però sembra che non manchi niente.

— Che cosa sai della sorella?

— È più vecchia di lui e probabilmente conciata anche peggio, se si esclude il fatto che lui è cieco e lei no.

Le due case più vicine erano buie, entrambe in vendita, mentre nessuno, nelle altre quattro case della zona, sapeva niente dei movimenti dei Treadwell negli ultimi giorni. Raggiungemmo la stazione di polizia, dove parlammo con un'impiegata seduta davanti alla tastiera di un computer. Ci disse che spariva una persona ogni undici secondi e battè sui tasti tutto quello che le dicevamo.

Al Dinky Donut, fuori città, Bob Pardee stava seduto in silenzio, mentre i ragazzi mangiavano chiacchierando. Il viso roseo da golfista cominciava a pendergli dal cranio. La carne sembrava esserglisi generalmente riempita di borse, dandogli l'aria avvilita di chi è costretto a seguire una dieta rigorosa. I capelli erano costosamente tagliati e cotonati, con un po' di colorazione e quindi con l'uso di una certa dose di tecnologia, ma parevano aver bisogno di essere sorretti da una testa più dinamica. Mi accorsi che Babette stava osservandolo con attenzione, cercando di capire il senso dei quattro anni di sbandamento che avevano passato insieme, come marito e moglie. Un disastro su schermo panoramico. Lui beveva, giocava, andava a finire con l'auto nei fossi, veniva licenziato, dava le dimissioni, si metteva in pensione, andava di nascosto a Coaltown, dove pagava una donna perché gli parlasse in svedese mentre la scopava. Era stata questa storia dello svedese a far andare in bestia Babette, se non il bisogno che sentiva lui di confessargliela, per cui gliele aveva date, date con il dorso delle mani, con i gomiti e i polsi. Vecchi amori, vecchi timori. Adesso lo osservava con tenera comprensione, una riflessività apparentemente profonda, affettuosa e abbastanza generosa da contenere in sé tutti gli antidoti magici alla sua attuale sequela di guai, anche se naturalmente sapevo, tornando al mio libro, che si trattava soltanto di affetto passeggero, di una di quelle gentilezze che nessuno capisce.

A mezzogiorno del giorno dopo stavano già dragando il fiume.

XIII

Gli studenti hanno la tendenza a rimanere vicino al campus. Nella cittadina di Blacksmith non c'è niente da fare, nessun ritrovo naturale, nessuna attrazione. Hanno cibo, film, musica, teatro, sport, conversazione e sesso tutti loro. La nostra è una città piena soltanto di lavanderie e ottici. Le vetrine delle società immobiliari sono adorne di foto di torreggianti case vittoriane. Foto che non cambiano da anni. Le dimore sono state vendute o non esistono più, oppure stanno in altre città di altri stati. La nostra è una città di vendite di beneficenza e casalinghe, gli oggetti che non servono più vengono disposti nei vialetti d'ingresso e venduti a cura dei ragazzini.

Babette mi chiamò nel mio studio alla Centenary Hall. Disse che Heinrich era sceso al fiume con il berretto mimetico e una Istamatic, a guardar dragare il fondo in cerca dei corpi, ma che mentre si trovava lì si era diffusa la voce che i Treadwell erano stati trovati vivi ma in preda a shock in un chiosco per la vendita dei biscotti, abbandonato, nel Mid-Village Mall, grande centro commerciale sull'interstatale. A quanto pareva avevano vagato per due giorni nel centro commerciale, persi, confusi e spaventati, prima di rifugiarsi nel chiosco abbandonato. Poi avevano passato lì dentro altri due giorni, nel cui corso la sorella, debole e incerta, si era avventurata all'esterno per recuperare qualche frammento di cibo dai cesti dei rifiuti in forma di personaggi dei fumetti, dagli sportelli a molla. Era stata una vera fortuna che il loro soggiorno presso il centro commerciale fosse coinciso con un'ondata di clima mite. Nessuno sapeva ancora perché mai non avessero chiesto aiuto. Probabilmente erano state semplicemente la vastità ed estraneità del luogo e la loro età avanzata a farli sentire impotenti e alla deriva in un paesaggio di figure remote e minacciose. I Treadwell non uscivano molto. In effetti nessuno sapeva ancora come avessero fatto ad arrivare al centro commerciale. Era probabile che li avesse scaricati lì la nipote, poi dimenticatasi di andarli a prendere. Né, aggiunse Babette, era stato possibile raggiungere questa nipote per avere chiarimenti sulla faccenda.

Il giorno prima del fortunato ritrovamento la polizia aveva convocato una parapsicologa per farsi aiutare a determinare dislocazione e destino dei due scomparsi. Era riportato in prima pagina sul giornale locale. La suddetta parapsicologa viveva in un camper in una zona boscosa fuori città. Desiderava essere indicata soltanto come Adele T. Secondo quanto riferiva il giornale, lei e il capo della polizia si erano sistemati nel camper, dove la donna aveva esaminato fotografie dei Treadwell e annusato oggetti presi dal loro guardaroba. Quindi aveva chiesto al capo di lasciarla sola per un'ora. Aveva fatto degli esercizi, aveva mangiato un po' di riso e *dahl*, era andata in trance. Durante lo stato di alterazione, continuava l'articolo, aveva tentato di indirizzare la propria trance verso i lontani sistemi psichici che intendeva localizzare, ovvero il Vecchio Treadwell e sua sorella. Quando il capo della polizia Wright era rientrato nel camper, Adele T. gli aveva detto di lasciar perdere il fiume e di concentrare le ricerche su una zona arida dall'aspetto lunare, in un raggio di quindici miglia attorno alla casa degli scomparsi. La polizia si era immediatamente recata a una cava di gesso, dieci miglia a valle del fiume, dove aveva trovato una borsa da aereo in cui erano nascosti una pistola e due chili di eroina pura.

La medesima polizia aveva consultato Adele T. in diverse occasioni, nel cui corso lei li aveva guidati alla scoperta di due cadaveri uccisi a randellate, di un siriano chiuso in un frigo e di un nascondiglio di banconote segnate, ammontante a seicentomila dollari, anche se in tutti i suddetti casi, concludeva l'articolo, la polizia era in cerca di un'altra cosa.

Il mistero americano si infittisce.

14

Ci ammassammo alla finestra della camera di Steffie, a guardare lo spettacolo del tramonto. Soltanto Heinrich se ne stette alla larga, non credendo nei sani piaceri comunitari, oppure al contrario, convinto che nei tramonti moderni ci sia qualcosa di sinistro.

Più tardi rimasi seduto a letto in accappatoio a studiare tedesco. Borbottavo parole tra me e mi chiedevo se, alla conferenza di primavera, sarei stato in grado di limitare il mio tedesco a una breve nota introduttiva, oppure se, al contrario, secondo gli altri partecipanti l'uso di tale lingua avrebbe dovuto stendersi a tutte le attività — conferenze, pranzi, chiacchiere — come segno della nostra serietà, della nostra unicità nell'ambito del sapere mondiale.

La TV disse: — Nonché altri fattori che potrebbero influire in maniera gravissima sul vostro portafoglio.

Arrivò Denise, che si stese ai piedi del letto, la testa appoggiata sulle braccia piegate, senza guardarmi. Quanti codici, controcodici e vicende sociali erano rinchiusi in quel semplice gesto? Passò un minuto pieno.

— Che cosa facciamo con Baba? — chiese infine.

— In che senso?

— Non si ricorda di niente.

— Ti ha chiesto di ricordarle se per caso prende delle medicine?

— No.

— Nel senso che non le prende o nel senso non te l'ha chiesto?

— Non me l'ha chiesto.

— Se veramente non si ricorda di niente, avrebbe dovuto farlo, — dissi.

— Be', invece non l'ha fatto.

— E allora come fai a sapere che prende qualcosa?

— Ho visto il flacone ficcato nella spazzatura sotto il lavandino. Un flacone da ricetta obbligatoria. C'erano scritti il suo nome e quello della medicina.

— Che medicina sarebbe?

— Dylar. Una ogni tre giorni. Il che dà l'idea che sia roba pericolosa, o tale da dare assuefazione, o simili.

— Che cosa dice circa il Dylar il tuo manuale dei prodotti farmaceutici?

— Non c'è. Ho passato ore a cercarlo. Ci sono quattro indici.

— Dev'essere stato messo sul mercato da poco. Vuoi che faccia un controllo anch'io sul manuale?

— Ho già guardato. Ho *guardato*.

— Potremmo sempre chiamare il suo medico. Ma non è il caso di esagerare. Tutti prendono qualche tipo di medicina, a tutti capita di dimenticare qualche cosa ogni tanto.

— Non come a mia madre.

— Io ne dimentico di continuo.

— E che cosa prendi?

— Pillole per la pressione, contro lo stress, contro le allergie, gocce per gli occhi, aspirina. Normale amministrazione.

— Ho guardato nell'armadietto dei medicinali nel tuo bagno.

— Niente Dylar?

— Pensavo che potesse esercene un flacone nuovo.

— Il medico ha prescritto trenta pillole. E basta. Normale amministrazione. Prendono tutti qualcosa.

— Eppure voglio sapere, — insistette lei.

Non mi aveva mai guardato. Era una situazione carica di potenziali intrighi, di occasioni per manovre viziose, piani segreti. Ma in quel momento cambiò posizione, servendosi di un gomito per sollevare il busto e guardarmi con aria speculativa dai piedi del letto.

— Posso chiederti una cosa?

— Certo, — risposi.

— Non ti arrabbi?

— Sai già quello che c'è nel mio armadietto dei medicinali. Quali altri segreti rimangono?

— Perché Heinrich lo hai chiamato così?

— Bella domanda.

— Non sei obbligato a rispondere.

— È una bella domanda. Non c'è motivo perché tu non la facessi.

— Allora, perché?

— Mi sembrava un nome pieno di forza, energico. Emana una sorta di autorevolezza.

— Ha preso il nome da qualcuno?

— No. È nato poco dopo che avevo avviato il dipartimento e ho voluto fare omaggio a questa grande fortuna. Volevo fare qualcosa di tedesco. Mi sembrava che fosse necessario un gesto.

— Heinrich Gerhardt Gladney?

— Pensavo che fosse un nome connotato da un'autorevolezza che poi avrebbe potuto diventargli propria. Pensavo fosse pieno di forza e capace di fare un certo effetto, cosa che penso tuttora. Volevo metterlo al sicuro, liberarlo dai timori. A quei tempi ai bambini si davano nomi come Kim, Kelly e Tracy.

Seguì un lungo silenzio. Denise continuava a guardarmi. I suoi lineamenti, in qualche modo raccolti attorno al centro del viso, davano ai suoi momenti di concentrazione un che di rincagnato e vagamente bellicoso.

— Credi che abbia calcolato male?

— Non sta a me dirlo.

— Nei nomi tedeschi c'è qualcosa, come nella lingua e nelle *cose* tedesche in genere. Non so che cosa sia esattamente. C'è e basta. E in mezzo a tutto sta Hitler, naturalmente.

— L'ho visto alla televisione anche ieri sera.

— C'è sempre. La televisione non sarebbe la stessa, senza di lui.

— Hanno perso la guerra, — replicò lei. — Quanto potevano essere grandi?

— Obiezione valida. Ma non è questione di grandezza. Non è questione di bene o male. Non so che cosa sia. Mettiamola così. Certe persone portano sempre un colore preferito. Altre un'arma. Altre ancora indossano un'uniforme e si sentono più grosse, più forti, più sicure. È questo l'ambito della mia ossessione.

Arrivò Steffie con in testa la visiera verde di Denise. Non sapevo che cosa ciò potesse significare. Si inerpicò sul letto e ci mettemmo tutti e tre a esaminare il mio dizionario tedesco-inglese, alla ricerca di parole che fossero quasi uguali nelle due lingue, come orgia e scarpa.

Per il corridoio arrivò di corsa Heinrich, che irruppe nella camera. — Venite, presto, c'è un documentario su un disastro aereo. — Ed era già uscito di nuovo, mentre le ragazzine scendevano dal letto, tutti e tre via di corsa per il corridoio verso l'apparecchio TV.

Rimasi seduto sul letto, vagamente perplesso. La rapidità e rumorosità della loro uscita aveva gettato la stanza in uno stato di agitazione molecolare. Nei rimasugli di materia invisibile sembrava aleggiare la domanda: Che cosa succede? Quando finalmente arrivai nel locale in fondo al corridoio, c'era soltanto un pennacchio di fumo nero ai margini dello schermo. Ma il disastro venne mostrato altre due volte, delle quali una in replay con arresto dell'immagine, mentre un'analista cercava di spiegare la ragione per cui l'aereo era precipitato. Un jet da istruzione durante un'esibizione aerea in Nuova Zelanda.

C'erano due porte di armadio che si aprivano da sole.

Quella sera, essendo venerdì, ci riunimmo tutti davanti all'apparecchio, com'era uso e norma, con cibo cinese take-away. Assistemmo a inondazioni, terremoti, smottamenti, eruzioni di vulcani. Non avevamo mai dedicato tanta attenzione al nostro compito, alla riunione del venerdì. Heinrich non aveva il broncio, io non mi annoiavo. Steffie, ridotta quasi alle lacrime dal marito di uno sceneggiato che litigava con la moglie, appariva totalmente assorta in questi clip documentari di calamità e morte. Babette cercò di passare a un serial in cui si vedeva all'opera un gruppo razzialmente misto di ragazzi, impegnati a costruire un proprio satellite per le comunicazioni. Rimase sbalordita di fronte alla violenza della nostra opposizione. Per il resto rimanemmo in silenzio, a guardare case che scivolavano nell'oceano, interi villaggi che si frantumavano e ardevano in una massa avanzante di lava. Ogni disastro ce ne faceva desiderare ancora un po', qualcosa di più grosso, di più grandioso, di più travolgente.

Il lunedì, entrato nel mio studio, trovai Murray seduto nella sedia accanto alla scrivania, quasi fosse in attesa di un'infermiera armata dello strumento per provare la pressione. Sto incontrando qualche problema a fondare un centro di potere basato su Elvis Presley nel dipartimento Ambienti americani, spiegò. Secondo il preside, Alfonse Stompanato, uno degli altri istruttori, ex guardia del corpo rock del peso di un quintale e mezzo, di nome Dimitrios Cotsakis, aveva un diritto di precedenza acquisito, essendo andato in volo a Memphis quando il Re era morto, intervistando alcuni membri della sua cerchia e famiglia, e venendo a sua volta intervistato alla televisione locale come Interprete del Fenomeno.

Colpo non mediocre, concesse Murray. Suggerii che alla sua prossima lezione avrei potuto fare la mia comparsa, senza preavviso, semplicemente per dare una nota di consequenzialità agli eventi, per farlo beneficiare di quale che fosse l'eventuale prestigio connesso con la mia carica, la mia materia, la mia persona fisica. Annuì lentamente, giocherellando con le estremità della barba.

Più tardi, a pranzo, vidi una sola sedia vuota a un tavolo occupato dai transfughi newyorkesi. A capo tavola c'era Alfonse, presenza imponente anche nella mensa di un campus. Era di vaste dimensioni, sardonico, fosco, con sopracciglia segnate da cicatrici e una sfrenata barba frangiata di grigio. La stessa barba che mi sarei fatto crescere io nel '69, se Janet Savory, mia seconda moglie, nonché madre di Heinrich, non si fosse opposta. — Che la vedano, quella tua superficie facciale molliccia, — aveva detto, con la sua vocetta secca. — È più efficace di quanto credi.

Alfonse faceva tutto in maniera totalizzante. Conosceva quattro lingue, aveva una memoria fotografica, faceva a mente calcoli complessissimi. Una volta mi disse che a New York l'arte del farsi strada dipende da quanto si è bravi a esprimere il proprio malcontento in modo interessante. L'aria è satura di rabbia e lagnanze. La gente non ha pazienza di stare ad ascoltare uno che si lamenta dei propri problemi, a meno che non lo faccia in modo divertente. E Alfonse qualche volta sapeva essere divertente in modo devastante. Aveva un modo di fare che gli permetteva di fagocitare e distruggere tutte le opinioni di chi non la pensava come lui. Quando parlava di cultura popolare, lo faceva con il rigor di logica di un fanatico pronto ad uccidere per la sua fede religiosa. Il suo respiro si faceva affannoso, aritmico, la sua fronte pareva serrarsi. Gli altri transfughi sembravano trarre stimoli dalle sue frecciate sarcastiche. Utilizzavano il suo ufficio per lanciare monetine contro il muro.

Gli chiesi: — Alfonse, come mai c'è gente rispettabile, piena di buone intenzioni e responsabile, che si trova intrigata dalle catastrofi, quando le vede in televisione?

Quindi gli parlai della recente serata a base di lava, fango e infuriare d'acqua, che i ragazzini e io avevamo trovato tanto emozionante.

— Ne volevamo ancora, sempre di più.

— È naturale, è normale, — rispose lui, con un rassicurante cenno del capo. — Succede a tutti.

— Perché?

—Perché soffriamo di svanimento cerebrale. Di quando in quando abbiamo bisogno di una catastrofe per spezzare l'incessante bombardamento dell'informazione.

— È evidente, — intervenne Lasher, uomo minuto, dal viso teso e dai capelli tirati all'indietro.

— Il flusso è costante, — riprese Alfonse. — Parole, immagini, numeri, fatti, grafici, statistiche, macchioline, onde, particelle, granellini di polvere. Soltanto le catastrofi attirano la nostra attenzione. Le vogliamo, ne abbiamo bisogno, ne siamo dipendenti. Purché capitino da un'altra parte. Ed è qui che entra in ballo la California. Smottamenti, incendi nei boschi, erosione delle coste, terremoti, massacri di massa eccetera. Possiamo metterci lì tranquilli a goderci tutti questi disastri perché nell'intimo sappiamo che la California ha quello che si merita. Sono stati loro a inventare il concetto di stile di vita. Basta questo a condannarli.

Cotsakis spiaccicò una lattina di Pepsi dietetica, gettandola in un cestino della spazzatura.

— Il Giappone è una buona fonte di documentari sui disastri, — continuò Alfonse. — L'India invece rimane largamente poco sfruttata, pur disponendo di un potenziale tremendo con le sue carestie, i monsoni, i conflitti religiosi, le catastrofi ferroviarie, gli affondamenti di imbarcazioni eccetera. Ma sono disastri che tendono a non venire riferiti. Tre righe di giornale. Niente documentari fotografici, niente collegamenti via satellite. Ecco perché la California è così importante. Non soltanto godiamo di vederli puniti per il loro stile di vita sibarita e le idee sociali progressiste, ma sappiamo anche che non ci perdiamo niente. Le telecamere sono lì, sul posto. Nulla di terribile sfugge al loro esame.

— Dunque sostieni che è un fatto più o meno universale rimanere affascinati davanti ai disastri in televisione.

— Per la maggior parte della gente, in questo mondo ci sono soltanto due posti. Quello dove vivono e la loro TV. Se in televisione succede qualcosa, abbiamo il diritto di esserne affascinati, di qualunque cosa si tratti.

— Non so se provare piacere o fastidio nell'apprendere che la mia è un'esperienza largamente condivisa.

— Prova fastidio, — tagliò corto Alfonse.

— È evidente, — ripetè Lasher. — Ci dà fastidio a tutti. Ma a quel livello possiamo anche provarne piacere.

Murray intervenne dicendo: — È ciò che deriva da un tipo sbagliato di attenzione. La gente soffre di svanimento cerebrale. È perché abbiamo dimenticato ad ascoltare e guardare come se fossimo bambini. Abbiamo dimenticato come raccogliere dati. In senso psichico un incendio in una foresta in TV occupa un livello più basso di dieci secondi di spot pubblicitario di un detersivo per lavastoviglie. La pubblicità emette onde più profonde, più profonde emanazioni. Ma noi abbiamo ribaltato la significanza relativa di queste cose. Ecco perché occhi, orecchi, cervelli e sistemi nervosi si sono stancati. È un semplice caso di uso improprio.

Grappa gettò disinvoltamente un mezzo panino imburrato a Lasher, prendendolo sulla spalla. Era pallido e aveva lineamenti infantili, e il suo lancio rappresentava il tentativo di richiamare l'attenzione dell'altro.

Grappa gli chiese: — Ti sei mai lavato i denti con il dito?

— L'ho fatto la prima volta che ho passato la notte in casa dei genitori di mia moglie, prima che ci sposassimo, una volta che i suddetti genitori erano andati a passare un weekend ad Asbury Park. Famiglia di Ipana.

— Dimenticare lo spazzolino da denti per me rappresenta una vera e propria mania, — intervenne Cotsakis. — Mi sono lavato i denti con il dito ai festival di Woodstock, Altamont, Monterey e in una dozzina di altri eventi seminali.

Grappa guardò Murray.

— Io l'ho fatto dopo il combattimento Clay-Foreman, nello Zaire, — disse questi. — È il punto più meridionale dove mi sia mai capitato di lavarmi i denti con il dito.

Lasher guardò Grappa.

— Hai mai cagato in un cesso pubblico senza sedile?

La risposta di Grappa fu quasi lirica: — Nel grande e traballante cesso per uomini di una vecchia stazione di servizio Mobil, sulla Post Road di Boston, la prima volta che mio padre ha portato l'auto fuori città. La stazione con il cavallo alato rosso. Volete sapere della macchina? Posso fornirvi i particolari automobilistici fino al particolare più infimo.

— Sono cose che non insegna nessuno, — disse Lasher. — Water senza sedile. Pisciate nel lavandino. La cultura dei cessi pubblici. Tutti 'sti enormi autogrill, cinema, stazioni di servizio. Tutta l'etica della strada. Ho pisciato nei lavandini di tutto il West. Ho persino passato di straforo il confine per andare a farlo nel Manitoba e nell'Alberta. Altro che storie. I grandi cieli del West. I migliori motel del West. Autogrill e drive in. La poesia della strada, delle praterie, del deserto. Cessi luridi e fetenti. Ho pisciato in un lavandino dello Utah, con trenta sottozero. Il massimo di freddo a cui l'ho fatto.

Alfonse Stompanato guardò intensamente Lasher.

— Tu dov'eri quando è morto James Dean? — fece con aria truce.

— A casa dei genitori di mia moglie, prima che ci sposassimo, ad ascoltare «La balera dei sogni» sulla vecchia Emerson da tavola. La Motorola con il quadrante fluorescente era già un ricordo del passato.

— A quanto pare hai passato un sacco di tempo in casa dei genitori di tua moglie, a scopare, — ribatté Alfonse.

— Eravamo ragazzi. Secondo la matrice culturale era troppo presto per un vero e proprio scopare.

— Che cosa facevate?

— È mia moglie, Alfonse. Vuoi che lo dica davanti a una tavolata di persone?

— James Dean muore e tu sei lì che palpi una dodicenne.

Alfonse guardò con aria di sfida Dimitrios Cotsakis.

— Tu dov'eri quando è morto James Dean?

— Nel retro del ristorante di mio zio, ad Astoria, nel quartiere di Queens, a passare l'aspirapolvere.

Alfonse guardò Grappa.

— E tu dove diavolo eri? — chiese, come se gli fosse appena venuto in mente che la morte dell'attore non sarebbe stata completa se non si fosse stabilita la precisa dislocazione di Grappa.

— Lo so esattamente dov'ero, Alfonse. Aspetta che ci penso un momento.

— Dov'eri, figlio di una troia?

— Sono cose che so sempre fino nei minimi particolari. Ma sono stato un'adolescente sognatore. Nella mia vita ci sono dei vuoti.

— Ti stavi facendo una sega. È questo che vuoi dire?

— Chiedimi di Joan Crawford.

— Trenta settembre millenovecentocinquantacinque. James Dean muore. Dov'è Nicholas Grappa? E che cosa sta facendo?

— Chiedimi di Clark Gable, di Marylin Monroe.

— La Porsche d'argento si avvicina a un incrocio, filando come una scheggia. La berlina Ford non ha tempo di frenare. Il vetro va in frantumi, il metallo urla. Jimmy Dean è al volante, con l'osso del collo rotto, fratture multiple e ferite lacero contuse. Sono le cinque e trentacinque del pomeriggio, ora della costa pacifica. E dov'è Nicholas Grappa, re dei segaioli del Bronx?

— Chiedimi di Jeff Chandler.

— Ormai sei un uomo di mezza età, Nicky, che lavora sulla propria infanzia. Hai l'obbligo di produrre.

— Chiedimi di John Garfield, di Monty Clift.

Cotsakis era un monolito di carne spessa e imbottita. Prima di divenire membro della nostra facoltà era stato guardia del corpo personale di Little Richard e si era occupato del servizio di sicurezza a diversi concerti rock.

Elliot Lasher gli tirò un mozzicone di carota cruda, quindi gli chiese: — Ti sei mai fatto tirare via la pelle squamata da una donna, dopo qualche giorno passato al mare?

— A Cocoa Beach, in California, — rispose Cotsakis. — Una cosa assolutamente fantastica. La seconda o terza esperienza della mia vita, in ordine di importanza.

— Era nuda? — chiese Lasher.

— Fino alla vita, — rispose Cotsakis.

— A partire da dove? — chiese ancora Lasher.

Guardai Grappa tirare un cracker a Murray, che lo ribatté a mano rovesciata, quasi fosse un frisbee.

15

Mi misi gli occhiali scuri, composi l'espressione del viso ed entrai nella sala. C'erano venticinque o trenta giovani di entrambi i sessi, molti in colori autunnali, seduti su poltrone e divani, oltre che sul tappeto beige. Tra di loro si muoveva Murray, intento a spiegare, con la destra che gestiva in modo affettato. Quando mi vide, sorrise imbarazzato. Stavo in piedi, accostato alla parete, nel tentativo di apparire imponente, le braccia incrociate sotto la toga nera.

Murray era a metà di un pensoso monologo.

— Sua madre sapeva che Elvis sarebbe morto giovane? Parlava di assassini. Parlava della vita. La vita di una star di quel tipo e grandezza. Forse è la stessa vita a essere strutturata in maniera da colpire giovani. È questo il punto, no? Vi sono regole, linee di condotta. Se non si ha la grazia e non si è abbastanza in gamba per morire presto, si è costretti a scomparire, a nascondersi come per scusarsi, vergognandosi. Si preoccupava del sonnambulismo del figlio. Pensava che potesse uscire da una finestra. Personalmente, a proposito delle madri ho un'idea. È vero che sanno. L'idea popolare è giusta.

— Hitler adorava la propria madre, — intervenni.

Un soprassalto di attenzione, non dichiarato, percepibile soltanto in una certa convergenza di immobilità, una tensione interna. Murray continuò naturalmente a muoversi, ma con un po' più di decisione, facendosi strada tra i sedili e quelli seduti sul pavimento. Ero sempre accostato alla parete, le braccia incrociate.

— A Elvis e Gladys piaceva stare rannicchiati vicini e farsi le coccole, — riprese Murray. — Dormirono nello stesso letto finché lui cominciò ad approssimarsi alla maturità fisica. Tra loro usavano sempre il linguaggio dei bambini.

— Hitler era un ragazzo pigro. Le sue pagelle erano piene di insufficienze. Ma Klara lo amava, lo viziava, gli dava l'attenzione che gli mancava da parte del padre. Era una donna silenziosa, modesta e religiosa, oltre che una buona cuoca e massaia.

— Gladys accompagnava Elvis a scuola tutti i giorni e andava a riprenderlo. Lo difendeva nelle piccole risse di strada, picchiava tutti i ragazzini che cercavano di attaccare briga con lui.

— Hitler fantasticava a occhi aperti. Prendeva lezioni di piano, faceva schizzi di musei e ville. Stava molto in casa senza fare niente. Klara lo tollerava. Era stato il primo dei suoi figli a sopravvivere. Altri tre erano morti.

— Elvis si fidava di Gladys. Portava le sue amichette a conoscerla.

— Hitler scrisse una poesia dedicata alla madre. Furono lei e sua nipote le donne che esercitarono il maggior influsso sulla sua mente.

— Quando Elvis andò sotto le armi, Gladys si ammalò e cadde in preda a depressione. Sentiva qualcosa, forse per se stessa quanto per lui. Il suo apparato sensitivo stava inviando segnali indesiderati. Foschi e cupi.

— Non ci sono molti dubbi che Hitler fosse quello che definiamo un cocco di mamma.

Un giovanotto intento a prendere appunti mormorò in tono assente: — *Muttersöhnchen.* — Lo guardai circospetto. Poi, d'impulso, abbandonai la mia posizione immobile e presi a camminare a grandi passi per la sala come Murray, fermandomi di quando in quando per fare un gesto, per ascoltare, per guardare fuori da una finestra o verso il soffitto.

— Quando le condizioni della madre peggiorarono, Elvis non tollerava di non poterla vedere. Stava sempre di guardia all'ospedale.

— Quando sua madre si ammalò gravemente, Hitler sistemò un letto in cucina per starle più vicino. Le preparava da mangiare e faceva le pulizie.

— Quando Gladys morì, Elvis fu distrutto dal dolore. La cullava e l'accarezzava nella bara. Le si rivolse con il linguaggio dei bambini finché non fu sotto terra.

— Il funerale di Klara costò trecentosettanta corone. Hitler pianse davanti alla tomba e precipitò in un periodo di depressione e autocompatimento. Sentiva una profonda solitudine. Aveva perso non soltanto l'amata madre, ma anche il senso della casa e della patria.

— Sembra quasi certo che la morte di Gladys abbia provocato uno spostamento fondamentale nella centralità del Re. Era la sua ancora, il suo senso di sicurezza. Prese a ritirarsi dal mondo reale, a entrare nello stato della propria stessa morte.

— Per il resto della sua vita Hitler non sopportò mai di trovarsi in qualsiasi modo vicino a delle decorazioni natalizie, dal momento che sua madre era morta accanto all'albero di Natale.

— Elvis rivolgeva minacce di morte e ne riceveva. Girava per camere mortuarie e prese a interessarsi agli Ufo. Cominciò a studiare il *Bardo Thödol*, comunemente noto come *Il libro tibetano dei morti*. Una guida alla morte e alla rinascita.

— Anni dopo, in preda al mito di se stesso e all'isolamento, nel suo spartano alloggio di Obersalzberg Hitler teneva un ritratto della madre. Cominciò a sentire un ronzio all'orecchio sinistro.

Murray e io ci incrociammo quasi al centro della sala, rischiando di scontrarci. Entrò Alfonse Stompanato, seguito da diversi studenti, probabilmente attirato da un'onda di eccitazione, da una vibrazione dell'atmosfera. Sistemò la propria scontrosa mole in una poltrona, mentre Murray e io ci giravamo vicendevolmente intorno, procedendo verso direzioni opposte ed evitando di scambiarci uno sguardo.

— Elvis rispettò i termini dell'accordo. Eccesso, deterioramento, autodistruzione, comportamento grottesco, gonfiore fisico e una serie di duri colpi al cervello, autoinferti. Il suo posto nella leggenda è assicurato. Ha fregato gli scettici morendo giovane, in maniera orribile, non necessaria. Ora non lo metterebbe in discussione nessuno. Sua madre aveva probabilmente previsto tutto, come su uno schermo a diciannove pollici, anni prima della propria morte.

Quindi, felice di cedermi il posto, Murray si sedette sul pavimento, lasciandomi solo a procedere a grandi passi e gesticolare, sicuro nella mia aura professionale di potere, follia e morte.

— Hitler si autodefiniva il viandante solitario uscito dal

nulla. Succhiava pasticche, rivolgeva alla gente interminabili monologhi, come se il linguaggio venisse da una vastità al di là del mondo e lui fosse il semplice strumento della rivelazione. È interessante chiedersi se, dal *führerbunker*, sotto la città in fiamme, volgesse lo sguardo indietro, verso i primi giorni del proprio potere. Avrà mai pensato ai gruppetti di turisti che visitavano il minuscolo insediamento dov'era nata sua madre e dove lui aveva passato diverse estati con i cugini, andando in giro sui carri trainati dai buoi e facendo aquiloni? Vi andavano per rendere onore al posto, al luogo natale di Klara. Entravano nella fattoria, vi si aggiravano incerti. I bambini si inerpicavano sul tetto. Con il tempo il numero delle persone andò crescendo. Facevano fotografie, si ficcavano qualche oggettino in tasca. Poi arrivarono le folle, masse di gente che invadevano il cortile cantando canzoni patriottiche e dipingendo svastiche sulle pareti e sui fianchi degli animali. Accorrevano folle alla sua villa in montagna, tanta di quella gente che gli toccava stare chiuso in casa. Raccoglievano i ciottoli su cui aveva camminato e se li portavano a casa per ricordo. Accorrevano folle a sentirlo parlare, folle in preda a carica erotica, le masse che un tempo aveva definito la sua unica sposa. Lui parlando chiudeva gli occhi, serrava i pugni, torceva il corpo madido di sudore, faceva della propria voce un'arma elettrizzante. «Assassinii di natura sessuale» furono definiti da qualcuno, questi discorsi. Accorrevano folle per farsi ipnotizzare dalla sua voce, dagli inni di partito, dalle parate alla luce delle torce.

Fissai il tappeto e contai in silenzio fino a sette.

— Un momento, però. Tutto ciò ha un aspetto molto familiare, molto vicino al comune. Le folle continuano ad arrivare, a venire eccitate, a toccare, a schiacciarsi... gente bramosa di essere trascinata. Non è una cosa comune? Tutto ciò lo *conosciamo* anche noi. In quelle folle, invece, doveva esserci qualcosa di diverso. Che cosa? Ve la dirò a bassa voce, la terribile parola, che viene dall'inglese antico, dal tedesco antico, dall'antico norreno. *Morte*. Gran parte di quelle folle si raccoglievano in nome della morte. Erano lì per partecipare a una cerimonia funebre. Processioni, canti, discorsi, dialoghi con i morti, recitazioni di nomi di morti. Erano lì per vedere pire e ruote infuocate, migliaia di bandiere inchinate per l'addio, migliaia di persone nell'uniforme del lutto. Erano disposte in file e squadre, su sfondi elaborati, con vessilli color sangue e uniformi nere. Quelle folle accorrevano per fare da scudo alla propria morte. Farsi folla significa tenere lontana la morte. Uscire dalla folla significa rischiare la morte individuale, affrontare la morte solitaria. Quelle folle accorrevano soprattutto per questa ragione. Erano lì proprio per essere folla.

Murray stava seduto sul lato opposto della sala. I suoi occhi esprimevano profonda gratitudine. Avevo usato generosamente il potere e la follia di cui dispongo, consentendo al mio soggetto di lasciarsi accostare a una figura di rilievo infinitamente minore, un tipo che stava stravaccato sulla sedia a sdraio e sparava alla TV. Un fatto di non poca importanza. Avevamo tutti un'aura da mantenere e, dividendo la mia con un amico, avevo messo a repentaglio l'essenza di ciò che mi rendeva intoccabile.

I presenti mi si raccolsero intorno, studenti e insegnanti, e nel brusio di frasi sentite a metà e di voci orbitanti mi resi conto che ormai eravamo una folla. Non che avessi bisogno di averne una attorno, in quel momento. Meno che mai proprio in quel momento. In quel luogo la morte era una faccenda rigorosamente professionale. Io mi ci trovavo a mio agio, ci sguazzavo. Murray si fece strada per mettermisi di fianco e mi accompagnò fuori dalla sala, aprendosi un varco tra la folla sventagliando le mani.

XV

Fu quel giorno che alle due del pomeriggio Wilder cominciò a piangere. Alle sei piangeva ancora, seduto sul pavimento e con lo sguardo fisso sullo sportello del forno, mentre noi cenavamo in fretta, aggirandolo o inciampando in lui per raggiungere il gas o il frigorifero. Mentre mangiava, Babette lo teneva d'occhio. Doveva tenere un corso su come si sta seduti, come si sta in piedi e come si cammina, il cui inizio era previsto tra un'ora e mezzo. Mi rivolse uno sguardo esausto e supplichevole. Gli parlò in tono suadente, lo sollevò e lo accarezzò, gli controllò i denti, gli fece il bagnetto, lo esaminò, gli fece il solletico, gli diede da mangiare, cercò di indurlo a giocare, facendolo infilare nel suo tunnel di vinile. I vecchi l'avrebbero dovuta aspettare nello scantinato della chiesa.

Era un pianto ritmico, un'affermazione misurata di brevi pulsioni urgenti. A volte sembrava spezzarsi in un guaito, un lamento animale, irregolare ed esausto, ma il ritmo teneva, a un tempo più elevato, il volto lievemente arrossato dal dolore.

— Lo portiamo dal medico, — dissi. — Poi ti accompagno alla chiesa.

— Ma il medico lo visita, un bambino che piange? Per di più il suo medico adesso ha finito l'orario.

— E il tuo?

— Credo di sì. Ma un bambino che piange, Jack! Che cosa gli dico? «Mio figlio sta piangendo»?

— Esiste un malessere più elementare?

Fino a quel momento non c'era stato alcun senso di crisi. Soltanto esasperazione e disperazione. Ma una volta deciso di andare dal medico, cominciammo ad avere fretta, a innervosirci. Cercammo la giacca e le scarpe di Wilder, tentammo di farci venire in mente che cos'avesse mangiato nelle ultime ventiquattr'ore, di prevedere le domande che ci avrebbe fatto il medico, provando attentamente le risposte. Concordare su tali risposte, anche se non eravamo sicuri che fossero giuste, sembrava un fatto di importanza vitale. I medici perdono interesse nei confronti di coloro che si contraddicono. È un timore che informa da lungo tempo i miei rapporti con i medici, quello che perdano interesse nei miei confronti, che ordinino all'infermiera di far passare altri prima di me, che diano per scontata la mia morte.

Attesi in auto, mentre Babette andava con Wilder nel centro medico in fondo a Elm Street. Gli studi medici mi deprimono ancora più degli ospedali a causa della loro atmosfera di previsioni negative, nonché dei pazienti che di quando in quando se ne vanno con buone notizie, stringendo la mano asettica del medico e ridendo rumorosamente, ridendo di tutto ciò che egli dice, esplodendo risate, con energia bruta, facendo ben caso, mentre attraversano la sala d'aspetto, a ignorare gli altri pazienti, sempre ridendo in tono provocatorio: ormai se n'è liberato, non partecipa più della loro cupezza settimanale, né del loro morire ansioso, di serie B. Preferisco andare in un pronto soccorso, pozzo urbano di tremori, dove arriva gente sparata, accoltellata, con l'occhio spento a causa degli oppiacei, con aghi spezzati nelle braccia. Cose che non c'entrano niente con quella che sarà finalmente la mia morte, non violenta, da città di provincia, per bene.

Uscirono per strada dal piccolo atrio luminoso. Faceva freddo e la strada era vuota e buia. Il bambino camminava di fianco alla madre, tenendola per mano, ancora piangente, formando con lei il quadro di una tristezza e disgrazia dall'aspetto tanto dilettantesco che quasi scoppiai a ridere: non della tristezza in sé, ma dell'immagine che essi ne davano, della disparità tra il dolore e il modo come esso si manifestava. I miei sentimenti di tenerezza e pietà vennero messi a dura prova dalla vista di loro due che attraversavano il marciapiede infagottati negli abiti, il bambino che piangeva a squarciagola, la madre che camminava con aria avvilita, i capelli irti sulla testa, coppia sventurata e disperata. Non costituivano un quadro adeguato per quel dolore tangibile, per quell'angoscia inesorabile. È proprio questo, forse, che spiega l'esistenza delle lamentatrici professionali. Sono certamente loro a impedire che una veglia funebre si trasformi in uno spettacolo pateticamente comico.

— Che cos'ha detto il dottore?

— Di dargli un'aspirina e metterlo a letto.

— È quello che aveva detto anche Denise.

— Gliel'ho detto. E lui ha risposto: «Bene, e allora perché non l'ha fatto?»

— Già, perché non l'abbiamo fatto?

— È una ragazzina, non un medico, ecco perché.

— Gliel'hai detto?

— Non lo so che cosa gli ho detto, — replicò. — Non so mai quello che dico ai medici, molto meno di quello che dicono loro a me. C'è una sorta di disagio aleggiante.

— So esattamente quello che intendi.

— È come fare conversazione durante una passeggiata nello spazio, galleggiando in quelle tutone pesanti.

— Ogni cosa scorre via fluttuando.

— Io ai medici mento sempre.

— Anch'io.

— Ma perché? — chiese.

Mentre rimettevo in moto l'auto, mi resi conto che il pianto di Wilder aveva cambiato di tonalità e tipo. L'ansia ritmica aveva lasciato il posto a un suono costante, inarticolato e luttuoso. Ora il bambino si lamentava. Espressioni di lamento medio orientale, di una pena tanto accessibile da precipitarsi ad annientare la propria stessa causa immediata. Un pianto in cui vi era qualcosa di permanente, una ferita dell'anima. Un suono di desolazione congenita.

— Che cosa facciamo?

— Pensa qualcosa, — rispose lei.

— Manca ancora un quarto d'ora all'inizio del tuo corso. Portiamolo all'ospedale, al pronto soccorso. Tanto per vedere che cosa dicono.

— Non si può portare un bambino a un pronto soccorso soltanto perché piange. Se c'è una situazione che non sia di emergenza, è per definizione questa.

— Io aspetto in macchina, — replicai.

— E che cosa gli dico? «Mio figlio piange». Ce l'hanno, poi, il pronto soccorso?

— Non ti ricordi? Ci abbiamo portato gli Stover, l'estate scorsa.

— Perché?

— Avevano l'auto dal meccanico.

— Lasciamo perdere.

— Avevano inalato lo spray di un antimacchia.

— Portami al corso, — concluse Babette.

Portamento. Quando mi fermai davanti alla chiesa, alcuni dei suoi allievi stavano scendendo i gradini verso l'ingresso dello scantinato. Lei guardò il proprio figlio, sguardo inquisitore, implorante, disperato. Aveva raggiunto la sesta ora consecutiva di pianto. Attraversò di corsa il marciapiede ed entrò nell'edificio.

Pensai di portare Wilder all'ospedale. Ma se un medico, dopo averlo sottoposto a visita completa nel suo confortevole studio, con appesi alla parete quadri in elaborate cornici dorate, non aveva trovato niente, che cosa avrebbero potuto fare i tecnici di un pronto soccorso, gente addestrata a saltare sui toraci e a pestare colpi sui cuori statici?

Lo presi e lo sistemai contro il volante, di fronte a me, in piedi sulle mie cosce. L'immenso lamento continuò, onda dopo onda. Era un suono tanto ampio e puro che potevo persino stare lì ad ascoltarlo, cercare coscientemente di coglierlo, come si stabilisce un registro mentale in una sala di concerti o a teatro. Non moccicava, non piagnucolava. No: piangeva a squarciagola, dicendo cose ignote in un modo che nella sua profondità e ricchezza mi arrivava all'intimo. Un lamento funebre antico, reso tanto più toccante dalla propria risoluta monotonia. Un ululio. Lo tenevo retto con una mano sotto entrambe le braccia. Con il proseguire del pianto, nel mio pensiero avvenne un singolare scarto. Scoprii che non desideravo necessariamente che cessasse. Poteva non essere poi una cosa così tremenda, pensavo, dover stare lì ancora un po' ad ascoltare. Ci guardavamo a vicenda. Dietro quell'espressione beota operava un'intelligenza complessa. Lo reggevo con una mano sola, usando l'altra per contargli le dita dentro i guanti, ad alta voce, in tedesco. Il pianto inconsolabile continuava. Me lo lasciai scorrere addosso, come pioggia dirotta. Vi penetrai, in un certo senso. Me la lasciai cadere e rotolare su viso e petto. Cominciai a pensare che il bambino fosse scomparso dentro quel rumore lamentoso e che, se mi fosse stato possibile raggiungerlo nel luogo perduto e sospeso dove si trovava, avremmo forse potuto procedere insieme a un imprudente miracolo di intelligibilità. Lo lasciai frangere sul mio corpo. Poteva non essere una cosa così terribile, pensai, dover stare lì ancora quattro ore, con il motore acceso e il riscaldamento in funzione, ad ascoltare quel lamento uniforme. Poteva anzi essere bello, stranamente consolatorio. Vi penetrai, vi caddi, lasciandomene avvolgere e coprire. Il bambino gridava a occhi aperti, a occhi chiusi, con le mani in tasca, con i guanti e senza. Io me ne stavo lì seduto ad annuire saggiamente. Poi d'impulso lo girai, mettendomelo in braccio, e avviai l'auto, lasciandogli usare il volante. L'avevamo già fatto una volta, per un tratto di venti metri, al crepuscolo di una domenica, in agosto, nella nostra via immersa in un'ombra sonnolenta. E lui di nuovo rispose, continuando a piangere mentre sterzava, mentre svoltavamo agli angoli, mentre parcheggiavo l'auto davanti alla chiesa congregazionalista. Me lo sistemai sulla gamba sinistra, circondandolo con un braccio, stringendolo a me, e consentii alla mia mente di vagare verso i limiti del sonno. Il suono si muoveva a una distanza discontinua. Di quando in quando passava un'auto. Mi appoggiai alla portiera, vagamente consapevole del suo fiato sul mio pollice. Qualche tempo dopo ecco lì Babette, che bussava al finestrino, mentre Wilder strisciava sul sedile per toglierle la sicura. Entrò, gli sistemò il berretto e raccolse dal pavimento un fazzoletto appallottolato.

Eravamo quasi a casa quando il pianto terminò. Terminò all'improvviso, senza cambi di tono e intensità. Babette non disse niente. Io tenni lo sguardo sulla strada. Il bambino era seduto tra di noi, con gli occhi fissi sulla radio. Aspettai che Babette mi gettasse uno sguardo dietro la sua schiena sopra la sua testa, per mostrare sollievo, gioia, un'attesa carica di speranza. Non sapevo quali fossero i miei sentimenti e avevo bisogno di una dritta. Invece anche lei tenne lo sguardo fisso davanti a sé, quasi timorosa che un qualsiasi modificarsi nella tessitura sensibile di suono, movimento ed espressione potesse provocare un riesplodere del pianto.

A casa nessuno disse niente. Si muovevano in silenzio di stanza in stanza, osservando il bambino in maniera distante, con sguardi sfuggenti e pieni di rispetto. Quando chiese un po' di latte, Denise corse senza fare rumore in cucina, a piedi nudi, in pigiama, avvertendo che per mezzo dell'economia del movimento e della leggerezza del passo avrebbe evitato di disturbare l'atmosfera grave e drammatica che il bambino aveva portato in casa con sé. Bevve il latte in un solo poderoso sorso, ancora completamente vestito, un guanto appuntato alla manica.

Gli altri lo guardavano con una sorta di timore riverenziale. Quasi sette ore ininterrotte di serio piangere. Era come se fosse appena tornato da un periodo di viaggi in un luogo remoto e sacro, tra aride distese di sabbia o creste innevate, un luogo dove si dicono cose, si assiste a visioni, si raggiungono distanze che noi, nella nostra ordinarietà, possiamo soltanto guardare con il misto di riverenza e meraviglia che riserviamo ai fatti della più sublime e complessa dimensione.

17

Una sera, a letto, Babette disse: — Non è magnifico avere intorno tutti questi bambini?

— Presto ce ne sarà un'altra.

— Chi?

— Arriva Bee per un paio di giorni.

— Ah, già. Bene.

Il giorno seguente Denise decise di sottoporre la madre a un confronto diretto sulla questione della medicina che prendeva — o non prendeva, — sperando di farla confessare, di farla tradire con una reazione agitata, per quanto minima. Non era una tattica che avesse discusso con me, ma non potei fare a meno di ammirare la baldanza del suo tempismo. Eravamo tutti e sei ammassati nell'auto, diretti verso il Mid-Village Mall, e lei non fece altro che aspettare una naturale pausa nella conversazione, rivolgendo la propria domanda al dorso di Babette, con voce che non implicava alcuna illazione.

— Cosa ti dice il nome Dylar?

— Non è la ragazza nera che sta dagli Stover?

— Quella si chiama Dakar, — intervenne Steffie.

— Non si chiama affatto così. Dakar è il posto da cui proviene, — ribatté Denise. — È un posto sulla Costa d'Avorio dell'Africa.

— La capitale è Lagos, — disse Babette. — Lo so per via di un film di surfisti che ho visto una volta, che andavano in giro per tutto il mondo.

— *L'onda perfetta*, — disse Heinrich. — L'ho visto alla TV.

— Ma come si chiama 'sta ragazza? — chiese Steffie.

— Lei non saprei, — rispose Babette, — ma il film non si

chiamava affatto *L'onda perfetta*. L'onda perfetta è ciò che stavano cercando.

— Vanno alle Hawaii, — disse Denise a Steffie, — e aspettano che arrivino dal Giappone queste onde di marea. Si chiamano origami.

— E il film si chiamava *La lunga estate calda*, — disse sua madre.

— *La lunga estate calda*, — ribatté Heinrich, — si dà il caso che sia un dramma di Tennessee Ernie Williams.

— Non importa, — tagliò corto Babette, — perché comunque non c'è un copyright sui titoli.

— Se è africana, — riprese Steffie, — chissà se è mai stata su un cammello?

— Piuttosto su un'Audi Turbo, direi.

— O su una Toyota Supra.

— Che cos'è che ci tengono, i cammelli, nella gobba? — chiese Babette. — Cibo o acqua? Non ho mai capito bene.

— Ci sono cammelli che hanno due gobbe e altri che ne hanno una sola, — spiegò Heinrich. — Quindi dipende. Di quali stai parlando?

— Vuoi farmi credere che quelli a due gobbe tengono il cibo in una e l'acqua nell'altra?

— La cosa importante dei cammelli, — rispose Heinrich, — è che la loro carne viene considerata una leccornia.

— Pensavo che fosse la carne di alligatore, — intervenne Denise.

— Chi è stato a introdurre i cammelli in America? — chiese Babette. — Ci sono stati, per un po' di tempo, nel West, per portare le provviste ai coolie che costruivano le grandi linee ferroviarie che si incontravano a Ogden, nello Utah. Me lo ricordo dall'esame di storia.

— Sei sicura di non star parlando di lama? — chiese Heinrich.

— I lama erano in Perù, — intervenne Denise. — In Perù ci sono i lama, i vicuña e un altro animale che non ricordo più. In Bolivia c'è lo stagno. In Cile il rame e il ferro.

— Do cinque dollari a chiunque in questa macchina, — disse Heinrich, — sappia dirmi la popolazione della Bolivia.

— Boliviani, — rispose mia figlia.

La famiglia è la culla della disinformazione mondiale. Nella vita di famiglia dev'esserci qualcosa che genera gli errori di fatto. L'eccesso di vicinanza, il rumore e il calore dell'essere. Forse anche qualcosa di più profondo, come il bisogno di sopravvivere. Murray sostiene che siamo creature fragili, circondate da un mondo di fatti ostili. I fatti minacciano la nostra felicità e sicurezza. Più a fondo investighiamo nella natura delle cose, più incerta può sembrar diventare la nostra struttura. Il processo famigliare tende a escludere il mondo. Piccoli errori diventano capitali, le finzioni proliferano. Io gli replico che ignoranza e confusione non possono essere le forze motrici che stanno dietro la solidarietà famigliare. Che idea, che sovversione! Lui mi chiede perché mai, allora, le unità famigliari più forti si trovano nelle società meno sviluppate. Il non sapere è lo strumento della sopravvivenza, sostiene. Magia e superstizione si ossificano a diventare la poderosa ortodossia di clan. La famiglia è più forte là dove è più probabile che la realtà oggettiva venga malintesa. Che teoria spietata, dico. Ma lui insiste che è vera.

In un enorme negozio di ferramenta, al centro commerciale, vidi Eric Massingale, ex tecnico di vendita di microchip, che ha cambiato vita ed è venuto qui a insegnare al centro computer della Hill. Era magro e pallido ed esibiva un sorriso pericoloso.

— Non hai gli occhiali scuri, Jack.

— Li porto soltanto al campus.

— Ah.

Quindi procedemmo ciascuno per conto suo nei recessi del negozio. L'ampio spazio era invaso dagli echi di un grande frastuono, quasi il prodotto dell'estinzione di una specie animale. La gente comperava scalette a pioli, sei tipi diversi di carta smerigliata, seghe elettriche capaci di abbattere un albero. Le corsie erano lunghe e luminose, piene di scope surdimensionate, di massicci sacchi di torba e fertilizzante, di enormi bidoni per la spazzatura Rubbermaid. La corda pendeva come frutta tropicale, trefoli bellamente intrecciati, grossi, bruni, forti. Che gran cosa, da guardare e toccare, è un rotolo di corda. Comperai quindici metri di canapa di Manila tanto per averla in casa, per farla vedere a mio figlio, per parlare del posto da cui essa proviene, di com'è fatta. La gente parlava in inglese, in hindi, in vietnamita, in lingue apparentate.

Alle casse mi imbattei di nuovo in Massingale.

— Non ti ho mai visto fuori dal campus, Jack. Sei diverso, senza occhiali e toga. Dove l'hai preso quel golf? È dell'esercito turco? L'hai comperato per posta, vero?

Mi osservò attentamente, tastò il tessuto della giacca idrorepellente che portavo sul braccio. Poi arretrò, modificando la prospettiva, annuendo leggermente, con il sorriso che andava assumendo un tono di autocompiacimento, come se stesse complottando qualcosa.

— Quelle scarpe credo di conoscerle, — disse infine.

Che cosa significava?

— Sei una persona completamente diversa.

— In che senso, Eric?

— Non ti offendi? — rispose con un sorriso ormai diventato lascivo, gonfio di significati segreti.

— Certo che no. Perché dovrei?

— Prometti che non ti offendi.

— Non mi offendo.

— Hai un aspetto assolutamente inoffensivo, Jack. Un individuo grosso, inoffensivo, insignificante.

— Perché dovrei offendermi? — ribattei, pagando la corda e affrettandomi a raggiungere la porta.

L'incontro mi fece venire voglia di fare acquisti. Trovai gli altri e attraversammo due parcheggi per raggiungere la struttura principale del Mid-Village Mall, un edificio di dieci piani disposto attorno a una corte centrale adorna di cascate, passeggiate e giardini. Babette e i ragazzi mi seguirono nell'ascensore, nei negozi disposti lungo le gallerie, negli empori e nei grandi magazzini, perplessi ma eccitati di fronte alla mia voglia di comperare. Se non riuscivo a decidere tra due camicie, mi incitavano a comperarle entrambe. Se dicevo che avevo fame, mi riempivano di pretzel, birra, suvlaki. Le due ragazzine andavano avanti in esplorazione, avvistando cose di cui pensavano avrei potuto avere voglia o bisogno e correndo indietro a prendermi, tirandomi per le braccia, pregandomi di seguirle. Erano le mie guide al benessere senza fine. Gente sciamava per le boutique e i negozi di specialità alimentari. Dalla grande corte si levava musica d'organo. Sentivamo odore di cioccolato, popcorn, colonia; odore di tappeti e pellicce, di salami appesi e di vinile mortifero. I miei cari apparivano circonfusi di gloria. Ero uno di loro, facevo acquisti, finalmente. Mi davano consigli, facevano le insistenti con i commessi. Continuavo ad avere inattese visioni di me stesso in superfici riflettenti. Ci spostavamo di negozio in negozio, respingendo non soltanto certi oggetti in certi reparti, non soltanto interi reparti, ma interi grandi magazzini, mastodontiche ditte che per una ragione o per l'altra non eccitavano la nostra fantasia. C'era sempre un altro grande magazzino, tre piani, otto piani, scantinati pieni di grattuge e pelapatate.

Comperavo con abbandono incurante. Comperavo per bisogni immediati ed eventualità remote. Comperavo per il piacere di farlo, guardando e toccando, esaminando merce che non avevo intenzione di acquistare ma che finivo per comperare. Mandavo i commessi a frugare nei campionari di tessuti e colori, in cerca di disegni esclusivi. Cominciai a crescere in valore e autoconsiderazione. Mi espansi, scoprii aspetti nuovi di me stesso, individuai una persona della cui esistenza mi ero dimenticato. Mi trovai circondato dalla luce. Passammo dal mobilio all'abbigliamento per uomo, attraverso i cosmetici. Le nostre immagini comparvero su colonne coperte di specchi, in vetrerie e cromature, su monitor TV in locali di sicurezza. Scambiavo denaro con merci. Più ne spendevo, meno importante sembrava. Io ero più grosso di tali cifre. Erano somme che colavano dalla mia pelle come tanta pioggia. Somme che in realtà tornavano a me sotto forma di credito esistenziale. Mi sentivo espansivo, incline a essere largamente generoso, per cui dissi ai ragazzi di scegliersi i regali di Natale lì e in quel momento. Gesticolavo in quello che ritenevo un modo generoso. Capivo che erano impressionati. Si dispersero a ventaglio per l'ambiente, tutti improvvisamente inclini a essere riservati, vaghi, persino misteriosi. Di quando in quando uno di essi ricompariva per prendere nota di un oggetto con Babette, senza far sapere agli altri cosa fosse. Non era il caso di disturbare me con particolari noiosi. Ero il benefattore, il dispensatore di doni, di gratifiche, di bustarelle, di *bakshish*. I ragazzi sapevano che era naturale non si potesse pretendere che mi impegnassi in discussioni tecniche sui doni in sé. Pranzammo un'altra volta. Un complesso suonava musica da ipermercato dal vivo. Le voci si levavano di dieci piani sopra giardini e passeggiate, un rombo che echeggiava e turbinava nel vasto ambiente, mescolandosi con i rumori che provenivano dalle gallerie, con lo strusciare di piedi e il suonare di campanelli, con il ronzio degli ascensori, il rumore della gente che mangiava, il brusio umano di una transazione vivace e lieta.

Tornammo a casa in silenzio. Ci ritirammo nelle nostre rispettive camere, desiderando stare soli. Un po' più tardi osservai Steffie davanti al televisore. Muoveva le labbra, tentando di seguire le parole a mano a mano che venivano pronunciate.

XIII

Pertiene alla natura e al piacere di chi abita in una città di provincia di diffidare della metropoli. Tutti i princìpi guida che possono emanare da un centro di idee ed energie culturali vengono considerati cose corrotte, in qualche misura pornografia. Così è per le città di provincia.

Ma Blacksmith non è affatto una città grossa. Non ci sentiamo per niente minacciati e danneggiati come altre cittadine. Non siamo sbattuti sul sentiero della storia e delle sue contaminazioni. Se le nostre lagnanze hanno un punto focale, esso deve risiedere nell'apparecchio TV, dove si annida il tormento proveniente dall'esterno, provocando timori e desideri segreti. Certamente poco o punto risentimento si rivolge al College-on-the-Hill in sé, come simbolo di rovinosa influenza. La scuola occupa un margine sereno della città, vagamente distaccata, più o meno pittoresca, sospesa in un'aura di calma politica. Non appare un luogo destinato ad aggravare i sospetti.

Nella neve leggera raggiunsi in auto l'aeroporto fuori di Iron City, grossa città sprofondata nella confusione, centro di abbandono e vetri rotti piuttosto che luogo di decomposizione urbana pienamente realizzata. Bee, mia figlia dodicenne, doveva arrivare su un volo da Washington, con due scali e un cambio di aereo nel corso del viaggio. Invece fu sua madre, Tweedy Browner, a fare la propria comparsa nella zona arrivi, minuscolo e polveroso luogo da terzo mondo, in stato di restauro piantato a metà. Per un momento pensai che Bee fosse morta e che Tweedy fosse venuta per dirmelo di persona.

— Dov'è Bee?

— Arriva più tardi. È per questo che sono qui. Per passare

un po' di tempo con lei. Devo andare a Boston domani. Questioni di famiglia.

— Ma lei dov'è?

— Con suo padre.

— Sono io suo padre, Tweedy.

— Malcolm Hunt, stupido. Mio marito.

— È tuo marito, non suo padre.

— Mi vuoi ancora bene, Tuck? — mi chiese.

Mi chiamava Tuck, come sua madre ai tempi chiamava suo padre. Tutti i Browner di sesso maschile venivano chiamati così. Poi, avendo la progenie cominciato a farsi scolorita, producendo una serie di esteti e incompetenti, il nomignolo era passato a tutti i maschi acquisiti alla famiglia per matrimonio, in un raggio ragionevole. Essendo stato il primo, mi ero trovato in continua attesa di cogliere un'ultraraffinata nota di ironia nelle loro voci, quando mi chiamavano così. Secondo me, quando la tradizione fosse diventata troppo stiracchiata, nella voce si sarebbe fatta strada una vena di ironia. Nasalità, sarcasmo, autocaricatura e così via. Mi avrebbero punito rifacendo il verso a se stessi. Invece si comportavano in maniera dolce, assolutamente sincera, persino grata nei miei confronti perché consentivo loro di andare avanti nella tradizione.

Tweedy indossava golf di shetland, gonna di tweed, calze al ginocchio e mocassini. Portava con sé un senso di sfacelo protestante, un'aura di crollo al cui interno il suo corpo si sforzava di sopravvivere. Il viso chiaro e angoloso, gli occhi leggermente sporgenti, i segni, prodotto di tensione e rimostranze, che apparivano attorno alla bocca e agli occhi, il pulsare alla tempia, le vene in rilievo nelle mani e sul collo. Alla trama larga del suo golf era appicciata della cenere di sigaretta.

— Per la terza volta. Dov'è?

— In Indonesia, più o meno. Malcolm lavora in stretta clandestinità, a fomentare un revival comunista. Fa parte di un brillante piano per defenestrare Castro. Usciamo di qui, Tuck, prima che arrivi uno sciame di bambini mendicanti.

— Viene sola?

— Perché no?

— Dall'Estremo Oriente a Iron City potrebbe non essere così semplice.

— Se è necessario, Bee se la cava. Tanto perché tu lo sappia, vuole fare la scrittrice di viaggi. Monta bene a cavallo.

Diede una profonda tirata alla sigaretta ed esalò fumo in sboffi rapidi ed esperti, da naso e bocca, manifestazione cui si abbandonava quando voleva esprimere impazienza nei confronti dell'immediato circostante. All'aeroporto non c'erano bar o ristoranti, soltanto un chiosco con panini sotto cellofan, presidiato da un uomo con tatuati in faccia i segni distintivi di una setta. Prendemmo dunque il bagaglio di Tweedy, raggiungemmo l'auto e ci inoltrammo in Iron City, passando accanto a fabbriche abbandonate, su viali per lo più deserti, città di alture, di strade selciate qua e là, con qualche bella vecchia dimora, le finestre adorne di ghirlande festive.

— Non sono felice, Tuck.

— Perché?

— In tutta franchezza, credevo che mi avresti amato per sempre. È una cosa che posso avere soltanto da te. Malcolm è tanto spesso via.

— Divorziamo, ti prendi tutti i miei soldi, sposi un uomo benestante, con buoni legami, un diplomatico di buona taglia, che manovra segretamente alcuni agenti, inviandoli e richiamandoli da zone calde e inaccessibili.

— Malcolm ha sempre sentito un'attrazione per i posti di giungla.

Stavamo viaggiando paralleli ai binari della ferrovia. Le erbacce erano piene di bicchieri di plastica, gettati dai finestrini dei treni o che il vento aveva soffiato dalla stazione verso nord.

— Janet è finita nel Montana, invece, in un ashram, — replicai.

— Janet Savory? Buon Dio, e perché mai?

— Adesso si chiama Madre Devi. Si occupa delle attività finanziarie dell'ashram. Investimenti, proprietà fondiarie, sistemi per ridurre le tasse. È quello che ha sempre desiderato. La pace mentale in un contesto orientato al profitto.

— Magnifica struttura ossea, Janet.

— Aveva un vero talento per la clandestinità.

— Con quanta amarezza lo dici. Non ti sapevo amaro, Tuck.

— Stupido ma non amaro.

— Che cosa intendi con clandestinità? Era sotto copertura, come Malcolm?

— Non voleva dirmi quanto guadagnava. Credo che avesse l'abitudine di leggere la mia posta. Subito dopo la nascita di Heinrich mi coinvolse in un complesso programma di investimenti, con un gruppo multilingue. Sosteneva di aver avuto una dritta.

— Invece si sbagliava e avete perso tutte le vostre belle cifre.

— Macché, le abbiamo guadagnate invece. Mi trovavo intrigato, irretito. Lei era sempre lì a manovrare. Ne veniva minacciata la mia sicurezza. Il mio senso di una vita lunga e priva di eventi. Avrebbe voluto che ci costituissimo in società. Ricevevamo telefonate dal Liechtenstein, dalle Ebridi. Luoghi da romanzo, trame narrative.

— Non sembra la Janet Savory con cui ho passato una mezz'ora deliziosa. La Janet dagli zigomi alti e dalla voce beffarda.

— Avevate tutte quante gli zigomi alti. Tutte. Magnifica struttura ossea. Ringrazio Dio per Babette, per la sua faccia lunga e paffuta.

— Non c'è un posto dove fare un pasto civile? — chiese Tweedy. — Un posto con tovaglia e panetti freddi di burro. Malcolm e io una volta abbiamo preso il tè con il colonnello Gheddafi. Uomo affascinante e spietato, uno dei pochi terroristi di nostra conoscenza che viva secondo la propria immagine pubblica.

La neve aveva smesso di cadere. Attraversammo un quartiere di magazzini, di strade deserte, una tetraggine e un'anonimità che venivano colte dalla mente come una spettrale nostalgia di un qualcosa impossibile da ritrovare. Caffè solitari, un'altra ferrovia, carri merci fermi su un binario morto. Tweedy fumava una extralong dopo l'altra, esplodendo esasperati sboffi di fumo in tutte le direzioni.

— Dio, Tuck, come stavamo bene insieme!

— In che senso, bene?

— O scemo, dovresti guardarmi con aria piena di affetto e nostalgia, sorridendo mestamente.

— Portavi i guanti a letto.

— Lo faccio ancora.

— Guanti, mascherina per gli occhi e calze.

— Li conosci i miei difetti. Li hai sempre conosciuti. Sono ultrasensibile a molte cose.

— Sole, aria, cibo, acqua, sesso.

— Cancerogeni, tutti.

— Che cosa sarebbero queste faccende di famiglia a Boston?

— Devo rassicurare mia madre che Malcolm non è morto. Si è presa una vera cotta per lui, qualsiasi possa esserne il motivo.

— Perché pensa che sia morto?

— Quando Malcolm entra in stretta clandestinità, è come se non fosse mai esistito. Sparisce non soltanto qui e ora, ma anche retroattivamente. Di lui non rimane traccia. A volte mi chiedo se l'uomo che ho sposato sia effettivamente Malcolm Hunt o una persona completamente diversa, anch'essa operante in stretta clandestinità. Una cosa francamente preoccupante. Non so quale metà della sua vita sia autentica e quale metà spionistica. Spero che Bee possa illuminarmi.

I semafori ondeggiavano appesi ai fili per effetto di un'improvvisa folata di vento. Ci trovavamo nella via principale della città, una serie di grandi magazzini, di posti che cambiavano assegni, di punti di vendita all'ingrosso. Un vecchio cinema di alta struttura moresca, insolitamente trasformato in moschea. Indistinte strutture definite Centro Raccolta, Centro Imballaggio, Centro Congressi. Quant'era prossimo, tutto ciò, a una classica foto piena di rimpianto.

— Giornata grigia a Iron City, — dissi. — Possiamo anche tornare all'aeroporto.

— Come sta Hitler?

— Bene, è concreto, affidabile.

— Anche tu hai un bell'aspetto, Tuck.

— Invece non mi sento affatto bene.

— E quando mai? Sei sempre il vecchio Tuck. Sei sempre stato il vecchio Tuck. Ci siamo voluti bene, eh? Ci dicevamo tutto, nei limiti imposti da educazione e tatto. Malcolm invece non mi dice niente. Chi è, mi chiedo. Che cosa fa?

Era seduta con le gambe piegate sotto il corpo, di fronte a me, e io le feci cadere della cenere nelle scarpe, posate sul tappetino di gomma.

— Non sarà stato meraviglioso crescere alta e diritta, tra castroni e giumente, con un padre che indossava blazer blu e fresche flanelle grige?

— Non chiederlo a me.

— Mia madre aveva l'abitudine di stare in piedi sotto il pergolato, con una bracciata di fiori recisi. Stava lì ferma, era se stessa e basta.

All'aeroporto aspettammo in una nebbia di polvere di intonaco, tra fili esposti, mucchi di detriti. Mezz'ora prima dell'arrivo di Bee, nella zona arrivi presero ad affluire attraverso un tunnel ventoso i passeggeri di un altro volo. Erano grigi e scossi, stremati da stanchezza e shock, e trascinavano i bagagli sul pavimento. Venti, trenta, quaranta persone, senza proferir parola, con lo sguardo fisso a terra. Alcuni zoppicavano, altri piangevano. Attraverso il tunnel ne arrivarono ancora altri, adulti con bambini che frignavano, vecchi tremanti, un sacerdote nero con il colletto di traverso e senza una scarpa. Tweedy diede una mano a una donna con due bambini. Io mi avvicinai a un giovanotto, tipo corpulento, con berretto da postino e ventre da bevitore di birra, con addosso una giacca di piumino, che mi guardò come se non appartenessi alla sua dimensione spazio-temporale, ma vi fossi penetrato in maniera illegale, compiendo un'incursione impertinente. Lo costrinsi a fermarsi e gli chiesi che cosa fosse successo lassù. Mentre la gente continuava a passare, si lasciò stancamente sfuggire uno sboffo. Poi annuì, gli occhi fissi sui miei, pieni di cortese rassegnazione.

L'aereo aveva perso potenza in tutti e tre i motori, precipitando da undicimila metri a quattromila. Qualcosa come settemila metri. Quando era cominciato il brusco tonfo, i passeggeri si erano alzati, erano cascati, andando a sbattere gli uni contro gli altri, si erano librati sui sedili. Poi erano cominciati sul serio gli strilli e i lamenti. Quasi immediatamente all'altoparlante si era sentita arrivare dal ponte di comando una voce che diceva: — Precipitiamo dal cielo! Andiamo giù! Siamo una macchina di morte argentea e lucente! — Uno sfogo che i passeggeri avevano preso come il segno di una totale perdita di autorità, competenza e presenza ai comandi, provocando una nuova esplosione di lamenti disperati.

— Oggetti rotolavano fuori dalle cambuse, i corridoi erano

pieni di bicchieri, utensili, cappotti e coperte. Una hostess, appiccicata alla paratia per effetto dell'angolo acuto di caduta, stava cercando nel «Manuale dei disastri aerei» il passo adeguato alle circostanze. Poi si era sentita arrivare dal ponte di comando una seconda voce maschile, questa, invece, notevolmente calma e precisa, che aveva fatto capire ai passeggeri come in definitiva ai comandi ci fosse ancora qualcuno, dando loro un motivo di speranza: — Qui American due-uno-tre al registratore della cabina di comando. Ora sappiamo com'è. È peggio di come abbiamo mai immaginato. Al simulatore della morte, a Denver, non ci hanno preparato a niente di simile. La nostra paura è pura, così totalmente spoglia di distrazioni e pressioni da costituire una forma di meditazione trascendente. In meno di tre minuti toccheremo per così dire terra. I nostri corpi verranno trovati in un campo fumoso, sparpagliati nelle orribili posture della morte. Ti amo, Lance —. Questa volta, prima che il lamento di massa riprendesse, c'era stato un attimo di silenzio. Lance? A che razza di gente era affidato quell'aereo? Il pianto aveva assunto un tono amaro e disilluso.

Mentre l'uomo in piumino mi raccontava la vicenda, i passeggeri che uscivano dalla galleria presero a raccogliercisi attorno. Nessuno parlava, interrompeva o cercava di infiorare il racconto.

Sull'aereo che precipitava una hostess aveva proceduto carponi per il corridoio, sopra corpi e macerie, dicendo alla gente delle due file di togliersi le scarpe, di levarsi di tasca gli oggetti taglienti, di mettersi in posizione fetale. All'altro capo dell'aereo qualcuno era alle prese con un'apparecchiatura di galleggiamento. Alcuni membri dell'equipaggio avevano deciso di fingere che ciò che li aspettava nel giro di pochi secondi non fosse un atterraggio con disastro, ma un atterraggio di fortuna. In definitiva si trattava soltanto di una leggera differenza di termini. Il che suggeriva come forse le due forme di conclusione del volo fossero più o meno intercambiabili. Ipotesi incoraggiante, date le circostanze, se non si stava troppo a pensarci, come del resto non c'era tempo di fare. La differenza di base tra un atterraggio con disastro e un atterraggio di fortuna sembrava essere che al secondo ci si può preparare sensatamente, come si stava appunto facendo. La notizia si era diffusa per l'aereo, l'espressione era stata ripetuta fila dopo fila. «Atterraggio di fortuna, atterraggio di fortuna». Si era visto quanto fosse facile, cambiando un'espressione, mantenere una presa sul futuro, estenderla in termini di consapevolezza, se non proprio di fatto. I passeggeri avevano preso a tastarsi in cerca di penne a sfera, avevano assunto la posizione fetale sul sedile.

Ora che il narratore fu arrivato, a questo punto del racconto, la gente ci si era affollata tutto attorno, non soltanto quella appena uscita dal tunnel, ma anche alcuni tra i primi a sbarcare. Erano tornati indietro per ascoltare. Non si sentivano ancora pronti per disperdersi, per rientrare nei loro corpi terreni, volevano indugiare nel terrore, mantenerlo ancora un po' separato e intatto. Altra gente deviò alla nostra volta, ci mulinò attorno, praticamente tutto l'aereo. Erano contenti di lasciar parlare per loro conto l'uomo in piumino e berretto. Nessuno contestava il suo racconto o aggiungeva testimonianze individuali. Era come se si stesse loro raccontando una vicenda in cui non erano stati coinvolti di persona. Erano interessati a quello che costui diceva, persino curiosi, ma anche chiaramente distaccati. Fidavano che avrebbe detto tutto ciò che avevano detto e provato essi stessi.

Fu a quel punto della caduta, mentre l'espressione «Atterraggio di fortuna» si diffondeva per l'aereo, con particolare sottolineatura della seconda parte di essa, che attraverso le tende, procedendo carponi e aggrappati con le unghie, arrivarono i passeggeri di prima, che si inerpicarono letteralmente verso la sezione turistica, in modo da evitare di essere i primi a impattare con il terreno. Secondo alcuni di turistica, tuttavia, li si sarebbe dovuti rimandare indietro. Un sentimento non tanto espresso a parole e atti, quanto per mezzo di tremendi rumori inarticolati, per lo più una sorta di muggito, un mugghio pressante e forzato. Poi all'improvviso i motori ripartirono. Senza nessun motivo. Potenza, stabilità, controllo. I passeggeri, pronti all'impatto, ci misero un po' ad adeguarsi alla nuova ondata di notizie. Rumori nuovi, una rotta diversa, il senso di essere rinchiusi in una tubazione solida e non in un involucro di poliuretano. Si accese il segnale che permetteva di fumare, un'internazionale mano con sigaretta. Apparvero hostess munite di tovagliolini profumati per ripulire sangue e vomito. La gente emerse lentamente dalla posizione fetale, si rilasciò con difficoltà sui sedili. Settemila chilometri di terrore primigenio. Nessuno sapeva che cosa dire. Essere vivi era un coacervo di sensazioni. Dozzine di cose, centinaia. Il primo ufficiale percorse il corridoio, sorridendo e chiacchierando in modo piacevole, vacuo, aziendale. Sul suo volto c'era il lucore roseo e fidente proprio di chi è responsabile di grossi aerei di linea. Guardandolo, si chiesero tutti perché mai avessero avuto paura.

La gente che si era affollata per ascoltare, ben più di cento persone, che si trascinavano dietro sul pavimento polveroso bagagli a mano e valige, mi aveva spinto lontano dal narratore. Proprio nel momento in cui mi resi conto di essere fuori portata di ascolto, in piedi accanto a me vidi Bee, il visino liscio e bianco tra una massa di capelli ricci. Mi saltò tra le braccia, odorosa di scarichi di jet.

— Dov'è la televisione? — chiese.

— A Iron City non c'è.

— Allora tutta quella roba l'hanno vissuta per niente?

Trovammo Tweedy e uscimmo per raggiungere l'auto. Ai margini della città c'era un ingorgo, per cui rimanemmo bloccati su una strada fuori di una fonderia abbandonata. Mille finestre sfondate, lampioni rotti, buio incombente. Bee stava seduta in mezzo al sedile posteriore, nella posizione del loto. Aveva un aspetto notevolmente riposato, dopo un viaggio attraverso fusi orari, masse di terra, vaste distese oceaniche, giorni e notti, su aerei piccoli e grandi, dall'estate all'inverno, da Surabaya a Iron City. Ora eravamo lì fermi ad aspettare che un'auto venisse trainata o un ponte mobile abbassato. Secondo lei, tuttavia, questo lato famigliarmente buffo dei viaggi moderni non valeva un commento. Se ne stava lì seduta ad ascoltare Tweedy intenta a spiegarmi perché i genitori non devono preoccuparsi che ai loro figli tocchi affrontare simili viaggi da soli, e basta. Aerei e terminal sarebbero i posti più sicuri per giovanissimi e ultravecchi. Vengono accuditi, gratificati di sorrisi, ammirati per la loro intraprendenza e il coraggio. La gente pone loro domande cordiali, offre loro coperte e dolci.

— Ogni bambino dovrebbe avere l'opportunità di viaggiare per migliaia di chilometri da solo, — disse Tweedy, — per lo sviluppo del rispetto di sé e dell'apertura mentale, con abiti e articoli da toilette di loro scelta. Prima li facciamo volare e meglio è. Come nuotare o pattinare sul ghiaccio. Bisogna farli cominciare da giovani. È una delle cose che sono orgogliosa di avere fatto con Bee. L'ho mandata a Boston con la Eastern Airlines a nove anni. E a nonna Browner ho detto di non andarla a prendere all'aereo. Uscire dall'aeroporto è importante come il volo in sé. Troppi genitori ignorano questa fase dell'evoluzione infantile. Ora Bee è cittadina a pieno titolo di entrambe le coste. È salita su un jumbo per la prima volta a dieci anni, ha cambiato aereo allo O'Hare, ha quasi perso la coincidenza a Los Angeles. Due settimane dopo ha preso il Concorde per Londra. Ad aspettarla c'era Malcolm con una mezza bottiglia di champagne.

Davanti a noi i fanali posteriori entrarono in agitazione, la fila si mise in moto.

Salvo incidenti meccanici, tempo turbolento e atti terroristici, affermò Tweedy, un aereo in volo alla velocità del suono può essere l'ultimo rifugio della vita confortevole e delle buone maniere rimasto.

XIX

A volte Bee ci faceva sentire a disagio, pena che talvolta gli ospiti infliggono senza intenzione ai cortesi padroni di casa. La sua presenza sembrava irradiare una luce chirurgica. Cominciavamo a vederci come un gruppo che agiva senza logica, che evitava di prendere decisioni, che, a turno, procedeva ad atti stupidi ed emotivamente instabili, che lasciava asciugamani bagnati ovunque, che perdeva di vista i propri membri più giovani. Qualsiasi atto compissimo, diventava subito una cosa che sembrava aver bisogno di una spiegazione. Mia moglie ne risultava particolarmente sconcertata. Se Denise era un commissario in miniatura, impegnato a spingerci con le sue critiche verso un livello più elevato di coscienza, Bee era piuttosto un testimone silenzioso, capace di mettere in discussione il senso intimo della nostra vita. Guardavo Babette fissarsi lo sguardo nelle mani chiuse a coppa, esterrefatta.

Quel rumore cinguettante non era altro che il calorifero.

Bee disdegnava in silenzio battute, sarcasmi e altre faccende famigliari. Di un anno maggiore di Denise, era più alta, più sottile, più pallida, al tempo stesso mondana ed eterea, come se nell'intimo non fosse affatto una scrittrice di viaggi, come sua madre aveva sostenuto essere suo desiderio, ma semplicemente una viaggiatrice, nella sua forma più pura, una persona che raccogliesse impressioni, dense anatomie di sensazioni, senza tuttavia curarsi di prenderne nota.

Era presa di sé e pensosa, e dalla giungla ci aveva portato in dono alcuni oggetti scolpiti a mano. Prendeva il taxi per andare a scuola e ai corsi di danza, parlava un po' di cinese, una volta aveva mandato un vaglia telegrafico a un amico nei guai.

L'ammiravo in un modo distante e inquieto, avvertendo una minaccia senza nome, come se non fosse affatto mia figlia, ma l'amica sofisticata e piena di fiducia in sé di uno dei miei figli. Forse Murray aveva ragione. Forse eravamo veramente una fragile unità circondata da fatti ostili. Forse ero veramente impegnato a favorire ignoranza, pregiudizio e superstizione al fine di proteggere la mia famiglia dal mondo.

Il giorno di Natale Bee stava seduta accanto al camino nel nostro soggiorno che usavamo raramente, osservando le fiamme color turchese. Indossava un lungo abito color cachi, dall'aspetto disinvoltamente costoso. Io ero seduto in poltrona, con tre o quattro scatole di regali mezzi aperti in grembo, da cui spuntavano capi di vestiario avvolti in carta velina. La mia copia di *Mein Kampf*, piena di orecchie, era posata sul pavimento, di fianco alla poltrona. Alcuni degli altri erano in cucina, occupati a preparare il pranzo, altri erano saliti di sopra a esaminare i regali in privato. La TV disse: — Questa creatura ha sviluppato uno stomaco estremamente complesso adattandosi alla sua dieta a base di foglie.

— Questa storia della mamma non mi piace affatto, — disse Bee, in tono ricercatamente preoccupato. — Sembra sempre chiusa in sé. Come se fosse preoccupata di qualcosa e non sapesse con esattezza di che cosa si tratti. Naturalmente si tratta di Malcolm. Lui ha la sua giungla, mentre lei che cosa ha? Un'enorme cucina ariosa, con un fornello da ristorante di provincia a tre stelle. Ci mette tutta la sua energia, ma a che fine? Per lei non è una cucina. È la sua vita, la sua mezza età. Baba una cucina simile se la godrebbe. Per lei sarebbe una cucina e basta. Per la mamma, invece, è come lo strano simbolo del superamento di una crisi, peccato che la crisi non l'abbia superata affatto.

— Tua madre non è sicura di sapere chi sia suo marito.

— Il problema fondamentale non è quello. È, invece, che non sa chi sia lei stessa. Malcolm è in montagna, a vivere di corteccia d'albero e serpenti. È fatto così. Ha bisogno di caldo e umidità. Ha non so quante lauree in politica estera ed economia, ma non desidera altro che stare acquattato sotto un albero a guardare le popolazioni tribali che si spalmano fango su tutto il corpo. Ci si diverte, a guardarle. La mamma, invece, che cosa fa per divertirsi?

Bee era di fattezze minute, se si eccettuavano gli occhi, che sembravano contenere due forme di vita, il soggetto della conversazione e le sue implicazioni nascoste. Parlava della capacità che aveva Babette di mandare avanti senza sforzi particolari le cose, la casa, i ragazzi, il flusso dell'universo quotidiano: era un po' come me, eppure in fondo all'iride dei suoi occhi si muoveva una vita marina secondaria. Che cosa significava, che cosa stava veramente dicendo, perché sembrava aspettarsi che rispondessi a tono? Voleva comunicare in questa maniera secondaria, con fluidi ottici. Voleva la conferma dei propri sospetti, scoprire di me. Ma quali sospetti albergava dentro di sé e che cosa c'era da scoprire? Cominciavo a preoccuparmi. Mentre l'odore di toast bruciato riempiva la casa, cercai di indurla a parlare della vita scolastica alle medie.

— Sta andando a fuoco la cucina?

— È Steffie che brucia un toast. Lo fa di quando in quando.

— Avrei potuto preparare un piatto di *kimchi*.

— Una cosa che hai imparato in Corea?

— Cavolo marinato con peperoncino rosso e un sacco di altra roba. Piccantissimo. Ma non so se si possono trovare gli ingredienti. Non si trovano nemmeno a Washington.

— Ma forse oltre al toast ci verrà dato qualcos'altro, — precisai.

Rimbrotto garbato che la rese felice. Mi voleva più bene quando ero secco, ironico e tagliente, talento naturale che riteneva avessi perduto passando troppo tempo con i bambini.

La TV disse: — Adesso applicheremo i piccoli sensori alla farfalla.

A letto, due giorni dopo, sentii delle voci, per cui mi misi l'accappatoio e mi inoltrai nel corridoio per vedere che cosa stesse succedendo. Fuori dal bagno c'era Denise.

— Steffie sta facendo uno dei suoi bagni.

— È tardi, — dissi.

— Se ne sta lì seduta a non far niente in tutta quell'acqua sporca.

— È sporco mio, — ribatté Steffie, dall'altro lato della porta.

— Sempre sporco è.

— Be', è mio e a me non interessa.

— È sporco, — ripetè Denise.

— È sporco mio.

— Lo sporco è sempre sporco.

— Non quando è mio.

All'estremità del corridoio comparve Bee con addosso un kimono argento e rosso. Se ne stava lì immobile, con un'aria distante e pallida. Vi fu un attimo in cui il nostro stato di meschinità e vergogna parve palpabilmente in espansione, un fumetto di autocoscienza. Denise borbottò qualcosa di violento a Steffie attraverso la fessura della porta, quindi tornò silenziosamente in camera sua.

Il mattino dopo accompagnai Bee all'aeroporto. Simili viaggi mi mettono di un umore silenzioso e cupo. Ascoltammo i notiziari della radio, cronache curiosamente eccitate di pompieri che stavano asportando un divano in fiamme da un appartamento di Watertown, trasmesse con un sottofondo di telescrivente. Mi accorsi che Bee mi stava osservando attentamente, con importanza. Era seduta con la schiena appoggiata alla portiera, le ginocchia sollevate e strette tra le braccia. Uno sguardo di solenne compassione. Uno sguardo di cui non è che proprio mi fidassi, dal momento che secondo me aveva poco a che vedere con pietà, amore o tristezza. In effetti vi coglievo qualcosa di completamente diverso. La più tenera forma di condiscendenza tipica delle ragazze adolescenti.

Di ritorno dall'aeroporto uscii dalla tangenziale all'altezza della strada sul fiume, parcheggiando ai margini del bosco. Quindi mi inoltrai per un sentiero ripido. C'era un vecchio steccato con un cartello.

VECCHIO CIMITERO
Villaggio di Blacksmith

Le lapidi erano piccole, sbilenche, butterate, chiazzate di funghi o muschio, nomi e date illeggibili. Il terreno era duro, con tratti ghiacciati. Mi inoltrai tra le lapidi, togliendomi i guanti per toccare la superficie ruvida del marmo. Immerso nel fango, davanti a una delle lapidi c'era un vasetto con tre bandierine americane, unica traccia che qualcuno mi avesse preceduto lì nel corso di questo secolo. Riuscii a decifrare qualche nome, grandi nomi semplici e forti, che davano un'idea di rigore morale. Rimasi in ascolto.

Ero al riparo dal rumore del traffico, dal ronzio intermittente delle fabbriche, al di là del fiume. Per cui almeno in questo avevano agito bene, sistemando il cimitero in quel posto, in un silenzio che era rimasto intatto. L'aria era frizzante. Respirai profondamente e stetti fermo, in attesa di avvertire la pace che si ritiene cali sui morti, in attesa di vedere la luce che aleggia sui campi malinconici del pittore di paesaggi.

Rimasi lì in ascolto. Il vento soffiava via la neve dai rami. Altra neve emergeva dai boschi in mulinelli e folate radenti. Mi sollevai il colletto, mi rimisi i guanti. Quando l'aria fu di nuovo immobile, mi inoltrai tra le lapidi, cercando di leggere nomi e date, sistemando le bandierine in maniera che garrissero liberamente. Rimasi in ascolto.

La forza dei morti è che secondo noi ci vedono sempre. Sono una presenza. Forse esiste un livello di energia composto soltanto da loro. Sono anche sotto terra, ovviamente, addormentati e avviati a decomporsi. Forse noi siamo ciò che essi sognano.

Possano i giorni essere senza meta. Le stagioni scorrano. Non si prosegua l'azione secondo un piano.

XX

La sorella del signor Treadwell morì. Si chiamava Gladys. Il medico disse che era morta per il permanere della paura, risultato dei quattro giorni e delle quattro notti passati con il fratello nel Mid-Village Mall, persi e confusi.

Un uomo di Glassboro morì a causa del distacco dal semiasse di una ruota posteriore della sua auto. Difetto tipico di quello specifico modello.

Il vice governatore dello stato morì per cause naturali non accertate, dopo lunga malattia. Sapevamo tutti che cosa significasse.

Un uomo di Mechanicsville morì fuori di Tokyo durante un assedio all'aeroporto da parte di diecimila studenti con casco.

Quando leggo gli annunci funebri, guardo sempre l'età del defunto, confrontando automaticamente la cifra alla mia età. Ancora quattro anni, penso. Ancora nove. Due anni e sono morto. La forza dei numeri non appare mai più evidente di quando li usiamo per speculare sul momento della nostra morte. A volte contratto con me stesso. Sessantacinque anni mi vanno bene. L'età di Gengis Khan al momento della morte? Solimano il Magnifico ce l'ha fatta fino a settantasei. A me andrebbe bene, almeno adesso, ma come sarà quando ne avrò settantatré?

È difficile pensare a simili uomini in preda a mesti pensieri di morte. Attila l'Unno è morto giovane. Sulla quarantina. Gli sarà dispiaciuto, si sarà sentito pieno di compassione per se stesso, e depresso? Era il re degli Unni, l'invasore dell'Europa, il Flagello di Dio. Voglio credere che sia rimasto disteso nella sua tenda, avvolto in pelli di animali, come in un film epico a finanziamento internazionale, dicendo cose coraggiose e crudeli ai propri aiutanti di campo e seguaci. Nessun cedimento dello spirito. Nessun senso dell'ironia insita nell'esistenza umana, del fatto che siamo la forma più elevata di vita sulla terra, eppure ineffabilmente tristi, perché sappiamo ciò che nessun altro animale sa, ovvero che dobbiamo morire. Attila non guardò oltre l'apertura della tenda, indicando un cane storpio fermo ai margini del fuoco, in attesa che gli venisse gettato un brandello di carne. Non disse: — Quel patetico animale pieno di pulci sta meglio del più grande dominatore di uomini. Non sa quello che noi sappiamo, non sente quello che noi sentiamo, non può essere triste quanto lo siamo noi.

Voglio credere che non avesse paura. Che abbia accettato la morte come un'esperienza che segue naturalmente alla vita, una folle cavalcata nella foresta, come si conviene a un uomo chiamato il Flagello di Dio. Così arrivò la sua fine, con gli attendenti che si tagliavano i capelli e si sfiguravano i volti in barbaro tributo d'onore, mentre la macchina da ripresa si ritira dalla tenda ed esegue una carrellata sul cielo notturno del quinto secolo d.C., limpido e incontaminato, attraversato da luminose strisce di mondi scintillanti.

Babette sollevò lo sguardo dalle uova e dalle patate fritte, dicendomi con intensità quieta:

— La vita è bella, Jack.

— Perché dici questo?

— Pensavo solo che andasse detto.

— Adesso che l'hai detto, ti senti meglio?

— Faccio dei sogni tremendi, — mormorò.

Chi morirà prima? Babette sostiene di volerlo fare prima lei, perché senza di me si sentirebbe intollerabilmente sola e triste, specialmente se i ragazzi fossero cresciuti e vivessero altrove. È irremovibile. Desidera sinceramente precedermi. Ne discute con tale forza di argomenti che risulta evidente come pensi che in materia si abbia una scelta. E pensa anche che non possa capitarci niente finché in casa ci sono dei ragazzi bisognosi di cure. Sarebbero una garanzia di relativa longevità. Finché ci sono, siamo al sicuro. Ma una volta che siano diventati grandi e si siano dispersi, vuole essere la prima ad andarsene. Ne pare quasi ansiosa. Ha paura che io muoia inaspettatamente, di nascosto, tagliando la corda di notte. Non è che non ami la vita: è restare sola che la spaventa. Il vuoto, il senso di buio cosmico.

MasterCard, Visa, American Express.

Le ribatto che voglio morire prima io. Mi sono talmente abituato a lei che mi sentirei penosamente incompleto. Siamo due aspetti della stessa persona. Passerei il resto della vita a rivolgermi a lei. Nessuno, un buco nello spazio e nel tempo. Invece lei sostiene che la mia morte lascerebbe nella sua vita un vuoto maggiore di quello che nella mia lascerebbe la sua. Tale è il livello del nostro discorso. Le dimensioni relative di buchi, abissi e vuoti. Discutiamo molto seriamente su questo argomento. Lei afferma che se da un lato la sua morte sarebbe tale da lasciare un grosso buco nella mia vita, dall'altro la mia, di morte, lascerebbe nella sua, di vita, un abisso, un golfo enorme. Io controbatto con un'immensa voragine, un vuoto incolmabile. E così via nella notte. Discussioni che al momento non sembrano mai futili. Tale è la forza nobilitante della questione.

Si mise un lungo cappottone imbottito e lucido — dall'aspetto segmentato, esoscheletrico, concepito per il fondo oceanico — e uscì per andare a tenere il suo corso di portamento. Steffie si aggirava per la casa senza fare rumore, portando i sacchetti di plastica che usava per foderare i cesti di vimini sparsi qua e là. Lo faceva una volta o due alla settimana, con l'aria quieta e consapevole di chi non desidera gli venga riconosciuto di essere un salvatore di vite. Arrivò Murray per parlare con le due ragazzine e con Wilder, cosa che faceva di quando in quando nell'ambito della sua indagine su quella che chiamava la società dei bambini. Parlava del gran chiacchierare dell'altro mondo che si fa nella famiglia americana. Sembrava pensare che fossimo un gruppo visionario, aperto a forme particolari di coscienza. C'erano immensi accumuli di dati che aleggiavano per la casa, in attesa di essere analizzati.

Salì di sopra con i tre ragazzi a guardare la TV. Heinrich entrò in cucina, si sedette al tavolo e serrò una forchetta in ciascuna mano. Il frigorifero vibrava poderosamente. Io premetti un pulsante e sotto il lavandino un meccanismo triturante ridusse bucce, scorze e grasso animale in minutissimi frammenti drenabili, con un soprassalto motorizzato che mi fece arretrare di due passi. Tolsi le forchette di mano a mio figlio e le misi nella lavapiatti.

— Prendi già il caffè?

— No, — rispose.

— Baba ne gradisce una tazza, quando torna dal corso.

—Falle del tè, invece.

— Non le piace.

— Può imparare, no?

— Sono due cose dal gusto completamente diverso.

—Un'abitudine è un'abitudine.

— Prima bisogna prenderla.

— È proprio quello che sto dicendo. Falle un tè.

— I suoi corsi sono più stancanti di quanto possa sembrare. Il caffè la rilassa.

— È proprio per quello che è pericoloso, — ribatté lui.

—Macché.

— Tutto ciò che rilassa è pericoloso. Se non lo sai, è come se stessi parlando al muro.

— Anche Murray gradirebbe un po' di caffè, — insistetti, consapevole di una lieve nota di trionfo nella mia voce.

— Hai visto che cos'hai fatto? Hai portato con te il barattolo del caffè sul ripiano della credenza.

— E allora?

— Non occorreva farlo. Avresti potuto lasciarlo vicino al fornello, dov'eri, e poi andare a prendere il cucchiaio nella credenza.

—Vuoi dire che ho portato con me il barattolo senza che ce ne fosse bisogno?

— L'hai tenuto nella mano destra fino a che sei arrivato alla credenza, l'hai posato per aprire il cassetto, cosa che non hai voluto fare con la sinistra, quindi hai preso il cucchiaio con la destra, l'hai passato nella sinistra, hai ripreso il barattolo del caffè con la destra e sei tornato al fornello, dove sei tornato a posarlo.

— Così fanno tutti.

— Movimento sprecato. La gente spreca una quantità immensa di movimenti. Dovresti qualche volta guardare Baba che prepara l'insalata.

— La gente non sta lì a ponzare su ogni minimo movimento o gesto. Un po' di spreco non guasta.

— Ma in tutta una vita?

— Che cosa si risparmia, a non sprecare?

— In una vita? Una spaventosa quantità di tempo ed energia, — replicò.

— E che cosa ce ne facciamo?

— Usiamoli per vivere di più.

La verità è che non voglio morire per primo. Concessami una scelta fra solitudine e morte, mi ci vorrebbe una frazione di secondo per decidere. Ma non voglio neanche restare solo. Tutto ciò che dico a Babette a proposito di buchi e vuoti, è vero. La sua morte mi lascerebbe a pezzi, a parlare con poltrone e cuscini. Non farci morire, vorrei gridare a quel famoso cielo del quinto secolo, infuocato di mistero e luce a spirale. Viviamo tutti e due per sempre, in malattia e salute, svaniti, tremolanti, sdentati, pieni di macchie fegatose, guerci, allucinati. Chi decide simili cose? Chi c'è lassù? Chi sei?

Guardai il caffè che usciva gorgogliando dal tubo centrale e dal cestello forato, passando nel piccolo globo chiaro. Invenzione meravigliosa e triste, così sinuosa, ingegnosa, umana. Una piccola argomentazione filosofica resa in termini di cose mondane: acqua, metallo, grani bruni. Mai prima di allora avevo guardato il caffè.

— Quando i mobili di plastica bruciano, si subisce un avvelenamento da cianuro, — disse Heinrich, tamburellando sulla superficie in formica del tavolo.

Quindi addentò una pesca invernale. Io versai una tazza di caffè per Murray e insieme al ragazzo salii per le scale verso la camera di Denise, dove al momento era situato il televisore. Il volume era basso, essendo le ragazze impegnate in un dialogo assorto con l'ospite. Murray sembrava felice di essere lì. Era seduto al centro del pavimento e prendeva appunti, con il montgomery e la coppola posati accanto sul pavimento. La camera attorno a lui era gravida di codici e messaggi, un'archeologia infantile, cose che Denise teneva con sé dall'età di tre anni, dagli orologi adorni di personaggi dei fumetti fino ai poster del lupo mannaro. Denise è il tipo di bambina che prova una sorta di tenerezza protettiva per le sue origini. In un mondo di situazioni alla deriva, appartiene alla sua strategia di fare ogni sforzo per restaurare e conservare, tenere le cose insieme per il loro valore di ricordi, come un modo per legarsi alla vita.

Non si equivochi. Questi bambini io li prendo sul serio. Non è possibile vedervi troppo, indulgere troppo all'eventuale capacità di studiare i caratteri. È tutto lì, a piena forza, carico di onde di identità ed essenza. Nel mondo dei bambini non ci sono dilettanti.

Heinrich era in piedi in un angolo della stanza, tutto preso a interpretare la propria parte di osservatore critico. Io diedi a Murray il suo caffè e stavo per andarmene quando, di passaggio, gettai un'occhiata allo schermo del televisore. Quindi mi fermai alla porta e questa volta guardai più attentamente. Era vero, eccolo lì. Fischiai per invitare gli altri a fare silenzio, ed essi girarono la testa verso di me, stupiti e seccati. Poi seguirono il mio sguardo al panciuto televisore piazzato all'estremità del letto.

Il viso sullo schermo era quello di Babette. Dalle nostre bocche esalò un respiro cauto e profondo come il ringhio di un animale. Dai nostri volti grondavano confusione, paura, stupefazione. Che cosa significava? Che cosa ci faceva lì, in bianco e nero, rinchiusa in quella cornice geometrica? Che fosse morta, scomparsa, che si fosse smaterializzata? Quello era forse il suo spirito, il suo io segreto, un facsimile bidimensionale trasmesso dalla forza della tecnologia, lasciato libero di fluttuare per le gamme di lunghezza d'onda, tra i livelli di energia, fermandosi un attimo a dirci addio dallo schermo fluorescente?

Fui preso da un senso di straniamento, di disorientamento psichico. Era assolutamente lei, il viso, i capelli, il modo come sbatte rapidamente gli occhi, due, tre volte di seguito. L'avevo vista soltanto un'ora prima, che mangiava le uova, ma la sua comparsa sullo schermo mi faceva pensare a lei come a una figura di un passato lontano, un'ex moglie e madre fuggitiva, un essere vagante nelle nebbie dei morti. Se non era morta lei, forse lo ero io. Un grido infantile, formato da due sillabe, *ba-ba*, emerse dall'intimo della mia anima.

Il tutto compresso in pochi secondi. Fu solo con il trascorrere del tempo, con il suo normalizzarsi, con la restituzione del nostro ambiente — la stanza, la casa, la realtà in cui era sistemato il televisore — fu solamente allora che capimmo che cosa stesse succedendo.

Babette stava tenendo il suo corso nello scantinato della chiesa e la stavano riprendendo attraverso la locale stazione via cavo. O non sapeva che ci sarebbe stata una telecamera, o aveva preferito non dircelo, per imbarazzo, amore, superstizione, o qualunque sia la causa che impone di negare la propria immagine a coloro che ci conoscono.

Con il volume così basso non riuscivamo a sentire ciò che stava dicendo. Ma nessuno si curò di alzarlo. Quella che contava era l'immagine, il viso in bianco e nero, animato ma anche piatto, distante, impenetrabile, senza tempo. Era lei ma non era lei. Ancora una volta presi a pensare che forse Murray aveva colto nel segno. Onde e radiazioni. Attraverso le maglie qualcosa filtrava. Babette ci irradiava di luce, stava divenendo reale, assumeva continuamente nuove forme, a mano a mano che i muscoli del suo volto si adoperavano a sorridere e parlare, a mano a mano che i puntini elettronici sciamavano.

Eravamo fulmineamente attraversati da lei. La sua immagine veniva proiettata sui nostri corpi, aleggiava dentro e fuori di noi. Una Babette di elettroni e fotoni, o di quali che fossero le forze che producevano quella luce grigia che ritenevamo essere il suo viso.

I ragazzi erano rossi per l'eccitazione, mentre io avvertivo una certa inquietudine. Cercavo di dirmi che era soltanto televisione — qualsiasi cosa essa fosse, comunque funzionasse — e non un viaggio tra vita e morte, non una misteriosa separazione. Murray sollevò gli occhi a guardarmi, sorridendomi nel suo modo sfuggente.

Soltanto Wilder rimase calmo. Guardava sua madre, le rivolgeva parole smozzicate, frammenti di suono che sembravano avere un significato per lo più inventati. Quando la telecamera arretrò per consentire a Babette di dimostrare alcuni dettagli dello stare eretti o del camminare, il bambino si avvicinò all'apparecchio e le toccò il corpo, lasciando l'impronta di una mano sulla superficie polverosa dello schermo.

Poi Denise raggiunse a quattro zampe l'apparecchio e girò la manopola del volume. Non successe niente. Né rumore, né voce: niente. Si voltò a guardarmi, in un istante di rinnovata confusione. Quindi si fece avanti Heinrich, che trafficò con la manopola e poi ficcò la mano dietro all'apparecchio per sistemare i tasti. Quando provò un altro canale, il volume esplose, raschiante e sfocato. Tornato alla stazione via cavo, invece, non riuscì a provocare nemmeno un brusio, per cui, osservando Babette concludere la propria lezione, ci sentimmo in uno stato di strana apprensione. Ma non appena il programma fu terminato, le due ragazzine tornarono a eccitarsi e scesero di sotto ad aspettarla alla porta, per sorprenderla con la notizia di ciò cui avevano assistito.

Il bambino rimase davanti al televisore, a pochi centimetri dallo schermo buio, piangendo piano, incerto, con alti e bassi, mentre Murray prendeva appunti.

PARTE
SECONDA

L'evento tossico aereo

21

Dopo una notte di nevi sfumate di sogno, l'aria tornò limpida e immobile. Nella luce del gennaio c'era una sorta di azzurro teso, di durezza e al tempo stesso di determinazione. Il rumore degli scarponi sulla neve compressa, le scie di condensa che attraversavano veloci e nitide il cielo. Il punto in questione era esattamente l'atmosfera, anche se sulle prime non lo sapevo.

Svoltai nella nostra via e superai uomini chini sui badili nei loro vialetti d'ingresso, sbuffanti vapore. Uno scoiattolo si mosse su un ramo con movimento fluido, un procedere tanto continuo che sembrava dipendere da una legge sua propria, diversa da quelle in cui abbiamo imparato a credere. Quando fui a metà della via, vidi Heinrich accucciato su un piccolo davanzale fuori dalla finestra del solaio. Aveva addosso giacca e berretto mimetici, tenuta che per lui è piena di complessi significati, nei suoi quattordici anni, nel suo sforzo di crescere e contemporaneamente passare inosservato, nei suoi segreti noti a tutti. Guardava verso est con il binocolo.

Aggirai la casa fino alla cucina. Nell'ingresso la lavatrice e l'asciugatrice vibravano puntigliosamente. Dalla voce di Babette capii che la persona con cui stava parlando al telefono era suo padre. Impazienza mista a senso di colpa e apprensione. Mi sistemai alle sue spalle e le misi le mani fredde sulle guance. Una cosetta che mi piaceva fare. Lei appese.

— Perché è sul tetto?

— Heinrich? C'è qualcosa allo scalo ferroviario, — rispose. — L'hanno detto alla radio.

— Non sarà il caso che lo faccia scendere?

— Perché?

— Potrebbe cadere.

— Non dirglielo.

— Perché?

— È convinto che tu lo sottovaluti.

— È fuori su un davanzale, — replicai. — Dovrò pur fare qualcosa.

— Più mostri preoccupazione, più andrà vicino al bordo.

— Lo so, ma devo comunque farlo scendere.

— Convincilo con le buone a rientrare, — disse lei. — Sii sensibile e affettuoso. Inducilo a parlare di sé. Non fare movimenti improvvisi.

Quando arrivai in solaio, era già rientrato, stava in piedi davanti alla finestra aperta e continuava a guardare attraverso i vetri. Ovunque c'erano sparsi oggetti abbandonati, opprimenti e rattristanti, che creavano un proprio microclima tra le travi, i montanti esposti e i pannelli isolanti di fibra di vetro.

— Che cos'è successo?

— La radio ha detto che è deragliato un carro cisterna. Ma da quello che sono riuscito a vedere non credo affatto che sia deragliato. Penso piuttosto che sia andato a sbattere e che qualcosa lo abbia perforato. C'è un sacco di fumo e l'aspetto del tutto non mi piace.

— Com'è?

Mi porse il binocolo e si fece indietro. Senza inerpicarmi sulla sporgenza non mi sarebbe stato possibile vedere lo smistamento, né il vagone o i vagoni in questione. Ma il fumo era chiaramente visibile, massa pesante e nera sospesa nell'aria al di là del fiume, più o meno informe.

— Hai visto le autopompe?

— Ce n'è dappertutto, — rispose. — Ma mi sembra che non si avvicinino troppo. Dev'essere roba piuttosto tossica o piuttosto esplosiva, se non tutt'e due.

— Da questa parte non viene.

— Come fai a saperlo?

— Non viene e basta. Piuttosto: non devi stare in piedi sui davanzali ghiacciati. Baba si preoccupa.

— Secondo te, se mi dici che si preoccupa lei, io mi sento in colpa e non lo faccio più. Mentre se mi dici che ti preoccupi tu, io continuo a farlo.

— Chiudi la finestra, — gli ingiunsi.

Scendemmo in cucina. Steffie stava guardando nella posta coloratissima, in cerca di buoni. Era l'ultimo giorno di vacanza per le elementari e le superiori. I corsi alla Hill sarebbero invece ricominciati dopo una settimana. Mandai Heinrich a spalare la neve dal vialetto. Lo guardai lì fuori, in piedi, completamente immobile, la testa leggermente girata, in atteggiamento di lucida consapevolezza. Mi ci volle un po' per capire che stava ascoltando le sirene al di là del fiume.

Un'ora dopo era di nuovo in solaio, questa volta con una radio e una carta stradale. Mi inerpicai per le strette scale, mi feci prestare il binocolo e tornai a guardare. Era ancora là, accumulo leggermente più ampio, o piuttosto massa torreggiante, forse un po' più nera.

— La radio lo definisce un leggero pennacchio, — disse. — Ma non lo è affatto.

— Che cos'è?

— Come una cosa informe che continua a crescere. Un alito di fumo color nero intenso. Perché lo definiscono pennacchio?

— Il tempo di trasmissione è prezioso. Non possono dilungarsi in lunghe descrizioni minuziose. Hanno spiegato di che prodotto chimico si tratta?

— Si chiama Nyodene Derivative o Nyodene D. C'era in un film che abbiamo visto a scuola sugli scarichi chimici. Un videotape di ratti.

— Che cosa provoca?

— Nel film dicevano che non si sa con sicurezza che cosa faccia agli esseri umani. Soprattutto era ai ratti che venivano dei grossi bozzi.

— Questo lo dicevano nel film. E alla radio, invece?

— Sulle prime hanno parlato di irritazione cutanea e palmi sudati. Adesso invece parlano di nausea, vomito, fiato corto.

— Nausea umana, si intende. Non dei ratti.

— No, non dei ratti, — confermò.

Gli passai il binocolo.

— Be', comunque da questa parte non viene.

— Come fai a saperlo? — ripetè.

— Lo so e basta. Oggi l'aria è perfettamente calma e immobile. E quando in questa stagione c'è il vento, soffia da quella parte, no?

— E se invece soffiasse da questa?

— Non è possibile.

— Soltanto questa volta.

— Ho detto di no. Perché dovrebbe?

Heinrich fece una breve pausa e in tono neutro replicò: — Hanno appena chiuso una parte dell'interstatale.

— Era giustissimo farlo. È evidente.

— Perché?

— Perché sì. Precauzione dettata dal buon senso. Un espediente per facilitare lo scorrimento dei veicoli di servizio e simili. Una quantità infinita di ragioni che non hanno niente a che vedere con il vento o la sua direzione.

La testa di Babette fece capolino in cima alle scale. Disse che una vicina le aveva riferito come dal serbatoio fossero usciti centocinquantamila litri di roba. Stavano ordinando di tenersi alla larga dalla zona. Vi aleggiava un leggero pennacchio. Disse anche che le ragazzine lamentavano sudore ai palmi delle mani.

— C'è stata una correzione, — le spiegò Heinrich. — Avvertile che dovrebbero vomitare.

Ci sorvolò un elicottero, diretto verso il luogo dell'incidente. La voce alla radio disse: — Disponibile in offerta limitata con possibilità di hard disk da un megabyte.

La testa di Babette scomparve alla nostra vista. Vidi Heinrich appiccicare con lo scotch a due montanti la carta stradale. Quindi scesi in cucina per provvedere a pagare alcuni conti, consapevole di diverse macchie colorate che roteavano automaticamente sulla mia destra e dietro di me.

Steffie chiese: — Il leggero pennacchio lo si vede dalla finestra del solaio?

— Non è un pennacchio.

— Ma dovremo andare via di casa?

— Macché.

— Come fai a saperlo?

— Lo so e basta.

— Ti ricordi che non potevamo più andare a scuola?

— Quello è successo dentro. Qui invece fuori.

Sentimmo imperversare alcune sirene della polizia. Guardai

le labbra di Steffie formare la sequenza: *wow wow wow wow*. Quando si accorse che la guardavo, sorrise in un certo modo, come se dolcemente richiamata al presente da un piacere che l'aveva distratta.

Entrò Denise, sfregandosi le mani sui jeans.

— Stanno usando gli spazzaneve a turbina per soffiare della roba su quella che si è rovesciata, — disse.

— Che razza di roba?

— Non so, ma dovrebbe renderla inoffensiva, il che però non ci spiega che cosa stiano facendo con il pennacchio.

— Gli impediscono di ingrandirsi ulteriormente, dissi. — Quando si mangia?

— Non so, ma se si ingrandisce ancora, arriva fino a qui, con o senza vento.

— Non ci arriva, — ribattei.

— Come fai a saperlo?

— Perché no.

Denise si guardò i palmi delle mani e salì di sopra. Suonò il telefono. Babette andò in cucina e sollevò la cornetta. Ascoltando, mi guardava. Io compilai due assegni, sollevando di quando in quando lo sguardo per vedere se continuava a fissarmi. Sembrava studiare il mio volto in cerca di significati celati nel messaggio che stava ricevendo. Sporsi le labbra in un modo che sapevo non le piaceva.

— Erano gli Stover, — disse. — Hanno parlato direttamente con la centrale metereologica fuori di Glassboro. Non lo definiscono più un leggero pennacchio.

— E come?

— Una nube grassa e nera.

— Definizione un po' più precisa, il che significa che cominciano ad avere un'idea più chiara della situazione. Bene.

— C'è dell'altro, — aggiunse Babette. — Si pensa che una certa massa d'aria possa scendere dal Canada.

— C'è sempre una massa d'aria che scende dal Canada.

— È vero, — ammise lei. — Non c'è certamente niente di nuovo. Ma dal momento che il Canada è a nord, se la nube grassa viene soffiata a sud, passerà a una tranquillizzante distanza da noi.

— Quando si mangia? — chiesi.

Sentimmo altre sirene, questa volta però di tonalità diversa, un suono più ampio: non polizia, ma pompieri, ambulanze. Sirene, capii poi, antiaeree, che sembravano suonare a Sawyersville, piccola comunità nel nordest.

Steffie si lavò le mani al lavandino della cucina e salì di sopra. Babette cominciò a prendere delle cose dal frigorifero. Quando passò accanto al tavolo, l'afferrai per l'interno di una coscia. Si torse per il piacere, con in mano un pacchetto di grano surgelato.

— Forse dovremmo preoccuparci di più per questa nube grassa, — disse. — È per i ragazzi che continuiamo a dire che non succederà niente. Non è il caso di spaventarli.

— Non succederà *assolutamente* niente.

— Lo so, e lo sai anche tu. Ma un po' dovremmo pensarci, non si sa mai.

— Sono cose che succedono alla povera gente che vive nelle zone esposte a rischio. La società è strutturata in maniera tale che sono le persone povere e prive di istruzione a soffrire l'impatto più grave dei disastri naturali, nonché di quelli prodotti dall'uomo. Chi vive nei bassopiani subisce le alluvioni, chi vive nelle baracche subisce gli effetti di uragani e tornadi. Io sono un professore di college. Ne hai mai visto uno solo, in una di quelle inondazioni che si vedono alla TV, remare in barchetta nella strada di casa? Noi viviamo in una città linda e piacevole, vicino a un college dal nome pittoresco. Sono cose che in posti come Blacksmith non succedono.

Ormai mi stava seduta in grembo. Assegni, conti, moduli di concorsi a premi e buoni erano sparsi su tutto il tavolo.

— Perché vuoi cenare così presto? — mi chiese, in un sussurro carico di significati erotici.

— A mezzogiorno non ho mangiato niente.

— Vuoi che prepari un po' di pollo fritto al chili?

— Ottimo.

— Dov'è Wilder? — chiese poi, con voce roca, mentre le facevo scorrere le mani sui seni, cercando con i denti di aprire il gancio del reggiseno attraverso la camicetta.

— Non so. Forse l'ha rapito Murray.

— Ti ho stirato la vestaglia, — disse lei.

— Benissimo, benissimo.

— Hai pagato la bolletta del telefono?

— Non la trovo.

Ormai avevamo entrambi la voce roca. Teneva le braccia incrociate sulle mie in maniera tale che riuscivo a leggere i consigli di preparazione sulla scatola di grano macinato che teneva nella sinistra.

— Pensiamo un po' a questa nube grassa. Soltanto un minutino, eh? Potrebbe essere pericolosa.

— Tutto ciò che viene contenuto nei carri cisterna è pericoloso. Ma gli effetti sono per lo più a lungo termine, per cui basta starne alla larga.

— Comunque accertiamoci di averla sempre in un angolino della mente, — replicò lei, alzandosi per sbattere ripetute volte una vaschetta del ghiaccio sul bordo del lavandino, facendone uscire i cubetti a blocchi di due o tre.

Le sporsi le labbra. Quindi salii ancora una volta in solaio. Wilder era lì con Heinrich, nel cui rapido sguardo colsi un famigliare tono di accusa.

— Non lo definiscono più leggero pennacchio, — disse, senza incontrare il mio sguardo, quasi a risparmiarsi la pena dell'imbarazzo.

— Lo sapevo già.

— Lo definiscono nube grassa e nera.

— Bene.

— Perché?

— Vuol dire che stanno guardando la cosa più o meno dritto negli occhi. Hanno la situazione in mano.

Con aria di stanca risolutezza aprii la finestra, prendendo il binocolo e inerpicandomi sul davanzale. Avevo addosso un golf pesante e nell'aria fredda stavo abbastanza a mio agio, tuttavia mi accertai di tenere il peso accostato alla casa, mentre mio figlio mi reggeva per la cintura con una mano allungata. Avvertivo il suo sostegno alla mia limitata missione, persino la sua convinzione carica di speranza che potessi aggiungere il peso equilibrato di un giudizio maturo e ponderato alle sue pure osservazioni. È il compito dei genitori, in definitiva.

Mi accostai le lenti al viso e sbirciai nel buio che si stava infittendo. Sotto la nube di sostanze chimiche vaporizzate si stendeva uno spettacolo di agitazione e caos operativo. Lo smistamento era spazzato dai fari. In vari punti sopra di esso aleggiavano elicotteri dell'esercito, che gettavano ulteriori fasci di luce sulla scena. Fasci più ampi, intersecati dalle luci colorate delle auto pattuglia della polizia. Il carro cisterna stava saldamente posato sui binari, mentre vapori si levavano da quello che sembrava un buco a un'estremità. Evidentemente era stato sfondato dall'accoppiatore di un altro carro. Le autopompe erano disposte a una certa distanza, ambulanze e furgoni della polizia ancora più in là. Sentivo sirene, voci che gridavano attraverso i megafoni, con uno strato di elettricità statica che provocava lievi deformazioni nell'aria gelida. Uomini correvano da un veicolo all'altro, sballavano apparecchiature, portavano barelle vuote. Altri, in tuta gialla di Mylex e maschera respiratoria, si muovevano lentamente nella caligine illuminata, reggendo strumenti di misura della morte. Gli spazzaneve soffiavano una sostanza di colore rosa verso il carro cisterna e la zona circostante. La nebbia fitta compiva un arco nell'aria simile a una grandiosa struttura elevata per un concerto di musica patriottica. Gli spazzaneve erano del tipo usato sulle piste degli aeroporti, i furgoni della polizia erano di quelli che servono per portare via le vittime dei tumulti. Il fumo scorreva fluttuando dai raggi di luce rossa verso l'oscurità e poi negli ampi fasci dei fari bianchi panoramici. Gli uomini in tuta di Mylex si muovevano con cautela lunare. Ogni passo costituiva la manifestazione di un'ansia non legata all'istinto. I pericoli insiti nella situazione non erano né fuoco né esplosione. Quella morte sarebbe penetrata, filtrata nei geni, avrebbe fatto la sua comparsa in corpi non ancora nati. Si muovevano come in un alone di polvere lunare, ingombranti e traballanti, prigionieri del concetto di natura del tempo.

Rientrai con una certa difficoltà.

— Che cosa ne pensi? — chiese Heinrich.

— È ancora lì sospesa. Sembra inchiodata in quel posto.

— Quindi sostieni che secondo te non verrà da questa parte.

— Dalla tua voce direi che sai qualcosa che io non so.

— Pensi che verrà da questa parte, o no?

— Tu vuoi che dica che non ci verrà per milioni di anni. Così poi potrai attaccarmi con le tue manciatine di dati. Forza, dimmi che cosa hanno detto alla radio mentre ero là fuori.

— Non provoca nausea, vomito, fiato corto, come avevano detto prima.

— Che cosa provoca?

— Palpitazioni di cuore e senso di *déjà vu*.

— *Déjà vu*?

— Colpisce la parte falsa della memoria umana, o qualcosa del genere. Ma non è tutto. Non la definiscono più neanche nube grassa e nera.

— E come?

Mi guardò attentamente.

— Evento tossico aereo.

Parole che pronunciò in tono secco e carico di presagi, sillabandole, come se avvertisse la minaccia contenuta nella terminologia creata dal governo. Quindi continuò a guardarmi attentamente, esaminandomi il volto in cerca di una rassicurazione nei confronti della possibilità di un pericolo reale, rassicurazione che per altro avrebbe immediatamente respinto come falsa. Era uno dei suoi maneggi preferiti.

— Queste cose non hanno nessuna importanza. L'importante è la dislocazione. Lei è là, noi invece qui.

— Dal Canada si sta spostando una massa d'aria, — ribatté lui in tono neutro.

— Lo sapevo già.

— Non significa che non sia importante.

— Forse sì, forse no. Dipende.

— Il tempo sta per cambiare, — praticamente mi gridò, con voce carica del vibrato lamentoso tipico della sua particolare età.

— Non sono soltanto professore universitario. Sono preside di dipartimento. Non mi vedo scappare davanti a un evento tossico aereo. È roba per gente che vive in roulotte nelle zone più brutte della contea, dove ci sono i vivai dei pesci.

Quindi osservammo Wilder scendere per i gradini del solaio, più alti di tutti gli altri della casa. A cena Denise continuava ad alzarsi per dirigersi a passetti rapidi e rigidi verso il bagno nel corridoio, tappandosi la bocca con una mano. Ci bloccavamo in strani atteggiamenti, nell'atto di masticare o di spargere sale, per sentirla dare di stomaco senza esito. Heinrich le disse che manifestava sintomi superati. Lei gli rivolse uno sguardo a occhi stretti. Era il periodo degli sguardi e delle occhiate, interazioni formicolanti, parte dell'insieme sensorio che di norma mi è molto caro. Caldo, rumore, luci, sguardi, parole, gesti, personalità, progetti. Una densità colloquiale che fa della vita di famiglia l'unico mezzo di conoscenza sensoriale in cui rientri normalmente un trasalimento del cuore.

Osservai le ragazzine comunicare tra loro con sguardi dissimulati.

— Non è un po' presto per mangiare, stasera? — chiese Denise.

— Che cosa significa presto? — ribatté sua madre.

Denise guardò Steffie.

— È perché vogliamo toglierci dai piedi? — chiese poi.

— Perché mai dovremmo toglierci dai piedi?

— Caso mai succedesse qualcosa, — rispose Steffie.

— Che cosa dovrebbe succedere? — chiese Babette.

Le ragazzine tornarono a guardarsi, scambio solenne e prolungato che indicava come un oscuro sospetto avesse ricevuto conferma. Le sirene antiaeree ripresero a suonare, questa volta tanto vicine che ne venimmo negativamente impressionati, scossi al punto da evitare reciprocamente gli sguardi altrui, come sotterfugio per negare che stesse succedendo qualcosa di insolito. Il suono veniva dalla nostra stazione dei pompieri, in mattoni rossi, sirene che non venivano usate da un decennio o più. Facevano un rumore simile a un fragore di protezione civile emerso dal mesozoico. Un pappagallo carnivoro con l'apertura alare di un DC 9. La nostra casa fu invasa da una sorta di raucedine aggressiva e brutale, tale da far pensare che i muri sarebbero andati a pezzi. Vicinissima a noi, indubitabilmente su di noi. Era straordinario pensare che quel mostro sonoro stesse celato da anni nei paraggi.

Continuammo a mangiare, in silenzio ed educatamente, riducendo le dimensioni dei nostri bocconi, chiedendo con cortesia che ci venissero passate le cose. Divenimmo meticolosi e forbiti, diminuendo la portata dei nostri movimenti, imburrando il pane quasi fossimo dei tecnici impegnati a restaurare un affresco. Ma il tremendo fragore non si interrompeva. Continuammo a evitare di incrociare gli sguardi, stando attenti a non far rumore con le posate. Credo che fra noi sia aleggiata la vergognosa speranza che soltanto così avremmo potuto evitare di venire notati. Era come se le sirene annunciassero la presenza di un meccanismo di controllo, marchingegno che avremmo fatto bene a non provocare con le nostre polemiche o rovesciando il cibo.

Fu soltanto quando un secondo suono si fece sentire attraverso il pulsare delle poderose sirene, che pensammo di procedere a una pausa nel nostro limitato episodio di dignitosa isteria. Heinrich corse alla porta d'ingresso e l'aprì. I rumori combinati della notte arrivarono in un'ondata, con fresca e rinnovata immediatezza. Per la prima volta dopo diversi minuti ci guardammo a vicenda, sapendo che questo nuovo suono era quello di una voce amplificata, senza tuttavia aver capito che cosa stesse dicendo. Heinrich tornò camminando in maniera ultradecisa e affettata, con qualche traccia di furtività. Il tutto sembrava significare che si sentiva gonfio di importanza.

— Vogliono che evacuiamo, — disse, senza incrociare i nostri sguardi.

Babette chiese: — Hai avuto l'impressione che fosse soltanto un consiglio o qualcosa di più vincolante, eh?

— Era la macchina di un comandante dei pompieri, con l'altoparlante, e andava piuttosto in fretta.

— In altre parole, — intervenni, — non hai avuto modo di notare le sottigliezze di intonazione.

— Sbraitava.

— Per via delle sirene, — replicò Babette in tono speranzoso.

— Diceva qualcosa come: «Evacuate tutte le residenze. Nube di prodotti chimici letali, nube di prodotti chimici letali».

Rimanemmo a sedere davanti al pan di Spagna e alle pesche in scatola.

— Sono sicura che abbiamo un sacco di tempo, — disse Babette, — altrimenti si sarebbero preoccupati di dirci di fare in fretta. A che velocità si muoveranno le masse d'aria, mi domando.

Steffie leggeva un buono del Baby Lux, piangendo piano. Cosa che riportò in vita Denise, la quale salì di sopra per impacchettare alcune cose di utilità generale. Heinrich corse in solaio, facendo i gradini a due a due, a prendere binocolo, carta stradale e radio. Babette andò in dispensa e prese a raccogliere lattine e barattoli dalle famigliari etichette tese a migliorare la qualità della vita.

Steffie mi aiutò a sparecchiare.

Venti minuti più tardi eravamo in auto. La voce alla radio diceva che gli abitanti della zona occidentale della città dovevano dirigersi verso il campeggio abbandonato dei boy scout, dove volontari della Croce Rossa avrebbero distribuito succhi di frutta e caffè. Quelli della zona orientale, invece, dovevano prendere l'autostrada panoramica fino alla quarta stazione di servizio, dove avrebbero proseguito per un ristorante chiamato Kung Fu Palace, edificio a più ali, con pagode e laghetti adorni di gigli e cervi vivi.

Noi fummo tra gli ultimi ad aggregarci al primo dei due gruppi, unendoci al flusso del traffico nella via principale che portava fuori città, sordido coacervo di macchine usate, fast food, medicine scontate e cinema multiplex. Mentre aspettavamo il nostro turno per inserirci nell'autostrada a quattro corsie, sentimmo sopra di noi e dietro di noi la voce amplificata che gridava alle case buie, in una via fiancheggiata da platani e alte staccionate:

— Abbandonare tutte le abitazioni. Subito, subito. Evento tossico, nube chimica.

La voce diveniva più forte, si indeboliva, tornava forte, mentre i veicoli si immettevano o uscivano dalle strade secondarie. Evento tossico, nube chimica. Quando le parole svanivano, la cadenza in sé continuava a rimanere distinguibile, sequenza ricorrente in lontananza. Pare che il pericolo imponga alle voci pubbliche la responsabilità di assumere un ritmo, quasi che nelle unità metriche risieda una coerenza capace di controllare quale che sia l'evento insensato e furioso che stia per scatenarsi sulle nostre teste.

Riuscimmo a inserirci nell'autostrada mentre cominciava a nevicare. Avevamo poco da dirci, non essendosi ancora le nostre menti adeguate alla realtà delle cose, alla realtà assurda dell'evacuazione. Più che altro guardavamo gli occupanti delle altre auto, cercando di dedurre dai loro volti quanto spaventati dovessimo essere. Il traffico procedeva lentissimo, ma ritenevamo che la velocità sarebbe aumentata qualche miglio più avanti, dove un passaggio nello spartitraffico avrebbe permesso al nostro flusso, in direzione ovest, di occupare tutte e quattro le corsie. Le due opposte erano deserte, il che significava che la polizia aveva già fermato il traffico diretto in questo senso. Segnale incoraggiante. Ciò che più immediatamente si teme, nel corso di un esodo, è che le autorità abbiano già tagliato la corda da un pezzo, lasciando gli altri a sfangarsela nel caos.

Ora la neve cadeva più fitta e il traffico si muoveva a sbalzi. In un mercato del mobile c'era una vendita di accessori per la casa. Uomini e donne ben illuminati si stagliavano nelle enormi vetrine, guardandoci con aria interrogativa. La cosa ci fece sentire come degli imbecilli, dei turisti che stessero sbagliando tutto. Perché quegli individui erano contenti di comperare mobili, mentre noi ce ne stavamo in preda al panico, imbottigliati in un traffico lumacone, in mezzo alla tormenta? Erano senz'altro al corrente di qualcosa che noi ignoravamo. In uno stato di crisi, i fatti veri sono sempre quelli affermati dagli altri. Nessuna nozione è meno sicura di quelle di cui si dispone.

In due o tre città continuavano a suonare le sirene antiaeree. Che cos'era che quegli acquirenti sapevano e che li faceva rimanere lì, mentre davanti a tutti noi si stendeva una via più o meno libera verso la salvezza? Mi misi a premere i pulsanti della radio. Su una stazione di Glassboro apprendemmo che c'era una notizia nuova e importante. A chi si trovava già al chiuso veniva chiesto di rimanerci. Che cosa ciò significasse, venne lasciato a noi di deciderlo. Che le strade fossero affollate al limite dell'impossibile? Che nevicasse Nyodene D.?

Continuavo a premere pulsanti, sperando di trovare qualcuno che avesse notizie riservate. Una donna, presentata come direttrice di una pubblicazione per la difesa dei consumatori, avviò un dibattito sui problemi medici che avrebbero potuto derivare dal contatto personale con l'evento tossico aereo.

Babette e io ci scambiammo uno sguardo cauto, quindi lei si mise immediatamente a parlare con le ragazzine, mentre io abbassavo il volume per impedire loro di apprendere che cosa potevano immaginare che le aspettasse.

— Convulsioni, coma, aborto, — disse la voce, bene informata e briosa.

Superammo un motel a tre piani. Ogni stanza era illuminata, ogni finestra piena di gente che ci fissava. Eravamo un corteo di scemi, soggetto non soltanto agli effetti della pioggia chimica, ma anche al giudizio sprezzante degli altri. Perché non erano loro a essere lì fuori, seduti in cappotto pesante dietro i tergicristalli, nel silenzio della neve? Sembrava imperativo raggiungere il campeggio dei boy scout, infilarci nell'edificio principale, sbarrare le porte, accalcarci sulle brande con il nostro succo e il caffè, aspettare il cessato allarme.

Alcune auto cominciarono a montare sull'erta erbosa ai margini della strada, creando una terza corrente di traffico fortemente inclinata. Sistemati in quella che prima era la corsia di destra, non avevamo altra possibilità che guardarle sorpassarci in posizione leggermente elevata rispetto alla nostra e in moto sbieco, deviato rispetto all'orizzontale.

Lentamente raggiungemmo un cavalcavia, dove si vedeva della gente che procedeva a piedi. Portavano scatole e valige, oggetti raccolti in coperte, lunga fila di persone che procedevano chine per affrontare il turbinio della neve. Persone che tenevano in braccio cagnolini e bambini, un vecchio con una coperta sopra il pigiama, due donne che portavano in spalla un tappeto arrotolato. C'era gente in bicicletta, bambini spinti su slitte e carrozzelle. Altra con carrelli del supermercato, altra ancora infagottata in voluminose tenute di ogni genere, che sbirciava da sotto enormi cappucci. C'era una famiglia completamente avvolta nella plastica, un unico grande foglio di polietilene trasparente. Procedevano a ranghi serrati sotto il loro scudo, padre e madre alle due estremità, tre bambini in mezzo, tutti in seconda istanza avvolti in impermeabili luccicanti. Ne emanava un'impressione di accuratamente provato e compiaciuto, come se fossero mesi che aspettavano di mettersi in mostra con quella roba. Altra gente continuava a comparire da dietro un alto bastione e a trepestare sul cavalcavia, le spalle spolverate di neve: centinaia di persone che si muovevano con una sorta di determinazione predestinata. Partì una nuova salva di sirene. La gente che procedeva pesantemente non accelerò il passo, non abbassò lo sguardo a osservarci, né lo sollevò al cielo notturno, in cerca di qualche segno della nube spinta dal vento. Continuarono a spostarsi sul ponte, attraverso chiazze di luce in cui infuriava la neve. Allo scoperto, tenendosi vicini i bambini, portando con sé il possibile, sembravano parte di un destino antico, legato in fato e rovina con un'intera storia di gente migrante sui carri per distese desolate. In loro c'era qualcosa di epico, che mi fece interrogare per la prima volta circa la reale portata della situazione in cui ci trovavamo.

La radio disse: — È l'ologramma con l'arcobaleno a conferire a questa carta di credito il suo fascino di marketing.

Passammo lentamente sotto il cavalcavia, sentendo un turbine di clacson e il lamento implorante di un'ambulanza bloccata nel traffico. Una cinquantina di metri più avanti la corrente si ridusse a una sola corsia e presto vedemmo perché. Una delle vetture era scivolata giù dall'erta ed era andata a sbattere contro una della nostra corsia. Qua e là, nella fila, starnazzava un clacson. Un elicottero aleggiava proprio sopra di noi, inviando un fascio di luce bianca sulla massa di metallo accartocciato. Alcune persone sedevano come istupidite sull'erba, accudite da un paio di infermieri barbuti. Due di esse erano insanguinate. Altro sangue si vedeva su un finestrino sfondato. Altro ancora sgorgava attraverso la neve appena caduta. Gocce di sangue macchiavano una borsetta color beige. Lo spettacolo di feriti, infermieri, acciaio fumante, tutto immerso in una luce violenta e arcana, aveva l'eloquenza di una composizione formale. Lo superammo in silenzio, con una sensazione di reverenza curiosa, persino sollevati dalla vista delle auto accatastate e della gente caduta.

Heinrich continuò a guardare attraverso il lunotto, dando di piglio al binocolo quando la scena cominciò a svanire in distanza. Ci descrisse in dettaglio numero e dislocazione dei corpi, i segni della slittata, i danni ai veicoli. Quando l'incidente non fu più visibile, si mise a parlare di tutto ciò che era successo da quando si era sentita la sirena antiaerea a cena. Ne parlava in toni entusiasti, con un senso di godimento di ciò che di vivido e inatteso era occorso. Io pensavo che fossimo tutti nel medesimo stato mentale, soggiogati, preoccupati, confusi. Non mi era venuto in mente che a uno di noi tali eventi potessero apparire vivacemente stimolanti. Lo osservai nello specchietto retrovisore. Era scompostamente seduto, con addosso la sua giacca mimetica dalle chiusure in velcro, felicemente immerso nel disastro. Parlava della neve, del traffico, della gente che arrancava faticosamente. Calcolò a quale distanza potessimo essere dal campeggio abbandonato, che tipo di sistemazione rudimentale potesse esservi disponibile. Non l'avevo mai sentito occuparsi di qualcosa con godimento tanto caloroso. Era praticamente euforico. Evidentemente sapeva che potevamo morire tutti. Che fosse una specie di esaltazione da fine del mondo? Che cercasse una distrazione dalle proprie minuscole miserie in un evento violento e travolgente? La sua voce tradiva una voglia matta di un po' di orrori.

— Questo è un inverno mite o duro? — chiese Steffie.

— In rapporto a che cosa? — chiese Denise.

— Non so.

Mi parve di vedere che Babette si faceva scivolare qualcosa in bocca. Distolsi per un attimo lo sguardo dalla strada per osservarla attentamente. Tenne lo sguardo fisso davanti a sé. Finsi di riportare l'attenzione sulla strada, ma mi voltai di nuovo in fretta, cogliendola alla sprovvista nell'apparente atto di inghiottire ciò che si era messo in bocca, qualsiasi cosa potesse essere.

— Che cos'è? — chiesi.

— Guida, Jack.

— Ho visto la tua gola contrarsi. Hai mandato giù qualcosa.

— Soltanto una Life Saver. Guida, per favore.

— Ti metti una caramella in bocca e la mandi giù senza neanche succhiarla un po'?

— Mando giù che cosa? Ce l'ho ancora in bocca.

Quindi spinse la faccia verso di me, servendosi della lingua per formare una piccola protuberanza nella guancia. Un bluff scopertissimo, da dilettante.

— Però hai mandato giù qualcosa. Ho visto.

— Era solamente saliva di cui non sapevo che cosa fare. Ti spiacerebbe badare a guidare?

Mi accorsi che Denise cominciava a prendere interesse alla discussione, per cui decisi di lasciar perdere. Non era il momento giusto per mettere in croce sua madre con medicine, effetti collaterali e simili. Wilder dormiva, appoggiato al braccio di Babette. I tergi-cristallo compivano archi fradici. Dalla radio apprendemmo che si stavano spedendo per via aerea, da un centro di rilevamento dei prodotti chimici situato in una zona remota del New Mexico, dei cani addestrati ad annusare il Nyodene D.

Denise disse: — Avranno pensato a quello che capiterà a quei cani quando saranno arrivati tanto vicino a quella roba da poterla annusare?

— Ai cani non succede niente, — replicò Babette.

— Come fai a saperlo?

— Perché fa male soltanto all'uomo e ai ratti.

— Non ci credo.

— Chiedilo a Jack.

— Chiedilo a Heinrich, — parai io.

— Potrebbe essere vero, — disse il ragazzo, mentendo scopertamente. — I ratti vengono impiegati per misurare le cose nocive per l'uomo, il che significa che noi, uomini e ratti, abbiamo gli stessi malanni. E poi non impiegherebbero i cani se sapessero che potrebbe fargli male.

— Perché?

— Perché i cani sono mammiferi.

— Anche i ratti, — ribatté Denise.

— I ratti sono animali nocivi, — la corresse Babette.

— Ma prima di tutto, — intervenne Heinrich, — i ratti sono roditori.

— Però anche nocivi.

— Gli scarafaggi sono animali nocivi, — ribatté Steffie.

— Gli scarafaggi sono insetti. Lo si capisce dal numero delle zampe.

— Ma sono anche nocivi.

—Gli viene il cancro? No, — ribatté Denise. — Il che deve significare che i ratti sono più simili all'uomo che gli scarafaggi, anche se sono nocivi tutti e due, dal momento che a loro può venire il cancro, mentre agli scarafaggi no.

— In altre parole, — disse Heinrich, — quella lì dice che due animali che siano mammiferi hanno più cose in comune di altri due che siano soltanto nocivi.

— Vorreste farmi credere, — concluse Babette, — che i ratti non soltanto sono nocivi e roditori, ma anche mammiferi?

La neve si trasformò in nevischio, il nevischio in pioggia.

Arrivammo al punto in cui la barriera di cemento lasciava il posto a una striscia mediana panoramica non più alta di un basso paracarro. Ma invece di un poliziotto impegnato a far passare il traffico nelle altre due corsie, vedemmo un uomo in tuta di Mylex che ci ordinava a gesti di stare lontani dall'apertura. Appena alle sue spalle c'era il tumulo funerario formato da una Winnebago e da uno spazzaneve. Dall'immenso e tormentato ammasso esalava un filo di fumo color ruggine. Utensili in plastica dai vivaci colori erano sparsi qua e là. Non c'era segno di vittime o di sangue fresco, il che ci indusse a pensare che doveva essere passato qualche tempo da quando il camper aveva montato lo spazzaneve, probabilmente in un momento in cui l'opportunismo sembrava ancora una debolezza facilmente difendibile, vista la situazione. Doveva essere stata la neve accecante a far passare al guidatore la mediana senza accorgersi che dall'altra parte c'era qualcosa.

— È una cosa che ho già visto, — disse Steffie.

— In che senso? — chiesi.

— È una cosa che è già successa. Esattamente così. L'uomo con la tuta gialla e la maschera antigas. L'enorme ammasso di rottami nella neve. Era proprio esattamente così. Noi eravamo tutti qui in macchina. La pioggia faceva piccoli buchi nella neve. Tutto uguale.

Era stato Heinrich a spiegarmi che l'esposizione alle scorie chimiche poteva far provare un senso di *déjà vu*. Quando l'aveva detto, Steffie non c'era, ma poteva averlo sentito alla radio della cucina, probabilmente quando con Denise aveva appreso dei palmi sudati e del vomito, prima di manifestare loro stesse tali sintomi. Secondo me Steffie non sapeva che cosa significasse *déjà vu*, ma era possibile che gliel'avesse spiegato Babette. Comunque la sensazione di *déjà vu* non valeva più, come sintomo della contaminazione da Nyodene, superato da coma, convulsioni e aborto. Se Steffie aveva appreso del *déjà vu* attraverso la radio, ma si era poi persa la successiva escalation verso condizioni più mortali, poteva essere che fosse suscettibile di farsi ingannare dal proprio apparato di suggestionabilità. Insieme a Denise, era tutta la sera che restava indietro. Erano arrivate in ritardo con i palmi sudati, con la nausea, e infine con il *déjà vu*. Che cosa significava, tutto ciò?

Steffie immaginava veramente di avere già visto l'incidente

stradale oppure immaginava soltanto di esserselo immaginato? È possibile avere la falsa percezione di un'illusione? Esistono un *déjà vu* vero e uno falso? Mi chiesi se avesse veramente avuto i palmi sudati oppure si fosse soltanto immaginata un senso di umidità. Ed era talmente suscettibile alla suggestione da manifestare tutti i sintomi che venivano annunciati?

Mi sentii triste per il genere umano e per la strana parte che giochiamo nei nostri stessi disastri.

Ma se invece non aveva sentito la radio e non sapeva che cosa fosse il *déjà vu*? E se le fossero venuti i sintomi veri per mezzi naturali? Forse gli scienziati avevano ragione nel momento in cui avevano diffuso i primi annunci, prima dei peggioramenti contenuti negli aggiornamenti. Che cosa era peggio, la condizione reale o quella autoctona, e importava qualcosa? Mi ponevo queste domande e altre connesse. Guidando mi scoprii a fare e subire un esame orale, basato su quel tipo di sofismi cavillosi che nel medioevo hanno fatto la gioia di diversi secoli di perditempo. Era possibile che una ragazzina di nove anni avesse un aborto per forza di suggestione? O avrebbe dovuto prima essere incinta? Era possibile che la forza di suggestione fosse tale da agire a ritroso, dall'aborto alla gravidanza alla mestruazione all'ovulazione? Che cosa viene prima, la mestruazione o l'ovulazione? Stiamo parlando di semplici sintomi o di condizioni profondamente radicate? I sintomi sono segni o cose? Che cos'è una cosa e come facciamo a sapere che non è un'altra?

Spensi la radio, non per aiutarmi a pensare, ma al contrario per impedirmi di farlo. C'erano vetture che sbandavano e slittavano. Qualcuno gettò dal finestrino l'involucro di una chewing gum e Babette si esibì in una conferenza indignata sugli sconsiderati che insozzano le autostrade e la campagna.

— Vi dirò un'altra cosa che è già successa, — disse Heinrich. — Stiamo finendo la benzina.

La luce del pieno stava tremolando.

— C'è sempre la riserva, — ribatté Babette.

— Come è possibile che ce ne sia sempre?

— Dipende da com'è costruito il serbatoio. In modo che non si resti senza.

— Non è possibile che ci sia *sempre* una riserva. Se si continua ad andare, si resta senza.

— Non si continua all'infinito.

— Come si fa a sapere quando fermarsi? — chiese lui.

— Quando si arriva a un distributore, — replicai io, ed eccolo lì, spiazzo deserto e allagato dalla pioggia, con pompe orgogliosamente erette dietro una distesa di bandiere multicolori. Vi entrai, smontai dall'auto, l'aggirai per raggiungere le pompe, con la testa piegata sotto il colletto del soprabito. Non erano chiuse a chiave, il che significava che gli inservienti erano scappati all'improvviso, lasciando le cose com'erano, in maniera intrigante, come gli attrezzi e utensili di una civiltà pueblo, il pane nel forno, il tavolo apparecchiato per tre, un mistero lasciato lì per il tormento delle generazioni a venire. Sollevai la pompa della benzina senza piombo. Le bandiere sbatacchiavano nel vento.

Pochi minuti più tardi, tornati sulla strada, assistemmo a una visione notevole e stupefacente. Comparve nel cielo davanti a noi, sulla sinistra, costringendoci ad abbassarci nel sedile e a piegare la testa per avere una visione più chiara, rivolgendoci vicendevoli esclamazioni smozzicate. Era la nube grassa e nera, l'evento tossico aereo, illuminato dai raggi luminosi di sette elicotteri dell'esercito. Ne seguivano il moto provocato dal vento, tenendola in vista. In tutte le auto le teste si spostarono, i guidatori suonarono il clacson per avvertire gli altri, volti apparvero ai finestrini, con espressioni sintonizzate su toni di bizzarra meraviglia.

L'enorme massa scura si muoveva come la nave dei morti di una leggenda norrena, scortata nella notte da creature con armatura e ali a spirale. Non sapevamo bene come reagire. Era una cosa tremenda da vedere, così bassa, zeppa di cloruri, benzine, fenoli, idrocarburi o quale che ne fosse di preciso il contenuto tossico. Ma era anche spettacolare, parte della grandiosità di un evento travolgente, come la scena vivida dello smistamento, o la gente che trepestava sul cavalcavia con bambini, alimenti, beni, tragico esercito di espropriati.

Il nostro timore era accompagnato da un senso di reverenza che confinava con il religioso. È certamente possibile essere messi in soggezione da ciò che minaccia la nostra vita, vederlo come una forza cosmica, tanto più grande di noi, più potente, prodotto da ritmi elementari e ostinati. Era una morte costruita in laboratorio, definita e misurabile, ma in quel momento ci pensavamo in un modo semplice e primitivo, come a una perversione stagionale della terra, a un'inondazione o a un tornado, qualcosa di incontrollabile. La nostra impotenza non appariva compatibile con l'idea di un evento provocato dall'uomo.

Nel sedile posteriore i ragazzi si disputavano il possesso del binocolo.

La situazione era stupefacente. Sembrava che illuminassero la nube davanti a noi come se fosse parte di uno spettacolo di suoni e luci, un po' di nebbia fatta scorrere per creare atmosfera su un alto bastione dove fosse stato trucidato un re. Ma quello a cui stavamo assistendo non era un evento storico. Era qualcosa di segreto e suppurante, un'emozione sognata che segue il sognatore anche dopo il sonno. Dagli elicotteri arrivavano bagliori deliranti, cremose esplosioni di luce rossa e bianca. I guidatori suonavano il clacson e i bambini si affollavano a tutti i finestrini, volti girati verso l'alto, rosee mani premute contro il vetro.

La strada fece una curva che la portò lontana dalla nube tossica, e per un po' il traffico si mosse più liberamente. A un incrocio vicino al campeggio dei boy scout due scuolabus si inserirono nella corrente principale del traffico, entrambi carichi dei matti di Blacksmith. Riconoscemmo gli autisti, individuammo volti famigliari al di là dei finestrini, gente che vedevamo di solito seduta in sedia a sdraio dietro la staccionata rada del manicomio, oppure intenta a passeggiare in cerchi sempre più stretti, a una velocità sempre più elevata, come masse girevoli di un meccanismo di rotazione. Provammo uno strano affetto per loro, unito a un senso di sollievo, nello scoprire che venivano accuditi in maniera diligente e professionale. Sembrava voler dire che la struttura era intatta.

Superammo un'indicazione della stalla più fotografata d'America.

Ci volle un'ora per incanalare il traffico nell'unica corsia del viale d'ingresso al campeggio. Uomini in tuta di Mylex agitavano torce elettriche e disponevano paletti fluorescenti per dirigerci verso il parcheggio, i campi di atletica e le altre aree di servizio. C'era gente che usciva dal bosco, alcuni muniti di casco con torcia, altri con sacchetti della spesa, bambini, cagnetti.

Procedemmo sobbalzando per sentieri in terra battuta, sopra solchi e gobbe. Vicino all'edificio centrale vedemmo un gruppo di uomini e donne che portavano con sé taccuini e radio, funzionari non vestiti di Mylex, esperti della neoscienza dell'evacuazione. Steffie si unì a Wilder in un sonno irregolare. La pioggia cessò. Tutti spensero i fari, rimanendo seduti in atteggiamento incerto nelle auto. Il lungo strano viaggio era terminato. Ci aspettavamo che calasse su di noi un certo senso di soddisfazione, una certa disposizione d'animo nell'atmosfera di quieto adempimento, la benemerita fatica che promette un sonno immobile e profondo. Invece tutti stavano seduti nelle auto buie, fissandosi a vicenda attraverso i finestrini chiusi. Heinrich mangiò una caramella. Ascoltammo il rumore dei suoi denti che rimanevano appiccicati al caramello e alla massa di glucosio. Finalmente una famiglia di cinque elementi si decise a smontare da una Datsun Maxima. Erano tutti muniti di corpetto salvagente e torcia elettrica.

Piccole folle si raccolsero attorno a certi individui. Le fonti delle notizie e delle voci. Uno lavorava in un impianto chimico, un altro aveva colto di sfuggita una frase, un terzo era parente di un impiegato di un ente statale. Da quei fitti capannelli si irradiavano il vero, il falso e altri tipi ancora di notizie.

Si diceva che il mattino seguente ci sarebbe stato subito consentito di tornare a casa; che il governo era impegnato a insabbiare lo scandalo; che un elicottero era penetrato nella nube tossica senza più ricomparire; che dal New Mexico erano arrivati i cani, paracadutati in un prato con azzardato lancio notturno; che la città di Farmington sarebbe rimasta inabitabile per quarant'anni.

Le osservazioni aleggiavano in uno stato di perenne flottazione. Non una sola cosa era più o meno plausibile di qualsiasi altra. Poiché eravamo stati strappati alla realtà, eravamo anche dispensati dal bisogno di distinguere.

Alcune famiglie preferirono dormire in auto, altre furono costrette a farlo perché nei sette o otto edifici del campo non c'era più posto. Noi eravamo sistemati in un grosso baraccamento, uno dei tre del campo, e con il generatore in funzione stavamo abbastanza comodi. La Croce Rossa aveva fornito brande, stufette portatili, panini e caffè. C'erano lampade al cherosene per integrare le luci a soffitto. Molti avevano con sé radio, cibo extra a disposizione di tutti, coperte, seggiole da spiaggia, indumenti in più. Il posto era affollato, ancora freddissimo, ma la vista di infermiere e lavoratori volontari ci diede la sensazione che i ragazzi fossero al sicuro, mentre la presenza di altre anime sperdute, giovani donne con bimbetti, vecchi e infermi, ci caricò di una certa risolutezza e volontà, di un'inclinazione all'altruismo abbastanza pronunciata da funzionare come identità unificante. Quel grande spazio grigio, freddo, umido, spoglio e fino a un paio d'ore prima perduto alla storia, ormai si era trasformato in un posto stranamente gradevole, pieno di una bramosia comunitaria e vocale.

I cacciatori di notizie passavano da un capannello all'altro, tendendo ad attardarsi presso quelli più folti. In simile maniera mi spostai lentamente per la baracca. C'erano, appresi, nove centri di evacuazione, incluso il nostro e il Kung Fu Palace. Iron City non era stata svuotata, come del resto la maggior parte delle altre città della zona. Si diceva che fosse in arrivo il governatore dello stato, direttamente dal palazzo del governo, con un elicottero privato che sarebbe probabilmente atterrato in un campo di fagioli fuori di una città abbandonata, tanto da consentire al medesimo governatore di uscirne, sprizzante fiducia, mascella squadrata, tenuta da caccia, davanti allo scattare degli obiettivi, per dieci o quindici secondi, come dimostrazione della sua immortalità.

Che sorpresa fu farmi strada tra la gente ai margini più esterni di uno dei gruppi più folti, per scoprire che al centro di tutto ciò stava nientemeno che mio figlio, il quale parlava con la sua voce di recente conio, con il suo tono di entusiasmo per le calamità passeggere. Parlava dell'evento tossico aereo in maniera tecnica, anche se la sua voce sapeva di tutto tranne che di rivelazione profetica. Lo stesso nome del prodotto, Nyodene Derivative, lo pronunciava con un gusto indecente, traendo un piacere morboso dal suo suono. La gente ascoltava con attenzione questo adolescente in giacca militare e berretto, con un binocolo appeso al collo e una Instamatic attaccata alla cintura. Senza dubbio chi lo ascoltava era influenzato dalla sua età: doveva per forza essere sincero e franco, non legato a nessun interesse particolare; doveva avere conoscenza dell'ambiente; le sue nozioni di chimica dovevano essere fresche e aggiornate.

Lo sentii dire: — La roba che hanno spruzzato sul grosso travaso allo scalo ferroviario era probabilmente cenere di soda. Ma era troppo poca e troppo tardi. Secondo me domani all'alba fanno decollare degli aerei disinfestanti e bombardano la nube tossica con altra cenere di soda, che potrebbe frantumarla e farla spezzettare in un milione di nuvolette inoffensive. L'espressione cenere di soda viene comunemente usata per indicare il carbonato di sodio, che si impiega nella fabbricazione di vetro, ceramiche, detersivi e saponi. È anche quello che serve per fare il bicarbonato di sodio, cosa che moltissimi di voi si sono probabilmente cacciati in gola dopo una notte di follie.

La gente si avvicinava, impressionata dalle conoscenze e dall'acume del ragazzo. Era notevole sentirlo parlare con tanta disinvoltura a una folla di estranei. Che stesse scoprendo se stesso, imparando a valutare il proprio valore dalle reazioni degli altri? Era possibile che la confusione e lo shock di quel tremendo evento gli stessero insegnando a farsi strada nel mondo?

— Quello che vi state probabilmente chiedendo tutti è che cosa sia esattamente questo Nyodene D. di cui continuiamo a sentir parlare. Domanda giustissima. L'abbiamo studiato a scuola, dove abbiamo visto dei documentari con ratti in preda a convulsioni e roba del genere. Quindi, in sostanza, è una faccenda fondamentalmente semplice. Il Nyodene D. è un sacco di cose messe assieme, che sarebbero poi i sotto-prodotti della fabbricazione di un'insetticida. Il prodotto principale ammazza gli scarafaggi, i sottoprodotti ammazzano tutto il resto. È una battuta del nostro insegnante.

Fece schioccare le dita, la sua gamba sinistra si produsse in una leggera oscillazione.

— In forma di polvere è privo di colore e di odore, nonché molto pericoloso, anche se pare che nessuno sappia esattamente che cosa provochi nell'uomo e nella sua prole. Sono anni che fanno prove, ma, o non lo sanno con certezza, oppure lo sanno e non lo dicono. Certe cose sono troppo sgradevoli per essere rese pubbliche.

Inarcò le sopracciglia e prese a fare smorfie comiche, facendo penzolare la lingua da un angolo della bocca. Rimasi sbalordito a sentire la gente che rideva.

— Una volta che sia penetrato nel suolo, il suo effetto dura quarant'anni. Molto più di quanto viva un sacco di gente. Dopo cinque anni si notano diversi tipi di funghi comparire tra i doppi vetri, come pure sugli abiti e negli alimenti. Dopo dieci anni le zanzariere cominciano ad arrugginire, a riempirsi di buchi e a marcire. I rivestimenti si deformano. Vi saranno rotture di vetri e traumi negli animali domestici. Dopo vent'anni ci si deve probabilmente rintanare in solaio e aspettare di vedere che cosa succede. Credo che tutto ciò debba insegnare qualcosa. Bisogna imparare a conoscere i prodotti chimici che si usano.

Non volevo che mi vedesse. Ciò lo avrebbe intimidito, ricordandogli il proprio passato di ragazzo cupo e sfuggente. Fiorisse pure, se era quello che stava facendo, in nome di disdetta, terrore e incidentale disastro. Quindi me la svignai, passando oltre un uomo con addosso degli scarponi da neve avvolti in plastica e dirigendomi verso l'altra estremità del baraccamento, dove in precedenza ci eravamo accampati.

Eravamo vicini a una famiglia di neri, Testimoni di Geova. Marito, moglie e un ragazzo di circa dodici anni. I due genitori erano impegnati a distribuire opuscoli tra la gente circostante e sembravano non aver problemi nel trovare ascoltatori volenterosi e ricettivi.

La donna disse a Babette: — Non sarà un bel fatto?

— Niente mi sorprende più, — replicò Babette.

— Proprio vero.

— Mi sorprenderei soltanto se non avessimo più sorprese.

— Mi pare giusto.

— O se, come sorprese, ci fosse soltanto robetta. Quella sì che sarebbe una sorpresa. Invece che roba come questa.

— Dio Geova ci riserva una sorpresa ben più grande, — ribatté la donna.

— Dio Geova?

— Proprio lui.

Steffie e Wilder erano addormentati in una delle brande. Denise stava seduta all'altra estremità, immersa nel *Manuale medico*. Accatastati contro le pareti c'erano diversi materassini gonfiabili. Al telefono d'emergenza c'era una lunga fila di gente che chiamava i parenti oppure cercava di mettersi in collegamento con questo o quel programma radiofonico con telefonate del pubblico. Infatti le radio erano per lo più tutte sintonizzate su programmi del genere. Babette era seduta su una sedia pieghevole e stava frugando in una borsa di tela piena di merendine e altre provviste. Notai barattoli e cartoni che avevamo nel frigorifero o in dispensa da mesi.

— Ho pensato che sarebbe il momento giusto per ridurre i grassi, — disse.

— Perché proprio adesso?

— È il momento della disciplina, della risolutezza mentale. Siamo praticamente all'osso.

— Mi sembra veramente interessante che un possibile disastro, che coinvolge te stessa, la tua famiglia e migliaia di altre persone, tu lo sfrutti come occasione per ridurre i cibi grassi.

— La disciplina la si prende dove la si trova, — ribatté. — Se non mangio il mio yogurt adesso, posso anche smettere di comperarlo per sempre. Anche se invece penso che salterò i germi di grano.

La marca mi risultava sconosciuta. Ne presi il barattolo ed esaminai attentamente l'etichetta.

— Sono tedeschi, — le dissi. — Mangiali.

C'era gente in pigiama e ciabatte. Un uomo con una carabina a tracolla. Bambini che si infilavano in sacchi a pelo. Babette mi fece cenno di accostarmi.

— Teniamo la radio spenta, — mormorò. — In modo che le ragazze non sentano. Non sono andata oltre il *déjà vu*. E vorrei che non ci andassero adesso.

— E se fossero sintomi veri?

— Com'è possibile?

— Perché no?

— Gli vengono soltanto quando li trasmettono per radio, — mormorò lei.

— Del *déjà vu* Steffie aveva sentito parlare alla radio?

— Credo di sì.

— Come fai a saperlo? Eri presente quando ne hanno parlato?

— Non sono sicura.

— Pensaci bene.

— Non riesco a ricordarmi.

— Ti ricordi se le hai spiegato che cosa significa *déjà vu*?

Tolse un po' di yogurt dal cartone con il cucchiaio, parve avere un'esitazione, immersa nei suoi pensieri.

— È già successo, — disse finalmente.

— Che cosa?

— Che mangiavo lo yogurt, seduta qui, parlando di *déjà vu*.

— Non voglio neanche sentirtelo dire.

— Lo yogurt l'avevo sul cucchiaio. Ho visto tutto in un lampo. Tutta questa esperienza. Naturale, latte intero, magro.

Lo yogurt era ancora sul cucchiaio. La guardai metterselo in bocca, pensosa, cercando di confrontare l'azione con l'illusione di un originale identico. Dalla mia posizione accosciata le feci cenno di avvicinarsi di più.

— Sembra che Heinrich stia uscendo dal guscio, — dissi a voce bassissima.

— Dov'è? Non l'ho visto.

—Vedi quel gruppo di persone? È là, proprio in mezzo. Sta raccontando tutto quello che sa sull'evento tossico.

— E che cosa saprebbe?

— Un sacco di cose, pare.

— Perché non le ha dette a noi? — disse a sua volta, anche lei a voce bassissima.

— Probabilmente lo abbiamo stancato. Non crede che valga la pena di essere divertente e pieno di fascino davanti alla sua famiglia. I figli sono fatti così. Per loro noi siamo lo stimolo sbagliato.

— Divertente e pieno di fascino?

— Credo che lo sia sempre stato. Era soltanto questione di trovare l'occasione giusta di esercitare i propri doni naturali.

Babette si accostò ulteriormente, tanto che le nostre teste arrivarono quasi a toccarsi.

— Non credi che dovresti andare là? — chiese. — Fa' in modo che ti veda tra la folla. Mostragli che suo padre è presente in un momento così importante.

— Ne resterebbe solamente scosso.

— Perché?

— Sono suo padre.

— Quindi, se andassi là, gli rovineresti tutto, mettendolo in imbarazzo e bloccandolo per via del rapporto padre-figlio. Però, se non ci vai, non saprà mai che l'hai visto in un momento così importante, per cui penserà di doversi comportare in tua presenza come ha sempre fatto, in maniera diciamo scontrosa e difensiva, invece che in questo suo nuovo modo, piacevolissimo ed espansivo.

— È un bel problema.

— E se ci andassi io? — mormorò.

— Penserebbe che ti ho mandato io.

— Sarebbe una cosa così terribile?

— Pensa già che mi serva di te per fargli fare quello che voglio.

— Può esserci qualcosa di vero, Jack. Ma allora a che cosa servono i genitori acquisiti, se non si può usarli nelle schermaglie tra consanguinei?

Questa volta fui io ad accostarmi ulteriormente, abbassando ancora di più la voce.

— Soltanto una Life Saver, — mormorai.

— Che cosa?

— Soltanto un po' di saliva di cui non sapevo che cosa fare.

— Era veramente una Life Saver, — mormorò lei in risposta, facendo una O con pollice e indice.

— Dammene una.

— Era l'ultima.

— Che gusto? Presto!

— Ciliegia.

Sporsi le labbra e produssi dei lievi rumori di risucchio. Il nero venne ad acquattarmisi accanto con i suoi opuscoli. Ci impegnammo in una franca e prolungata stretta di mano. Mi esaminò scopertamente, dando l'impressione che avesse percorso quelle aspre distanze, sradicando la propria famiglia, non per sfuggire all'evento chimico, ma per trovare l'unica persona che potesse capire ciò che aveva da dire.

— Sta succedendo dappertutto, vero?

— Più o meno, — risposi.

— E il governo che cosa fa?

— Niente.

— L'ha detto lei, non io. Nella nostra lingua esiste una sola parola per definire quello che stanno facendo, e lei l'ha trovata esattamente. Non sono affatto sorpreso. Ma a pensarci bene, che cosa c'è che *potrebbero* fare? Quello che si sta realizzando, si sta realizzando in maniera definitiva. Non c'è governo al mondo abbastanza grosso per fermarlo. Una persona come lei conosce le dimensioni dell'esercito permanente indiano?

— Un milione.

— Non l'ho detto io, ma lei. Un milione di soldati, e non riescono a fermarlo. Lo sa chi ha l'esercito permanente più grosso del mondo?

— Sarà la Cina o la Russia, immagino, anche se non bisogna dimenticare i vietnamiti.

— Dica un po': i vietnamiti sono in grado di fermarlo?

— No.

— È arrivato, le pare? La gente lo avverte. Ce lo sentiamo nelle ossa. Sta venendo il regno di Dio.

Era un uomo snello, con i capelli radi e uno spazio tra i due denti centrali. Stava agevolmente accosciato, sembrava avere le giunture sciolte e stare comodo. Mi resi conto che portava vestito e cravatta con le scarpe da ginnastica.

— Non sono giorni grandiosi? — chiese.

Lo esaminai in volto, cercando di scoprirvi un'indicazione per la risposta giusta.

— Lei lo sente realizzarsi? È in arrivo? Lei *vuole* che si realizzi?

Lo chiese molleggiandosi sulle dita dei piedi.

— Guerre, carestie, terremoti, eruzioni vulcaniche. Tutto sta cominciando a prendere forma. Dica lei: esiste qualcosa che possa impedirgli di realizzarsi, una volta che si sia messo in moto?

— No.

— L'ha detto lei, non io. Inondazioni, tornadi, epidemie di strane malattie nuove. È un segno? È la verità? Lei è pronto?

— Ma è proprio vero che la gente se lo sente nelle ossa? — chiesi.

— Le buone notizie fanno in fretta a diffondersi.

— Ne parlano? Nelle sue visite porta a porta, ha l'impressione che lo vogliano?

— Macché vogliono e non vogliono. Il problema è: dove

vado a iscrivermi? Tiratemi subito fuori di qui. La gente chiede: «Ci sono cambiamenti stagionali, nel regno di Dio?» Chiede: «Ci sono i ponti a pedaggio? Ci sono i vuoti a rendere?» Voglio dire: sono tutti strapronti.

— Quindi secondo lei sarebbe una valanga.

— Una folla, tutta d'un colpo. Molto ben detto. Del resto mi è bastato un'occhiata, per dirlo. Questo è uno che capisce.

— I terremoti non sono in aumento, statisticamente parlando.

Mi rivolse uno sguardo pieno di condiscendenza, che sentii meritato, anche senza sapere perché. Forse era una finezza assurda star lì a tirar fuori statistiche di fronte a fedi, paure, desideri incrollabili.

— Come pensa di passare la resurrezione? — chiese, come se parlasse di un prossimo weekend lungo.

— L'avremo tutti?

— O si è tra i dannati, o tra i salvati. I dannati marciscono per strada. Arrivano a sentire gli occhi che gli cascano dalle orbite. Li si riconosce dall'appiccicosità e dai pezzi che perdono. Individui che si lasciano dietro delle scie vischiose, prodotte da loro stessi. Armageddon è così spettacolare grazie a tutto quel marcio. I salvati invece si riconosceranno dalla pulizia e dalla riservatezza. Non si mettono in mostra loro.

Era una persona seria, realistica e pratica, dalla testa fino alle scarpe da ginnastica. Mi stupivo della sua bizzarra certezza, della sua mancanza di dubbi. Che Armageddon fosse proprio questo? Nessuna ambiguità, niente più dubbi. Era pronto per l'aldilà. E stava costringendo l'aldilà a insinuarmisi nella mia coscienza, meraviglioso evento che a lui appariva un fatto reale, evidentissimo, ragionevole, imminente, vero. Io non mi sentivo Armageddon nelle ossa, ma mi preoccupavo per tutti quelli che invece lo sentivano, che erano pronti, che lo desideravano fortemente, che facevano telefonate e prelievi in banca. Se c'è abbastanza gente che lo desidera, si realizza? E quanta gente ci vuole? Perché stiamo conversando in questa posizione accosciata, da aborigeni?

Mi porse un opuscolo intitolato «Venti errori comuni sulla fine del mondo». Emersi a fatica dalla posizione accucciata, sentendo un certo giramento di testa e mal di schiena. In fondo alla corsia una donna stava dicendo qualcosa a proposito dell'esposizione agli agenti tossici. La sua voce sottile andò quasi perduta nello strepito della baracca, il tipo di rombo di bassa tonalità che gli esseri umani producono normalmente nei vasti spazi chiusi. Denise aveva posato il suo manuale e mi stava osservando con sguardo duro. Quello che di norma riservava al proprio padre e al suo fallimento più recente.

— Che cosa c'è? — le chiesi.

— Non hai sentito che cosa ha detto la voce?

— Esposizione.

— Già, — ribatté aspramente. — E noi che cosa c'entriamo?

— Non noi, — replicò. — Tu.

— Io? Perché?

— Non sei stato tu a scendere dall'auto per fare il pieno?

— Dov'era l'evento aereo, quando l'ho fatto?

— Proprio sopra di noi. Non ricordi? Sei tornato in macchina, abbiamo tirato avanti un po' e poi ci siamo trovati in mezzo a tutta quella luce.

— Vuoi dire che quando sono sceso dall'auto la nube poteva essere abbastanza vicina da piovermi in testa?

— Non è colpa tua, — ribatté in tono impaziente, — ma ci sei stato praticamente dentro per due minuti e mezzo.

Raggiunsi il punto in cui si stavano formando due file. Dalla A alla M e dalla N alla Z. In fondo a entrambe le file c'era un tavolino pieghevole, con sopra un microcomputer. Tutto attorno, un turbinio di tecnici di entrambi i sessi, con distintivi all'occhiello e bracciali colorati secondo un codice di riconoscimento. Mi trovai dietro alla famiglia tutta in corpetto salvagente. Sembravano in forma, felici e ben addestrati. La loro tenuta voluminosa color arancione non appariva particolarmente fuori posto, anche se ci trovavamo in territorio più o meno asciutto, ben al di sopra del livello del mare, a molte miglia dalla più vicina minacciosa massa d'acqua. I grossi sconvolgimenti fanno emergere ogni sorta di stramba aberrazione per il semplice effetto della loro subitaneità. Lo scenario era ovunque marcato da macchie di colore e idiosincrasie.

Le file non erano lunghe. Quando raggiunsi la scrivania A-M, l'uomo che vi stava seduto battè alcuni miei dati su una tastiera. Nome, età, curriculum sanitario eccetera. Era un giovane scarno, che sembrava pieno di sospetti nei confronti della conversazione che andasse al di là di certi binari prestabiliti. Sulla manica sinistra della giacca color cachi portava un bracciale verde con la sigla SIMUVAC.

Riferii le circostanze della mia presunta esposizione.

— Quanto c'è stato?

— Due minuti e mezzo, — risposi. — Lo si considera molto o poco?

— Qualsiasi cosa abbia messo a contatto con effettive emissioni, significa che siamo in presenza di una situazione problematica.

— Come mai la nube ha continuato a spostarsi, senza disperdersi nella pioggia e nel vento?

— Non è mica un cirro qualsiasi. Si tratta di un evento ad alta definizione. È zeppo di dense concentrazioni di sottoprodotti. Si potrebbe, per così dire, gettarci un amo e trascinarla fino al mare. Esagero, tanto per chiarire.

— E le persone rimaste in auto? Ho dovuto aprire la portiera per scendere e risalire.

— Esiste una casistica nota di gradi di esposizione. Direi che la loro situazione è al minimo di rischio. A darmi da pensare sono i due minuti e mezzo che lei ci è stato in mezzo. Vero e proprio contatto di pelle e orifizi. Si tratta di Nyodene D. Un'intera nuova generazione di scorie tossiche. Quello che chiamiamo all'avanguardia. Un milionesimo di milione di quella roba può mandare in orbita un ratto.

Quindi mi guardò con l'aria tetramente superiore del veterano di tante battaglie. Evidentemente non aveva una grande considerazione per le persone la cui vita soddisfatta e ultraprotetta non prevedeva incontri con topi dal cervello fuso. Ma io lo volevo dalla mia. Lui in fondo aveva accesso ai dati. Ero pronto a essere servile e adulatore, se ciò poteva servire a impedirgli di lasciar cascare lì qualche espressione rovinosa circa il mio grado di esposizione e le possibilità di sopravvivenza.

— Accidenti, che bracciale! Che cosa significa SIMUVAC? Una cosa importante, si direbbe.

—Un'abbreviazione di *simulated evacuation*. Un nuovo programma governativo per il quale stanno ancora battendosi per avere i fondi.

— Ma questa evacuazione non è simulata. È reale.

— Lo sappiamo. Ma abbiamo pensato che poteva servirci come modello.

— Una forma di addestramento? Vuol dire che avete visto l'opportunità di servirvi dell'evento reale per provare la simulazione?

— Siamo andati a studiarlo per le strade.

— E come va? — chiesi.

— La curva di inserzione non fila liscia come avremmo voluto. C'è un eccesso di probabilità. In più non abbiamo le nostre belle vittime lì dove le vorremmo se questa fosse una vera simulazione. In altre parole siamo costretti a prendere le vittime dove le troviamo. Non ci troviamo di fronte a una cosa preparata al computer. Di punto in bianco ci salta fuori dal vero, tridimensionale, dappertutto. Si deve tenere conto del fatto che tutto quello che vediamo stasera è reale. Dobbiamo dargli ancora una gran ripassata. Ma l'esercizio serve proprio a quello.

— E i computer? Sono dati reali, quelli che inserite nel sistema, o roba da addestramento?

— Guardi, — rispose.

Quindi passò un bel po' di tempo a battere sui tasti e poi a studiare le risposte in codice comparse sullo schermo, tempo considerevolmente più lungo, mi parve, di quello che aveva dedicato alle persone che mi precedevano nella fila. In effetti cominciai a notare che gli altri mi guardavano. Ero lì in piedi con le braccia conserte, cercando di dare l'immagine di un individuo impassibile, in coda in un negozio di ferramenta, in attesa che la commessa battesse sul registratore di cassa l'importo della sua corda ultraresistente. Sembrava l'unico modo per neutralizzare gli eventi, per controbattere lo scorrere dei puntini computerizzati che registravano la mia vita e la mia morte. Non guardare nessuno, non rivelare nulla, rimanere immobile. Il genio della mente primitiva consiste nel fatto che sa rappresentare l'impotenza umana in modi nobili e belli.

— Lei sta generando grossi numeri, — disse il giovane, scrutando lo schermo.

— Ma ci sono rimasto soltanto due minuti e mezzo. Quanti secondi fanno?

— Non è il fatto di quanti secondi ci è rimasto. È tutto il

suo profilo di dati. Ho inserito il suo curriculum. E adesso mi tornano indietro dei numeri tra parentesi, con asterischi intermittenti.

— Che cosa significa?

— Forse è meglio che lei non lo sappia.

Quindi fece il gesto di zittirmi, come se sullo schermo stesse comparendo qualcosa di particolarmente morboso. Mi chiedevo che cosa avesse inteso, quando aveva detto di aver inserito il mio curriculum. Dov'era conservato, esattamente? Presso un ente statale o federale? Presso una compagnia di assicurazioni, un istituto di credito, un ufficio medico? A quale curriculum si riferiva? Gli avevo detto alcune cose elementari. Altezza, peso, malattie infettive. Che cos'altro sapeva, quell'individuo? Era a conoscenza delle mie mogli, dei miei rapporti con Hitler, dei miei sogni e timori?

Aveva collo scarno e orecchie a sventola, perfettamente in sintonia con il suo cranio scheletrico, l'innocente aspetto anteguerra di un assassino di campagna.

— Morirò?

— Non arriveremo a tanto, — rispose.

— In che senso?

— Non in questi termini.

— In quali termini allora?

— Non è una questione di termini. È questione di anni. Fra quindici ne sapremo di più. Per intanto ci troviamo senza ombra di dubbio in presenza di una situazione problematica.

— Che cosa sapremo, fra quindici anni?

— Se lei sarà ancora vivo, ne sapremo molto più di adesso. Gli effetti del Nyodene D. hanno una durata di trent'anni. Lei ne avrebbe superato la metà.

— Pensavo che fossero quaranta.

— Quaranta nel suolo. Trenta nel corpo umano.

— Quindi, se voglio sbarazzarmi di questa sostanza devo superare gli ottanta. Poi posso cominciare a stare un po' più tranquillo.

— Allo stadio attuale delle nostre conoscenze.

— Ma pare che ci sia un consenso generale circa il fatto che esse non sono tali da consentirci alcun tipo di sicurezza su niente.

— Mi consenta di rispondere nei seguenti termini. Se fossi un ratto, non vorrei trovarmi nel raggio di duecento miglia dall'evento aereo.

— E se fosse un essere umano?

Mi guardò con attenzione. Ero lì in piedi, con le braccia conserte, e fissavo lo sguardo sopra la sua testa, verso la porta d'ingresso della baracca. Guardare lui avrebbe significato riconoscere la mia vulnerabilità.

— Non mi preoccuperei di quello che non posso vedere o sentire, — rispose. — Continuerei a vivere la mia vita. Mi sposerei, mi sistemerei, avrei dei figli. Non c'è ragione per cui lei non possa farlo, allo stadio attuale delle nostre conoscenze.

— Ma lei prima ha detto che siamo in presenza di una situazione problematica.

— Non l'ho detto io. È stato il computer. Lo dice tutto il sistema. È quello che definiamo un massiccio riscontro di dati base. Gladney, J.A.K. Io inserisco nome, sostanza, tempo di esposizione e poi digito il suo curriculum computerizzato. I suoi dati genetici, quelli personali, quelli sanitari, quelli psicologici, eventuali schedature di polizia e ospedale. E mi tornano indietro degli asterischi intermittenti. Non vuol dire esattamente che stia per succedere qualcosa a lei, almeno non oggi o domani. Vuol solamente dire che lei è la somma totale dei suoi dati. Non si sfugge.

— E questo cosiddetto massiccio riscontro non è una simulazione, nonostante il bracciale che lei ha addosso. È reale.

— È reale, — confermò.

Rimasi assolutamente immobile. Se avessero pensato che fossi già morto, avrebbero potuto valutare l'opportunità di lasciarmi in pace. Credo di essermi sentito come se un medico avesse sollevato davanti alla luce una mia radiografia in cui comparisse un buco a forma di stella al centro degli organi vitali. Vi è penetrata la morte. L'hai dentro. Si dice che stai morendo eppure sei distaccato dal fatto di morire, puoi meditarci a tuo piacimento, letteralmente vederne l'orribile logica aliena nella radiografia o sullo schermo del computer. È quando la propria morte è resa graficamente, viene, per così dire, trasmessa in televisione, che si avverte un'inquietante separazione tra il proprio stato di salute e se stessi. È stata introdotta una rete di simboli, un'intera tecnologia, spaventosa, strappata agli dei. Ti fa sentire un estraneo nella tua stessa morte.

Volevo la mia toga accademica e gli occhiali scuri.

Quando tornai all'altra estremità della baracca, i tre bambini più piccoli dormivano, Heinrich prendeva appunti e Babette era seduta a un certa distanza, con il Vecchio Treadwell e alcuni ciechi. Stava leggendo loro qualcosa da un mucchietto a vivaci colori di tabloid di supermercato.

Avevo bisogno di una distrazione. Trovai una sedia pieghevole e la sistemai accanto alla parete, vicino a Babette. C'erano quattro ciechi, un'infermiera e tre vedenti disposti a semicerchio di fronte a lei. Altre persone sostavano di quando in quando per ascoltare un paio di argomenti, poi proseguivano. Babette usava la sua voce da narratrice, lo stesso tono sincero e cadenzato che impiegava quando leggeva favole a Wilder oppure brani erotici al proprio marito, nel letto di ottone levato alto sopra il ronzio frenetico del traffico. Lesse in prima pagina il sommario di un brano. — Buoni per la vita dopo la morte. Garantiti —. Quindi passò alla pagina indicata.

— Alcuni scienziati del famoso Istituto per gli Studi Avanzati presso l'Università di Princeton hanno sbalordito il mondo presentando inoppugnabili prove dell'esistenza di una vita dopo la morte. Un ricercatore del suddetto Istituto — ente di importanza mondiale — si è servito dell'ipnosi per indurre centinaia di persone a ricordare le precedenti vite da loro vissute in veste di costruttori di piramidi, di studenti in viaggio di scambio culturale e di extraterrestri.

Babette passò a un tono di voce colloquiale.

— «Solamente nell'ultimo anno», afferma Ling Ti Wan, ipnotizzatore della reincarnazione, «ho aiutato per mezzo dell'ipnosi centinaia di individui a regredire alla vita precedente. Uno dei miei soggetti più straordinari è stata una donna in grado di ricordare la propria vita di cacciatore-raccoglitore nell'era mesolitica, diecimila anni or sono. È stato veramente interessante sentire questa minuta pensionata in pantaloni di poliestere descrivere la propria vita di maschio grande e grosso, capo di una tribù che abitava in una torbiera e cacciava cinghiali selvatici con frecce e archi primitivi. La signora è stata in grado di identificare certi tratti specifici della suddetta era, di cui soltanto un archeologo esperto avrebbe potuto avere notizia. Ha persino pronunciato diverse frasi nella lingua del tempo, una lingua singolarmente simile al tedesco contemporaneo».

La voce di Babette riassunse il tono neutro della narrazione diretta.

— Il dottor Shiv Chatterjee, guru della salute e fisicista dell'alta energia, ha recentemente sbalordito il pubblico di una trasmissione televisiva in diretta riferendo il ben documentato caso di due donne, vicendevolmente sconosciute, le quali, venute da lui nel corso della stessa settimana per affrontare la regressione, hanno scoperto di essere state gemelle nella città scomparsa di Atlantide cinquantamila anni fa. Entrambe sostengono che la suddetta città, prima di sprofondare nel mare in maniera misteriosa e catastrofica, era un comune pulito e ben amministrato, dove si poteva tranquillamente andare per strada a qualsiasi ora del giorno e della notte. Oggi le suddette signore sono entrambe stiliste alimentari presso la NASA.

— Ancora più stupefacente il caso di Patti Weaver, cinque anni, la quale ha sostenuto in maniera convincente con il medesimo dottor Chatterjee di essere stata, nel corso della precedente vita, il killer segreto del KGB responsabile dei mai risolti casi di omicidio di famose personalità come Howard Hugues, Marylin Monroe ed Elvis Presley. Noto nei circoli internazionali come «la Vipera», a causa del veleno mortale e non identificabile che iniettava nelle piante dei piedi delle proprie celebri vittime, il suddetto assassino è morto in un elicottero precipitato in fiamme su Mosca, soltanto poche ore prima che Patti Weaver nascesse a Popular Mechanics, Iowa. La bambina non soltanto ha gli stessi tratti distintivi corporei della Vipera, ma sembra anche avere un particolare orecchio per le parole e le espressioni russe.

— «Questo soggetto l'ho fatto regredire almeno una dozzina di volte», ha affermato il dottor Chatterjee. «Ho usato le tecniche professionali più sofisticate per farla contraddire. Ma la sua storia rimane saldamente credibile. Ed è la storia del bene che può nascere dal male». Ha detto la piccola Patti: «Al momento della mia morte come Vipera, ho visto un cerchio incandescente di luce. Pareva che mi chiamasse a sé, che mi facesse segno. È stata un'esperienza spirituale piena di calore. Mi ci sono diretta. Non mi sentivo affatto triste».

Babette fece le voci del dottor Chatterjee e di Patti Weaver. Il primo si esprimeva in un inglese caldo e dolce, dall'accento indiano, con frasi spezzettate. Patti invece la fece come la piccola protagonista di un film contemporaneo, unica sullo schermo a non sentirsi intimorita da misteriosi fenomeni di vibrazione.

— Nel corso di un ulteriore stupefacente sessione la piccola Patti ha rivelato che le tre supercelebrità erano state assassinate per lo stesso incredibile motivo. In quel momento ciascuna di esse era in possesso della Sacra Sindone di Torino, famosa per i propri santi poteri curativi. Elvis e Marylin, esponenti del mondo dello spettacolo, erano vittime di incubi provocati da droghe e alcol, per cui speravano segretamente di poter recuperare la calma fisica e spirituale nella loro vita asciugandosi con la Sacra Sindone dopo sessioni di purificazione dei pori in sauna. Il miliardario eclettico Howard Hugues, invece, soffriva di sindrome del blocco da battito degli occhi, singolare stato che impediva ai suoi occhi di chiudersi per ore dopo un semplice battito, per cui sperava evidentemente di potersi valere dello straordinario potere della Sindone, finché era intervenuta la Vipera con una rapida iniezione di veleno invisibile. Patti Weaver ha ulteriormente rivelato sotto ipnosi che il KGB avrebbe lungamente cercato di entrare in possesso della Sindone di Torino per usarla sui membri del Politburo — il famigerato Comitato esecutivo del Partito Comunista — soggetti a rapido invecchiamento e tormentati dai dolori. Il possesso della suddetta Sindone si sostiene essere il vero motivo che starebbe dietro il tentato assassinio di Papa Giovanni Paolo II, in Vaticano, tentativo fallito soltanto perché la Vipera era già morta in un orrendo disastro di volo con un elicottero, rinascendo nello Iowa in forma di ragazzina lentigginosa.

— Il buono senza rischi posto qui in calce vi garantisce l'accesso a dozzine di documentati casi di vita dopo la morte, vita perenne, esperienze in una vita precedente, vita postuma nello spazio, trasmigrazione di anime e resurrezione personalizzata attraverso tecniche computerizzate di flusso di coscienza.

Esaminai i volti dei componenti il semicerchio. Nessuno sembrava stupito del racconto. Il Vecchio Treadwell si accese una sigaretta, infastidito dal tremore delle proprie mani, costretto a spegnere la fiammella scuotendola prima che lo scottasse. Il dibattito non mostrò alcun interesse. La vicenda era andata a collocarsi in un recesso di fiducia passiva. Se ne stava lì, famigliare e confortante alla sua strana maniera, serie di affermazioni non meno reali della nostra quota giornaliera di osservabili fatti domestici. Anche Babette, nel tono della propria voce, non aveva lasciato trasparire alcuna traccia di scetticismo o condiscendenza. Dal canto mio non ero certamente in condizione di sentirmi superiore a questi anziani ascoltatori, ciechi o vedenti che fossero. Il procedere della piccola Patti verso l'incandescenza accogliente mi aveva colto in uno stato indebolito e ricettivo. Almeno questa parte della storia la volevo credere.

Quindi Babette lesse un annuncio pubblicitario. La Dieta Stanford. Lineare Acceleratrice 3-Giorni Frantuma-Particelle.

Poi prese un altro tabloid. La storia di copertina riguardava i più importanti parapsicologi del paese e le loro previsioni per l'anno a venire. Lesse lentamente gli argomenti.

— Squadre di Ufo invaderanno Disney World e Capo Canaveral. Con uno sbalorditivo voltafaccia, la suddetta aggressione si rivelerà una dimostrazione della follia della guerra, portando a un trattato di moratoria dei test nucleari tra Stati Uniti e Russia.

— Il fantasma di Elvis Presley verrà visto vagare solitario attorno a Graceland, sua dimora musicale.

— Un consorzio giapponese comprerà l'Air Force One per trasformarlo in lussuoso condominio volante, con possibilità di rifornimento volante e capacità missilistica aria-terra.

— Piedone farà la sua drammatica comparsa in un campeggio dell'accidentata e panoramica costa pacifica nord occidentale. L'uomo-bestia, peloso ed eretto — è alto due metri e mezzo e potrebbe essere l'anello mancante dell'evoluzione — farà gentilmente cenno ai turisti di avvicinarglisi, rivelandosi un apostolo di pace.

— Alcuni Ufo solleveranno la città scomparsa di Atlantide dalla sua tomba d'acqua nei Caraibi servendosi di mezzi telecinetici e dell'aiuto di potenti cavi, dotati di proprietà ignote nei materiali terrestri. Ne risulterà una «città della pace», dove denaro e passaporti saranno totalmente sconosciuti.

— Lo spirito di Lyndon B. Johnson contatterà alcuni dirigenti della CBS per combinare un'intervista televisiva in diretta, al fine di difendersi dalle accuse rivoltegli in diversi libri recenti.

— Mark David Chapman, assassino del Beatle, cambierà legalmente il proprio nome in John Lennon, iniziando una nuova carriera di paroliere rock nel braccio della morte.

— I membri di un culto del disastro aereo rapiranno un jumbo e lo faranno precipitare sulla Casa Bianca in atto di cieca devozione per il proprio misterioso e riservatissimo capo, unicamente noto come Zio Bob. Il presidente e la First Lady sopravvivranno miracolosamente, soffrendo soltanto di qualche taglietto, come riferiranno alcuni amici intimi della coppia.

— Nel cielo di Las Vegas comparirà misteriosamente il defunto multimiliardario Howard Hugues.

— Medicinali miracolosi prodotti in massa in laboratori farmaceutici siti su alcuni Ufo in ambiente spaziale in assenza di peso porteranno alla realizzazione di cure contro l'ansia, l'obesità e gli sbalzi di umore.

— La defunta leggenda vivente John Wayne comunicherà per via telepatica con il presidente Reagan al fine di aiutarlo a impostare la politica estera degli Stati Uniti. Ammorbidito dalla morte, il massiccio attore invocherà una politica di speranza, pace e amore.

— Charles Manson, superkiller degli anni Sessanta, scapperà di prigione, terrorizzando per settimane la campagna californiana prima di negoziare una resa in diretta TV presso gli uffici dell'International Creative Management.

— La luna, unico satellite della terra, esploderà nel corso di una notte umida di luglio, provocando un caos nelle maree e facendo piovere sudiciume e detriti su gran parte del nostro pianeta. Ma alcuni equipaggi Ufo addetti alla pulizia ci aiuteranno ad evitare un disastro di portata mondiale, aprendo un'era di pace e armonia.

Io osservavo il pubblico. Braccia conserte, teste leggermente piegate di lato. Le previsioni non parevano averli allarmati. Si accontentarono di scambiarsi qualche osservazione breve e slegata, come durante una pausa per la trasmissione di uno spot pubblicitario in televisione. Il futuro presentato dal tabloid, con il suo meccanismo di creare un lieto fine per gli eventi apocalittici, non era forse poi tanto remoto dalla nostra esperienza immediata. Guarda noi, pensai. Costretti ad abbandonare le nostre case, spediti in massa nella gelida notte, inseguiti da una nube tossica ammassati in ricoveri improvvisati, ambiguamente condannati a morte. Eravamo diventati parte del materiale tipico dei disastri televisivi. Quella piccola cerchia di vecchi e ciechi riconosceva le previsioni dei parapsicologi come eventi tanto prossimi ad accadere da dover essere adattati in anticipo ai nostri bisogni e desideri. Traendola da un persistente senso di disastro su larga scala, continuavamo a inventare la speranza.

Quindi Babette lesse la pubblicità di un paio di occhiali da sole dietetici. I vecchi l'ascoltarono con interesse. Io tornai nella nostra zona. Volevo stare vicino ai bambini, guardarli dormire. È una cosa che mi fa sentire devoto, parte di un sistema spirituale. È il massimo di comunanza con Dio che riesco a raggiungere. Se esiste un equivalente secolare dello stare in una grande cattedrale con guglie, colonne di marmo e flussi di luce mistica che filtrano attraverso finestre gotiche a doppio ordine, è senz'altro guardare dei bambini che dormono sodo nelle loro camerette. In particolare le femmine.

La maggior parte delle luci erano ormai spente. Il rumore della baracca si era placato. La gente si stava assestando. Heinrich era ancora sveglio, seduto sul pavimento, completamente vestito, il dorso appoggiato alla parete, intento a leggere un manuale di rianimazione della Croce Rossa. Non era, in ogni caso, un ragazzo il cui sonno mi desse pace per la sua magnificenza. Di solito, infatti, dormiva in maniera inquieta e irregolare, digrignando i denti e cadendo talvolta dal letto, per essere trovato alla prima luce in forma di ammasso fetale, tremante sul pavimento di legno.

— Sembra che abbiano preso in mano la situazione, — dissi.

— Chi?

— I responsabili.

— E chi sarebbero?

— Lasciamo perdere.

— È come se ci avessero ricacciato indietro nel tempo, — disse. — Siamo nell'Età della pietra: conosciamo tutte le cose che sono state prodotte da secoli di progresso, ma che cosa sappiamo fare per rendere più agevole la vita di questa Età? Sappiamo forse fare un frigorifero? Sappiamo anche solo spiegare come funziona? Che cos'è l'elettricità? Che cos'è la luce? Sono cose che sperimentiamo ogni giorno della nostra vita, ma a che cosa serve tutto ciò se ci troviamo ricacciati indietro nel tempo e non siamo nemmeno in grado di spiegare alla gente i principi di base, per non parlare di fare effettivamente qualcosa che possa migliorare la situazione. Indicami una sola cosa che saresti capace di fare. Saresti capace di costruire un semplice fiammifero di legno, che produca fiamma strofinandolo su una roccia? Noi siamo convinti di essere tanto grandi e moderni. Atterraggi sulla luna, cuori artificiali. Ma se fossimo coinvolti in un ribaltamento temporale e ci trovassimo a faccia a faccia con gli antichi greci? Sono stati loro a inventare la trigonometria. Facevano già autopsie e dissezioni. Tu che cosa potresti dire a uno di loro, senza che lui rispondesse: «Bella roba». Potresti parlargli dell'atomo? È una parola greca. I greci sapevano già che gli eventi fondamentali del mondo non possono essere visti dall'occhio umano. Sono onde, raggi, particelle.

— Le cose non vanno poi così male.

— Stiamo qui seduti in questa stanza enorme e piena di muffa, altroché. È come se ci avessero ricacciati indietro.

— Abbiamo il calore, abbiamo la luce.

— Cose da Età della pietra. Ce le avevano anche loro. E anche il fuoco. Strofinavano insieme due pietre focaie e producevano delle scintille. Tu saresti capace? Riconosceresti una pietra focaia, se la vedessi? Se un uomo dell'Età della pietra ti chiedesse che cos'è un nucleotide, sapresti dirglielo? Come facciamo a fare la carta carbone? Che cos'è il vetro? Se domani ti svegliassi nel medioevo e stesse infuriando un'epidemia, che cosa potresti fare per fermarla, con le nozioni che hai sul progresso di medicine e malattie? Siamo praticamente nel ventunesimo secolo e hai letto centinaia di libri e riviste, nonché visto centinaia di programmi TV di scienza e medicina. Sapresti dire a quella gente una sola cosa fondamentale che potesse salvare un milione e mezzo di vite?

— Fate bollire l'acqua, gli direi.

— Naturale. E perché non: «Lavatevi dietro le orecchie»? Vale quasi lo stesso.

— Comunque io continuo a credere che le cose vanno abbastanza bene. Non c'è nessun allarme. Disponiamo di alimenti, di apparecchi radio.

— Che cos'è una radio? Quale ne sarebbe il principio? Forza

spiega. Sei lì seduto in mezzo a questa cerchia di persone. Usano utensili fatti con i sassi. Mangiano larve. Spiegagli la radio.

— Non c'è nessun mistero. Potenti apparecchi di trasmissione inviano segnali, i quali viaggiano nell'aria per essere colti da ricevitori.

— Viaggiano nell'aria. Che cosa, come uccelli? Perché non li chiami magici? Viaggiano per l'aria in onde magiche. Che cos'è un nucleotide? Non lo sai, vero? Eppure sono le fondamenta della vita. A che cosa serve il sapere, se aleggia nell'aria? Va da computer a computer. Cambia e cresce a ogni secondo di ogni giorno. Ma in realtà nessuno sa niente.

— Tu qualcosa sai. Per esempio sul Nyodene D. Ti ho visto tra quella gente.

— Prestazione demenziale e irripetibile, — replicò.

Quindi tornò a dedicarsi alla lettura. Io decisi di prendere un po' d'aria. Fuori c'erano diversi gruppi di persone, in piedi attorno a fuochi accesi in bidoni da duecento litri. Un uomo vendeva bibite e panini da un furgone aperto su un lato. Parcheggiati lì accanto c'erano scuolabus, motocicli, furgoncini detti ambulette. Andai un po' in giro. C'erano persone che dormivano in auto, altre che piantavano tende. Raggi di luce scorrevano lentamente tra i boschi, in cerca di rumori, voci calme che mandavano richiami. Passai accanto a una macchina piena di prostitute di Iron City. La luce interna era accesa, i volti si ammassavano ai finestrini. Sembravano tante cassiere del supermercato, biondastre, doppio mento, rassegnate. Un uomo chino sulla portiera anteriore, dalla parte del volante, parlava attraverso una fessura aperta nel finestrino, alitando nuvole di vapore bianco. Una radio disse: — Il futuro incerto induce a minore pazienza, provocando sul mercato una tendenza al ribasso.

Mi resi conto che l'uomo intento a parlare con le prostitute era Murray Jay Siskind. Mi accostai e lo lasciai finire la frase, prima di rivolgergli la parola. Si tolse il guanto destro per stringermi la mano. Il finestrino salì fino a chiudersi.

— Pensavo che fossi a New York per la vacanza tra i due semestri.

— Sono tornato prima per vedere i film sugli incidenti d'auto. Alfonse ha disposto una settimana di proiezioni per aiutarmi a preparare il mio seminario. Ero sull'autobus dell'aeroporto, da

Iron City, quando hanno cominciato a suonare le sirene. L'autista non ha potuto fare altro che seguire la corrente del traffico fino a qui.

— Dove passi la notte?

— Tutto l'autobus è stato destinato a uno degli edifici. Poi ho sentito parlare di passeggiatrici e sono uscito a indagare. Una di loro sotto il soprabito porta una vestaglia di leopardo. Me l'ha fatta vedere. Un'altra sostiene di avere l'inguine smontabile. Che cosa pensi che voglia dire? Comunque sono un po' preoccupato per tutta questa esplosione di malattie legate al proprio stile di vita. Ho sempre con me un preservativo rinforzato e con nervature. Misura unica. Ma ho la sensazione che non sia un granché come protezione contro l'intelligenza e lo spirito di adattamento dei virus moderni.

— Quelle donne non mi sembra che abbiano un granché da fare, — considerai.

— Non credo che questo sia il tipo di disastro che induce al trasporto sessuale. Alla fine potranno capitare qui di nascosto un paio di individui, ma non un'orda orgiastica, non questa sera, almeno.

— Credo che ci voglia del tempo per superare certi stadi.

— È evidente, — convenne lui.

Gli dissi che avevo passato due minuti e mezzo esposto alla nube tossica. Quindi gli raccontai per sommi capi il colloquio con l'uomo della SIMUVAC.

— Quell'alito di Nyodene D. mi ha seminato la morte in corpo. Ormai, stando al computer, è ufficiale. Ho la morte dentro. È solo questione se riuscirò o meno a sopravvivere. Gli effetti hanno una loro durata. Trent'anni. Anche se non sarà direttamente il Nyodene D. ad ammazzarmi, probabilmente mi sopravvivrà dentro il mio corpo. Potrei morire in un incidente aereo e lui continuerebbe a prosperare nei miei resti inviati al riposo eterno.

— È la natura della morte moderna, — considerò Murray. — Ha una vita indipendente da noi. Sta crescendo in prestigio e dimensione. Dispone di uno slancio mai conosciuto prima. Noi la studiamo obiettivamente. Possiamo predirne l'aspetto, seguirne il corso nel corpo. Possiamo ritrarla in sezione, registrarne su nastro tremori e onde. Non le siamo mai stati tanto vicini, mai abbiamo avuto tanta famigliarità con le sue abitudini e i suoi atteggiamenti. La conosciamo nell'intimo. Ma lei continua a crescere, ad aumentare in dimensione e portata, ad acquisire nuovi sbocchi, nuovi passaggi e mezzi. Più ne apprendiamo, più cresce. Che sia una legge della fisica? Ogni progresso in conoscenza e tecnica viene pareggiato da un nuovo tipo di morte, da una nuova specie. La morte si adatta, come un agente virale. Forse è una legge di natura. O forse una mia superstizione personale. Sento che i morti ci sono più vicini che mai. Avverto che abitiamo la loro stessa atmosfera. Ricorda Lao Tse: «Non vi è differenza tra i vivi e i morti. Sono un unico canale di vitalità». L'ha detto seicento anni prima di Cristo. Ed è ancora una volta vero, forse più che mai.

Mi piazzò le mani sulle spalle e mi guardò malinconicamente in faccia. Quindi mi disse nei termini più semplici quanto fosse triste per ciò che era successo. Mi parlò della possibilità di un errore del computer. Ne fanno anche loro, disse. Possono essere provocate dalla carica elettrostatica di un tappeto. Uno sfilaccio, un pelo nei circuiti. Non ci credeva, e neanche io. Tuttavia ne parlava in tono convincente, gli occhi pieni di un'emozione spontanea, un sentimento vasto e profondo. Mi sentii stranamente ricompensato. La sua comprensione era adeguata all'occasione: una pietà e un dolore di livello imponente. La brutta notizia ne valeva quasi la pena.

— È da quando avevo vent'anni che mi porto addosso questa paura, un vero e proprio terrore. Adesso è stato reso reale. Mi sento irritato, coinvolto nell'intimo. Non c'è da meravigliarsi che lo definiscano evento tossico aereo. È senz'altro un evento. Segna la fine delle cose indistinte. E non è che l'inizio. Aspetta e vedrai.

Il presentatore di uno spettacolo radiofonico con ospiti disse: — Sei in onda. — I falò bruciavano nei bidoni del petrolio. Il venditore di panini chiuse il suo furgone.

— Episodi di *déjà vu*, nel vostro gruppo?

— Moglie e figlia, — risposi.

— C'è una teoria, sul *déjà vu*.

— Non voglio saperla.

— Perché pensiamo che queste cose siano già successe? Semplice. Perché sono effettivamente successe, nella nostra mente, come visioni del futuro. Essendo precognizioni, è materia che non possiamo adattare al sistema della nostra coscienza così com'esso è attualmente strutturato. Si tratta di roba fondamentalmente soprannaturale. Vediamo nel futuro, ma è un'esperienza che non abbiamo ancora imparato ad analizzare. Quindi l'evento se ne sta rimpiattato finché la precognizione non si avvera, finché non ci troviamo a faccia a faccia con esso. In quel momento siamo liberi di ricordarlo, di avvertirlo come famigliare.

— Perché c'è così tanta gente che soffre episodi del genere proprio adesso?

— Perché la morte è nell'aria, — rispose in tono soave. — Significa liberare materiale rimosso. Significa arrivare più vicini a qualcosa di noi stessi che non abbiamo appreso. La maggior parte di noi ha probabilmente visto la propria morte, ma non sapeva come far affiorare questa visione. Forse, quando moriremo, la prima cosa che diremo sarà: «Questa sensazione la conosco. Qui ci sono già stato».

Quindi tornò a mettermi le mani sulle spalle e mi esaminò con rinnovata e toccante tristezza. Sentimmo le prostitute mandare un richiamo a qualcuno.

— Mi piacerebbe perdere interesse per me stesso, dissi a Murray. — C'è qualche possibilità che succeda?

— Nessuna. Uomini migliori ci hanno provato.

— Penso che tu abbia ragione.

— È evidente.

— Vorrei che ci fosse qualcosa che potessi fare. Vorrei poter superare razionalmente il problema.

— Lavora più intensamente al tuo Hitler, — rispose.

Lo guardai. Quanto sapeva?

Nel finestrino si aprì una fessura. Una delle donne disse a Murray: — D'accordo. Lo faccio per venticinque.

— Hai controllato con il tuo agente? — chiese lui.

Lei fece scendere il finestrino per scrutarlo. Aveva l'aspetto opaco di una donna coi bigodini al telegiornale della sera, la cui casa fosse rimasta sepolta sotto il fango.

— Lo sai chi intendo, — continuò Murray. — Colui che accudisce ai tuoi bisogni emotivi in cambio del cento per cento dei tuoi redditi. Colui di cui hai bisogno per essere sculacciata quando fai la cattiva.

— Bobby? È a Iron City, alla larga dalla nube. Non gli piace esporsi a meno che non sia assolutamente necessario —. Le donne scoppiarono a ridere, sei teste che andavano su e giù. Un ridere da comunella, un po' forzato, teso a individuarle come persone legate tra loro in modi non facilmente apprezzabili dal resto di noi.

Un secondo finestrino si aprì di qualche centimetro, vi fece la sua comparsa una bocca vivacemente colorata. — Bel magnaccia è, Bobby: uno che gli piace usare la testa.

Secondo scoppio di risa. Non capimmo bene se diretto a Bobby o a noi. Il finestrino si chiuse.

— Non sono affari miei, — dissi, — ma che cosa è disposta a fare con te per venticinque dollari, quella lì?

— La manovra Heimlich. Sai, quella che serve per sbloccarti quando hai un pezzo di cibo incastrato in gola.

Esaminai la parte del suo viso che stava tra la coppola e la barba. Sembrava immerso nei pensieri, con lo sguardo fisso sull'auto. I finestrini erano appannati, le teste delle donne avvolte dal fumo di sigaretta.

— Ovviamente bisogna che troviamo uno spazio verticale, — aggiunse in tono assente.

— Non penserai veramente che si faccia bloccare un boccone nella trachea?

Mi guardò, con aria vagamente stupita. — Che cosa? Ah, no, no, non è necessario. Purché faccia dei rumori come di conati, di soffocamento. Purché sospiri profondamente quando butto avanti il bacino. Purché si abbandoni inerme all'indietro nel mio abbraccio salvatore.

Quindi si tolse il guanto per stringermi la mano. Poi si avvicinò all'auto per discutere la cosa nei dettagli con la donna in questione. Lo guardai bussare alla portiera posteriore, che dopo un istante si aprì, lasciandolo prendere posto tutto schiacciato sul sedile di dietro. Io raggiunsi uno dei bidoni del petrolio. Attorno al fuoco c'erano tre uomini e una donna, impegnati a scambiarsi le voci in circolazione.

Tre dei cervi del Kung Fu Palace sarebbero morti. Sarebbe morto anche il governatore, mentre primo e secondo pilota sarebbero rimasti gravemente feriti nel corso dell'atterraggio di fortuna in un centro commerciale. Sarebbero morti due degli uomini dello smistamento, e nelle loro tute di Mylex sarebbero apparse ben visibili delle minuscole bruciature da acido. Mandrie di pastori tedeschi, i famosi cani capaci di annusare il Nyodene D., fatti a brandelli i paracadute, si diceva che stessero aggirandosi tra le comunità colpite. Nella zona ci sarebbe stata una fioritura di avvistamenti Ufo. Si sarebbero verificati frequenti casi di saccheggio da parte di individui avvolti in fogli di plastica. Due di essi sarebbero stati uccisi. Sei uomini della Guardia Nazionale sarebbero morti, uccisi in uno scontro a fuoco avvenuto dopo un tumulto razziale. Si parlava di aborti, di bambini nati prematuri. Vi sarebbero stati avvistamenti di ulteriori grasse nuvole.

Coloro che riferivano tali notizie non controllate lo facevano con un certo timore reverenziale, saltellando sulle punte dei piedi nel freddo, le braccia incrociate sul petto. Temevano che potessero essere vere, ma al tempo stesso erano impressionati dal carattere drammatico dei fatti. L'evento tossico aveva diffuso uno spirito immaginativo. Alcuni mettevano in giro le notizie, altri le ascoltavano incantati. C'era un rispetto crescente nei confronti delle notizie truculente, dei racconti più raggelanti. Non è che fossimo più portati di prima a crederci o meno. Ma adesso si era più disposti ad apprezzarli. Cominciammo a stupirci della nostra stessa capacità di costruire il timore riverenziale.

Pastori tedeschi. Fu la notizia rassicurante che mi celai in seno. Il corpo massiccio, il mantello fitto e brunastro, la testa fiera, la lunga lingua penzolante. Me li immaginai vagare furtivi per le strade vuote, l'andatura pesante, all'erta. Capaci di sentire suoni a cui noi eravamo insensibili, di cogliere cambiamenti nel flusso delle notizie. Li vidi nella nostra casa, che ficcavano il muso negli armadi, le lunghe orecchie tese, emananti un sentore di calore, pelo e forza compressa.

Nella baracca erano quasi tutti addormentati. Procedetti lungo una parete buia. I corpi ammassati giacevano in preda a un sonno inquieto, sembrando emettere un unico sospiro nasale. Alcune figure si agitavano, un bambino asiatico dai grandi occhi mi tenne lo sguardo addosso mentre mi facevo strada tra dozzine di sacchi a pelo disposti a grappolo. Alcune luci colorate scorsero all'altezza del mio orecchio destro. Sentii lo scroscio di uno sciacquone.

Babette era raggomitolata su un materassino gonfiabile, coperta con il proprio soprabito. Mio figlio dormiva seduto su una sedia, come un pendolare che ne avesse bevuti un paio di troppo, la testa china sul petto. Portai una sedia pieghevole accanto alla branda dov'erano i bambini più piccoli. Quindi mi sedetti lì, piegato in avanti, a guardarli dormire.

Un disordine casuale di teste e membra ciondolanti. In quei visi morbidi e caldi c'era un tipo di fiducia tanto assoluta e pura che non volevo pensare potesse essere malriposta. Doveva esserci qualcosa, da qualche parte, di abbastanza grosso, valoroso ed eroico, da giustificare quell'affidarsi limpido, quella fiducia implicita. Mi sentii cogliere da un senso di disperata pietà. Di natura cosmica, pieno di rimpianti e aspirazioni. Parlava di vasti spazi, di forze spaventevoli ma sottili. Quei bambini addormentati erano simili a figure di un annuncio propagandistico dei Rosacroce, facevano emanare dalla pagina un fascio di luce. Steffie si voltò leggermente, poi mormorò qualcosa nel sonno. Mi parve importante sapere che cosa fosse. Nel mio stato attuale, con addosso il marchio mortale della nube di Nyodene D., ero pronto a cercare ovunque segni e indizi, cenni di un singolare stato di benessere. Accostai di più la mia sedia. Il suo viso, che il sonno riempiva di borse, avrebbe potuto essere una struttura destinata unicamente a proteggere gli occhi, due cose grandi, larghe e apprensive, tendenti a fasi diverse di colore e a un'attenzione scattante, a percepire lo stato di pena negli altri. Rimasi lì seduto a guardarla. Qualche istante dopo disse ancora qualcosa. Questa volta sillabe distinte, non un mormorio di sogno, ma una lingua non esattamente di questo mondo. Mi sforzai di capire. Ero convinto che stesse dicendo qualcosa, combinando delle unità di significato concreto. Guardai il suo volto, attesi. Passarono dieci minuti. Quindi pronunciò due parole chiaramente udibili, al tempo stesso famigliari e sfuggenti, parole che sembravano avere un significato rituale, parte di un incantesimo verbale o di un inno d'estasi.

Toyota Celica.

Passò un momento prima che mi rendessi conto che si trattava del nome di un'automobile. La verità non fece altro che stupirmi ancora di più. La pronuncia di quelle parole era stata bella e misteriosa, indorata da un miracolo incombente. Era come il nome di un'antica potenza celeste, incisa in segni cuneiformi su una tavoletta. Mi fece sentire che lassù c'era qualcosa. Ma com'era possibile? Una semplice marca, una comune auto? Com'era possibile che quelle parole quasi prive di senso, mormorate nel sonno inquieto di una bambina, mi avessero fatto avvertire un significato, una presenza? Stava solamente ripetendo delle voci televisive. Toyota Corolla, Toyota Celica, Toyota Cressida. Nomi sovrannazionali, generati dal computer, più o meno universalmente pronunciabili. Parte del rumore cerebrale di ogni bambino, di regioni subliminali troppo remote per essere indagate. Qualunque ne fosse la fonte, la loro pronuncia mi aveva colpito con l'impatto di un istante di splendida trascendenza.

Momenti che soltanto i miei figli riescono a concedermi.

Rimasi lì seduto ancora un po', guardando Denise, guardando Wilder, sentendomi pieno di altruismo e spiritualmente vasto. Sul pavimento c'era un materassino gonfiabile libero, ma volli dividere con Babette il suo, per cui mi stesi accanto al suo corpo, un ammasso sognante. Le sue mani, i suoi piedi e il suo volto erano riparati sotto il soprabito; rimaneva soltanto uno sboffo di capelli. Caddi all'improvviso in un oblio marino, coscienza abissale e granchiesca, silente e priva di sogni.

Parevano passati soltanto pochi minuti quando mi trovai circondato da rumore e confusione. Aperti gli occhi, mi vidi davanti Denise che mi stava tempestando di pugni braccia e spalle. Quando si accorse che ero sveglio, passò alla madre. Tutto attorno a noi la gente stava vestendosi e facendo fagotto. Il rumore più forte veniva dalle sirene delle ambulette all'esterno. Una voce stava fornendoci istruzioni attraverso un megafono. In distanza sentii il suono di una campana e poi una serie di clacson, prima avvisaglia di quello che sarebbe diventato un belato universale, un panico greggesco, un lamento di proporzioni tremende, a mano a mano che veicoli di ogni dimensione e tipo cercavano di raggiungere la strada panoramica nel minor tempo possibile.

Riuscii a tirarmi a sedere. Entrambe le ragazzine stavano cercando di svegliare Babette. Lo stanzone si stava svuotando. Vidi Heinrich che mi fissava dall'alto, il volto atteggiato a un ghigno enigmatico. La voce amplificata disse: — Giro di vento, giro di vento. La nube ha cambiato direzione. Tossico, tossico diretto qui.

Babette si rigirò sul materassino, sospirando beata. — Ancora cinque minuti, — disse. Le ragazzine le tempestarono di colpi la testa e le braccia.

Messomi in piedi, mi guardai attorno in cerca di una toilette. Wilder era vestito e nell'attesa mangiava un biscotto. La voce tornò a farsi sentire, come la cantilena meccanica di un altoparlante di grande magazzino, tra i banchi profumati e lo squillare dei campanelli: — Tossico, tossico. In vettura, in vettura.

Denise, che aveva afferrato la madre per un polso, sbattè tutto il braccio sul materassino. — Perché deve sempre dire tutto due volte? Lo capiamo anche la prima. Vuole solo sentirsi parlare.

Riuscirono a far mettere Babette a quattro zampe. Io corsi alla toilette. Avevo con me il dentifricio, ma non riuscii a trovare lo spazzolino. Stesa un po' di pasta sull'indice, me lo feci scorrere sui denti. Quando tornai, erano vestiti e pronti, diretti all'uscita. Una donna con un bracciale, alla porta, ci consegnò delle maschere, maschere chirurgiche bianche, di garza, che coprivano naso e bocca. Ne prendemmo sei e uscimmo.

Era ancora buio. Cadeva una forte pioggia. Davanti a noi si stendeva un panorama di disordine. Auto bloccate nel fango, auto in panne, auto lentamente in fila sull'unica corsia della via di scampo, auto che prendevano scorciatoie per i boschi, auto bloccate tra alberi e massi, altre auto. Sirene che strepitavano e si attenuavano, clacson che lanciavano berci di disperazione e protesta. C'erano uomini che correvano, tende che svolazzavano tra gli alberi, spazzate via dal vento, intere famiglie che abbandonavano i propri veicoli per dirigersi a piedi verso la strada panoramica. Dal profondo dei boschi sentivamo motociclette imballate, voci che levavano grida incoerenti. Sembrava la caduta di una capitale coloniale nelle mani di devoti ribelli. Un grande ribollire di dramma, con tracce di umiliazione e colpa.

Ci mettemmo la maschera e corremmo sotto il diluvio verso l'auto. Neanche dieci metri più avanti un gruppo di uomini procedeva con tutta calma verso una Land Rover. Sembravano istruttori di guerra nella giungla, uomini dalla sagoma snella e dalla lunga testa squadrata. Si avviarono direttamente verso il folto del sottobosco, non soltanto lontano dalla strada in terra battuta, ma anche da tutte le altre auto che cercavano una scorciatoia. Sul paraurti posteriore avevano un adesivo con la scritta CONTROLLO DELLE ARMI UGUALE CONTROLLO DELLA MENTE. In situazioni del genere è sempre il caso di rimanere alle calcagna di militanti delle frange di destra. Sono addestrati alla sopravvivenza. Quindi li seguii con una certa difficoltà, sulla nostra giardinetta piccolotta, che sobbalzava malamente nell'intrico della boscaglia, montando per erte, sopra pietre nascoste. Nel giro di cinque minuti la Land Rover fu fuori vista.

La pioggia si trasformò in nevischio, il nevischio in neve.

Vidi una fila lontana di fari, sulla destra, per cui percorsi alla sua volta una cinquantina di metri in un canalone, con l'auto che sbandava come un bob. Ma non sembravamo avvicinarci. Babette accese la radio e venimmo informati che gli evacuati dal campeggio dei boy scout dovevano dirigersi verso Iron City, dove si stava approntando il necessario per fornire loro cibo e ricovero. Sentimmo i clacson suonare e pensammo che fosse una reazione all'annuncio radiofonico, ma essi continuarono in cadenza rapida e agitata, diffondendo nella notte tempestosa un senso di timore e paura animale.

Quindi sentimmo i rotori. E attraverso i rami spogli la vedemmo, l'immensa nube tossica, ora illuminata da diciotto elicotteri, immensa quasi al di là dei limiti dell'accettabile, al di là di leggenda e mormorio, massa intorbidante, tumefatta, in forma di lumaca. Sembrava impegnata a generare proprie tempeste interiori. Crepitii e scoppiettii, lampi di luce, lunghe scie incurvate di fiamma chimica. I clacson strepitavano e gemevano. Gli elicotteri vibravano come giganteschi elettrodomestici. Rimanemmo seduti in auto, nel bosco innevato, senza dire nulla. La grande nube, all'esterno del proprio turbolento nucleo, esibiva bordi inargentati dai fari. Si muoveva orribile e lumacosa nella notte, con gli elicotteri che sembravano spetezzare senza alcuna efficacia attorno ai suoi margini. Nella sua dimensione enorme, nella minacciosità oscura e corposa, con la sua scorta aerea, la nube sembrava una pubblicità su scala nazionale della morte, una campagna per molti milioni di dollari, sostenuta da spot radiofonici, grossi annunci attraverso stampa e affissioni, totale copertura televisiva. Vi fu uno scarico ad alta tensione di luce vivida. Il suono dei clacson aumentò di volume.

Con un soprassalto ricordai che ero tecnicamente morto. Il colloquio con il tecnico della SIMUVAC mi tornò alla mente in maniera tremendamente dettagliata. Mi sentii male a diversi livelli.

Non c'era altro da fare che cercare di portare in salvo la mia famiglia. Continuai a procedere faticosamente verso i fari, verso il frastuono dei clacson. Wilder era addormentato, aleggiava in spazi uniformi. Premetti l'acceleratore, strapazzai il volante, trascinai praticamente a braccia l'auto oltre una macchia di pini bianchi.

Attraverso la maschera Heinrich chiese: — Vi siete mai veramente guardati l'occhio?

— In che senso? — ribatté Denise, mostrando un interesse immediato, come se stessimo pigramente godendoci una giornata d'estate sulla veranda.

— L'occhio. Sai quali sono le diverse parti?

— Vuoi dire l'iride, la pupilla?

— Quelle sono le parti conosciute da tutti. Ma il corpo vitreo? E la lente? È la lente che frega. Quanta gente non sa nemmeno di averla? Pensano che «lente» voglia dire «macchina fotografica».

— E l'orecchio, allora? — chiese Denise con voce smorzata.

— Se l'occhio è un mistero, non parliamo dell'orecchio. Prova a dire «coclea» a qualcuno: ti guarderà con l'aria di dire «Ma questo qui chi è?» C'è un intero mondo all'interno del nostro corpo.

— Nessuno se ne interessa nemmeno, — convenne la ragazzina.

— Come fa la gente a vivere tutta la vita senza sapere come si chiamano le varie parti del proprio corpo?

— E le ghiandole, allora? — chiese lei.

— Quelle animali si può mangiarle. Gli arabi le mangiano.

— Le mangiano anche i francesi, — intervenne Babette, parlando attraverso la garza. — E gli arabi mangiano gli occhi, visto che di occhi si sta parlando.

— Che parte? — chiese Denise.

— Tutto. L'occhio della pecora.

— Le ciglia però non le mangiano, — ribatté Heinrich.

— Perché, le pecore ce le hanno? — chiese Steffie.

— Chiedilo a tuo padre, — rispose Babette.

L'auto si trovò a guado in un torrente che non sapevo ci fosse finché non mi ci ero trovato dentro. Mi sforzai di traghettare tutti noi sull'altra riva. La neve cadeva fitta attraverso i sovrastanti raggi di luce. Il dialogo smorzato intanto proseguiva. Riflettei che il pasticcio nel quale ci trovavamo, ad alcuni di noi sembrava un fatto degno unicamente di un'occhiata. Volevo che prestassero attenzione all'evento tossico. Volevo che apprezzassero gli sforzi che stavo facendo per portarci tutti alla strada panoramica. Pensai di raccontare loro del riscontro del computer, della morte a tempo che portavo con me nei cromosomi e nel sangue. La mia anima grondava autocompassione. Cercai di rilassarmi e di godermela.

— Do cinque dollari a chiunque in questa macchina, — disse Heinrich attraverso la maschera protettiva, — sappia dirmi se è morta più gente costruendo le piramidi in Egitto o la Grande Muraglia cinese, e mi sappia dire quanta ne è morta in entrambi i casi, con un'approssimazione di cinquanta individui.

Seguii tre motoslitte per uno spiazzo aperto. Diffondevano un'atmosfera di baldanzosa allegria. L'evento tossico era ancora in vista, dalle sue interiora esplodevano in brevi archi dei traccianti chimici. Superammo famiglie a piedi, vedemmo una fila di coppie di luci rosse baluginare nel buio. Quando emergemmo dal bosco, gli occupanti delle altre auto ci rivolsero uno sguardo assonnato. C'erano voluti novanta minuti per raggiungere la strada panoramica e altri trenta ce ne vollero per arrivare all'incrocio per Iron City, dove ci incontrammo con il gruppo del Kung Fu Palace. Un gran suonare di clacson, un gran salutare di bambini con le mani. Come le carovane che convergevano sul sentiero di Santa Fe. La nube era sempre appiccicata allo specchietto retrovisore.

Krylon, Rust-Olium, Red Devil.

Raggiungemmo Iron City all'alba. Agli sbocchi delle strade erano stati sistemati dei posti di controllo. Personale della polizia e della Croce Rossa distribuiva in fotocopia istruzioni circa i centri di raccolta. Mezz'ora più tardi ci trovammo, con altre quaranta famiglie, in una palestra abbandonata di karate, all'ultimo piano di un edificio a quattro piani, sulla strada principale. Non c'erano né letti né sedie. Steffie si rifiutò di togliersi la maschera.

Entro le nove del mattino venimmo forniti di materassini gonfiabili, nonché di un po' di cibo e caffè. Attraverso le finestre impolverate vedemmo un gruppo di scolaretti in turbante, membri della locale comunità sikh, in piedi per strada con un cartello scritto a mano, che diceva: IRON CITY DÀ IL BENE-VENUTO AGLI EVACUATI DELLA ZONA. Non ci era consentito uscire dall'edificio.

Sulla parete della palestra c'erano delle illustrazioni formato poster delle sei parti con cui la mano può colpire. A mezzogiorno per la città dilagò una voce. Si diceva che dagli elicotteri dell'esercito si stessero calando dei tecnici imbracati, con il compito di impiantare certi microrganismi nel nucleo della nube tossica. Organismi che sarebbero stati delle ricombinazioni genetiche con una fame congenita per gli agenti tossici specifici del Nyodene D. Avrebbero letteralmente consumato la grassa nube, mandandola in frantumi, decomponendola.

La stupefacente innovazione, tanto simile per natura a qualcosa che avremmo potuto trovare nel *National Enquirer* o nello *Star*, ci fece sentire un po' stufi, inconsistentemente sazi, come dopo una gran mangiata di junk-food. Vagai per il locale, come già avevo fatto all'accampamento dei boy scout, spostandomi da un centro di conversazione all'altro. Nessuno sembrava sapere come un gruppo di micro organismi potesse consumare abbastanza materiale tossico da liberare il cielo da una nube tanto densa e gigantesca. Né alcuno sapeva che cosa ne sarebbe stato delle scorie tossiche una volta mangiate, oppure degli stessi micro organismi una volta che avessero finito di mangiare.

Sparsi ovunque per il locale c'erano bambini impegnati a imitare le posizioni del karate. Quando tornai nella nostra zona, trovai Babette seduta da sola, con sciarpa e berretto a maglia.

— Quest'ultima voce non mi piace, — disse.

— Troppo tirata per i capelli? Non credi che ci sia modo che un mucchio di microrganismi possa penetrare a colpi di denti nell'evento tossico?

— Credo che ci siano tutte le possibilità di questo mondo. Non dubito neanche per un istante che abbiano lì nelle scatole questi microrganismi imballati nella plastica a bolle, come i ricambi delle penne a sfera. È proprio questo che mi preoccupa.

— L'esistenza in sé di organismi fatti su misura.

— L'idea in sé, l'esistenza in sé, il mirabile ingegno. Da una parte non c'è dubbio che l'ammiro. Soltanto pensare che c'è gente che sa realizzare marchingegni simili. Un microbo che mangia le nuvole, o comunque sia. Non c'è fine alle sorprese. Le possibilità di stupirsi rimaste in questo mondo sono ormai microscopiche. Ma con questo posso conviverci. A spaventarmi è invece il problema se ci avranno pensato a fondo.

— Senti un vago presentimento? — chiesi.

— Sento che stanno agendo sulla parte superstiziosa della mia natura. Ogni passo in avanti è peggiore del precedente perché mi fa ancora più paura.

— Paura di che cosa?

— Del cielo, della terra, non so.

— Più grande è il progresso scientifico, più primitiva la paura.

— Come mai? — chiese lei.

Alle tre del pomeriggio Steffie aveva ancora addosso la maschera protettiva. Camminava rasente le pareti, paio di occhi verde chiaro, attenta, riservata. Guardava gli altri come se questi potessero non accorgersene, come se la maschera le coprisse gli occhi invece di lasciarli esposti. Gli altri pensavano che stesse facendo un gioco. Le strizzavano l'occhio, la salutavano. Ero sicuro che ci sarebbe voluto almeno un altro giorno prima che si sentisse abbastanza al sicuro da togliersi l'apparecchio protettivo. Il suo atteggiamento nei confronti degli allarmi era solenne, interpretava il pericolo come uno stato troppo privo di definizione e precisione per poter essere confinato a un certo tempo e spazio. Sapevo che avremmo semplicemente dovuto aspettare che dimenticasse la voce amplificata, le sirene, la corsa notturna per i boschi. Nel frattempo la maschera, dando risalto agli occhi, esaltava la sua sensibilità nei confronti di episodi di tensione e allarme. Sembrava portarla più vicino alle reali preoccupazioni del mondo, la levigava nel proprio vento.

Alle sette di sera un uomo che portava un minuscolo televisore prese a spostarsi lentamente per il locale, facendo un discorso mentre si muoveva. Era di mezza età o anche più anziano, un uomo eretto, dagli occhi chiari, con in testa un berretto bordato di pelliccia, i paraorecchi abbassati. Teneva il televisore ben sollevato e lontano dal corpo, e nel corso della propria allocuzione girò parecchie volte su se stesso, in maniera da mostrare a noi tutti lo schermo.

— Alla televisione non dicono niente, — dichiarò —. Non una parola, non un'immagine. Sul canale di Glassboro allo stato attuale valiamo cinquantadue parole. Niente riprese, niente cronaca dal vivo. Sono cose che capitano talmente spesso che a nessuno interessa più niente? Lo sanno che cosa abbiamo passato? Abbiamo avuto una paura da restare secchi. E l'abbiamo ancora. Abbiamo lasciato le nostre case, abbiamo attraversato in auto tormente di neve, abbiamo visto la nube. Uno spettro mortale, lì sopra di noi. È possibile che nessuno dedichi una copertura informativa decente a un fatto del genere? Mezzo minuto, venti secondi? Vogliono farci capire che è stata una cosa insignificante, trascurabile? Sono così insensibili? Sono così stufi di inquinamenti, contaminazioni e scorie? Credono che sia soltanto televisione? «Ce n'è già troppa, perché farne vedere ancora?» Non lo sanno che è un fatto vero? Le strade non dovrebbero essere piene di cameramen, di tecnici del suono, di giornalisti? Non dovremmo essere qui a gridargli dalle finestre: «Lasciateci in pace, ne abbiamo passate abbastanza, fuori dai piedi con i vostri stupidi strumenti di intrusione». Hanno bisogno di duecento morti, di rare scene di calamità da riprendere, per arrivare in massa in un dato posto con i loro elicotteri e le macchinone delle reti televisive? Che cosa deve succedere esattamente prima che ci sbattano in faccia il microfono, dandoci la caccia fin sulla soglia di casa, accampandosi nel nostro giardino, creando il solito circo televisivo? Non ci siamo guadagnati il diritto di sdegnare le loro domande imbecilli? Guardateci qua. Siamo in quarantena. Siamo come i lebbrosi del medioevo. Non ci fanno uscire. Ci lasciano il cibo ai piedi delle scale e scappano in punta di piedi verso la sicurezza. È il periodo più terrificante della nostra vita. Tutto ciò che amiamo e per cui abbiamo lavorato è soggetto a una seria minaccia. Ma se ci guardiamo attorno non vediamo alcuna reazione da parte degli organi ufficiali dell'informazione televisiva. L'evento tossico aereo è una cosa orrenda. La nostra paura è enorme. Anche se non ci sono state molte perdite in termini di vite umane, non meritiamo qualche attenzione per la nostra sofferenza, per la nostra preoccupazione umana, per il nostro terrore? La paura non fa notizia?

Applausi. Una sostenuta salva di grida e battimani. L'oratore si girò ancora una volta lentamente su sé stesso, esibendo il piccolo televisore agli astanti. Quando ebbe completato il giro, si trovò a faccia a faccia con me, a non più di trenta centimetri di distanza. Nel suo volto segnato dal vento avvenne un cambiamento, un lieve stordimento, lo shock di un fatto secondario sfuggito.

— È una cosa che ho già visto, — mi disse finalmente.

— Che cosa?

— Lei era lì in piedi, io qui. Come un salto nella quarta dimensione. I suoi lineamenti nitidissimi e precisi. Capelli chiari, occhi slavati, naso roseo, bocca e mento senza segni particolari, carnagione di tipo sudato, guance medie, spalle cadenti, mani e piedi grossi. È già successo. Vapore che fischia nelle tubazioni. Peluzzi che sporgono dai pori. L'identica espressione in faccia.

— Quale espressione? — chiesi.

— Tormentata, cinerea, sperduta.

Tutto ciò nove giorni prima che ci dicessero che potevamo tornare a casa.

PARTE
TERZA

Dylarama

22

Il supermercato è pieno di persone anziane che si aggirano disorientate tra siepi dai colori abbaglianti. Alcuni sono troppo bassi per arrivare ai ripiani più elevati; altri bloccano le corsie con i carrelli; altri sono goffi e hanno i riflessi lenti; altri si aggirano borbottando, con l'aria diffidente della gente che si incontra nei corridoi degli ospizi.

Spingevo il mio carrello lungo la corsia. Sulla ribalta stava seduto Wilder, che cercava di afferrare al volo gli oggetti la cui forma e radianza eccitassero il suo sistema di analisi sensoria. Nel supermercato c'erano due zone nuove, una piccola macelleria e una panetteria. Il profumo di pane e torte, combinandosi con la vista di un uomo coperto di sangue che batteva fettine freschissime di vitello, risultava abbastanza eccitante per tutti.

— Dristan Ultra. Dristan Ultra.

Il secondo motivo di eccitazione era la neve. Neve abbondante prevista per il pomeriggio o in serata. Aveva fatto uscire allo scoperto le masse, chi temeva che presto le strade sarebbero state impraticabili, chi era troppo vecchio per camminare con sicurezza su neve e ghiaccio, chi pensava che la tormenta lo avrebbe isolato in casa per settimane e mesi. In particolare erano le persone anziane a essere sensibili alle notizie circa le calamità incombenti, diffuse attraverso la TV da signori seduti in atteggiamento grave davanti a mappe radar digitali o a pulsanti fotografie del nostro pianeta. In preda a frenesia coatta, si precipitavano al supermercato per fare provviste prima dell'arrivo del fronte di aria fredda. Attenti alla neve, dicevano gli annunciatori delle previsioni. Emergenza neve. Spazzaneve. Neve mista a nevischio e a pioggia gelata. Stava già nevicando a ovest.

Si stava già spostando a est. Si aggrappavano a tali notizie come al teschio di un pigmeo. Diluvi di neve. Tempeste di neve. Allarmi antineve. Neve. Tormenta di neve. Neve alta e in movimento. Accumuli, devastazioni. I vecchi comperavano in preda al panico. Se la TV non li riempiva di furore, li lasciava mezzi morti di paura. Parlavano tra loro a bassa voce nelle file alle casse. Bollettino del traffico: visibilità zero. Quando arriva? Quanti centimetri? Quanti giorni? Diventavano riservati, sfuggenti, sembravano voler tenere nascoste agli altri le notizie più recenti e peggiori, sembravano combinare la fretta con la furbizia, cercavano di correre fuori prima che qualcuno notasse la mole dei loro acquisti. Accaparratori in tempo di guerra. Pieni di bramosia, di sensi di colpa.

Vidi Murray nella zona degli alimenti generici, con una padella di Teflon. Stetti un po' fermo ad osservarlo. Stava parlando con quattro o cinque persone, facendo di quando in quando una pausa per prendere qualche appunto su un taccuino a spirale. Riusciva a scrivere tenendo goffamente la padella stretta sotto il braccio.

Wilder gli gridò un richiamo, uno strillo acutissimo, per cui spinsi il carrello alla sua volta.

— Come sta quella tua brava donna?

— Bene, — risposi.

— Questo bambino parla già?

— Di quando in quando. Gli piace fare con comodo.

— Sai quella cosa per la quale mi hai aiutato? Il braccio di ferro su Elvis Presley.

— Certo. Sono entrato da te e ho tenuto una lezione.

— Salta fuori, tragicamente, che avrei comunque vinto.

— In che senso?

— Cotsakis, il mio rivale, non è più tra i viventi.

— Che cosa significa?

— Significa che è morto.

— Morto?

— Perso nella risacca al largo di Malibu. Durante la vacanza. L'ho scoperto un'ora fa. Sono venuto direttamente qui.

La densità del tessuto ambientale mi apparve improvvisamente chiarissima. Le porte automatiche si aprivano e chiudevano, emettendo improvvisi sboffi. Colori e odori parvero più acuti. Il rumore dei piedi che strusciavano si levò nitido tra una dozzina di altri, dal ronzio subcostiero dei sistemi di manutenzione, dal fruscio della stampa prodotto da coloro che, davanti a noi, studiavano il proprio oroscopo nei tabloid, dai mormorii di anziane donne dal viso incipriato, dal costante sferragliare dei carrelli che passavano sopra a un tombino traballante, appena fuori dell'entrata. Piedi che strusciavano. Li sentii chiaramente, un triste struscio sordo proveniente da tutte le corsie.

— Come stanno le ragazze? — chiese Murray.

— Bene.

— Sono tornate a scuola?

— Sì.

— La paura è finita?

— Sì. Steffie non porta più la maschera protettiva.

— Voglio comperare qualche bistecca alla newyorkese, — disse lui, indicando il macellaio.

L'espressione mi sembrava familiare, ma che cosa intendeva dire esattamente?

— Carne non confezionata, pane fresco, — continuò. — Frutti esotici, formaggi rari. Prodotti di venti paesi. È come essere a un crocevia di un mondo antico, un bazar persiano o una prospera città sul Tigri. Tu come stai, Jack?

Che cosa significava: tu come stai?

— Povero Cotsakis, perso nella risacca, — dissi. — Un uomo così enorme.

— Già.

— Non so che cosa dire.

— Era veramente grosso.

— Enormemente.

— Anch'io non so che cosa dire. Se non: meglio lui che me.

— Doveva pesare un quintale e mezzo.

— Come minimo.

— Che cosa dici? Centoquaranta? Centocinquanta?

— Almeno centocinquanta.

— Morto. Un omone simile.

— Che cosa possiamo dire?

— Ho sempre pensato di essere anch'io piuttosto grosso.

— Lui era di un'altra categoria. Nella tua, sei grosso anche tu.

— Non che lo conoscessi. Anzi, non lo conoscevo affatto.

— È meglio non conoscerli, quando muoiono. Meglio loro che noi.

— Essere così enorme. E poi morire.

— Perdersi senza lasciare tracce. Essere spazzati via.

— Me lo vedo davanti.

— In un certo senso è strano, no? — disse lui, — che ci si possa vedere davanti i morti.

Portai Wilder lungo i cestelli della frutta. Frutta lustra e umida, dai contorni netti. Che dava l'idea di essere pienamente consapevole di sé. Di essere stata osservata con cura, come la frutta a quattro colori di un manuale di fotografia. All'altezza dei contenitori in plastica di acqua minerale svoltammo verso le casse. Mi piaceva stare con Wilder. Con lui il mondo era una serie di gratificazioni fuggevoli. Dava di piglio a ciò che poteva, dimenticandosene immediatamente nella febbre di un piacere successivo. Era questa sua capacità di dimenticare che invidiavo e ammiravo.

La cassiera gli fece una serie di domande, rispondendosi da sé con vocetta infantile.

Alcune delle case, in città, mostravano segni di trascuratezza. Le panchine del parco avevano bisogno di riparazioni, le strade sconnesse avevano bisogno di essere riasfaltate. Segni dei tempi. Il supermercato, invece, non cambiava, se non in meglio. Era ben fornito, musicale, brillante. Eccone, secondo noi, la chiave di lettura. Tutto andava bene, avrebbe continuato ad andare così e addirittura finito con l'andare meglio finché il supermercato non avesse avuto un cedimento.

Quella sera, di buon'ora, accompagnai in auto Babette al suo corso di portamento. Ci fermammo sul cavalcavia della panoramica a guardare il tramonto. Dopo l'evento tossico aereo, i tramonti erano diventati quasi intollerabilmente belli. Non che vi fosse una connessione misurabile. Che fossero state le caratteristiche specifiche del Nyodene D. (aggiunte all'afflusso quotidiano di effluenti, inquinanti, contaminanti e deliranti) a causare questo salto estetico da tramonti già bellissimi agli attuali paesaggi celesti, vasti, torreggianti, rosseggianti, visionari, pervasi di timore, nessuno era stato in grado di provarlo.

— Che cos'altro possiamo credere? — chiese Babette. — Come potremmo spiegarlo altrimenti?

— Non saprei.

— Non siamo ai margini dell'oceano o del deserto. Dovremmo avere dei timidi tramonti invernali. Invece guarda lo splendore di quel cielo. Com'è bello e drammatico. Una volta i tramonti duravano cinque minuti. Adesso durano un'ora.

— Come mai?

— Come mai? — ripeté.

Quel punto sul cavalcavia offriva una vasta prospettiva verso ovest. La gente veniva lì fin dal primo di questi nuovi tramonti, parcheggiando l'auto e restando in piedi nel vento tagliente, a chiacchierare nervosamente e guardare. C'erano già quattro auto, altre ne sarebbero certamente arrivate. Il cavalcavia era diventato un osservatorio panoramico. La polizia era riluttante a far rispettare il divieto di sosta. Era una di quelle situazioni, come le olimpiadi per handicappati, che fanno apparire meschina qualsiasi restrizione.

Più tardi tornai a prenderla alla chiesa congregazionalista. Denise e Wilder erano venuti anche loro per farsi un giro. Babette, in jeans e scaldamuscoli, era una vista gradevole ed eccitante. Gli scaldamuscoli vi aggiungevano una nota di compostezza paramilitare, una punta di bellicosità arcaica. Quando spalava la neve, si metteva anche in testa una fascia di pelliccia. Che mi faceva pensare al quinto secolo dopo Cristo. Uomini in piedi intorno ai fuochi da campo, intenti a conversare in toni sommessi nei loro dialetti turchi e mongoli. Cieli limpidi. L'impavida, esemplare morte di Attila l'Unno.

— Com'è andata la lezione? — chiese Denise.

— Sta andando talmente bene che vogliono farmi tenere un altro corso.

— Di che cosa?

— Jack non ci crederà.

— Di che cosa? — chiesi a mia volta.

— Mangiare e bere. Si chiama «Mangiare e bere: parametri di base». Il che, ammetto, è un po' più stupido di quanto la cosa debba essere in senso assoluto.

— Che cosa potresti insegnare? — chiese Denise.

— È questo il bello. È un argomento praticamente inesauribile. Mangiare leggero quando fa caldo. Bere moltissimi liquidi.

— Ma lo sanno tutti.

— Le nozioni cambiano giorno per giorno. Alla gente piace che le cose in cui crede vengano confermate. Non stendersi dopo un pasto pesante. Non bere liquori a stomaco vuoto. Se si deve nuotare, aspettare almeno un'ora dopo aver mangiato. Il mondo è più complicato per gli adulti di quanto lo sia per i bambini. Noi non siamo cresciuti in mezzo a tutto questo cambiare di fatti e modi di pensare: un giorno è comparso e via. Quindi la gente ha bisogno che una persona autorevole la rassicuri, le dica se ciò che sta facendo lo fa in maniera giusta o sbagliata, almeno in quel dato momento. E io sono l'unica persona disponibile che abbiano trovato. Tutto qui.

Allo schermo del televisore si appiccicò uno sfilaccio di garza carico di elettricità statica.

A letto rimanemmo distesi in silenzio, la mia testa posata tra i suoi seni, quasi in cerca di protezione nei confronti di un colpo spietato. Ero deciso a non dirle nulla circa il verdetto del computer. Sapevo che sarebbe stata distrutta all'apprendere che la mia morte avrebbe quasi certamente preceduto la sua. Il suo corpo era divenuto l'agente della mia risoluzione, del mio silenzio. Di notte mi accostavo al suo seno, ficcandomi in quello spazio designato come un sottomarino colpito si infila nel suo bacino di carenaggio. Traevo coraggio dai suoi seni, dal calore della sua bocca, dalle sue mani che indugiavano sul mio corpo, dalle punte delle sue dita che mi scorrevano sul dorso. Più leggero era il tocco, più ferma diventava la mia determinazione a non farle sapere nulla. Soltanto la sua disperazione avrebbe potuto vincere la mia volontà.

Una volta arrivai quasi a chiederle di mettersi gli scaldamuscoli prima di fare l'amore. Ma mi parve una pretesa più fondata sul patetico che sulla sessualità aberrante, e pensai che avrebbe potuto farle sospettare che potesse esserci qualcosa che non andava.

XXIII

Chiesi al mio insegnante di tedesco di allungare di mezz'ora le lezioni. Mi sembrava più urgente che mai impararlo. La sua stanza era fredda. Indossava degli indumenti pesanti per combattere il freddo e pareva impegnato ad ammassare a poco a poco tutto il mobilio contro le finestre.

Stavamo seduti uno di fronte all'altro al buio. Con vocaboli e regole grammaticali me la cavavo a meraviglia. Un esame scritto l'avrei passato con facilità, ottenendo i massimi voti. Ma continuavo ad avere problemi con la pronuncia delle parole. A Dunlop la cosa sembrava non importare. Tornava a enunciarmele all'infinito, scintille di saliva secca in volo verso il mio viso.

Aumentammo le lezioni a tre alla settimana. Sembrò dismettere i suoi modi distratti, impegnarsi un po' di più. Mobilio, giornali, scatole di cartone, fogli di polietilene continuavano ad accumularsi contro pareti e finestre, rifiuti recuperati da foschi burroni. Mentre facevo i miei esercizi di pronuncia, continuava a fissarmi in bocca. Una volta allungò la destra per sistemarmi la lingua. Fu un momento strano e terribile, un atto di tremenda intimità. Nessuno prima di allora mi aveva mai preso in mano la lingua.

I pastori tedeschi continuavano a perlustrare la città, accompagnati da uomini in tuta di Mylex. Avevamo dato loro il benvenuto, ci eravamo abituati, gli davamo da mangiare e gli facevamo le coccole, mentre al contrario non avevamo fatto l'abitudine alla vista degli uomini in tuta, con gli scarponi imbottiti e i tubi attaccati alla maschera. Tenuta che associavamo mentalmente con la fonte dei nostri guai e timori.

A pranzo Denise chiese: — Perché non possono mettersi dei vestiti normali?

— Così si vestono quando sono in servizio, — replicò Babette.

— Non significa che siamo in pericolo. I cani hanno annusato soltanto qualche traccia di materiale tossico in periferia.

— È quello che ci fanno credere, — ribatté Heinrich. — Se rendessero pubbliche le vere scoperte, ci sarebbero miliardi di dollari di procedimenti legali. Per non parlare di dimostrazioni, scene di panico, violenze e disordini sociali.

Prospettiva che sembrava riempirlo di piacere. Babette replicò: — È un po' esagerato, non credi?

— Che cosa? Quello che ho detto o quello che succederebbe?

— Tutt'e due. Non c'è motivo di credere che i risultati non siano veramente quelli resi pubblici.

— Ci credi sul serio? — chiese lui.

— Perché non dovrei?

— Se i veri risultati di una qualsiasi di queste indagini venissero resi pubblici, l'industria subirebbe un crollo.

— Quali indagini?

— Quelle che stanno facendo in tutto il paese.

— Ecco il punto, — ribatté Babette. — Ogni giorno nelle notizie compare un'altra sostanza tossica traboccata da qualche parte. Solventi cancerogeni dai loro contenitori, arsenico dalle ciminiere, acqua radioattiva dalle centrali elettriche. Come può essere una cosa grave, se succede di continuo? La definizione di evento grave dovrebbe basarsi proprio sul fatto che non si tratta di una cosa di tutti i giorni, o no?

Le due ragazzine guardarono Heinrich, pregustandosi una replica di chirurgica destrezza.

— Lasciamo perdere questi travasi, — ribatté il ragazzo. — Non sono niente.

Non era la direzione che nessuno di noi si aspettava prendesse. Babette lo osservò con attenzione. Lui tagliò in due parti uguali una fetta di lattuga dell'insalata che aveva sul piatto.

— Non direi che non siano state proprio niente, — replicò lei cautamente. — Sono piccole infiltrazioni giornaliere. Controllabili. Ma non si può dire che non siano niente. Dobbiamo fare attenzione.

— Prima ce ne dimentichiamo, prima arriveremo a cogliere il nocciolo del problema.

— E quale sarebbe? — chiesi.

Rispose con la bocca piena di lattuga e cetriolo.

— Il vero problema è il tipo di radiazione che ci circonda ogni giorno. Radio, TV, forno a microonde, fili elettrici appena fuori della porta di casa, trappole radar anti-velocità sulle autostrade. Sono anni che ci dicono che in piccole dosi non farebbero niente.

— E adesso? — chiese Babette.

Lo osservammo usare il cucchiaio per formare il purè che aveva nel piatto una montagna vulcanica. Quindi con altrettanta cura versò del sugo nell'apertura in cima. Poi si mise all'opera, liberando la propria bistecca da grasso, vene e altre impurità. A me venne in mente che il mangiare è l'unica forma di professionalità che molta gente riesce a conseguire.

— La nuova grande preoccupazione è questa, — continuò il ragazzo. — Ma quali travasi, pioggie radioattive, infiltrazioni! È tutto ciò che ci circonda in casa nostra che prima o poi ci frega. Sono i campi elettrici e magnetici. Chi tra i presenti in questa stanza mi crederebbe se dicessi che il tasso di suicidio raggiunge il record di tutti i tempi tra coloro che vivono vicino ai fili elettrici ad alta tensione? Che cos'è a renderli tanto tristi e depressi? Soltanto la *vista* di brutti fili e piloni? Oppure alle loro cellule cerebrali succede qualcos'altro in conseguenza del fatto che sono esposti a radiazioni costanti?

Immerse un pezzo di carne nel sugo sistemato nella depressione vulcanica e poi se lo mise in bocca. Ma non cominciò a masticare finché non ebbe raccolto un po' di purè dai declivi inferiori, aggiungendolo alla carne. Sembrava che si stesse formando uno stato di tensione sul problema se sarebbe riuscito a finire il sugo prima che il purè crollasse.

—Ma quali mal di testa e fatica!, — riprese, masticando. — E i disturbi nervosi, il comportamento strano e violento in casa? Queste sì che sono effettive scoperte scientifiche. Da dove credete che saltino fuori tutti questi bambini deformi? Radio e TV, ecco da dove.

Le ragazzine lo guardarono piene di ammirazione. Io avrei voluto replicare qualcosa. Avrei voluto chiedergli perché dovessi credere a quelle scoperte scientifiche e non ai risultati dai quali si deduceva che eravamo al sicuro da una contaminazione da Nyodene D. Ma che cosa potevo dire, visto il mio stato? Avrei voluto dirgli che prove statistiche del tipo di quelle che stava citando erano per loro natura non conclusive e fuorvianti. Avrei voluto dirgli che maturando avrebbe imparato a considerare con spirito equanime simili scoperte catastrofiche, uscendo dal suo letteralismo ristretto, sviluppando uno spirito di indagine informata e scettica, procedendo in conoscenza e giudizio equilibrato, invecchiando, declinando, morendo.

Ma mi limitai a dire: — I dati terrificanti ormai sono un'industria. Diverse ditte si trovano in competizione per vedere fino a che punto possono arrivare a farci paura.

— Allora senti questa, — ribatté. — Il cervello di un ratto bianco, se esposto a onde di frequenza radio, emette ioni di calcio. Qualcuno dei presenti a questo tavolo sa che cosa significa?

Denise guardò la madre.

— È questo che insegnano oggi a scuola? — chiese Babette.

— Che ne è dell'educazione civica, di come un decreto diventa legge? Il quadrato dell'ipotenusa è uguale alla somma dei quadrati costruiti sui cateti. Io me li ricordo i teoremi che ho studiato. La battaglia di Bunker Hill in realtà fu combattuta su Breed's Hill. Sentite questa. Lettonia, Estonia e Lituania.

— È stato il *Monitor* o il *Merrimac*, ad affondare? — chiesi io.

— Non lo so, ma ricordo «Tippecanoe and Tyler too»[1].

— Che cosa sarebbe?

— Boh, un indiano in corsa per la presidenza. Sentite questa. Chi è stato a inventare la mietitrice meccanica, e come ha cambiato la faccia dell'America agricola?

— Sto cercando di farmi venire in mente i tre tipi di rocce, — dissi. — Ignea, sedimentaria e qualcos'altro.

— E i logaritmi? E le cause del disagio economico che ha portato al Grande Crollo? Sentite questa. Chi ha prevalso nella disputa Lincoln-Douglas? Attenti. Non è evidente come sembra.

---

1. «Tippecanoe e anche Tyler». Slogan elettorale per la campagna presidenziale di John Tyler, decimo presidente degli Stati Uniti. Dalla battaglia di Tippecanoe (1811) aveva preso soprannome il nono presidente, William Henry Harrison *(N. d. T.)*.

— Antracite e bituminoso, — dissi. — Isoscele e scaleno.

Le parole misteriose mi tornavano alla mente in una calca di immagini scolastiche confuse.

— Sentite questa. Anglo, Sassoni e Juti.

Nei paraggi il *déjà vu* continuava a rappresentare un problema. Era stata aperta una linea telefonica gratuita di assistenza verbale. Vi erano consulenti che montavano di servizio ventiquattro ore su ventiquattro per parlare con chi era afflitto da episodi ricorrenti. Forse il *déjà vu* e altri tic mentali e fisici rappresentavano conseguenze durevoli dell'evento tossico aereo. Ma dopo qualche tempo era diventato possibile interpretare tali fatti come segni del profondo isolamento che cominciavamo a provare. Non vi era alcuna grossa città afflitta da un tormento di rilevanza tale da potercene servire per vedere il nostro problema in una prospettiva consolatoria. Nessuna città grossa cui addossare il nostro senso di vittimizzazione. Nessuna città da odiare e temere. Nessuna pulsante megalopoli che potesse assorbire il nostro guaio, distrarci dal senso dell'incessante scorrere del tempo: tempo come agente della nostra particolare rovina, della nostra frattura cromosomica, dell'isterico moltiplicarsi dei nostri tessuti.

— Baba, — le mormorai tra i seni, quella sera, a letto.

Sebbene, per essere una cittadina di provincia, siamo ancora relativamente privi di risentimento, pure l'assenza di una metropoli guida ci lascia, nei momenti privati, con una certa sensazione di solitudine.

XXIV

Fu la sera seguente che scoprii il Dylar. Un flacone color ambra, in plastica leggera. Era fissato con lo scotch sotto il coperchio del calorifero in bagno. Lo trovai quando il calorifero cominciò a sbatacchiare e tolsi il coperchio per esaminare la valvola in maniera seria e metodica, cercando di nascondere a me stesso la sensazione di impotenza che avvertivo.

Andai immediatamente da Denise. Era a letto a guardare la TV. Quando le dissi che cos'avevo trovato, andammo silenziosamente in bagno, a guardare insieme il flacone. Attraverso lo scotch trasparente era facile distinguere la parola Dylar. Nessuno di noi due toccò niente, tanto grande era la nostra sorpresa di avere trovato la medicina nascosta in quel modo. Osservammo le piccole pastiglie con solenne preoccupazione. Poi ci scambiammo uno sguardo carico di significato.

Senza una parola rimettemmo a posto il coperchio del calorifero, con la bottiglia intatta, e tornammo nella camera di Denise. La voce al capo del letto disse: — Intanto ecco qui una bella guarnizione, rapida e gradevole da vedere, fatta con il limone e adatta per qualsiasi piatto di mare.

Denise si sedette sul letto, fissando lo sguardo oltre me, oltre il televisore, oltre i poster e i souvenir. Aveva gli occhi socchiusi, il viso atteggiato a un cipiglio pensoso.

— A Baba non diciamo niente.

— D'accordo, — convenni.

— Ribatterebbe semplicemente che non si ricorda come mai l'ha messo lì.

— Ma che cosa sarà il Dylar? È questo che vorrei sapere. Ci sono soltanto due o tre posti, nel raggio di una distanza ragionevole, dove potrebbe essere andata per farselo prescrivere. Un farmacista può dirci a che cosa serve quella roba. Ci vado subito domani mattina.

— L'ho già fatto io, — replicò lei.

— Quando?

— Verso Natale. Sono andata in tre farmacie e ho parlato con gli indiani che stavano dietro il banco sul retro.

— Credo che siano pachistani.

— Fa lo stesso.

— E che cosa ti hanno detto del Dylar?

— Mai sentito.

— Hai chiesto di controllare? Devono avere degli elenchi delle medicine più recenti. Supplementi, aggiornamenti.

— Hanno guardato. Non c'è in nessun elenco.

— È fuori elenco, — esclamai.

— Dovremmo chiamare il suo medico.

— Lo chiamo subito. A casa.

— Prendilo di sorpresa, — disse Denise, con un tono vagamente spietato.

— Se lo becco a casa, non avrà il filtro di una segreteria telefonica, di una receptionist, di un'infermiera, del giovane medico allegro che divide con lui lo studio e il cui ruolo nella vita è quello di curare i pazienti respinti dal dottore affermato. Una volta che si sia stati smistati dal più anziano al più giovane, vuole dire che si è di serie B, come il malanno che si ha.

— Chiamalo a casa, — convenne lei. — Sveglialo. Fagli un trabocchetto per farti dire quello che vogliamo sapere.

L'unico telefono era in cucina. Percorsi il corridoio con passo disinvolto, gettando un'occhiata nella nostra camera, in modo da accertarmi che Babette fosse ancora lì, a stirare camicette, ascoltando un programma radiofonico con telefonate, forma di intrattenimento di cui ultimamente era diventata dipendente. Scesi in cucina, trovai il nome del medico nella guida telefonica e feci il suo numero di casa.

Si chiamava Hookstratten. Nome dal suono vagamente tedesco. L'avevo incontrato una volta: un uomo curvo, dal viso a bargigli di uccello e dalla voce profonda. Denise aveva detto di fargli un trabocchetto, ma l'unico modo per farlo risiedeva in un contesto di franchezza e sincerità. Se avessi finto di essere un estraneo in cerca di informazioni sul Dylar, avrebbe appeso o mi avrebbe invitato ad andare nel suo studio.

Mi rispose al quarto o quinto squillo. Gli dissi chi ero, spiegando che ero preoccupato per Babette. Tanto preoccupato da chiamarlo a casa, gesto che riconoscevo avventato, ma che speravo fosse in grado di capire. Gli dissi che ero abbastanza sicuro che a provocare il problema fosse la medicina che le aveva prescritto.

— Quale problema?

— Vuoti di memoria.

— E lei chiama un medico a casa per parlargli di vuoti di memoria? Se lo facessero tutti quelli che ne hanno, che cosa succederebbe? L'effetto d'onda sarebbe tremendo.

Gli dissi che i vuoti erano frequenti.

— Frequenti. Conosco sua moglie. È quella che una sera è arrivata da me con un bambino che piangeva. «Mio figlio piange». Va da un medico, che è un'impresa privata, e gli chiede di curare un bambino che piange. Adesso, invece, tiro su la cornetta e ti trovo il marito. Lei è capace di chiamare un medico a casa dopo le dieci di sera. È capace di dirgli: «Vuoti di memoria». Perché non mi racconta che ha delle flatulenze? Perché non mi chiama a casa per dirmi qualcosa del genere?

— Frequenti e prolungati, dottore. Dev'essere la medicina.

— Quale medicina?

— Il Dylar.

— Mai sentito.

— Una piccola pastiglia bianca. In un flacone color ambra.

— Lei descrive una pastiglia in termini di piccola e bianca, e si aspetta che un medico le risponda, da casa sua, dopo le dieci di sera. Perché non mi dice che è rotonda. È una questione fondamentale.

— È una medicina che non si trova negli elenchi.

— Non l'ho mai vista. Né l'ho certamente mai prescritta a sua moglie. È una donna molto sana, almeno nei limiti della mia capacità di accertare simili stati di cose, essendo soggetto agli stessi errori umani del mio prossimo.

Sembrava il disconoscimento di una eventuale negligenza. Forse lo stava leggendo da un foglietto a stampa, come un poliziotto impegnato a rendere edotto dei suoi diritti costituzionali un sospetto. Lo ringraziai, appesi e chiamai il mio medico, a casa. Rispose al settimo squillo, disse che Dylar era un'isola del Golfo Persico, uno dei terminal petroliferi di importanza fondamentale per la sopravvivenza dell'Occidente. Sullo sfondo una voce femminile stava dando le previsioni del tempo.

Salii di sopra e dissi a Denise di non preoccuparsi. Avrei preso una pastiglia dal flacone e l'avrei fatta analizzare da qualcuno del dipartimento di farmacia dell'università. Aspettai che dicesse che ci aveva già pensato lei. Invece si limitò ad annuire gravemente, per cui mi inoltrai per il corridoio, fermandomi alla camera di Heinrich per dargli la buonanotte. Stava facendo degli esercizi di sollevamento con le braccia nell'armadio a muro, usando una sbarra fissata alla porta.

— Che novità sarebbe?

— È di Mercator.

— E chi sarebbe?

— Questo compagno dell'ultimo anno con cui vado in giro attualmente. Ha quasi diciannove anni ed è ancora alle superiori. Tanto per darti un'idea.

— Un'idea di che cosa?

— Di quanto è grosso. Si stende e solleva questo suo peso spaventevole.

— Ma tu perché lo fai? A che cosa servono i sollevamenti con le braccia?

— A che cosa serve tutto? Forse voglio semplicemente migliorarmi il corpo per compensare altre cose.

— Quali?

— La fronte mi diventa sempre più alta, tanto per dirne una.

— Non è vero. Chiedilo a Baba, se non mi credi. Ha occhio per cose del genere.

— Mia madre mi ha detto di andare da un dermatologo.

— Non credo che sia necessario, a questo stadio.

— Ci sono già andato.

— Che cos'ha detto, il nostro uomo?

— Era una donna. Me l'ha detto mia madre di andare da una donna.

— Che cos'ha detto, questa donna?

— Ha detto che ho il sito folto del donatore.

— Che cosa significa?

— Che può prendere i capelli da altre parti della mia testa e impiantarmeli chirurgicamente dov'è necessario. Non che faccia una qualche differenza. Sarei ben presto calvo lo stesso. Mi vedo già benissimo completamente calvo. Ci sono ragazzi della mia età che hanno il cancro. I capelli gli cascano per la chemioterapia. Perché dovrei essere diverso io?

Era in piedi nell'armadio a muro e mi scrutava attentamente. Decisi di cambiare argomento.

— Se pensi veramente che i sollevamenti con le braccia servano, perché non stai fuori da lì, facendo gli esercizi rivolto verso l'interno. Perché stai in quello spazio buio e muffoso?

— Se pensi che sia strano, dovresti vedere quello che fa Mercator.

— Che cosa fa?

— Si sta allenando per battere il record mondiale di stare seduti in una gabbia piena di serpenti velenosi, per il Guiness dei Primati. Va tre volte alla settimana a Glassboro, dove c'è questo negozio di animali esotici. Il proprietario gli lascia dare da mangiare al mamba e alla vipera soffiante. Per farlo abituare. Ma quale serpente a sonagli del Nord America! La vipera soffiante è il serpente più velenoso del mondo.

— Ogni volta che vedo alla televisione uno che sta seduto in una gabbia piena di serpenti per la quarta settimana consecutiva, mi scopro a sperare che venga morso.

— Anch'io, — disse Heinrich.

— Come mai?

— Se l'è voluta.

— Giusto. La maggior parte della gente passa la vita a evitare i pericoli. Chi credono di essere, quelli lì?

— Se la sono voluta. Se la tengano.

Feci una breve pausa, godendomi il raro momento di accordo.

— Che cos'altro fa questo tuo amico, per allenarsi?

— Sta seduto per lunghi periodi nello stesso posto, per abituare la vescica. Ha ridotto i pasti a due al giorno. Dorme seduto, due ore per volta. Vuole imparare a svegliarsi gradualmente, senza movimenti improvvisi, che potrebbero spaventare un mamba.

— Mi sembra un'ambizione ben strana.

— I mamba sono sensibili.

— Ma se lo fa felice.

— Lui pensa di esserlo, ma è soltanto una cellula nervosa del suo cervello che sta ricevendo troppi o troppo pochi stimoli.

Nel cuore della notte mi alzai per andare nella cameretta in fondo al corridoio, a guardare Steffie e Wilder addormentati. Rimasi lì, perso in tale occupazione, immobile, per quasi un'ora, sentendomi sollevato e disteso in maniera ineffabile.

Entrando nella nostra camera da letto ebbi la sorpresa di trovare Babette in piedi davanti a una finestra, intenta a guardare nella notte color acciaio. Non diede segno di essersi accorta della mia assenza dal letto e parve non sentirmi quando vi rimontai, seppellendomi sotto le coperte.

XXV

Il giornale ci viene consegnato da un iraniano di mezza età, che va in giro con una Nissan Sentra. Un'auto che ha la capacità di mettermi a disagio, lì, in attesa, con i fari accesi, all'alba, mentre costui mette il giornale sulla scaletta d'ingresso. Mi dico che ho raggiunto una certa età, l'età del timore vago. Il mondo è pieno di significati abbandonati. Nei luoghi comuni io scopro intensità e temi impensabili.

Ero seduto alla scrivania, nel mio studio, con lo sguardo fisso sulla pastiglia bianca. Più o meno in forma di disco volante, dischetto aerodinamico con il più minuscolo dei fori a un'estremità. Era stato soltanto dopo lunghi attimi di attento esame che ero arrivato a scoprirlo.

Una pastiglia non gessosa come l'aspirina, ma neanche esattamente levigata come una capsula. In mano provocava una sensazione strana, di curiosa sensibilità al tatto ma al tempo stesso tale da dare l'impressione di essere sintetica, insolubile, elaborata con precisione.

Mi diressi verso un piccolo edificio a cupola, noto come Osservatorio, dove la diedi a Winnie Richards, giovane ricercatrice neurochimica, che si diceva fosse in gamba. Era una donna alta, sgraziata, furtiva, che arrossiva ogni volta che qualcuno diceva qualcosa di buffo. Alcuni dei transfughi da New York si divertivano ad andare lì nel suo cubicolo a sparare qualche battuta a mitraglia, soltanto per vederla diventare rossa in faccia.

La guardai star seduta per due o tre minuti alla scrivania ingombra, facendo girare lentamente la pastiglia tra pollice e indice. La leccò e scrollò le spalle.

— Non sa certamente di un granché.

— Quanto ci vorrà per analizzarne il contenuto?

— Adesso nell'analizzatore ho il cervello di un delfino, ma torna qui tra quarantotto ore.

Winnie era famosa in tutta la Hill per il modo in cui si spostava da un posto all'altro senza essere vista. Nessuno sapeva come facesse, né perché lo ritenesse necessario. Forse era consapevole della propria struttura goffa, della sua abitudine di sporgere il collo in avanti, dello strano modo di muoversi a balzi. Forse aveva una forma di fobia per gli spazi aperti, anche se questi ultimi al college erano per lo più riparati e particolari. Forse il mondo delle persone e delle cose esercitava su di lei un impatto tale, colpendola con la forza di un corpo rozzo e nudo —facendola arrossire, insomma — che preferiva evitare i contatti frequenti. Forse era stufa di sentirsi definire in gamba. Comunque fosse, per tutto il resto della settimana incontrai qualche problema nel localizzarla. Non la si era vista in giro per i viali, ogni volta che gettavo un'occhiata nel suo cubicolo non c'era.

A casa Denise stava bene attenta a non tirare in ballo l'argomento Dylar. Non voleva fare pressioni su di me ed evitava persino di guardarmi negli occhi, come se lo scambio di sguardi carichi di significato fosse più di quanto consentito dal nostro comune segreto. Babette, dal canto suo, non sembrava capace di produrre sguardi che non fossero carichi di significati. Nel bel mezzo di una conversazione era capace di voltarsi a fissare la neve che cadeva, tramonti o auto parcheggiate, in atteggiamento scultoreo ed eterno. Contemplazioni che cominciavano a preoccuparmi. Era sempre stata una donna rivolta verso l'esterno, dotata di un fortificante senso del particolare, di fiducia nel tangibile e reale. Questo suo modo privato di fissare le cose costituiva una forma di straniamento non soltanto da quelli di noi che le stavano attorno, ma dalle stesse cose che guardava così all'infinito.

Eravamo seduti a colazione, dopo che i ragazzi erano usciti.

— Hai visto il cane nuovo degli Stover?

— No, — risposi.

— Pensano che sia un alieno. Solo che non scherzano. Sono stata da loro ieri. È un animale *veramente* strano.

— Hai avuto qualche disturbo, ultimamente?

— No, sto bene, — rispose.

— Vorrei che me lo dicessi. Ci diciamo sempre tutto. Lo abbiamo sempre fatto.

— Che disturbo dovrei avere, Jack?

— Stai lì con lo sguardo fisso fuori dalla finestra. Sei in qualche modo diversa. Non ti accorgi assolutamente di certe cose, oppure reagisci ad altre in maniera completamente diversa rispetto al solito.

— È quello che fa anche il loro cane. Fissa lo sguardo fuori della finestra. Ma non di una finestra qualsiasi. Sale di sopra, in mansarda, e mette le zampe sul davanzale per guardare fuori dalla più alta. Loro pensano che sia in attesa di istruzioni.

— Denise mi ammazzerebbe se sapesse che sto per dirti quello che ti dirò adesso.

— Che cosa?

— Ho trovato il Dylar.

— Quale Dylar?

— Quello attaccato con lo scotch sotto il copricalorifero.

— E perché mai dovrei attaccare qualcosa sotto il copricalorifero?

— È esattamente quello che Denise ha previsto avresti risposto.

— Di solito ha ragione.

— Ho parlato con Hookstratten, il tuo medico.

— Ma io sono in perfetta forma, davvero!

— L'ha detto anche lui.

— Lo sai che cosa mi fanno venire voglia di fare queste giornate fredde e plumbee?

— Che cosa?

— Di ficcarmi a letto con un bell'uomo. Metto Wilder nel suo recinto. Tu va a farti la barba e a lavarti i denti. Ci vediamo in camera tra dieci minuti.

Quel pomeriggio vidi Winnie Richards svignarsela da un'uscita laterale dell'Osservatorio e procedere a balzi per un praticello verso i nuovi edifici. Mi precipitai fuori dal mio studio e la inseguii. Si teneva rasente ai muri, muovendosi a lunghi passi. Mi parve di stare assistendo all'importante visione di un animale in via di estinzione o di un fenomeno subumano come uno yeti o un sasquatch. Faceva freddo e l'atmosfera era ancora plumbea. Vidi che non avrei ridotto lo svantaggio senza mettermi a corricchiare. Aggirò frettolosamente il retro della presidenza della facoltà e io accelerai il passo, temendo di rischiare di perderla. Correre produceva su di me un effetto strano. Erano molti anni che non lo facevo e quindi non riconoscevo il mio stesso corpo in questo nuovo formato, né il mondo sotto i miei piedi, duro e scabro. Svoltai un angolo e aumentai di velocità, consapevole della mia massa ballonzolante. Su, giù, vita, morte. La toga mi svolazzava dietro le spalle.

La raggiunsi nel corridoio vuoto di un edificio a un piano, che sapeva di essenze per imbalsamare. Stava contro la parete, in grembiule verde chiaro e scarpe da tennis. Ero troppo sfiatato per parlare, per cui sollevai il braccio destro, invocando un attimo di pausa. Winnie mi guidò a un tavolo in una stanzetta piena di cervelli in bottiglia. Un tavolo munito di acquaio e coperto di taccuini e strumenti di laboratorio. Quindi mi diede un po' d'acqua in un bicchiere di carta. Cercai di dissociare il gusto dell'acqua di rubinetto dalla vista dei cervelli e dal generale odore di conservanti e disinfettanti.

— Ti nascondi? — le chiesi. — Ho lasciato biglietti, messaggi telefonici.

— Non da te, Jack, né da nessuno in particolare.

— E allora perché è stato così difficile trovarti?

— Non è proprio questo il senso del ventesimo secolo?

— Che cosa?

— La gente si nasconde anche quando nessuno la cerca.

— Credi proprio che sia vero?

— È evidente, — rispose.

— E la pastiglia?

— Interessante prodotto della tecnologia. Come si chiama?

— Dylar.

— Mai sentito, — replicò.

— Che cosa puoi dirmi? Cerca di non essere troppo in gamba. Non ho ancora pranzato.

La guardai arrossire.

— Non è una pastiglia nel vecchio senso del termine, — disse. — È un sistema di distribuzione del medicamento. Non si scioglie subito e non libera subito i propri ingredienti. L'elemento curativo del Dylar è rinchiuso in una membrana di poliestere. L'acqua del tratto gastrointestinale vi filtra attraverso a un ritmo accuratamente controllato.

— Che cosa fa, quest'acqua?

— Scioglie l'elemento curativo rinchiuso nella membrana. Lentamente, gradualmente, con precisione. Poi la medicina esce dalla pastiglia di polimero attraverso un unico forellino. Anche in questo caso il ritmo è accuratamente controllato.

— Infatti mi ci è voluto un po' prima di vederlo.

— Perché è fatto con il laser. Non è soltanto minuscolo, ma di dimensioni sbalorditivamente precise.

— Laser, polimeri.

— Non sono esperta di nulla di tutto ciò, Jack, tuttavia posso dirti che si tratta di un sistemino meraviglioso.

— A che pro, tanta precisione?

— Riterrei che il dosaggio controllato sia inteso a eliminare le possibilità di mancato effetto di pillole e capsule. Il medicamento viene diffuso a ritmi specifici per periodi estesi. Così si evita il solito quadro di overdosaggio seguito da sottodosaggio. Non si ha un soprassalto di cura seguito dal più minimo dei rivoli. Niente rivoltamenti di stomaco, nausea, vomito, crampi muscolari eccetera. È un sistema efficace.

— Sono impressionato. Senza parole. Ma che cosa avviene della pastiglia di polimero, una volta che il medicamento ne sia stato pompato fuori?

— Si autodistrugge. Implode minutamente per effetto della propria stessa gravitazione di massa. Siamo nell'ambito della fisica. Una volta ridotta a minuscole particelle, la membrana plastica fuoriesce dal corpo senza produrre danni nel solito modo temporalmente regolamentato.

— Fantastico. Ma, di un po', che cosa dovrebbe fare il medicamento? Che cos'è il Dylar? Quali ne sono i componenti chimici?

— Non lo so, — rispose.

— Certo che lo sai, invece. Tu sei in gamba. Lo dicono tutti.

— Che cos'altro potrebbero dire? Mi occupo di neurochimica. Nessuno sa che cosa sia.

— Gli altri scienziati un'idea ce l'hanno. Devono averla. E dicono che sei in gamba.

— Lo siamo tutti. Non è la convenzione, qui attorno? Tu dici che io sono in gamba, io lo dico di te. È una forma di ego comunitario.

— Nessuno ha mai detto che io sarei in gamba. Dicono che sono perspicace. Dicono che ho per le mani qualcosa di grosso. Ho riempito un vuoto di cui nessuno era a conoscenza.

— Anch'io ho un vuoto da riempire. Adesso tocca a me, nient'altro. Inoltre ho una struttura fisica buffa e mi muovo in maniera buffa. Se non potessero definirmi in gamba, sarebbero costretti a dire di me delle cose crudeli. E sarebbe tremendo per tutti.

Si serrò al petto alcuni documenti.

— Jack, tutto quello che posso dirti per certo è che la sostanza contenuta nel Dylar è un tipo di psicofarmaco. Probabilmente destinato a interagire con una parte remota della corteccia cerebrale umana. Guardati attorno. Cervelli dappertutto. Squali, balene, delfini, scimmioni. Nessuno di essi è neanche lontanamente comparabile, per complessità, a quello umano. Il quale comunque esula dal mio ambito. Ne ho soltanto una pura e semplice conoscenza operativa, che tuttavia è quanto basta per rendermi orgogliosa di essere americana. Nel nostro cervello ci sono mille miliardi di neuroni, ciascuno dei quali ha diecimila piccoli dendriti. Il sistema di interconnessione è tale da suscitare timore reverenziale. È come una galassia che si possa tenere in mano, soltanto più complessa, più misteriosa.

— E perché mai tutto ciò ti renderebbe orgogliosa di essere americana?

— Il cervello del bambino evolve per reazione agli stimoli. E quanto a stimoli siamo tuttora i primi al mondo.

Bevvi un sorso d'acqua.

— Mi piacerebbe saperne di più, — continuò lei. — Ma la precisa natura del medicamento mi sfugge. Posso dirti una cosa sola. Non si trova in vendita.

— Ma io l'ho trovato in un comune flacone per medicine da ricetta.

— Non mi interessa dove l'hai trovato. Sono abbastanza sicura di saper riconoscere gli ingredienti di un medicamento cerebrorecettore noto. Questo è sconosciuto.

Quindi prese a gettare rapidi sguardi verso la porta. I suoi occhi erano luminosi e pieni di timore. Mi accorsi che dal corridoio arrivavano dei rumori. Voci, strusciare di piedi. La vidi arretrare verso una porta sul retro. Decisi che volevo vederla ancora una volta arrossire. Si passò un braccio dietro il corpo, aprì la porta, si voltò velocissima e uscì di corsa nel grigiore del pomeriggio. Io rimasi lì a cercare qualcosa di divertente da dire.

26

Ero seduto a letto con i miei appunti di grammatica tedesca. Babette mi stava distesa accanto, con lo sguardo fisso sulla radiosveglia, ad ascoltare un programma con telefonate. Sentii una donna dire: — Nel '77 ho guardato nello specchio e ho visto che cosa stavo diventando. Non potevo o non volevo più uscire dal letto. Ai margini del mio campo visivo scorrevano delle figure, quasi a passi frettolosi. Ricevevo telefonate da una base missilistica di Pershing. Avevo bisogno di parlare con altri che avessero vissuto esperienze simili. Avevo bisogno di un programma di supporto, di qualcosa a cui iscrivermi.

Mi chinai sopra il corpo di mia moglie e spensi la radio. Lei rimase con lo sguardo fisso. Le diedi un lieve bacio sulla testa.

— Murray sostiene che hai una capigliatura importante.

Mi rispose con un sorriso scolorito e vacuo. Posai gli appunti e la sollevai, facendola voltare con delicatezza, in modo che mi guardasse mentre parlavo.

— È tempo che facciamo un discorso importante. Lo sai tu come lo so io. Devi dirmi tutto del Dylar. Se non per me, almeno per la bambina. È preoccupata, tremendamente preoccupata. E poi non hai più spazio per le tue manovre. Ti abbiamo messo con le spalle al muro. Denise e io. Ho scoperto il flacone nascosto, ho preso una pastiglia e l'ho fatta analizzare da un'esperta. Quei dischetti bianchi sono un superbo prodotto di ingegneria. Tecnologia laser, plastica avveniristica. Il Dylar è una cosa ingegnosa quasi quanto i microrganismi che mangiavano la nube grassa. Chi avrebbe mai creduto all'esistenza di una pillolina bianca che agisce come una pompa a pressione nel corpo umano, al fine di distribuire il medicamento in maniera sicura ed efficace, riuscendo anche ad autodistruggersi? Un fatto la cui bellezza mi lascia senza parole. Ma sappiamo anche qualcos'altro, una cosa che per te è di estremo danno. Sappiamo che il Dylar non è disponibile al comune pubblico. Evento che già in sè giustifica le nostre pretese di spiegazione. Ti resta molto poco da dire. Nient'altro che la natura della medicina. Come sai bene, non rientra nel mio carattere di perseguitare il prossimo. Ma Denise è una persona di tipo diverso. Ho fatto tutto quello che ho potuto per trattenerla. Se non mi dici quello che voglio sapere, tolgo il guinzaglio alla tua figlioletta. Ti salterà addosso con tutti gli argomenti a sua disposizione. Non perderà tempo a cercare di farti sentire in colpa. È una persona che crede nell'attacco frontale. Ti distruggerà. Lo sai che ho ragione, Babette.

Passarono quasi cinque minuti, con lei lì, immobile, lo sguardo fisso al soffitto.

— Consentimi soltanto di raccontartelo a modo mio, — disse finalmente, con un filo di voce.

— Vuoi un liquore?

— No, grazie.

— Fa' con calma, — ripresi. — Abbiamo tutta la notte. Se c'è qualcosa che vuoi o di cui senti bisogno, non hai altro che da dirlo. Devi solo chiedere. Starò qui al tuo fianco per tutto il tempo che ci vuole.

Passò un altro attimo.

— Non so esattamente quando sia cominciato. Forse un anno e mezzo fa. Pensavo di star attraversando una fase particolare, una sorta di pietra militare della mia vita.

— Pietra miliare, — la corressi.

— Una specie di periodo di assestamento, pensavo. La mezza età. Qualcosa del genere. Uno stato che sarebbe passato e che avrei scordato. Invece non se ne andava. Cominciai a pensare che non se ne sarebbe andato mai più.

— Quale stato?

— Lascia perdere, per adesso.

— È un po' che sei depressa. Non ti ho mai visto in questo stato. Babette è una persona completamente diversa. Gioiosa. Non cede alla malinconia o all'autocommiserazione.

— Lasciami spiegare, Jack.

— D'accordo.

— Lo sai come sono. Penso che qualsiasi cosa possa essere corretta. Dati il giusto atteggiamento e la necessaria fatica, una persona può modificare uno stato dannoso riducendolo ai suoi elementi. Si possono fare elenchi, inventare categorie, tracciare mappe e grafici. È così che riesco a insegnare ai miei allievi come si sta in piedi, ci si siede e si cammina, anche se so che tu li consideri argomenti troppo ovvi, nebulosi e generalizzati per essere ridotti in componenti. Non sono una persona molto ingegnosa, però so come spezzare le cose, come separare e classificare. Possiamo analizzare il portamento, possiamo analizzare come si mangia, si beve e persino come si respira. In quale altro modo possiamo capire il mondo? Io almeno la penso così.

— Sono qui, — dissi. — Se c'è qualcosa che vuoi o di cui senti bisogno, dimmelo pure.

— Quando mi resi conto che questo stato non aveva intenzione di andarsene, cercai di capirlo meglio riducendolo nelle sue parti. Prima mi toccava scoprire se ne aveva. Quindi andai in biblioteche e librerie, lessi riviste e pubblicazioni tecniche, guardai programmi televisivi via cavo, feci elenchi e diagrammi, mappe multicolori, telefonate a scrittori di manuali tecnici e scienziati, parlai con un santone sikh di Iron City e studiai persino l'occultismo, nascondendo i libri in solaio, in modo che tu e Denise non li trovaste, chiedendovi che cosa stesse succedendo.

— Tutto questo a mia insaputa. La vera Babette mi parla, rivela, si confida.

— Qui non è questione della tua delusione di fronte al mio silenzio. Si tratta del mio male e del tentativo di porvi fine.

— Faccio un po' di cioccolata calda. Ti va l'idea?

— Resta lì. Siamo a un punto cruciale. Tutta questa energia, queste ricerche, questo studiare e fare di nascosto, ma non arrivavo a nulla. Lo stato non recedeva. Pesava sulla mia vita, non mi dava tregua. Poi un giorno stavo leggendo qualcosa al signor Treadwell sul *National Examiner*, quando un annuncio pubblicitario ha richiamato la mia attenzione. Non importa che cosa ci fosse esattamente scritto. Si cercavano volontari per una ricerca segreta. Questo è quanto.

— Pensavo che fossero le mie ex mogli, quelle dei trucchi. Dolci ingannatrici. Donne tese, ansiose, con gli zigomi alti, bilingui.

— Risposi all'annuncio ed ebbi un colloquio con una piccola azienda che si occupa di ricerche nel campo della psicobiologia. Sai che cos'è?

— No.

— Sai quanto è complesso il cervello umano?

— Ne ho una certa idea.

— E invece no. Questa ditta chiamiamola Gray Research, anche se non è il vero nome. Il mio contatto chiamiamolo Gray. Gray è un insieme di varie persone, un composto. Infatti sono entrata in contatto con tre o quattro personaggi della ditta, o anche più.

— Uno di quegli edifici lunghi, bassi, in mattoni, circondati da una rete elettrificata e da siepi basse?

— La sede non l'ho mai vista. Lasciamo perdere il perché. Quello che conta è che feci un test dietro l'altro. Emotivo, psicologico, risposta motoria, attività cerebrale. Gray disse che c'erano tre finalisti e che una dei tre ero io.

— Finalisti di che cosa?

— Avremmo dovuto essere soggetti campione per la realizzazione di una medicina supersperimentale e top secret, nome in codice Dylar, a cui stava lavorando da anni. Aveva scoperto un ricettore del Dylar nel cervello umano e stava già dando i tocchi finali alla pastiglia. Ma mi disse anche che c'erano dei pericoli a fare test su esseri umani. Avrei potuto morire. Oppure io avrei potuto sopravvivere, ma avrebbe potuto morire il mio cervello. Oppure ancora avrebbe potuto morire il lato sinistro del cervello e sopravvivere il destro. Il che significava che il lato sinistro del mio corpo sarebbe sopravvissuto e quello destro sarebbe morto. Vi erano molti spettri inquietanti. Avrei potuto muovermi di lato ma non in avanti. Avrei potuto non distinguere le parole dagli oggetti, di modo che se qualcuno avesse detto «pallottola», mi sarei buttata per terra, cercando riparo. Gray volle che fossi al corrente dei rischi. C'erano liberatorie e altri documenti che dovevo firmare. La ditta aveva legali, sacerdoti.

— E ti hanno fatto andare avanti, come una cavia umana.

— No, affatto. Dissero che era una cosa troppo rischiosa, dal punto di vista legale, etico e così via. Quindi si misero al lavoro per elaborare molecole e cervelli computerizzati. Ma io mi rifiutai di accettarlo. Ero arrivata fino a quel punto, vicinissimo alla soluzione. Voglio che cerchi di capire che cosa è successo in seguito. Se devo raccontarti tutto, bisogna che ci includa anche questo aspetto, questo angolino squallido dell'animo umano. L'hai detto tu che Babette rivela, si confida.

— Questa è la vera Babette.

— Bene. Quindi rivelerò e mi confiderò. Gray e io raggiungemmo un accordo privato. Niente preti, legali, psicobiologi. Avremmo portato avanti gli esperimenti da soli. Io sarei guarita del mio stato, lui sarebbe stato acclamato per una meravigliosa conquista medica.

— E che cosa ci sarebbe di squallido in tutto ciò?

— Il tutto comportava una trasgressione. L'unico modo per indurre Gray a farmi usare la medicina. Era la mia ultima risorsa, l'ultima speranza. Prima gli avevo offerto la mia mente. In quel momento gli offrii il corpo.

Avvertii una sensazione di calore risalirmi per il dorso e irradiare all'esterno lungo le spalle. Babette guardava in alto. Io stavo sollevato su un gomito, di fronte a lei, intento a esaminare i suoi tratti. Quando finalmente parlai, lo feci in tono ragionevole e interrogativo, il tono di chi cerchi sinceramente di capire un eterno enigma umano.

— Come si fa a offrire il proprio corpo a un insieme di tre o più persone? Hai detto tu che è un personaggio composto. Come un identikit della polizia, fatto con le sopracciglia di una persona, il naso di un'altra. Limitiamoci ai genitali. Di quanti organi stiamo parlando?

— Una persona sola, Jack. Una persona chiave, il direttore del progetto.

— Quindi non stiamo più parlando di Gray, che è un composto.

— Adesso è una persona sola. Siamo andati in una squallida stanzuccia di motel. Non importa dove o quando. Il televisore era lassù, appena sotto il soffitto. È tutto ciò che mi ricordo. Squallido, pacchiano. Ero affranta. Ma tanto, tanto disperata.

— E questa la chiami una trasgressione, come se non avessimo avuto una rivoluzione quanto a chiarezza e audacia di linguaggio. Chiamala con il suo nome, definiscila con franchezza, dalle il credito che si merita. Sei entrata in una camera di motel, eccitata dalla sua impersonalità, dalla funzionalità e dal cattivo gusto del mobilio. Hai camminato a piedi nudi sul tappeto ignifugo. Gray si è aggirato qua e là, aprendo porte, cercando uno specchio a figura intera. Ti ha guardato mentre ti spogliavi. Ti sei stesa sul letto, a braccia aperte. Poi lui ti ha penetrato.

— Non usare quel termine. Lo sai come la penso.

— Ha effettuato quella che viene definita penetrazione. In altre parole si è inserito. Era lì completamente vestito, impegnato a mettere sul comò le chiavi dell'auto a noleggio, e nel giro di pochi secondi eccolo dentro di te.

— Non c'era nessuno dentro a nessuno. È un'usanza stupida. Ho fatto quello che dovevo fare. Ero distaccata. Agivo fuori di me. Si trattava di una transazione capitalistica. Tu vuoi una moglie che racconti tutto. E io faccio del mio meglio per esserla.

— D'accordo. Sto soltanto cercando di capire. Quante volte ci siete andati, in questo motel?

— Più o meno regolarmente per qualche mese. Secondo l'accordo.

Sentii il calore risalire lungo il collo verso la nuca. La osservai attentamente. Dal suo sguardo traspariva una certa tristezza. Mi lasciai andare all'indietro e guardai il soffitto. La radio si riaccese. Babette si mise a piangere piano.

— C'è un po' di gelatina di frutta con fette di banana, — dissi. — L'ha fatta Steffie.

— È una brava bambina.

— Non mi costa niente portartene un po'.

— No, grazie.

— Come mai la radio si è riaccesa?

— Il timer è rotto. Domani la porto a riparare.

— La porto io.

— Non ti preoccupare, — ribatté. — Non c'è nessun problema. Posso benissimo portarla io.

— Ti è piaciuto fare sesso con lui?

— Non ricordo altro che il televisore lassù, appena sotto il soffitto, rivolto verso di noi.

— Aveva senso dello humour? So che alle donne piacciono gli uomini che sanno scherzare sul sesso. Io purtroppo non sono capace, e dopo questa faccenda dubito che avrò molte occasioni per imparare.

— È meglio che continui a conoscerlo come Gray e basta. Non è né alto né basso, né giovane né vecchio. Non ride e non piange. Per il tuo bene.

— Però ho una domanda da farti. Perché la Gray Research

non ha fatto ricerche sugli animali? Devono essere meglio dei computer, sotto certi punti di vista.

— È questo il punto. Non esiste animale che soffra del mio stato. Gli animali, mi ha detto Gray, hanno paura di molte cose. Ma il loro cervello non è abbastanza sofisticato da albergare questo particolare stato d'animo.

Soltanto in quel momento cominciai ad avere un'avvisaglia di ciò di cui aveva parlato per tutto quel tempo. Il mio corpo si raffreddò. Mi sentii vuoto dentro. Mi sollevai dalla posizione supina, reggendomi ancora una volta su un gomito per guardarla dall'alto. Si rimise a piangere.

— Devi dirmelo, Babette. Mi hai portato fino a questo punto, fatto subire tanto. Devo sapere. Quale sarebbe questo stato?

Più piangeva, più sicuro diventavo di ciò che avrebbe detto. Provai l'impulso ad alzarmi e andarmene, prendere una camera da qualche parte finché la tempesta non si fosse dissolta. Babette levò il volto a me, dolente e pallido, con lo sguardo carico di una desolazione inerme. Ci trovammo uno di fronte all'altra, entrambi retti su un gomito, simili alla scultura di due filosofi mollemente allungati in un'accademia classica. La radio si spense da sola.

— Ho paura di morire, — disse. — Ci penso continuamente. Non vuole andarsene.

— Non dirmelo. È terribile.

— Non posso farci niente. Che fare?

— Non voglio saperlo. È una cosa che devi conservare per la nostra vecchiaia. Sei ancora giovane, fai moltissima ginnastica. Non è una paura ragionevole.

— Mi ossessiona, Jack. Non riesco a togliermela dalla mente. Lo so che non ha senso che io provi una simile paura in maniera tanto cosciente e costante. Ma che cosa posso fare? È lì. Ecco perché ho fatto tanto in fretta a notare l'annuncio di Gray nel tabloid che stavo leggendo ad alta voce. Il titolo mi ha colpito subito. Diceva: PAURA DELLA MORTE. Ci penso continuamente. Sei deluso. Lo capisco benissimo.

— Deluso?

— Pensavi che si trattasse di uno stato più specifico. Vorrei che così fosse. Ma non si sta lì mesi e mesi a cercare di incastrare la soluzione per un piccolo problema di tutti i giorni.

Cercai di rassicurarla.

— Come puoi essere sicura che è della morte che provi paura? La morte è un fatto vaghissimo. Nessuno sa che cosa sia, che sensazioni provochi o come sia fatta. Forse il tuo non è altro che un problema personale, che affiora sotto forma di grande tema universale.

— Quale problema?

— Qualcosa che nascondi a te stessa. Il peso, per esempio.

— Sono dimagrita. Forse è la mia statura?

— Lo so che sei dimagrita. È questo il punto. Tu praticamente trasudi salute. Ne esali sentore. E lo conferma Hookstratten, che è il tuo medico curante. Dev'esserci qualcos'altro, un problema sotterraneo.

— Che cosa può esserci di più sotterraneo della morte?

Cercai di convincerla che la cosa non era grave come credeva.

— Hanno paura tutti della morte, Baba. Perché tu dovresti essere diversa? L'hai detto tu stessa, prima, che fa parte della condizione umana. Non esiste nessuno che, superata l'età di sette anni, non si sia preoccupato della morte.

— A un certo livello tutti hanno paura della morte. Ma io ne ho paura in prima istanza. Non so come o perché ciò sia successo. Ma non posso essere l'unica, altrimenti perché mai la Gray Research spenderebbe milioni di dollari per una pillola?

— È quello che ho detto io. Non sei l'unica. Ci sono centinaia di migliaia di persone. Non è rassicurante saperlo? Sei come la donna della radio, che riceveva le telefonate dalla centrale missilistica. Voleva trovare altri le cui esperienze psicotiche la facessero sentire meno isolata.

— Ma Gray ha detto che ero ultrasensibile al terrore della morte. Mi ha fatto una caterva di test. Ecco perché aveva tanta voglia di usarmi.

— Ecco quello che trovo strano. Che questo terrore tu lo abbia tenuto nascosto per tanto tempo. Se riesci a nasconderlo a marito e figli, forse non è una cosa tanto grave.

— Qui non si tratta solo del tradimento di una moglie. Non puoi ignorare tutta la faccenda, Jack. È una cosa troppo grossa.

Mantenni un tono di voce calmo. Mi rivolsi a lei come avrebbe potuto fare uno di quei famosi filosofi mollemente adagiati con un membro giovane dell'accademia, uno il cui lavoro fosse promettente e a tratti brillante, ma forse troppo legato alla dottrina del compagno più anziano.

— In questa famiglia sono io quello ossessionato dalla morte, Baba. Lo sono sempre stato.

— Non l'hai mai detto.

— Per evitarvi la preoccupazione. Per mantenervi animati, vivaci e felici. I felici siete voi. Io sono il fesso condannato. Ecco perché non posso perdonarti. Per avermi rivelato che non sei la donna che credevo. Sono ferito. Distrutto.

— Ho sempre pensato di te che potessi essere uno incline a *meditare* sulla morte. Poteva essere che meditassi, andando a passeggio. Ma tutte le volte che abbiamo parlato di chi sarebbe morto prima, non hai mai detto che avevi paura.

— Lo stesso vale per te. «Non appena i ragazzi saranno cresciuti». Lo dicevi in un modo che sembrava un viaggio in Spagna.

— Io voglio veramente morire per prima, — ribatté, — ma ciò non significa che non abbia paura. Ce l'ho e terribile. Sempre.

— Io ce l'ho da più di metà della vita.

— Che cosa vuoi che dica? Che la tua paura è più vecchia e saggia della mia?

— Io prorompo in sudori assassini.

— Io mastico gomma perché mi si chiude la gola.

— Io non ho corpo. Sono soltanto una mente, un me stesso, solo in un vasto spazio.

— Io vado in tilt, — ribatté lei.

— Io sono troppo debole per muovermi. Manco di ogni senso di risolutezza, di determinazione.

— Io ho pensato alla morte di mia madre. E lei è morta.

— Io penso alla morte di tutti. Non soltanto alla mia. Precipito in terribili sogni a occhi aperti.

— Mi sono sentita tanto colpevole. Ho creduto che la sua morte dipendesse dal fatto che ci avevo pensato. E provo la stessa sensazione per la mia morte. Più ci penso, prima accadrà.

— Che strano. Abbiamo aleggianti in noi questi terribili timori circa noi stessi e le persone che amiamo. Eppure andiamo in giro, parliamo con gli altri, mangiamo e beviamo. Riusciamo a funzionare. Tuttavia quei sentimenti sono profondi e autentici. Non dovrebbero paralizzarci? Come facciamo a sopravvivere, anche solo un attimo? Guidiamo l'auto, teniamo lezioni. Com'è che nessuno si è accorto di quanto profondamente spaventati fossimo, ieri sera, questa mattina? È una cosa che ci nascondiamo a vicenda, per mutuo accordo? Oppure condividiamo lo stesso segreto senza saperlo? Portiamo la stessa maschera.

— E se la morte non fosse altro che suono?

— Rumore elettrico.

— Lo si sente per sempre. Suono ovunque. Che cosa tremenda!

— Uniforme, bianco.

— A volte mi invade, — disse lei. — A volte mi si insinua nella mente, a poco a poco. Io cerco di parlarle. «Non adesso, morte».

— Io sto sdraiato al buio, a guardare l'orologio. Sempre numeri dispari. Una e trentasette di notte. Tre e cinquantanove di notte.

— La morte è dispari. Me l'ha detto il sikh. Il santone di Iron City.

— Tu sei la mia forza, la mia energia vitale. Come posso convincerti che è un tremendo errore? Ti ho visto fare il bagnetto a Wilder, stirarmi la toga. Piaceri profondi e semplici che ora per me sono perduti. Non vedi l'enormità di ciò che hai fatto?

— A volte mi colpisce come un pugno, — continuò lei. — Ha quasi un impatto fisico su di me.

— È per questo che ho sposato Babette? Perché potesse nascondermi la verità, nascondermi degli oggetti, partecipare a una congiura sessuale ai miei danni? Tutti gli intrighi muovono in un'unica direzione, — replicai in tono cupo.

Ci tenemmo stretti per un lungo istante, i nostri corpi allacciati in un abbraccio che comprendeva in sé elementi di amore, dolore, tenerezza, sesso e lotta. Quanto sottilmente evitavamo emozioni, scoprivamo sfumature, usando i più ristretti movimenti delle braccia, dei lombi, la minima inspirazione, per raggiungere un'accordo sulla nostra paura, per proseguire nella nostra contesa, per affermare i nostri desideri fondamentali contro il caos che avevamo nell'anima.

Benzina normale. Senza piombo. Super.

Dopo l'amore giacemmo lì nudi, umidi e lustri. Tirai le coltri a coprirci. Per un po' conversammo in mormorii sonnolenti. La radio si accese.

— Sono qui, — dissi. — Qualsiasi cosa tu possa volere o aver bisogno, per quanto difficile, dimmelo e sarà fatta.

— Un bicchiere d'acqua.

— Certo.

— Vengo con te, — disse.

— Resta lì, riposa.

— Non voglio rimanere sola.

Ci mettemmo la vestaglia e andammo in bagno a prendere l'acqua. Bevve mentre pisciavo. Tornando verso la camera, le misi un braccio attorno alle spalle e procedemmo appoggiati l'uno sull'altra, come due adolescenti sulla spiaggia. Aspettai accanto al letto che rimettesse in ordine le lenzuola, a posto i cuscini. Si rannicchiò immediatamente per dormire, ma c'erano ancora delle cose che volevo sapere, che dovevo dire.

— Che cosa facevano esattamente alla Gray Research?

— Isolavano la parte del cervello preposta alla paura della morte. Il Dylar accelera il sollievo a quella zona.

— Incredibile.

— Non è soltanto un potente tranquillante. Il medicamento interagisce specificamente con i neurotrasmettitori del cervello connessi con la paura della morte. Ogni emozione o sensazione ha i suoi trasmettitori. Gray ha scoperto la paura della morte e poi si è messo al lavoro per trovare le sostanze chimiche capaci di indurre il cervello a produrre i propri inibitori.

— Stupefacente e spaventoso.

— Tutto ciò che avviene nella vita di un individuo è il risultato delle molecole che corrono all'impazzata qua e là nel cervello.

— Le teorie cerebrali di Heinrich. Sono tutte vere. Noi siamo la somma dei nostri impulsi chimici. Non dirmelo. È una cosa intollerabile da pensare.

— È gente in grado di far risalire tutto ciò che si dice, che si fa o che si prova al numero di molecole presenti in una certa zona.

— Che ne è del male e del bene, in questo sistema? E passione, invidia e odio? Diventano un insieme di neuroni? Vuoi dirmi che un'intera tradizione di errori dell'uomo sta per concludersi, che codardia, sadismo e violenza sono termini privi di significato? Sono cose che ci viene chiesto di guardare con occhio nostalgico? E la furia omicida? Gli assassini una volta venivano considerati con un certo timore. Il loro delitto era di grave entità. Che cosa diventa, se lo si riduce a molecole e cellule? Mio figlio gioca a scacchi con un assassino. E mi ha detto tutto questo. Non volevo dargli retta.

— Posso dormire, adesso?

— Aspetta. Se il Dylar accelera il sollievo, perché in questi ultimi giorni sei diventata tanto triste, con lo sguardo fisso nel vuoto?

— Semplice. Il medicamento non funziona.

Nel pronunciare queste parole la sua voce si spezzò. Quindi si tirò il piumino sulla testa e non mi rimase altro che guardarne la superficie gibbosa. Un uomo alla radio disse: — Ricevevo messaggi contraddittori circa la mia sessualità —. Le accarezzai la testa e il corpo sotto la trapunta.

— Puoi essere un po' più esplicita, Baba? Io sono qui. Voglio esserti d'aiuto.

— Gray mi ha dato sessanta pastiglie in due flaconi. Avrebbero dovuto essere più che sufficienti, secondo lui. Una pastiglia ogni settantadue ore. Lo scarico del medicamento è tanto graduale e preciso che non c'è sovrapposizione tra una pastiglia e la successiva. Il primo flacone l'ho finito tra la fine di novembre e i primi di dicembre.

— Denise l'ha trovato.

— Davvero?

— È sulle tue piste da allora.

— Dove l'ho lasciato?

— Nel bidone della spazzatura in cucina.

— Perché l'ho fatto? Che distratta!

— E il secondo flacone? — chiesi.

— L'hai trovato tu.

— Lo so. Ti sto chiedendo quante pastiglie hai preso.

— Di quel flacone ormai ne ho prese venticinque. In tutto fanno cinquantacinque. Ne rimangono cinque.

— Quattro. Una l'ho fatta analizzare io.

— Me l'avevi detto?

— Sì. Ma c'è stato un qualche cambiamento nel tuo stato? — Babette consentì all'estremità della testa di emergere.

— Sulle prime credevo di sì. Gli inizi sono stati il momento di maggiore speranza. Poi non è venuto nessun miglioramento. Mi sono sempre più scoraggiata. Adesso lasciami dormire, Jack.

— Ti ricordi che una sera abbiamo cenato da Murray? Tornando a casa abbiamo parlato dei tuoi vuoti di memoria. Hai detto che non eri sicura se stavi o meno prendendo una medicina. Non riuscivi a ricordare, hai detto. Era una bugia, ovviamente.

— Penso proprio di sì, — rispose.

— Tuttavia non mentivi circa i vuoti di memoria in generale. Denise e io ritenevamo che la tua smemoratezza fosse un effetto collaterale della medicina che prendevi, qualunque essa potesse essere.

La testa emerse completamente.

— Assolutamente sbagliato, — ribatté. — Non era un effetto collaterale della medicina, ma del mio stato. Gray ha detto che la mia perdita di memoria è un tentativo disperato di controbattere la paura della morte. È come una guerra tra neuroni. Riesco a dimenticare molte cose, ma per quanto riguarda la morte non ce la faccio. E adesso ha fallito anche Gray.

— Lo sa?

— Gli ho lasciato un messaggio nella segreteria telefonica.

— Che cos'ha detto, quando ha richiamato?

— Mi ha mandato per posta un nastro, che sono andata ad ascoltare dagli Stover. Diceva che gli dispiaceva veramente qualsiasi cosa ciò possa significare. Diceva che in definitiva mi ero rivelata non essere il soggetto giusto. Ma è sicuro che un giorno funzionerà, presto, con qualcuno, da qualche parte. Ha detto che con me ha fatto un errore. È stata una cosa troppo casuale. Lui aveva troppa voglia di ottenere un risultato.

Eravamo nel cuore della notte. Entrambi esausti. Ma arrivati a un punto tale, essendoci detti tanto, che sapevo che non potevamo fermarci lì. Inspirai profondamente. Quindi mi lasciai andare all'indietro, fissando il soffitto. Babette si chinò sul mio corpo per spegnere la luce. Poi premette il pulsante della radio, troncando le voci. Mille altre notti erano state più o meno come questa. La sentii affondare nel letto.

— C'è una cosa che ho promesso a me stesso non ti avrei detto, — ripresi.

— Non possiamo aspettare domani mattina? — replicò.

— È in programma che io muoia. Non succederà né domani né dopodomani. Ma il processo è in moto.

Quindi le dissi dell'esposizione al Nyodene D., parlando in tono realistico, senza inflessioni, in brevi frasi assertive. Le dissi del tecnico del computer, del modo in cui vi aveva inserito il mio curriculum, ricevendo un grosso riscontro di natura pessimistica. Noi siamo la somma totale dei nostri dati, le dissi, così come siamo la somma totale dei nostri impulsi chimici. Cercai di spiegarle quanto mi fossi sforzato di tenerle nascosta la cosa. Ma dopo le sue rivelazioni mi sembrava un tipo di segreto che non fosse giusto mantenere.

— Quindi non stiamo più parlando di paura e vago timore, — conclusi. — Questa è la dura e greve realtà dei fatti.

Lentamente emerse da sotto le coperte. Quindi mi montò addosso, singhiozzando. Sentii le sue dita artigliarmi le spalle e il collo. Le sue lacrime scesero calde sulle mie labbra. Mi battè sul petto, mi afferrò la mano sinistra e ne morse la carne tra il pollice e l'indice. I suoi singhiozzi divennero simili a grugniti, carichi di una fatica terribile, disperata. Mi prese la testa fra le mani, dolcemente eppure con furia, cullandola da una parte all'altra sul cuscino, gesto che non riuscivo a collegare con nulla di quanto avesse mai fatto, di quanto sembrasse essere.

Più tardi, dopo che era scivolata dal mio corpo, piombando in un sonno inquieto, continuai a tenere lo sguardo fisso nel buio. La radio si accese. Gettai via le coperte e andai in bagno. Il fermacarte con viste panoramiche di Denise era abbandonato su un ripiano polveroso, accanto alla porta. Mi feci scorrere dell'acqua su mani e polsi. Me ne spruzzai di fredda in faccia. L'unica salvietta nei paraggi era un asciugamano rosa con il disegno di un gioco per bambini, il tic-tac-toe. Mi asciugai lentamente e con cura. Quindi staccai il copricalorifero dal muro e vi ficcai sotto la mano. La bottiglia di Dylar era scomparsa.

27

Mi feci fare il secondo check-up medico dopo l'evento tossico. Sul tabulato non comparve nessun dato strano. La morte era ancora troppo nell'intimo perché si potesse scorgerla. Il mio medico, Sundar Chakravarty, mi chiese cosa fosse quest'improvvisa ondata di check-up. In passato avevo sempre avuto paura di sapere.

Gli dissi che continuavo ad averla. Rispose con un largo sorriso, in attesa della battuta conclusiva. Invece gli strinsi la mano e mi diressi verso la porta.

Sulla strada di casa mi inoltrai in Elm Street, con l'intenzione di fare una rapida sosta al supermercato. La strada era piena di veicoli di emergenza. Più avanti vidi dei corpi sparsi qua e là. Un uomo con un bracciale fischiò e mi balzò davanti all'auto. Ne vidi altri in tuta di Mylex. Per la strada correvano dei barellieri. Quando l'uomo con il fischietto si fu avvicinato, riuscii a leggere la sigla che aveva sul bracciale: SIMUVAC.

— Indietro, — disse. — La strada è chiusa.

— Ma siete sicuri di essere pronti per una simulazione? Può darsi che sia meglio aspettiate il prossimo travaso. Così potete diventare ancora più bravi.

— Fuori di qui. Via. È nella fascia di esposizione.

— Che cosa significa?

— Che lei è morto, — rispose.

Uscii dalla strada a marcia indietro e parcheggiai. Quindi ridiscesi lentamente Elm Street, cercando di dare l'idea di essere un residente. Mi mantenni rasente le vetrine dei negozi, mescolato a tecnici e poliziotti, al personale in uniforme. C'erano autobus, macchine della polizia, ambulette. Alcune persone munite di apparecchiature elettroniche sembravano impegnate a cercare di individuare delle radiazioni o delle scorie tossiche. Dopo un po' raggiunsi le vittime volontarie. Erano una ventina, proni, supini, accasciati sui cordoli, seduti per strada con lo sguardo inebetito.

Tra di esse ebbi la sorpresa di vedere mia figlia. Era sdraiata in mezzo alla strada, sul dorso, un braccio disteso, la testa piegata dall'altra parte. Ne ressi a stento la vista. È così che si vede all'età di nove anni? Già impegnata a migliorare le proprie qualità di vittima? Che aspetto naturale aveva, quanto appariva profondamente impregnata dell'idea di un disastro a largo raggio. È questo il futuro che si aspetta?

Mi accostai e mi accosciai accanto a lei.

— Steffie? Sei tu?

Aprì gli occhi.

— Non devi stare qui, se non sei una vittima, — disse.

—Volevo solo accertarmi che stai bene.

— Vado a finire nei guai, se ti vedono.

— Fa freddo. Ti ammali. Baba lo sa che sei qui?

— Ho accettato di farlo a scuola, un'ora fa.

— Dovrebbero almeno darvi delle coperte, — dissi.

Chiuse gli occhi. Le rivolsi ancora qualche parola, ma non rispose. Nel suo silenzio non c'era segno che volesse mandarmi via o che fosse irritata. Soltanto consapevolezza. Nel proprio stato di vittima aveva una tradizione di serietà.

Tornai sul marciapiede. La voce amplificata di un uomo rimbombò per la strada dall'interno del supermercato.

— Voglio dare il benvenuto a voi tutti per conto della Advanced Disaster Management, azienda privata di consulenze che elabora e mette in opera evacuazioni simulate. Siamo collegati con ventidue enti statali per portare avanti queste simulazioni avanzate di disastri. La prima, spero, di molte. Più ne proviamo, più al sicuro saremo di fronte alla realtà di un disastro. Del resto è la stessa vita che sembra procedere così, no? Si porta l'ombrello in ufficio per diciassette giorni di seguito, neanche una goccia d'acqua. La prima volta che lo si lascia a casa, via un diluvio record. Senza fallo, vero? È il meccanismo che intendiamo applicare, tra gli altri. Benissimo, al lavoro. Quando dalla sirena arriveranno tre suoni lunghi, migliaia di evacuati scelti lasceranno le loro case e i luoghi di lavoro, saliranno sulle loro vetture e si dirigeranno verso ben attrezzati rifugi d'emergenza. I responsabili del traffico correranno alle loro stazioni computerizzate. Istruzioni aggiornate verranno diffuse attraverso il sistema di trasmissione della SIMUVAC. Persone incaricate di raccogliere campioni d'aria si schiereranno lungo la fascia di esposizione alla nube. Analizzatori dei prodotti caseari sottoporranno a test latte e alimenti scelti a caso per tre giorni nella fascia di ingestione. Oggi non stiamo sperimentando una fuoriuscita specifica. Potrebbe essere una fuoriuscita o un inquinamento qualsiasi. Vapore radioattivo, nuvolette chimiche, una foschia di origine ignota. L'importante è il movimento. Portare via questa gente dalla fascia. Durante la notte della nube grassa abbiamo imparato molte cose. Ma non c'è niente di meglio di una simulazione programmata. Se la realtà vi interferisce sotto forma di un incidente d'auto o di una vittima che cade dalla barella, è importante ricordare che non siamo qui per aggiustare ossa rotte o spegnere incendi veri. Siamo qui per simulare. Le interruzioni possono costare alcune vite in un'autentica situazione di emergenza. Se impariamo a evitare le interruzioni adesso, saremo capaci di evitarle più tardi, quando sarà importante. Benissimo. Quando la sirena emetterà due lamenti lugubri, i responsabili di via faranno ricerche casa per casa, per trovare chi sia stato inavvertitamente lasciato indietro. Uccellini, pesciolini rossi, anziani, handicappati, invalidi, gente rimasta intrappolata e via dicendo. Attenzione, vittime: cinque minuti. Tutto il personale di salvataggio ricordi che non stiamo simulando un'esplosione. Quindi le nostre vittime sono sconvolte ma non presentano traumi. Tutte le loro amorose attenzioni le tengano da conto per la palla di fuoco di origine nucleare che avremo in giugno. Mancano quattro minuti e il conteggio procede. Zoppicate, vittime. E ricordatevi che non siete qui per strillare o discutere. Non abbiamo bisogno di vittime che facciano spettacolo. Non siamo a New York o a L. A. Basteranno dei leggeri gemiti.

Decisi che non avevo voglia di assistere. Tornai all'auto e mi diressi verso casa. La sirena emise i primi tre suoni proprio mentre accostavo. Heinrich era seduto sui gradini d'ingresso, con addosso una giacca catarifrangente e il berretto mimetico. In

sua compagnia c'era un ragazzo più grande, dal corpo poderosamente compatto, di pigmentazione incerta. Nella nostra via
pareva che non stesse evacuando nessuno. Heinrich consultava
un taccuino.

— Che cosa succede?

— Sono uno dei responsabili di via, — rispose.

— Lo sapevi che Steffie è una delle vittime?

— Me l'ha accennato.

— E perché tu non l'hai detto a me?

— La pigliano e la mettono dentro un'ambulanza. Che problema c'è?

— Non saprei.

— Se ha voglia di farlo, perché non dovrebbe?

— Sembra presissima nella parte.

— Un giorno potrebbe salvarle la vita, — ribatté.

— Com'è possibile che il fatto di fingere di essere ferita o
morta salvi la vita di una persona?

— Facendolo adesso, potrebbe non doverlo fare poi. Più ci
si addestra a fare qualcosa, meno è probabile che ciò accada nella realtà.

— Così ha detto anche l'esperto.

— È un espediente, ma funziona.

— E questo chi sarebbe?

— Orest Mercator. Deve aiutarmi a cercare gente rimasta
indietro.

— Sei quello che vuole stare seduto in una gabbia piena di
serpenti letali? Sapresti dirmi perché?

— Perché voglio fare il record, — rispose Orest.

— Che bisogno c'è di rischiare di morire per fare un record?

— Morire? Chi ha mai parlato di morire?

— Sarai circondato da rettili rari e letali.

— Loro sono i migliori nel loro campo e voglio esserlo anch'io, nel mio.

— E quale sarebbe questo tuo campo?

— Stare seduto in una gabbia per sessantasette giorni. Cioè
quello che ci vuole per battere il record.

— Ma lo capisci che hai intenzione di rischiare la morte per
un paio di righe in un libro tascabile?

Orest guardò Heinrich con aria interrogativa, ritenendolo

evidentemente responsabile di questa stupidissima forma di interrogatorio.

— Ti morderanno, — continuai.

— Macché.

— Come fai a saperlo?

— Perché sì.

— Sono serpenti veri, Orest. Un morso ed è fatta.

— Un morso se mordono. Ma me non mi morderanno.

— Sono veri. E anche tu sei vero. C'è di continuo gente che viene morsa. Il veleno è letale.

— La gente. Ma io no.

Risposi automaticamente: — E invece sì. Quei serpenti non sanno che la morte tu la trovi inconcepibile. Non sanno che sei giovane, forte e convinto che la morte riguardi tutti tranne te. Ti morderanno e tu morirai.

Quindi feci una pausa, vergognandomi del calore della mia argomentazione. Fui sorpreso nel vedere che mi guardava con uno sguardo carico di un certo interesse, di un certo riluttante rispetto. Forse la sconveniente furia con cui ero sbottato gli aveva fatto balenare nel cervellino la gravità del suo impegno, illuminandogli i segni di un infelice destino.

— Se hanno voglia di mordere, mordono, — replicò. — Almeno me ne vado in fretta. Quei serpenti lì sono i migliori, i più rapidi. Se mi morde una vipera soffiante, crepo in pochi secondi.

— Che cos'è tutta 'sta fretta? Hai diciannove anni. Troverai centinaia di modi per morire meglio che con i serpenti.

Che razza di nome è Orest? Esaminai i suoi lineamenti. Avrebbe potuto essere ispanico, medio orientale, asiatico centrale, un europeo orientale dalla pelle scura, un nero dalla pelle chiara. Aveva un qualche accento? Non avevo capito bene. Era di Samoa? Nativo degli Stati Uniti? Un ebreo sefardita? Stava diventando difficile sapere che cosa si poteva o non si poteva dire alla gente.

— Lei quanti chili sa sollevare? — mi chiese.

— Non saprei. Non molti.

— Ha mai dato un pugno in faccia a qualcuno?

— Forse una botta per caso, una volta, molto tempo fa.

— Sono in cerca di qualcuno a cui tirare un pugno in faccia. A mano nuda. Il più forte che posso. Per vedere com'è.

Heinrich fece un ghigno da informatore di film poliziesco. La sirena prese a suonare: due colpi lugubri. Entrai in casa mentre i due ragazzi consultavano il taccuino per controllare i numeri civici. Babette era in cucina, occupata a dar da mangiare a Wilder.

— Ha su una giacca catarifrangente, — dissi.

— È in caso venga la nebbia, in modo da non venire investito dai veicoli in fuga.

— Non credo che nessuno si darà la pena di scappare. Tu come stai?

— Meglio, — rispose.

— Anch'io.

— Credo che sia il fatto di stare con Wilder, a tirarmi su.

— Capisco che cosa intendi. Anch'io sto sempre benissimo quando sono con lui. Che sia perché i piaceri non ama tirarli in lungo? È egoista senza essere avido, in un modo totalmente illimitato e naturale. C'è qualcosa di meraviglioso nel modo in cui lascia cadere una cosa per afferrarne un'altra. Non sopporto quando gli altri bambini non godono a fondo di momenti o occasioni particolari. Mi sembra che si lascino sfuggire cose che dovrebbero essere conservate e gustate. Ma quando a farlo, invece, è Wilder, vedo in azione lo spirito del genio.

— Può darsi che sia vero, ma ha anche qualcos'altro che mi tira su. Qualcosa di più grosso, di più grandioso, su cui non riesco a fare mente locale.

— Ricordami di chiederlo a Murray, — dissi.

Lei ficcò una cucchiaiata di brodo in bocca al bambino, facendogli delle smorfie da imitare e dicendo: — Sì sì sì sì sì sì sì.

— Devo chiederti una cosa. Dov'è il Dylar?

— Lascia perdere, Jack. È uno specchietto per le allodole, o quale che possa essere l'espressione appropriata.

— Un'illusione crudele. Lo so. Ma quelle pastiglie vorrei tenerle al sicuro, se non altro come prova fisica che il Dylar esiste. Se la parte sinistra del tuo cervello dovesse decidere di morire, voglio essere in condizione di fare causa a qualcuno. Ci sono ancora quattro pastiglie. Dove sono?

— Vuoi dire che non sono sotto il copricalorifero?

— Esatto.

— Io non le ho spostate. Giuro.

— Può darsi che tu le abbia buttate via in un momento di irritazione o depressione? Io le voglio soltanto come documento storico. Come i nastri della Casa Bianca, che vanno a finire negli archivi.

— Tu non hai fatto i test, — obiettò lei. — Anche una sola pillola può essere pericolosa da prendere.

— Ma io non ho nessuna intenzione di prenderla.

— Invece sì.

— Stanno facendo di tutto per convincerci ad abbandonare la fascia di ingestione. Dov'è Gray? Voglio fargli causa per una questione di principio.

— Abbiamo preso un accordo, lui e io.

— Tutti i martedì e venerdì. Al Grayview Motel.

— Non è questo che intendevo. Gli ho promesso che non avrei rivelato a nessuno la sua identità. Viste le tue intenzioni, è una promessa che vale doppio. È più per il tuo bene che per il suo. Non te lo dico, Jack. Riprendiamo il corso normale della nostra vita. Diciamoci a vicenda che faremo del nostro meglio. Sì sì sì sì sì.

Andai a scuola, dove parcheggiai sul lato opposto all'ingresso principale. Venti minuti dopo ne emersero circa trecento ragazzi, chiacchierini, allegri, disinvoltamente indisciplinati. Si gridavano splendidi insulti, oscenità informate e di vasta portata, si colpivano con le cartelle, con i berretti a maglia. Io rimasi seduto al volante facendo scorrere lo sguardo sulla massa di volti, sentendomi quasi uno spacciatore o un pervertito.

Individuata Denise, suonai il clacson, facendola accorrere. Era la prima volta che venivo a prenderla a scuola, per cui, passando davanti all'auto, mi rivolse uno sguardo diffidente e duro, uno sguardo che indicava come non fosse dell'umore giusto per ricevere notizie di separazioni o divorzi. Presi la strada che portava a casa nostra lungo il fiume. Mi esaminava attentamente il profilo.

— Si tratta del Dylar, — attaccai. — Quella medicina non ha niente a che vedere con i problemi di memoria di Baba. Al contrario: la prende proprio per migliorarla.

— Non ti credo.

— Perché?

— Perché non saresti venuto a prendermi fino a scuola soltanto per dirmi una cosa del genere. Perché abbiamo già scoperto che è una medicina che non si può avere neanche con la ricetta. Perché ho parlato con il suo medico, il quale mi ha detto di non averne mai sentito parlare.

— L'hai chiamato a casa?

— Allo studio.

— Il Dylar è una medicina un po' troppo speciale per un medico generico.

— Mia madre si droga?

— Sei troppo sveglia per dire una stupidaggine simile.

— No, non lo sono.

— Ci piacerebbe sapere che cosa ne hai fatto del flacone. C'era ancora qualche pastiglia.

— Come fai a sapere che sono stata io a prenderlo?

— Lo sappiamo benissimo entrambi.

— Se qualcuno ha intenzione di dirmi che cos'è il Dylar, forse arriveremo a qualcosa.

— C'è una cosa che non sai, — replicai. — Quella medicina tua madre non la prende più. Quale che sia il motivo per cui tieni nascosto il flacone, ormai non vale più.

Avendo deviato a ovest, stavamo attraversando il campus del college. Automaticamente ficcai una mano in tasca, in cerca degli occhiali scuri, che mi infilai.

— Allora lo butto via, — ribatté lei.

Nei giorni immediatamente seguenti tentai con una serie di argomenti del più vario genere, alcuni quasi tali da lasciare senza fiato, tanto delicata ne era la ragnatela della tessitura. Feci scendere in campo anche Babette, convincendola che il flacone doveva stare in mani adulte. Ma la volontà della ragazza si mostrò capace di resistere a oltranza. La sua vita come entità legale era stata plasmata dal mercanteggiare e tirare sul prezzo di altre persone, per cui era ben decisa a seguire un codice troppo rigido per poter cedere all'accomodamento, al compromesso. Avrebbe tenuto nascosto quell'oggetto finché non gliene avessimo rivelato il segreto.

E forse era meglio così. In definitiva quella droga poteva essere pericolosa. E io non credevo nelle soluzioni facili, in qualcosa che bastasse inghiottire per liberare il mio animo da una paura antica. Tuttavia non potevo fare a meno di pensare a quella pastiglia in forma di disco volante. Avrebbe mai funzionato, era mai possibile che funzionasse per alcuni e non per altri? Era la controparte benigna della minaccia a base di Nyodene D. Lì, che mi rotolava dal fondo della lingua fin nello stomaco. Il nucleo di medicamento che si scioglieva, liberando benevole sostanze chimiche nel mio flusso sanguigno, invadendo la parte del mio cervello preposta alla paura della morte. Ed ecco la pillola autodistruggersi silenziosamente in un minuto scoppio verso l'interno, un'implosione polimerica, discreta, precisa e piena di buon senso.

Tecnologia dal volto umano.

28

Wilder era seduto su uno sgabello alto, di fronte al gas, con lo sguardo fisso sull'acqua che bolliva in un pentolino smaltato. Processo che sembrava affascinarlo. Mi chiesi se avesse scoperto una qualche miracolosa connessione tra cose che aveva sempre ritenuto separate. In momenti simili la cucina è ricca nella sua monotonia, forse per me quanto per lui.

Entrò Steffie, che dichiarò: — Sono l'unica persona di mia conoscenza a cui piaccia il mercoledì —. Il modo in cui Wilder era assorto parve interessarla. Gli si mise vicino, cercando di immaginare che cosa fosse ad attirarlo in quell'acqua ribollente. Si chinò sul pentolino, per vedere se c'era dentro un uovo.

Nella testa prese a scorrermi il motivetto pubblicitario dei Ray-Ban Wayfarer.

— Com'è andata l'evacuazione?

— Un sacco di gente non si è neanche fatta vedere. Siamo stati lì ad aspettare, lamentandoci.

— Si fanno vedere quando gli eventi sono autentici, — commentai.

— Ma allora è troppo tardi.

La luce era tersa e fredda, e riverberava sugli oggetti. Steffie era vestita per l'esterno, per una mattina di scuola, ma rimaneva accanto al gas, spostando lo sguardo da Wilder al pentolino e viceversa, cercando di intercettare le linee della sua curiosità e meraviglia.

— Baba dice che hai ricevuto una lettera.

— Mia madre vuole che vada da lei a Pasqua.

— Bene. E tu ci vuoi andare? Certo che vuoi. Tua madre ti piace. È a Mexico City, adesso, no?

— Chi mi accompagna?

— Io ti porto all'aeroporto. Tua madre viene a prenderti a destinazione. È facile. Bee lo fa continuamente. E Bee ti piace.

L'enormità della missione, di volare in un paese straniero a velocità quasi supersonica, all'altezza di novemila metri, in un gobboso contenitore di titanio e acciaio, la fece cadere in un momentaneo silenzio. Guardammo l'acqua che bolliva.

— Mi sono impegnata a fare un'altra volta la vittima. Subito prima di Pasqua. Per cui credo che dovrò restare qui.

— Un'altra evacuazione? E questa volta a che cosa sarebbe dovuta?

— Uno strano odore.

— Vuoi dire un prodotto chimico sfuggito dalla fabbrica oltre il fiume?

— Credo.

— E che cosa si deve fare, come vittime di un odore?

— Devono ancora dircelo.

— Sono sicuro che non avranno problemi a scusarti, soltanto per questa volta. Scrivo io un biglietto, — dissi.

Il mio primo matrimonio e il quarto erano stati con Dana Breedlove, madre di Steffie. Il primo aveva funzionato abbastanza bene da convincerci a riprovare non appena a entrambi fosse parso il caso. Quando l'avevamo fatto, dopo i mesti periodi di Janet Savory e Tweedy Browner, ogni cosa iniziò ad andare a rotoli. Ma non prima della notte stellata alle Barbados in cui Stephanie Rose era stata concepita. Dana si trovava lì al fine di corrompere un funzionario.

Mi diceva molto poco del suo lavoro di spionaggio. Sapevo che recensiva libri di narrativa per conto della CIA, per lo più lunghi romanzi seri con struttura in codice. Il lavoro la lasciava stanca e irritabile, raramente in grado di godere di cibo, sesso o conversazione. Parlava in spagnolo con qualcuno al telefono, era una madre superattiva, che emanava uno strano e singolare lucore da fulmine. I lunghi romanzi continuavano ad arrivare con la posta.

Era curioso come continuassi a impegolarmi con persone legate al mondo dello spionaggio. Dana lavorava come spia part-time. Tweedy veniva da una vecchia e distinta famiglia con una lunga tradizione di spionaggio e controspionaggio, ed era attualmente sposata con un esperto ad alto livello di azioni nella giungla. Janet, prima di ritirarsi nell'ashram, era un'analista di moneta straniera, che faceva ricerche per un gruppo segreto di teorici avanzati, legati a un discutibile istituto di ricerca. Non mi aveva detto niente, se non che non si riunivano mai due volte nello stesso posto.

Parte della mia adorazione per Babette era dovuta al fatto che per me costituiva un autentico sollievo. Non nascondeva segreti, almeno fino al momento in cui le sue paure di morte non l'avevano precipitata in un frenetico intrico di ricerca clandestina e inganno erotico. Pensai a Gray e al suo fallo pendulo. Un'immagine sfocata, incompleta. Era un uomo letteralmente grigio, come diceva il suo cognome, che emetteva un ronzio visivo.

L'acqua passò a un bollore rullante. Steffie aiutò il bambino a scendere dal posto in cui stava appollaiato. Dirigendomi verso la porta d'ingresso mi imbattei in Babette. Ci scambiammo la semplice ma profonda domanda che ci ponevamo due o tre volte al giorno dalla notte delle rivelazioni sul Dylar. — *Come stai?* — Porla, sentircela porre ci faceva sentire meglio, entrambi. Salii di sopra in cerca degli occhiali.

Alla TV davano il *Quiz Nazionale del Cancro*.

Nella mensa della Centenary Hall vidi Murray intento ad annusare le proprie posate. Il volto degli emigrati newyorkesi era velato da un pallore particolare. Soprattutto quello di Lasher e di Grappa. Il pallore dell'ossessione, dei poderosi appetiti ristretti in piccoli spazi. Murray disse che Elliot Lasher aveva una faccia da *film noir*. Aveva i lineamenti nettamente definiti, i capelli profumati con un'essenza. Mi venne il curioso pensiero che avessero nostalgia del bianco e nero, che le loro aspirazioni fossero dominate da valori acromatici, estremi personali di un grigiore urbano postbellico.

Alfonse Stompanato stava seduto, raggiando spirito aggressivo e minaccioso. Sembrava che mi guardasse un preside di dipartimento intento a misurare l'aura di un altro. Sul davanti della toga aveva uno stemma dei Brooklyn Dodger.

Lasher appallottolò un tovagliolo di carta e lo lanciò a qualcuno due tavoli più in là. Poi fissò Grappa.

— Chi ha esercitato l'influenza più profonda sulla tua vita? — chiese in tono ostile.

— Richard Widmark in *Il bacio della morte*. Quando ha spinto quella vecchia in quella carrozzella giù per quella rampa di scale, per me è stato come una conquista personale. Ha risolto una serie di conflitti. Ho copiato la sua risata sadica, adottandola per dieci anni. Mi ha fatto superare alcuni periodi difficili. Richard Widmark nella parte di Tommy Udo, ne *Il bacio della morte* di Henry Hathaway. Ricordi quella risata raccapricciante? Con un ghigno da iena. Un risolino demoniaco. Che ha chiarito una serie di cose nella mia vita. Mi ha aiutato a diventare un individuo.

— Da ragazzo hai mai sputato nella bottiglia della gazosa, in modo da non doverla dividere con gli altri?

— Era un fatto automatico. Alcuni sputano persino sul panino. Dopo aver giocato a monetine contro il muro, ci compravamo da mangiare e bere. Era sempre un festival di sputi. Sputavano sulle caramelle, sulle charlotte.

— Quanti anni avevi quando hai capito che tuo padre era uno stronzo?

— Dodici e mezzo, — rispose Grappa. — Ero seduto in galleria, al Loew's Fairmont, a guardare *La confessione della signora Doyle* di Fritz Lang con Barbara Stanwick nella parte di Mae Doyle, Paul Douglas in quella di Jerry D'Amato e il grande Robert Ryan in quella di Earl Pfeiffer. Con J. Carroll Naish, Keith Andes e una giovanissima Marylin Monroe. Girato in trentadue giorni. Bianco e nero.

— Ti è mai venuta un'erezione provocata dall'infermiera di un dentista che ti si strofinava contro il braccio pulendoti i denti?

— Un numero incalcolabile di volte.

— Quando ti mangi le pellicine dal pollice, le mandi giù o le sputi?

— Le mastico un po', poi le faccio volare velocemente dalla punta della lingua.

— Chiudi mai gli occhi, — chiese ancora Lasher, — guidando in autostrada?

— Sulla 95 Nord li ho tenuti chiusi per otto secondi pieni. Il mio record. Sono arrivato a tenerli chiusi per sei secondi su strade tortuose di campagna, ma andavo al massimo a quaranta cinquanta. Sulle autostrade a più corsie di solito prima di

chiuderli mi porto a cento. Lo si fa nei rettilinei. In simili condizioni sono arrivato a tenerli chiusi cinque secondi con altre
persone in macchina. Per farlo, però, bisogna aspettare che siano mezzo addormentate.

Grappa aveva un volto rotondo, umido, preoccupato, in cui
c'era qualcosa del dolce ragazzo tradito. Lo osservai accendersi
una sigaretta, spegnere il fiammifero scuotendolo e gettarlo
nell'insalata di Murray.

— Da ragazzino che piacere provavi, — incalzò Lasher, —
a pensarti morto?

— Perché da ragazzino? — ribatté Grappa. — Lo faccio ancora, di quando in quando. Ogni volta che sono giù di corda
per qualcosa, penso a tutti i miei amici, parenti e colleghi raccolti attorno alla mia bara. Gli dispiace molto, ma molto di
non essere stati più gentili con me da vivo. L'autocompatimento è una cosa che ho faticato molto per mantenere. Abbando-
narlo soltanto perché si è cresciuti? Neanche per idea. L'autocompatimento è una cosa in cui i bambini eccellono, il che
significa che dev'essere naturale e importante. Immaginarsi
morti è la forma più economica, squallida e soddisfacente di
autocompatimento infantile. Come sono tristi, pieni di rimorso e di sensi di colpa, tutti quelli lì, in piedi accanto alla grande
bara di bronzo. Non riescono nemmeno a guardarsi negli occhi
perché sanno che la morte di quest'uomo rispettabile e pio è il
risultato di una congiura a cui hanno partecipato tutti. La bara
è sepolta sotto i fiori e circondata da un nastro color salmone o
pesca. In che meravigliosi risucchi di autocompatimento e autoconsiderazione si è capaci di sguazzare, vedendosi lì stesi in
abito scuro e cravatta, con un aspetto abbronzato, ben messo e
riposato, come si dice dei presidenti dopo le vacanze. Ma c'è
dentro qualcosa di ancor più infantile e gratificante dell'autocompatimento, qualcosa che spiega perché cerco con regolarità
di vedermi morto, omone circondato da lamentatori che tirano
su con il naso. È il mio modo di punire gli altri per il fatto di
pensare che la loro vita sia più importante della mia.

Rivolto a Murray, Lasher disse: — Dovremmo avere un
Giorno dei Morti ufficiale. Come i messicani.

— Ce l'abbiamo. Si chiama Settimana del Super Bowl.

Non volli più ascoltare. Avevo già la mia morte su cui meditare, indipendentemente dalle fantasticherie. Non che trovassi infondate le osservazioni di Grappa. Il suo senso della congiura aveva risvegliato in me una particolare ondata di empatia. È questo che perdoniamo sul letto di morte. Non la mancanza di affetto o l'avidità. Li perdoniamo per la capacità che hanno avuto di mettersi a distanza, di programmare il silenzio contro di noi, in sostanza di farci fuori.

Osservai Alfonse ribadire la propria rude presenza con una scrollata di spalle. Lo presi come un segno del fatto che si stava scaldando per parlare. Mi venne voglia di tagliare la corda, alzarmi di botto, scappare.

— A New York, — disse, guardando direttamente me, — chiedono se si ha un buon internista. Ecco dove sta il vero potere. Gli organi interni. Fegato, reni, stomaco, intestino, pancreas. La medicina interna è la pozione magica. Da un buon internista si derivano energia e carisma, del tutto al di là della cura che somministra. Si chiedono notizie di fiscalisti, di operatori finanziari, di spacciatori. Ma a contare sul serio sono gli internisti. — Chi è il tuo internista? — viene chiesto, in tono di sfida. Domanda la quale sottintende che, se il suo nome è poco noto, si è certamente destinati a morire di un tumore al pancreas grosso come un fungo. Ci si deve considerare inferiori e segnati non soltanto perché magari dai propri organi interni cola sangue, ma perché non si sa da chi andare, come prendere i contatti giusti, come farsi strada nel mondo. Macché complesso industrial-militare. Il vero potere viene esercitato ogni giorno in queste piccole sfide e intimidazioni, da gente fatta esattamente come noi.

Mandai giù il dolce e me la svignai dal tavolo. Fuori aspettai Murray. Quando uscì, lo presi per il braccio appena sopra il gomito e in quella guisa attraversammo il campus come una coppia di pensionati europei, le teste accostate nella conversazione.

— Come fai a starli ad ascoltare? — chiesi. — Morte e malattie. Parlano sempre così?

— Quando mi occupavo di sport, andavo in giro con gli altri inviati. Camere d'albergo, aerei, taxi, ristoranti. L'argomento di conversazione era uno solo: sesso e morte.

— Che comunque sono due.

— Hai ragione, Jack.

— Non è bello pensare che siano inestricabilmente connessi.

— Il fatto è che quando si è in giro, tutto è connesso. Tutto e niente, per essere precisi.

Passammo accanto a diversi cumuli di neve che si stava sciogliendo.

— Come va il tuo seminario sugli incidenti d'auto?

— Ne abbiamo guardato centinaia di sequenze. Auto con auto. Auto con camion. Camion con autobus. Moto con auto. Auto con elicotteri. Camion con camion. Secondo i miei studenti si tratta di film profetici. Indizi del desiderio suicida della tecnologia. Della spinta al suicidio, della corsa a precipizio verso il suicidio.

— E tu che cosa gli dici?

— Si tratta per lo più di film di serie B, televisivi, da drive in di campagna. Ai miei studenti dico di non andarci a cercare l'apocalisse. Questi incidenti d'auto io li vedo come parte di una lunga tradizione di ottimismo americano. Sono eventi positivi, pieni del vecchio spirito pragmatico. Ognuno di essi è inteso a essere migliore del precedente. Vi è un continuo miglioramento di mezzi e capacità, si affrontano sempre nuove sfide. Un regista dice: «Ho bisogno che questo camion con cassone faccia una doppia capriola per aria, capace di produrre una palla di fuoco del diametro di dieci metri, che l'operatore userà per illuminare la scena». Ai miei studenti dico che, se vogliono metterci la tecnologia, devono tenere conto di quanto sopra, di questa tendenza verso i gesti grandiosi, verso il perseguimento di un sogno.

— Un sogno? E loro come rispondono?

— Esattamente come te. «Un sogno?» Tutto quel sangue e quel vetro, quel fischiare di pneumatici? E tutto lo spreco, il senso della civiltà in stato di decomposizione?

— Già, e tu?

— Io dico loro che non è decomposizione quella a cui stanno assistendo, ma innocenza. Il film si stacca dalle passioni umane complesse per mostrarci qualcosa di elementare, qualcosa di fiero, stentoreo, pieno di orgoglio. È un appagamento conservatore, un'aspirazione all'innocenza. Vogliamo tornare a essere semplici. Vogliamo ribaltare il flusso dell'esperienza, della mondanità, con tutte le sue responsabilità. Gli studenti mi dicono: «Ma guardi i corpi storpiati, gli arti smembrati. Che razza di innocenza sarebbe?»

— E tu?

— Gli dico che non possono pensare a un incidente d'auto cinematografico in termini di atto di violenza. È una celebrazione. Una riaffermazione di valori e credenze tradizionali. Io li collego con festività come il Giorno del Ringraziamento e il Quattro di Luglio. Non ci piangiamo i morti, né ci rallegriamo di miracoli. Si tratta di occasioni dedicate all'ottimismo secolare, all'autocelebrazione. Miglioreremo, prospereremo, ci perfezioneremo. Guarda un qualsiasi incidente d'auto di un film americano. È un momento di alta gaiezza, come il volo dei vecchi piloti acrobatici, il moto alato. Coloro che li mettono in scena sono capaci di cogliere un'allegria, un godimento spensierato che gli incidenti dei film stranieri non sapranno mai raggiungere.

— Guardano al di là della violenza.

— Esattamente. Guardano al di là della violenza, Jack. C'è dentro un meraviglioso, traboccante spirito di innocenza e divertimento.

29

Babette e io ci inoltrammo nell'ampia corsia, entrambi spingendo un fiammante carrello. Sorpassammo una famiglia intenta a procedere agli acquisti con il linguaggio dei muti. Continuavo a vedere luci colorate.

— Come stai? — mi chiese lei.

— Bene. Io sto bene. E tu?

— Perché non vai a farti un check-up? Non ti sentiresti meglio, scoprendo che non hai niente?

— Ne ho già fatti due. Non ho effettivamente niente.

— Che cos'ha detto il dottor Chakravarty?

— Che cosa avrebbe potuto dire?

— Parla un ottimo inglese. A me piace ascoltarlo.

— Non quanto a lui piace parlare.

— Che cosa intendi dire? Che non si lascia scappare nessuna opportunità di farlo? È un medico. È suo dovere parlare. Lo si paga proprio perché lo faccia, nel vero senso dell'espressione. Intendi dire che ostenta il suo bell'inglese? Che ne fa eccessivo sfoggio?

— Abbiamo bisogno di un po' di Vetril.

— Non lasciarmi sola, — disse lei.

— Vado soltanto fino alla corsia cinque.

— Non voglio stare sola, Jack. Credo che tu lo sappia.

— È una situazione che supereremo benissimo, — replicai. — Forse più forti che mai. Siamo determinati a stare bene. Babette non è una persona nevrotica. È forte, sana, estroversa, positiva. Dice di sì alle cose. Questa è la vera Babette.

Continuammo a rimanere insieme nelle diverse corsie e alla cassa. Lei prese tre tabloid per la prossima seduta con il Vecchio

Treadwell. Li leggemmo insieme mentre aspettavamo in coda. Poi, sempre insieme, raggiungemmo l'auto, caricammo la merce, ci sedemmo molto vicini mentre guidavo verso casa.

— Se si eccettuano i miei occhi, — dissi.

— In che senso?

— Secondo Chakravarty dovrei andare da un oculista.

—Ancora le macchie colorate?

— Sì.

— Smettila di portare quegli occhiali scuri.

— Non posso insegnare Hitler, senza.

— Perché?

— Ne ho bisogno e basta.

— Sono stupidi e inutili.

— Mi ci sono fatta una carriera, — ribattei. — Può darsi che non ne capisca tutti gli elementi, ma a maggior ragione non è il caso di interferire.

I centri per il *déjà vu* avevano chiuso. Il numero verde era stato silenziosamente disattivato. Tutti sembravano in procinto di dimenticare. Li capivo benissimo, anche se in un certo senso mi sentivo abbandonato, lasciato indietro a reggere la carretta.

Andavo fiduciosamente a lezione di tedesco. Cominciai a lavorare con il mio insegnante su cose che avrei potuto dire per dare il benvenuto ai delegati della conferenza di studi hitleriani, a cui mancavano ancora alcune settimane. Le finestre erano completamente ostruite da mobilio e scarti. Howard Dunlop stava seduto al centro della stanza, il viso ovale che fluttuava in sessanta watt di luce polverosa. Cominciavo a sospettare di essere l'unica persona con cui avesse mai parlato. E anche che fosse lui ad avere bisogno di me più di quanto ne avessi io di lui. Pensiero sconcertante e tremendo.

Su un tavolo disastrato, vicino alla porta, c'era un libro in tedesco. Il titolo era composto in minacciosi e pesanti caratteri neri: *Das Aegyptische Todtenbuch.*

— Che cos'è? — chiesi.

— *Il libro egiziano dei morti*, — mormorò. — Un best-seller in Germania.

Ogni tanto, quando Denise non era a casa, entravo in camera sua. Raccoglievo oggetti, li posavo, guardavo dietro una tenda, davo un'occhiata in un cassetto aperto, ficcavo un piede sotto il letto per tastare qua e là. Uno sbirciare distratto.

Babette ascoltava programmi radiofonici.

Cominciai a gettare via roba. Oggetti sistemati in alto e in basso nel mio armadio a muro, cose conservate in varie scatole piazzate in cantina e solaio. Gettai via corrispondenza, vecchi tascabili, riviste che conservavo per leggerle, matite che avevano bisogno di essere temperate. Gettai via scarpe da tennis, calze, guanti con le dita ruvide, vecchie cinture e cravatte. Mi imbattei in fasci di compiti di studenti, in corde rotte delle sedie da regista. Li gettai via. Gettai via tutti i barattoli di aerosol senza coperchio.

Il contatore del gas faceva un rumore particolare.

Quella sera in un notiziario alla TV vidi dei poliziotti che portavano un corpo fuori da un cortile di Bakersville. Il cronista disse che erano stati trovati due cadaveri, ma che si pensava ce ne fossero altri. Forse molti altri. Venti, trenta, nessuno sapeva con certezza. Quindi indicò il luogo con un ampio gesto del braccio. Era un cortile di vaste dimensioni.

Il giornalista era un uomo di mezza età, che parlava in tono chiaro ed energico, eppure con un certo grado di intimità, dando frequentemente la sensazione di essere in intimo contatto con il proprio pubblico, di avere con esso interessi in comune, una fiducia reciproca. Si sarebbe continuato a scavare tutta la notte, disse, e la stazione televisiva avrebbe interrotto i programmi per tornare sul luogo non appena ci fosse stata la certezza di ulteriori sviluppi. Lo disse come se fosse una dichiarazione d'amore.

Tre sere dopo entrai in camera di Heinrich, dov'era temporaneamente sistemato il televisore. Il ragazzo era seduto sul pavimento, in felpa con cappuccio, a guardare una ripresa dal vivo della medesima scena. Il cortiletto era illuminato a giorno, uomini con picconi e pale lavoravano tra cumuli di terra. Sullo sfondo c'era il cronista, a testa scoperta, in giaccone di pelo, sotto uno spolverio di neve, che forniva gli aggiornamenti. La polizia sosteneva di avere informazioni concrete, gli scavatori procedevano con metodo ed esperienza, il lavoro procedeva da settantadue ore. Ma non erano stati trovati altri cadaveri.

Il senso di aspettativa delusa era totale. Sulla scena aleggiava una sensazione di tristezza e vuoto. Di abbattimento, di dispiaciuta cupezza. La provavamo anche noi, mio figlio e io, che guardavamo in silenzio. Era lì nella camera, fatta filtrare nell'aria dall'intermittente scorrere degli elettroni. Il cronista sulle prime parve assumere semplicemente un tono di scusa. Ma a mano a mano che procedeva nel commentare l'assenza di uno sterminio di massa, diventava sempre più disperato, indicando gli scavatori, scuotendo la testa, quasi pronto a implorare la nostra simpatia e comprensione.

Cercai di non sentirmi deluso.

30

Al buio la mente continua a funzionare come una macchina divoratrice, l'unica cosa sveglia dell'universo. Cercavo di distinguere le pareti, il cassettone nell'angolo. La vecchia sensazione di essere indifeso. Piccolo, debole, mortale, solo. Panico, divinità dei boschi e dei luoghi selvaggi, mezzo caprone. Girai la testa sulla destra, essendomi venuta in mente la radiosveglia. Guardai i numeri cambiare, la progressione dei minuti digitali, da dispari a pari. Baluginavano verdi nel buio.

Dopo un po' svegliai Babette. Quando si girò verso di me, dal suo corpo si levò un alito di aria calda. Aria compiaciuta. Un misto di smemoratezza e sonno. Dove sono, chi sei, che cosa stavo sognando?

— Dobbiamo parlare, — dissi.

Borbottò alcune cose, parve allontanare da sé una presenza aleggiante. Quando tesi la mano verso la lampada, mi diede un colpo con il dorso della mano sul braccio. La luce si accese. Lei rimase ritratta verso la radio, coprendosi la testa e gemendo.

— Non puoi sfuggire. Sono cose di cui dobbiamo parlare. Voglio incontrare Gray. Voglio il vero nome della Gray Research.

Non potè altro che gemere: — No.

— Mi comporto in maniera ragionevole. Ho il senso della prospettiva. Non coltivo chissà quali speranze o aspettative. Voglio soltanto verificare, fare una prova. Non credo negli oggetti magici. Dico soltanto: «Fatemi provare, fatemi vedere». Sono ore che mi trovo qui praticamente paralizzato. Sono madido di sudore. Toccami il petto, Babette.

— Ancora cinque minuti. Ho bisogno di dormire.

— Senti. Dammi la mano. Senti com'è bagnato.

— Sudiamo tutti, — ribatté. — Che cosa sarà mai il sudore?

— Ma questi sono rivoli.

— Tu vuoi ingerire. Non serve a niente, Jack.

— Non chiedo altro che stare qualche minuto con Gray, per scoprire se ho i titoli necessari.

— Penserà che vuoi ammazzarlo.

— Ma è una follia. Sarei matto. Come potrei ammazzarlo?

— Capirà che ti ho parlato del motel.

— Il motel è acqua passata. Non posso modificarne il corso. Ma secondo te vado ad ammazzare l'unico uomo che può darmi sollievo per la mia pena? Sentimi sotto le braccia, se non mi credi.

— Penserà che sei un marito inferocito.

— La faccenda del motel, in tutta franchezza, non è poi così grave. Secondo te lo ammazzo e poi sto meglio? Non è necessario che sappia chi sono. Mi costruisco un'identità, invento un contesto. Aiutami, per favore.

— Non dirmi che sudi. Che cosa sarà mai il sudore? A quell'uomo ho dato la mia parola.

Il mattino seguente stavamo seduti a tavola. Nell'ingresso era in funzione l'essiccatore della biancheria. Ascoltavo lo sbatacchiare di bottoni e lampo contro la superficie del cilindro.

— So già che cosa voglio dirgli. Sarò descrittivo, clinico. Niente filosofia né teologia. Farò appello al pragmatico che c'è in lui. Non può fare a meno di restare impressionato dal fatto che è effettivamente in programma che io muoia. Il che, francamente, è più di quanto possa accampare tu. Il mio bisogno è intenso. Credo che sarà interessato a tutto questo. Inoltre vorrà fare un'altra prova su un soggetto vivo, no? È gente fatta così.

— Come faccio a sapere che non lo ammazzi?

— Sei mia moglie. Ti sembro un assassino?

— Sei un uomo, Jack. E sappiamo benissimo come sono fatti gli uomini, con le loro furie. È una cosa in cui eccellono. Gelosia folle e violenta. Furia omicida. Se qualcuno è bravo in qualcosa, è soltanto naturale che vada in cerca dell'occasione per farla. Se io lo fossi, lo farei. Ma si dà il caso che non lo sia. Quindi, invece di abbandonarmi a furie omicide, leggo ai ciechi. In altre parole, conosco i miei limiti. Mi accontento di meno.

— Che cosa ho fatto per meritarmelo. Non è da te. Sarcasmo, presa in giro.

— Smettila, — ribatté. — Il Dylar è stato un mio errore. Non lo lascerò fare anche a te.

Ascoltammo lo sbatacchiare e raspare di bottoni e linguette delle lampo. Era ora che uscissi per andare a scuola. La voce di sopra affermò: — Secondo un istituto di ricerca californiano, la prossima guerra mondiale potrebbe essere combattuta per il sale.

Rimasi tutto il pomeriggio alla finestra del mio studio, con lo sguardo fisso sull'Osservatorio. Quando Winnie Richards comparve alla porta laterale, si stava facendo scuro. Si guardò da entrambi i lati, quindi prese a muoversi con passo volpino per il pendio erboso. Corsi fuori dal mio studio e giù per le scale. Nel giro di qualche secondo mi trovai su una stradina selciata, che correvo. Quasi immediatamente provai uno strano senso di esaltazione, il tipo di eccitazione tonificante che si accompagna al ritrovamento di un piacere perduto. La vidi svoltare a un angolo in sbandata controllata, prima di sparire dietro un magazzino. Correvo più in fretta che potevo, a tutta velocità, contro vento, petto in fuori, testa alta, braccia mulinanti. Ricomparve all'estremità della biblioteca, figura vigile e furtiva che si spostava sotto le finestre ad arco, quasi perduta nella penombra. Quando arrivò vicino ai gradini, accelerò d'improvviso, raggiungendo la velocità massima praticamente con una partenza da ferma. Manovra abile e aggraziata che riuscii ad apprezzare, anche se mi metteva in svantaggio. Decisi di tagliare dietro la biblioteca per raggiungerla sulla dirittura che porta ai laboratori di chimica. Per un po' corsi a fianco a fianco con i membri della squadra di lacrosse, che uscivano a passo di carica da un campo dopo l'allenamento.

Correvamo al passo, con i giocatori che agitavano le loro mazze in maniera ritualizzata, cantando qualcosa che non riuscii a capire. Quando raggiunsi il viale, ero senza fiato. Winnie era scomparsa. Attraversai di corsa il parcheggio della facoltà, passai oltre la cappella nuova di zecca, attorno all'edificio dell'amministrazione. Il vento ormai era udibile: crepitava tra i rami più alti, spogli. Corsi verso est, poi cambiai idea, mi fermai per guardarmi attorno, mi tolsi gli occhiali scuri. Volevo correre, avevo una gran voglia di correre. Sarei corso il più lontano possibile, nella notte, volevo correre per dimenticare il motivo del mio correre. Dopo qualche istante vidi una figura che saliva a balzi su per un'altura ai margini del campus. Doveva essere lei. Ripresi a correre, sapendo che era troppo lontana, che sarebbe scomparsa oltre la cresta senza più riaffiorare per settimane. Misi tutte le energie che mi rimanevano nell'arrampicata finale, trottando su cemento, erba e poi ghiaia, i polmoni che mi bruciavano in petto, una pesantezza alle gambe che sembrava una trazione esercitata dalla stessa terra, dalla sua determinazione più intima e significativa, la legge della caduta dei corpi.

Come fui sorpreso, avvicinandomi alla sommità dell'altura, al vedere che si era fermata. Aveva addosso una giacca in goretex, imbottita con materiale isolante, e guardava a ovest. Procedetti lentamente verso di lei. Quando ebbi superato una fila di abitazioni private, vidi che cos'era stato a farla fermare. Il limite della terra tremava in una foschia oscura. Sopra di essa si levava il sole, che affondava come una nave in un mare infuocato. Un altro tramonto postmoderno, ricco di espressività romantica. Perché cercare di descriverlo? Basti sapere che tutto, nel nostro campo visivo, sembrava esistere soltanto al fine di cogliere la luce di quell'evento. Non che fosse uno dei tramonti più vivaci. C'erano stati colori più dinamici, un più profondo senso di cadenza narrativa.

— Ciao, Jack. Non sapevo che venissi quassù.
— Di solito vado al cavalcavia dell'autostrada.
— Non è incredibile?
— È veramente bello.
— Mi fa pensare. Sul serio.
— A che cosa?
— Che cosa *si può* pensare di fronte a un tipo simile di bellezza? Mi fa paura, lo so.
— E non è nemmeno uno dei più spaventosi.
— A me spaventa veramente. Accidenti, guardalo!
— Hai visto giovedì scorso? Un tramonto poderoso, sbalorditivo. Questo lo direi medio. Forse cominciano a calare di livello.
— Spero di no, — replicò. — Mi mancherebbero.

— Potrebbe essere che il residuo tossico nell'atmosfera stia diminuendo.

— C'è una scuola di pensiero secondo la quale non sarebbe il residuo della nuvola a provocare questi tramonti, ma piuttosto il residuo dei microrganismi che l'hanno mangiata.

Rimanemmo lì a guardare un'ondata di luce sgargiante, come un cuore impegnato a pompare, in un documentario a colori alla TV.

— Ti ricordi quella pillola a forma di disco?

— Certo, — rispose. — Un superprodotto della tecnica.

— Ho scoperto a che cosa serve. A risolvere un problema antico. La paura della morte. Stimola il cervello a produrre i debiti inibitori.

— Comunque moriamo lo stesso.

— Tutti muoiono, sì.

— Solo che non avremo paura, — disse.

— Esatto.

— Interessante, direi.

— Il Dylar è stato realizzato da un gruppo di ricerca segreto. Credo che alcuni dei componenti siano psicobiologi. Mi chiedo se tu abbia sentito voci di un gruppo che lavora in segreto al problema paura-della-morte.

— Sarei l'ultima a sentirle. Nessuno riesce nemmeno a trovarmi. E quando mi trovano, è per dirmi qualcosa di importante.

— Che cosa potrebbe esserci di più importante?

— Stai parlando di voci, dicerie. È tutto così aleatorio, Jack. Chi sarebbe questa gente, dov'è la loro sede?

— È proprio per questo che ti sono corso dietro. Pensavo che ne sapessi qualcosa. Personalmente non so nemmeno che cosa sia uno psicobiologo.

— È un termine assolutamente generico. Interdisciplinare. Il lavoro vero è sotterraneo.

— Non c'è nulla che puoi dirmi?

Qualcosa nella mia voce le impose di voltarsi a guardarmi. Aveva poco più di trent'anni, ma era dotata di un occhio saggio ed esperto per i disastri seminascosti che formano una vita. Viso stretto e parzialmente nascosto da arruffati riccioli bruni, occhi luminosi ed eccitati. Aveva l'aspetto beccuto e incavato di un grande trampoliere. Bocca piccola e compassata. Un sorriso in permanente conflitto con un'intima costrizione nei confronti del fascino dello humour. Una volta Murray mi aveva detto di avere un'infatuazione per lei: la sua goffaggine fisica secondo lui rappresentava il segno di un'intelligenza in sviluppo quasi troppo rapido. Credevo di capire che cosa intendesse: Winnie procedeva a gomitate e strattoni nel mondo circostante, a volte superandolo.

— Non so che rapporto personale tu abbia con quella sostanza, — disse, — ma credo che sia un errore perdere il senso della morte, persino la paura. La morte non costituisce proprio il limite di cui abbiamo bisogno? Non ti sembra che dia una consistenza preziosa alla vita, un senso di chiarezza? Bisogna chiedere a se stessi se tutto ciò che si fa in questa vita avrebbe le stesse caratteristiche di bellezza e significanza senza la consapevolezza che si tende a una linea finale, a un confine, a un limite.

Guardai la luce inerpicarsi nelle arrotondate sommità delle nuvole di alta quota. Chloralit, Velamint, Freedent.

— La gente pensa che io sia stramba, — continuò. — E certamente ho una teoria stramba circa la paura umana. Immagina te stesso, Jack, uomo tutto casa e famiglia, persona sedentaria, che si trova improvvisamente a camminare nel folto di una foresta. Con la coda dell'occhio cogli qualcosa. Prima di avere ulteriori informazioni, sai che si tratta di qualcosa di molto grosso, che non trova posto nel tuo normale schema di riferimento. Un difetto nel quadro del mondo. Uno di voi due non dovrebbe essere lì. Poi la suddetta cosa diventa pienamente visibile. È un grizzly, enorme, di un bruno lucente, barcolla, cola bava dalle zanne scoperte. Tu, Jack non hai mai visto un animale grosso nella foresta. La visione di questo grizzly ti risulta così elettrizzantemente strana da darti un senso rinnovato di te stesso, una nuova consapevolezza dell'io nei termini di una situazione unica e orripilante. Vedi te stesso in un modo nuovo e intenso. Ti riscopri. Ti vedi in piena luce nell'imminenza di venire smembrato. La belva, retta sulle zampe posteriori, ti ha reso capace di vedere come sei veramente come per la prima volta, fuori dall'ambiente famigliare, solo, separato, integro. La definizione che diamo di questo complesso procedimento è: paura.

— La paura è autocoscienza portata a un livello più elevato.

— Esatto, Jack.

— E la morte? — chiesi.

— L'io, l'io, l'io. Se la morte potesse essere vista come un fatto meno strano e privo di riferimenti, il tuo senso dell'io in rapporto con essa diminuirebbe, e con esso anche la paura.

— Ma che cosa posso fare per renderla meno strana? Come ci arrivo?

— Non lo so.

— Devo rischiare la morte correndo in auto su una strada piena di curve? Oppure pensi che debba andare a scalare montagne nei weekend?

— Non lo so, — ripeté. — Mi piacerebbe saperlo.

— Scalo la facciata liscia di un grattacielo di novanta piani, con tanto di imbracatura? Che cosa devo fare, Winnie? Mi siedo in una gabbia piena di serpenti africani, come il migliore amico di mio figlio? È quello che fa la gente, al giorno d'oggi.

— Penso che quello che dovresti fare, Jack, sia dimenticare la medicina contenuta in quella pastiglia. Non c'è cura per questo male.

Aveva ragione. Avevano ragione tutti. Continuare la mia vita, tirare su i miei figli, insegnare ai miei studenti. Cercare di non pensare a quella figura elettrostatica, al Grayview Motel, che mette le sue incompiute mani su mia moglie.

— Continuo a essere triste, Winnie, ma tu hai dato alla mia tristezza una ricchezza e profondità mai conosciute prima.

Si girò da un'altra parte, arrossendo.

— Tu sei più di un'amica delle ore liete, — continuai. — Sei una vera nemica.

Divenne incredibilmente rossa.

— Le persone in gamba non pensano mai alle vite che schiantano, proprio per il fatto di essere in gamba, — continuai.

La guardai arrossire. Usò entrambe le mani per tirarsi il berretto a maglia sugli orecchi. Data un'ultima occhiata al cielo, cominciammo a scendere.

31

VI SIETE RICORDATI: 1) di preparare l'assegno per la Waveform Dynamics? 2) di metterci il numero di conto? 3) di firmarlo? 4) di mandare l'intera cifra, visto che non accettiamo pagamenti a rate? 5) di includere nella lettera il documento originale di pagamento, visto che non accettiamo fotocopie? 6) di inserire il documento nella lettera in maniera tale che l'indirizzo compaia nell'apposita finestrella? 7) di staccare lungo la linea tratteggiata la parte verde del detto documento, da conservare per il vostro archivio? 8) di indicare il vostro indirizzo esatto, completo di codice postale? 9) di informarci almeno tre settimane prima di un eventuale trasloco? 10) di chiudere la busta? 11) di metterci il francobollo, visto che le poste altrimenti non la consegnano? 12) di imbucare la busta almeno tre giorni prima della data indicata nella casella azzurra?

SALUTE VIA CAVO, TEMPO VIA CAVO, NOTIZIE VIA CAVO, NATURA VIA CAVO.

Quella sera nessuno aveva voglia di cucinare. Quindi montammo tutti in auto e ci dirigemmo verso la zona commerciale che si estende nella terra di nessuno oltre la periferia della città. Il neon infinito. Mi fermai in un posto specializzato in porzioni di pollo e dolcetti al cioccolato. Decidemmo di mangiare in macchina. Per le nostre esigenze era sufficiente. Avevamo intenzione di mangiare, non di guardare chi c'era intorno a noi. Volevamo riempirci lo stomaco e basta. Non avevamo bisogno di luce e spazio. Né certamente avevamo bisogno di star seduti gli uni di fronte agli altri mentre mangiavamo, elaborando un sottile e complesso reticolo di segnali e codici. Ci andava bene di mangiare tutti rivolti nella stessa direzione, guardando soltanto pochi centimetri più in là delle mani. Vi era una sorta di rigore, in tutto questo. Denise portò alla macchina la roba da mangiare e distribuì i tovaglioli di carta. Ci disponemmo a mangiare. Mangiammo completamente vestiti, con tanto di cappello e cappotto, senza parlare, attaccando le porzioni di pollo con mani e denti. C'era un'atmosfera di intensa concentrazione, le menti concentricamente volte verso un'unica irresistibile idea. Fui sorpreso di scoprire che tremenda fame avessi. Masticavo e mangiavo, guardando soltanto pochi centimetri oltre le mani. È così che la fame restringe il mondo. È questo il limite dell'universo alimentare osservabile. Steffie strappò via la pelle croccante di un petto di pollo e la passò a Heinrich. Non la mangiava mai. Babette succhiò un osso. Heinrich scambiò con Denise un'ala grossa per una piccola. Secondo lui queste ultime sono più gustose. Tutti diedero a Babette qualche osso da spolpare e succhiare. Io cercavo di scacciare un'immagine di Gray che poltriva nudo su un letto di motel, immagine non definita che ai bordi diventava confusa. Mandammo Denise a prendere qualcos'altro da mangiare, rimanendo lì ad aspettarla in silenzio. Quindi ricominciammo, vagamente stupiti della misura del nostro godimento.

— Come fanno gli astronauti a volare? — chiese Steffie sottovoce.

Ci fu una pausa simile a un attimo mancante nell'eternità.

Poi Denise smise di mangiare per rispondere: — Sono più leggeri dell'aria.

Smettemmo tutti di mangiare. Seguì un silenzio preoccupato.

— Non c'è aria, — disse finalmente Heinrich. — Quindi non possono essere più leggeri di una cosa che non c'è. Lo spazio è un vuoto, se si eccettuano le molecole pesanti.

— Pensavo che lo spazio fosse freddo, — disse Babette. — Ma se non c'è aria, come può esserlo? Che cos'è che produce il caldo e il freddo? L'aria, o per lo meno così credevo. Se non c'è l'aria, non dovrebbe esserci nemmeno il freddo. Come una giornata da niente.

— Come può non esserci niente? — chiese Denise. Qualcosa deve esserci.

— Qualcosa infatti c'è, — ribatté Heinrich in tono esasperato. — Ovvero le molecole pesanti.

— Una giornata tipo serve-il-golf, — disse Babette.

Ci fu un'altra pausa. Rimanemmo in attesa di sapere se il dialogo si era concluso. Poi ci mettemmo di nuovo a mangiare. In silenzio ci scambiammo porzioni che non ci piacevano, ficcammo le mani nei contenitori delle patatine fritte. A Wilder piacevano quelle morbide e bianche, per cui tutti le pescarono fuori per dargliele. Denise distribuì il ketchup in sacchettini acquosi. L'interno dell'auto sapeva di grasso e carne leccata. Ci scambiammo le porzioni e rosicchiammo.

— Quanto è freddo lo spazio? — chiese Steffie con una vocina sottile sottile.

Ancora una volta rimanemmo tutti in attesa. Quindi Heinrich rispose: — Dipende da quanto si va su. Più in alto si va, più fa freddo.

— Un momento, — intervenne Babette. — Più si va in alto, più ci si avvicina al sole. Per cui, più fa caldo.

— Che cosa ti fa pensare che il sole sia su in alto?

— E come no? Dove bisogna guardare, per vederlo?

— E di notte? — ribatté lui.

— È dall'altra parte della terra. E anche lì la gente deve guardare in su.

— Il punto centrale delle considerazioni di Sir Albert Einstein, — replicò lui, — è per l'appunto: com'è possibile che il sole sia in alto, se ci si sta sopra?

— Il sole è una grande palla fusa, — ribatté lei. — Quindi è impossibile starci sopra.

— Lui si è limitato a dire «se». In sostanza non c'è né un alto né un basso, né caldo né freddo, né giorno né notte.

— E allora che cosa c'è?

— Le molecole pesanti. La funzione centrale dello spazio è di dare alle molecole la possibilità di raffreddarsi dopo che sono state sparate fuori dalle stelle giganti.

— Se non ci sono né il caldo né il freddo, come farebbero a raffreddarsi?

— Caldo e freddo non sono altro che parole. Pensale come tali. Noi dobbiamo servircene. Non possiamo limitarci a grugnire.

— Si chiama corolla solare, — disse Denise a Steffie, nel corso di una conversazione ristretta a loro due. — L'abbiamo vista l'altra sera nelle previsioni del tempo.

— Pensavo che la Corolla fosse un'auto, — obiettò Steffie.

— Tutto è un'auto, — affermò Heinrich. — Quello che dovete capire delle stelle giganti, è che nel loro nucleo avvengono delle vere e proprie esplosioni nucleari. Ma quali MBI russi tanto terrificanti! Qui si sta parlando di esplosioni cento milioni di volte più grosse.

Vi fu una lunga pausa. Nessuno parlava. Tornammo a mangiare per il tempo necessario al fine di staccare con i denti e masticare un solo boccone di cibo.

— Si dice che siano i parapsicologi russi a provocare questo tempo matto, — disse Babette.

— Quale tempo matto? — chiesi io.

— Come li abbiamo noi, li hanno anche loro i parapsicologi, — ribatté Heinrich. — Vogliono mandarci in malora il raccolto agendo sulle condizioni del tempo.

— Ma se sono state normali!

— Per essere in questa stagione, — precisò Denise con aria saputa.

Era la settimana in cui un poliziotto aveva visto buttar fuori un cadavere da un Ufo. Era successo mentre era di normale pattuglia alla periferia di Glassboro. Poi, più avanti nella notte, era stato scoperto il cadavere fradicio di pioggia di uno sconosciuto non identificato, completamente vestito. L'autopsia aveva rivelato che la morte era dovuta a fratture multiple e infarto, risultato, forse, di uno shock terrorizzante. Sotto ipnosi, il poliziotto, tale Jerry Tee Walker, aveva rivissuto nei minimi particolari la stupefacente visione dell'oggetto, come illuminato al neon, simile a un'enorme trottola aleggiante venticinque metri sopra un campo. L'agente Walker, un veterano del Vietnam, aveva affermato che la scena gli aveva fatto venire in mente gli equipaggi degli elicotteri che buttavano fuori dallo sportello i sospetti vietcong. Incredibilmente, mentre assisteva allo spettacolo di una botola che si apriva e di un corpo che precipitava a terra, aveva avvertito un inquietante messaggio che gli veniva trasmesso telepaticamente al cervello. Gli ipnotizzatori della polizia prevedevano di intensificare le sedute, per tentare di svelare il suddetto messaggio.

C'erano stati avvistamenti in tutta la zona. Una stimolante corrente mentale, un tortuoso ardore sembrava trasmettersi di città in città. Non importava che ci si credesse o meno. Tali cose costituivano una forma di eccitazione, un'ondata, un tremore. Una voce o un rumore sarebbero emersi dal cielo e noi saremmo stati sollevati dalla morte. La gente andava in auto, con aria speculativa, in periferia, dove alcuni tornavano indietro, mentre altri decidevano di avventurarsi verso zone più remote, che in quegli ultimi giorni sembravano soggette a un incantesimo, a un'aspettativa consacrata. L'aria era diventata leggera e mite. Il cane di un vicino abbaiò nella notte.

Nel parcheggio del fast-food mangiammo i nostri dolcetti al cioccolato. Ce n'erano rimaste delle briciole appiccicate ai palmi delle mani. Le inghiottimmo, ci leccammo le dita. Quando fummo prossimi a finire, l'entità fisica della nostra coscienza prese a espandersi. I confini del cibo cedettero al più vasto mondo. Guardammo al di là delle nostre mani. Guardammo fuori dai finestrini, le auto, le luci. Guardammo la gente che usciva dal ristorante, uomini, donne e bambini, piegati nel vento, che procedevano portando contenitori di cibo. Dai tre corpi stipati sul sedile posteriore cominciò a emanare una sensazione di impazienza. Avrebbero voluto essere a casa, non lì. Avrebbero voluto in un batter d'occhi trovarsi nelle loro camere, con le loro cose, e non seduti nello spazio ristretto di un'auto, in quello spiazzo di cemento preso d'infilata dal vento. I viaggi verso casa costituivano sempre un test. Io mettevo in moto l'auto, sapendo che era soltanto questione di secondi perché l'irrequietezza di massa assumesse le caratteristiche della minaccia. La sentivamo arrivare, Babette e io. Alle nostre spalle ribolliva una minaccia corrucciata. Ci avrebbero aggredito con la consueta tattica di litigare tra loro. Ma per quale ragione aggredirci? Perché non li portavamo a casa più in fretta? Perché eravamo più vecchi e grossi di loro, e in qualche misura di umore più costante? Ci avrebbero aggredito per la nostra condizione di protettori, che prima o poi sarebbero venuti meno al loro dovere? O era semplicemente la nostra realtà che aggredivano, le nostre voci, i lineamenti, i gesti, il modo di camminare o ridere, il colore dei nostri occhi, quello dei capelli, la tonalità della pelle, i cromosomi e le cellule?

Quasi per distrarli, come se non potesse reggere ciò che la loro minaccia implicava, Babette disse in tono allegro: — Com'è che questi Ufo compaiono di più nella parte settentrionale dello stato? È lì che avvengono gli avvistamenti migliori. Gente che viene portata via e caricata a bordo. Contadini che vedono le tracce di terra bruciata dove sono atterrati i dischi volanti. Una donna che dà alla luce un bambino Ufo, o almeno così sostiene. Sempre a nord.

— È perché ci sono le montagne, — disse Denise. — Così le navi spaziali possono nascondersi dal radar o qualcosa del genere.

— Perché le montagne sono a nord? — chiese Steffie.

— Le montagne sono sempre a nord, — rispose Denise. — Così la neve si scioglie come previsto in primavera e scorre a valle verso i serbatoi vicini alle città, che vengono tenuti nella parte meridionale dello stato esattamente per questa ragione.

Per un istante pensai che potesse aver ragione. Il ragionamento aveva un suo curioso senso. O no? O era completamente impazzito? Dovevano pur esserci delle città importanti nella parte settentrionale di qualche stato. Oppure erano soltanto a nord del confine, nella parte meridionale di altri stati settentrionali? Ciò che Denise aveva detto poteva non essere vero, eppure per alcuni istanti ebbi qualche problema a confutarlo. Non mi venivano in mente né città né montagne per farlo. Dovevano pur esserci delle montagne nella parte meridionale di qualche stato. Oppure tendevano a essere al di sotto dei confini statali, nella parte settentrionale di stati del sud? Cercai di ricordare il nome delle capitali degli stati americani, dei loro governatori. Com'era possibile che ci fosse un nord sotto il sud? Era questo a farmi confondere? Oppure era il nocciolo dell'errore di Denise? Oppure ancora, bizzarramente, la ragazzina aveva in qualche modo ragione?

La radio disse: — Eccessi di sale, fosforo e magnesio.

Più tardi, quella sera, Babette e io eravamo seduti a bere un po' di cioccolata. Sul tavolo in cucina, tra buoni sconto, scontrini di supermercato da trenta centimetri, cataloghi di ditte di vendita per posta, c'era una cartolina di Mary Alice, la mia figlia maggiore. Aureo risultato del mio matrimonio con Dana Breedlove, la spia, e quindi sorella a pieno titolo di Steffie, anche se in mezzo c'erano stati dieci anni e due matrimoni. Ormai Mary Alice aveva diciannove anni e viveva alle Hawaii, dove si occupava di balene.

Babette prese un tabloid che qualcuno aveva abbandonato sul tavolo.

— Le strida dei topi sono state misurate a quarantamila cicli al secondo. I chirurghi se ne servono, registrate su nastri ad alta frequenza, per distruggere tumori nel corpo umano. Ci credi?

— Certo.

— Anch'io.

Posò il giornale. Dopo un po' mi chiese in tono ansioso: — Come ti senti, Jack?

— Benissimo. Io sto bene. Davvero. E tu?

— Vorrei non averti parlato del mio stato.

— Perché?

— Perché così non mi avresti detto che morirai prima tu. Queste sono le due cose che desidero di più al mondo: che Jack non muoia prima di me e che Wilder rimanga sempre così com'è.

32

Murray e io attraversammo il campus al nostro modo europeo, passo serenamente riflessivo, teste chine nella conversazione. A volte uno di noi due afferrava l'altro vicino al gomito, gesto di intimità e al tempo stesso di sostegno fisico. Altre invece procedevamo leggermente separati, le mani di Murray incrociate dietro la schiena, quelle di Gladney scimmiescamente ripiegate sull'addome, tocco di vaga preoccupazione.

— Il tedesco migliora?

— Lo parlo ancora male. Ho problemi con le parole. Howard e io stiamo preparando un discorso di apertura per la conferenza.

— Lo chiami Howard?

— Non in sua presenza. Non ci rivolgiamo mai a vicenda usando i nostri nomi propri. Così è il nostro rapporto. Lo vedi mai? Vivete sotto lo stesso tetto, in definitiva.

— Qualche volta, di sfuggita. Gli altri pensionanti sembra che preferiscano così. Ci pare che esista appena.

— Ha qualcosa di strano. Ma non sono sicuro di che cosa sia esattamente.

— È color carne, — disse Murray.

— È vero. Ma non è questo a mettermi a disagio.

— Mani lisce.

— È questo che ti mette a disagio?

— Le mani lisce nell'uomo mi fanno riflettere. La pelle liscia in genere. Pelle da bambino. Non credo che si faccia la barba.

— Che altro? — chiesi.

— Tracce di saliva secca agli angoli della bocca.

— È vero, — convenni in tono eccitato. — Saliva secca. Me

la sento arrivare in faccia, quando si piega in avanti per articolare le parole. Che altro?

— Un certo modo di guardarti sopra le spalle.

— E tutte queste cose tu le cogli dandogli soltanto qualche occhiata di sfuggita? Notevole. Che altro? — chiesi.

— Un portamento rigido che contraddice il suo passo strascicato.

— Sì, è vero: cammina senza muovere le braccia. Che altro, che altro?

— Ancora qualcosa, qualcosa al di sopra e al di là di tutto ciò, qualcosa di inquietante e terribile.

— Esattamente. Ma che cosa? Un qualcosa che non riesco a mettere a fuoco.

— Gli aleggia attorno un'atmosfera strana, un certo umore, un senso, una presenza, un'emanazione.

— Ma che cosa? — incalzai, sorpreso di scoprirmi profondamente e personalmente coinvolto, con le chiazze colorate che mi ballonzolavano ai margini del campo visivo.

Avevamo fatto una trentina di passi quando Murray cominciò ad annuire. Mentre procedevamo, lo guardavo in faccia. Annuiva mentre attraversavamo la strada e continuò a farlo per tutto il tempo che ci volle per superare la biblioteca di musica. Io avanzavo al passo con lui, serrandogli il gomito, guardandolo in faccia, aspettando che dicesse qualcosa, senza assolutamente preoccuparmi del fatto che mi avesse portato completamente fuori strada: stava ancora annuendo quando ci avvicinammo all'entrata del Wilmot Grange, un edificio restaurato del diciannovesimo secolo che sorge ai margini del campus.

— Ma che cosa? — incalzai. — Che cosa?

Fu soltanto quattro giorni più tardi che mi chiamò a casa, all'una di notte, per sussurrarmi in tono confidenziale all'orecchio: — Sembra uno che trovi eroticamente eccitanti i cadaveri.

Andai all'ultima lezione. Pareti e finestre erano oscurate dagli oggetti accumulati, che ormai sembravano procedere lentamente verso il centro della stanza. L'uomo dal volto affabile che avevo davanti chiuse gli occhi e parlò, enunciando una serie di frasi utili per turisti: «Dove sono?», «Potrebbe aiutarmi?», «È notte e mi sono perso». Riuscivo a stento a stare seduto. La considerazione di Murray lo aveva fissato per sempre in un'identità plausibile. Ciò che vi era di sfuggente, prima, in Howard Dunlop, ora era inchiodato. Ciò che prima era strano e vagamente raccapricciante, ora era diagnosticato. Dal suo corpo emanava una lascivia sinistra, che pareva diffondersi in quella stanza barricata.

In realtà avrei sentito la mancanza di quelle lezioni. Come anche dei cani, dei pastori tedeschi. Un bel giorno erano scomparsi. Necessari altrove, forse, o rimandati nel deserto ad affinare le proprie capacità. Gli uomini in tuta di Mylex, invece, erano ancora in circolazione, muniti di strumenti per misurare e analizzare: percorrevano la città in squadre di sei o otto, in tozzi veicoli traballanti che sembravano giocattoli Lego.

Mi misi accanto al letto di Wilder, a guardarlo dormire. La voce che veniva dalla porta accanto disse: — Nel Dinah Shore da quattrocentomila dollari della Nabisco.

Era la sera che il manicomio andò in fiamme. Heinrich e io ci mettemmo in auto per andare a vedere. Ad assistere alla scena c'erano altri uomini con i figli maschi adolescenti. Evidentemente in situazioni del genere padri e figli cercano reciproco cameratismo. Il fuoco li avvicina, fornisce loro una piattaforma di conversazione. Ci sono attrezzature da valutare, la tecnica dei pompieri da discutere e criticare. La mascolinità della lotta contro il fuoco — la virilità degli incendi, in un certo senso — ben si adatta al tipo laconico di dialogo in cui padri e figli possono addentrarsi senza goffaggine o imbarazzo.

— La maggior parte di questi incendi negli edifici vecchi sono provocati dagli impianti elettrici, — disse Heinrich. — Impianti difettosi. È una delle frasi che dopo un po' è impossibile non sentir dire.

— La maggior parte delle vittime non muoiono per le ustioni, — incalzai io, — ma per aver inspirato fumo.

— Altra frase tipica, — confermò lui.

Le fiamme divampavano dalle finestre. Ci sistemammo sul lato opposto della strada, guardando una parte del tetto cedere, un alto comignolo piegarsi lentamente e sprofondare. Continuavano ad arrivare autopompe da altre città: gli addetti ne smontavano pesantemente, in stivali di gomma e copricapo antiquato. Si sistemavano le manichette dell'acqua, una figura si levò sopra il brillio del tetto, abbarbicata a una scala a pioli telescopica. Osservammo il portico cominciare a crollare, con una prima colonna che cedette in distanza. Una donna con addosso una vestaglia in fiamme attraversò il prato. Rimanemmo senza fiato, quasi ammirati. Era canuta e sottile, contornata dall'aria infuocata, e si vedeva che era pazza, tanto perduta tra sogni e furie che il fuoco attorno al suo capo appariva quasi una cosa fortuita. Nessuno disse una sola parola. In tutto quel calore e rumore di scoppi di legno, portò con sé il silenzio. Che evento poderoso e autentico. Che cosa profonda è la pazzia. Un ufficiale dei pompieri corse verso di lei, poi deviò leggermente, come se in definitiva non fosse esattamente la persona che si aspettava di trovare lì. La donna cadde producendo un'efflorescenza bianca, come una tazza di tè che andasse in frantumi. Ormai era circondata da quattro uomini, che battevano sulle fiamme con caschi e berretti.

L'imponente opera di contenimento dell'incendio proseguiva, fatica che appariva antica e perduta come la costruzione di una cattedrale, in cui gli uomini fossero mossi da uno spirito di elevata maestria comunitaria. Nell'abitacolo di un'autogru stava seduto un dalmata.

— È buffo come non si smetterebbe mai di guardare, — disse Heinrich. — Come se fosse il fuoco di un camino.

— Vuoi dire che si tratta di due tipi di fuoco ugualmente affascinanti?

— Sto soltanto dicendo che non si smetterebbe mai di guardare.

—Gli uomini sono sempre stati affascinati dal fuoco. È questo che intendi?

— È il primo edificio che vedo bruciare. Lascia che me lo goda, — ribatté.

Padri e figli affollavano il marciapiede, indicando questa o quella parte della struttura semisventrata. Murray, la cui pensione era soltanto a pochi metri di distanza, ci raggiunse, stringendoci la mano in silenzio. Diverse finestre esplosero. Osservammo un altro comignolo scorrere attraverso il tetto, facendo cadere alcuni mattoni sparsi sul prato. Murray tornò a stringerci la mano e poi scomparve.

Poco dopo si sentì l'odore di una sostanza acre. Poteva essere del materiale isolante che bruciava — schermatura in polistirolo per tubazioni e fili — oppure una o più tra una dozzina di altre sostanze. Un puzzo aspro e amaro invase l'atmosfera, coprendo l'odore di fumo e di pietra carbonizzata. Un puzzo che modificò l'umore di chi assisteva dal marciapiede. Alcuni si misero un fazzoletto sul volto, altri se ne andarono bruscamente, disgustati. Qualunque fosse l'origine di tale odore, avvertii che provocava nella gente una sensazione di tradimento. Un dramma antico, vasto e terribile veniva compromesso da qualcosa di innaturale, da una piccola e fetida intromissione. Gli occhi cominciarono a bruciarci. La folla si disperse. Era come se fossimo stati costretti a riconoscere l'esistenza di un secondo tipo di morte. Una reale, l'altra sintetica. Fu l'odore a farci scappare, ma sottesa a esso, e ancora peggiore, risiedeva l'idea che la morte arrivasse in due modi, a volte simultanei, e che il modo come essa penetrava attraverso la bocca e il naso potesse fare una qualche differenza per l'anima.

Ci precipitammo all'auto, pensando ai senza dimora, ai matti, ai morti, ma ormai anche a noi stessi. Tale fu l'effetto di quel materiale in fiamme. Rese più complessa la nostra tristezza, ci portò più vicini al segreto della nostra inesorabile fine.

A casa preparai un po' di latte caldo per entrambi. Fui sorpreso di vederglielo bere. Afferrò la tazza con entrambe le mani, parlando del rumore della conflagrazione, del frastuono della combustione, nutrito dall'aria, come la propulsione di un autoreattore. Mi aspettavo quasi che mi ringraziasse per il bell'incendio. Ci sedemmo a bere il latte. Poi dopo un po' andò nel suo armadio a muro a fare i sollevamenti.

Rimasi seduto fino a tardi a pensare a Gray. Personaggio dal corpo grigio, elettrostatico, incompiuto. L'immagine tremolava e ruotava, i bordi del suo corpo baluginavano qua e là distorti. Da qualche tempo mi ero scoperto a pensarci di frequente. A volte nella sua qualità di composto. Quattro o più figure grigiastre impegnate in un'attività pionieristica. Scienziati, visionari. I loro corpi, fatti di onde, si compenetravano, si confondevano, si mischiavano, si fondevano. Un po' come se fossero degli extraterrestri. Più in gamba di tutti noi, senza un io, senza sesso, determinati a liberarci dalla paura con la tecnica. Ma quando i corpi si fondevano rimanevo con una figura sola, il direttore del progetto, un nebuloso seduttore di colore grigio, che si muoveva in increspature nella stanza del motel. Verso il letto, verso l'intrigo. Vedevo mia moglie reclinata su un fianco, voluttuosamente tondeggiante, eterno nudo in attesa. La vedevo come la vedeva lui. Dipendente, sottomessa, emozionalmente prigioniera. Avvertivo la padronanza e il controllo di cui lui disponeva. Il dominio della sua posizione. Si stava impadronendo della mia mente, questo individuo che non avevo mai visto, questa mezza immagine, questo minuscolo barlume cerebrale. Le sue mani smorte si chiudevano su una mammella bianco-rosa. Com'era vivida e viva, che delizia tattile, spolverata di lentiggini color ruggine attorno al capezzolo. Provai un tormento uditivo. Li sentii nel turbine dei preliminari, nel mormorio d'amore, nel brusio della carne. Sentii schiocchi e baci, il rumore sciacquoso delle bocche umide, le molle che cedevano. Una pausa di aggiustamenti accompagnati da frammenti sconnessi di parole. Poi l'oscurità, lento cerchio, si chiuse sul letto dalle lenzuola grige.

Panasonic.

33

Che ora era quando aprii gli occhi, avvertendo qualcuno o qualcosa accanto me? Un'ora dispari? La stanza era soffice e come ragnatelosa. Stirai le gambe, sbattei gli occhi, li misi lentamente a fuoco su qualcosa di famigliare. Era Wilder, in piedi a mezzo metro dal letto, con lo sguardo fisso sul mio volto. Passammo un lungo istante in mutua contemplazione. Il suo testone rotondo, piazzato com'era su un corpo dalle membra minute e piuttosto tozzo, gli dava l'aspetto di una figurina primitiva d'argilla, un idolo del focolare di qualche culto oscuro. Ebbi la sensazione che volesse mostrarmi qualcosa. Mentre mi lasciavo calare silenziosamente dal letto, uscì dalla stanza nelle sue ciabattine trapuntate. Lo seguii nel corridoio e verso la finestra che dà sul cortiletto. Ero a piedi nudi e senza vestaglia, per cui sentii un certo gelo penetrare attraverso il poliestere del mio pigiama made in Hong Kong. Wilder era in piedi e guardava fuori dalla finestra, con il mento appena un paio di centimetri sopra il davanzale. Pareva che avessi passato tutta la vita in pigiami sbilenchi, con i bottoni infilati negli occhielli sbagliati, con la patta aperta e pendula. Era già l'alba? Erano corvi, quelli che sentivo strepitare tra gli alberi?

Nel cortiletto c'era seduto qualcuno. Un uomo dai capelli bianchi, seduto eretto nella vecchia poltrona di vimini, una figura dall'immobilità e compostezza inquietante. Visione a cui, sulle prime, stordito e addormentato com'ero, non seppi dare un senso. Sembrava necessitare di una spiegazione più precisa di quella che al momento ero in grado di fornire. Pensai una cosa: che fosse stato *inserito* in quel posto con uno scopo preciso. Poi la paura prese a farsi strada, palpabile e schiacciante, un pugno che mi si strizzava ripetutamente nel petto. Chi era? Che cosa stava succedendo? Mi resi conto che Wilder non era più lì accanto a me. Raggiunsi la soglia della sua camera da letto giusto in tempo per vedere la sua testa affondare nel cuscino. Quando arrivai al suo letto, era già profondamente addormentato. Non sapevo che cosa fare. Mi sentivo freddo, bianco. Tornai faticosamente alla finestra, aggrappandomi a una maniglia, a un corrimano, quasi per rammentarmi la natura e l'essenza delle cose reali. Era ancora là fuori, con lo sguardo fisso sulle siepi. Lo vedevo di profilo nella luce incerta, immobile e sapiente. Era veramente vecchio come avevo pensato sulle prime, o i suoi capelli bianchi erano puramente emblematici, parte della sua forza allegorica? Era certamente così. Doveva essere la Morte, oppure un faccendiere della Morte, un tecnico dagli occhi cavi emerso dall'era della peste, dai tempi di inquisizioni, guerre interminabili, manicomi e lazzaretti. Avrebbe pronunciato aforismi sull'ultimo istante, rivolgendomi uno sguardo sfuggente e ironico nel pronunciare la sua sottile ed elegante battuta sul mio ultimo viaggio. L'osservai a lungo, aspettando che muovesse una mano. La sua immobilità era imponente. Mi sentivo diventare sempre più bianco a ogni secondo che passava. Che cosa significa sbiancare? Come ci si sente al vedere la Morte in carne e ossa che viene a prenderci? Avevo paura fin nel midollo. Mi sentivo caldo e freddo, asciutto e umido, me stesso e un altro. Il pugno continuava a strizzarmisi in petto.

Raggiunsi la scala e mi sedetti sul primo gradino in alto, guardandomi nelle mani. Soltanto questo rimaneva. Ogni parola e cosa formava una collanina di brillanti creazioni. La mia stessa comune mano, tratteggiata e verticillata in un reticolo di linee espressive, un terreno vitale, avrebbe da sola potuto rappresentare l'oggetto dello studio e della meraviglia di un individuo per anni. Una cosmologia in opposizione al vuoto.

Mi rimisi in piedi e tornai alla finestra. Era sempre là. Andai a nascondermi in bagno. Abbassai l'asse della tazza e mi ci sedetti per un po', chiedendomi che cosa fare. Non lo volevo dentro casa.

Camminai per un po' avanti e indietro. Mi feci scorrere dell'acqua fredda su mani e polsi, me la spruzzai in faccia. Mi sentivo leggero e pesante, intontito e sveglio. Presi il fermacarte panoramico dallo scaffale accanto alla porta. Dentro al globo di plastica fluttuava un'immagine tridimensionale del Grand Canyon, con colori che zoomavano o arretravano a mano a mano che lo facevo ruotare nella luce. Piani fluttuanti. Bella frase. Mi pareva in essenza la musica dell'universo. Se soltanto si fosse potuta vedere la morte come un'altra superficie, su cui abitare per un po' di tempo. Un'altra sfaccettatura della ragione cosmica. Una escursione sul sentiero del Bright Angel, nel canyon.

Tornai all'immediato. Se volevo tenerlo fuori di casa, bisognava uscire. Prima però dovevo pensare ai bambini più piccoli. Mi spostai da una camera all'altra senza fare rumore, su piedi nudi e bianchi. Andai in cerca di coperte da sistemare, un giocattolo da togliere dalla presa calda di un bambino, sentendomi per un momento come dentro la TV. Tutto era immobile e in ordine. Chissà se la morte di un genitore l'avrebbero considerata come un'altra forma di divorzio?

Andai a guardare Heinrich. Occupava la parte superiore sinistra del letto, il corpo strettamente ranicchiato come quel giochino che si svolge rapidamente non appena lo si tocca. Rimasi fermo sulla soglia, annuendo.

Andai a guardare Babette. Era regredita di molti livelli, tornata ragazza, una figura che correva in un sogno. La baciai sulla testa, aspirando l'aria calda e stantia che emergeva dal suo sonno. Avvistai il mio *Mein Kampf* in una pila di libri e giornali. La radio si accese. Scappai dalla camera, temendo che la voce di una telefonata, il lamento dell'anima di un estraneo potessero essere l'ultima cosa che sentivo in questo mondo.

Scesi in cucina. Guardai fuori dalla finestra. Era lì, nella poltrona di vimini, sull'erba umida. Aprii la porta interna e poi quella esterna. Uscii, la copia di *Mein Kampf* serrata sullo stomaco. Quando la porta esterna si chiuse sbattendo, la testa dell'uomo ebbe uno scatto e le sue gambe si districarono dalla posizione incrociata. Si alzò in piedi e si voltò dalla mia parte.

Il senso di inquietante e invincibile immobilità fu spazzato via, come l'aura di sapienza, la sensazione di un segreto terribile e antico. Una seconda figura prese ad affiorare dalle luminose rovine della prima, cominciando ad assumere una forma effettiva, a evolversi nella luce tersa come insieme di movimenti, linee e fattezze, un contorno, una persona viva i cui tratti fisici distintivi apparivano sempre più famigliari a mano a mano che li vedevo prendere forma, leggermente stupito.

Davanti a me non c'era la Morte, ma mio suocero, Vernon Dickey.

— Dormivo? — chiese.

— Che cosa ci fai, qui fuori?

— Non volevo svegliarvi.

— Lo sapevamo che venivi?

— Non lo sapevo neanch'io fino a ieri pomeriggio. Sono venuto in macchina senza fermarmi. Quattordici ore.

— Babette sarà felice di vederti.

— Immagino.

Entrammo. Misi la caffettiera sul fornello. Vernon si sedette al tavolo nella sua giacca di tela jeans stazzonata, giocherellando con il coperchio di un vecchio Zippo. Aveva l'aspetto di un donnaiolo arrivato all'età del crollo. I suoi capelli d'argento avevano una vaga colorazione, una scoloritura giallastra, e li portava lunghi e raccolti sulla nuca. Aveva una barba di almeno quattro giorni. La sua tosse cronica aveva assunto un che di tagliente, una punta di irresponsabilità.

Babette si preoccupava meno del proprio stato che di aver tratto un piacere profondamente sarcastico dai suoi raschi e spasmi, come se in quel rumore terribile ci fosse qualcosa di fatalmente attraente. Portava ancora una cintura militare con fibbia da texano.

— Allora, che diavolo. Eccomi qua. Bella roba.

— Che cosa fai, attualmente?

— Sistemo qualche assicella qua, riparo qualche tetto là. Secondi lavori. Anche se poi non ne ho un primo. Un secondo lavoro e basta.

Notai le sue mani. Piene di cicatrici, nocchiute, screpolate, segnate per sempre da morchia e fango. Diede un'occhiata circolare alla stanza, cercando di avvistare qualcosa da sostituire o riparare. Guasti che per lo più costituivano un motivo di conversazione. Il parlare di guarnizioni e rondelle, di intonacare, calafatare, pulimentare, lo metteva in posizione di vantaggio. C'erano momenti in cui sembrava volermi aggredire con espressioni tipo trapano a cricco e sega da tronchi. La mia vaghezza in argomenti del genere la considerava il segno di una più profonda incompetenza o stupidità. Sono le cose con cui si costruisce il mondo. Non saperne niente o non interessarsene costituisce un tradimento di princìpi fondamentali, un tradimento del genere, della specie. Che cosa può esserci di più inutile di un uomo che non sappia riparare un rubinetto che gocciola, più fondamentalmente inutile, più morto alla storia, ai messaggi dei suoi geni? Non ero sicuro di non essere d'accordo.

— L'altro giorno stavo proprio dicendo a Babette: «Se c'è una cosa che tuo padre non sembra, è un vedovo».

— E lei che cos'ha risposto?

— Pensa che tu sia un pericolo per te stesso. «Si addormenta con la sigaretta accesa. Morirà in un letto in fiamme, con al fianco una donna scomparsa. Di quelle ufficialmente scomparse. Una povera donna perduta, non identificata, pluridivorziata».

Vernon tossì per mostrare che ne apprezzava lo spirito. Una serie di ansiti polmonari. Sentii il muco filamentoso sbatacchiare nel petto come una frusta. Gli versai il caffè e rimasi in attesa.

— Tanto perché tu sappia che intenzioni ho, Jack, c'è una donna che vuole sposare questa vecchia carcassa. Va a messa in una roulotte. Non dirlo a Babette.

— È l'ultima cosa che farei.

— Andrebbe su tutte le furie, cominciando con le telefonate a tariffa ridotta.

— Babette pensa che tu sia ormai troppo trasgressivo per il matrimonio.

— Il comodo del matrimonio, al giorno d'oggi, è che non c'è bisogno di andare fuori casa per farsi qualche piccolo extra. Nei recessi della dimora americana si può ottenere tutto quello che si vuole. Sono i tempi in cui viviamo, nel bene come nel male. Le mogli fanno tutto per te. Hanno voglia di fare. Non c'è bisogno di fare gli occhi dolci. Una volta l'unica cosa che si poteva ottenere, nella dimora americana, era il semplice atto naturale. Adesso ci mettono insieme anche gli accessori. C'è un sacco di movimento, lascia che te lo dica. Ma è un fatto ben strano, ai nostri tempi, che più servizi ti fanno in casa, più puttane si vedono per strada. Come te lo spieghi, Jack? Sei tu il professore. Che cosa significa?

— Non saprei.

— Mogli che si mettono mutande commestibili. Sanno le parole, sanno come usarle. Intanto ecco lì le puttane per strada con qualsiasi tempo, giorno e notte. Chi aspettano? Turisti? Uomini che vanno in giro per lavoro? Trasformati in cacciatori di carne fresca? È come se il coperchio fosse saltato via. Del resto, non ho letto da qualche parte che i giapponesi vanno fino a Singapore? Intere aeroplanate di uomini. Gente mica male.

— Stai pensando seriamente di sposarti?

— Dovrei essere matto per sposare una donna che prega in una roulotte.

Vernon aveva qualcosa di scaltro, una certa intelligenza sveglia e indagatrice, senza dare nell'occhio, una furbizia in attesa dell'occasione giusta. Era proprio questo a rendere nervosa Babette. Lo aveva visto accostarsi a diverse donne in vari luoghi pubblici per porre loro delle domande indagatorie nel suo tono furbo, cauto. Si rifiutava di andare al ristorante con lui, per paura dei suoi commenti disinvolti sulle cameriere, osservazioni intime, divagazioni e considerazioni tecnicamente perfette, espresse con la voce notturna di un vecchio presentatore della radio. Le aveva dato alcuni momenti di agitazione, periodi di irritazione e imbarazzo, in diversi separé in similpelle.

Arrivò proprio in quel momento, in tuta, pronta per una bella corsetta mattutina su per i gradini dello stadio. Visto il padre al tavolo, il suo corpo parve svuotarsi della forza motrice. Rimase lì, piegata alle ginocchia. Non le era rimasto altro che la capacità di stare a bocca aperta. Parve impegnata nell'imitazione di una persona che resta a bocca aperta. Era il ritratto della bocca aperta, la sua luminosa epitome, non meno confusa e allarmata di quanto lo fossi in precedenza io, quando avevo visto quell'uomo seduto in giardino, in quella immobilità di morte. Vidi il suo viso colmarsi fino all'orlo di una meraviglia torpida.

— Lo sapevamo che venivi? — chiese. — Perché non hai telefonato? Non telefoni mai.

— Eccomi qua! Bella roba. Fiato alle trombe.

Babette rimase piegata alle ginocchia, cercando di adeguarsi alla sua cruda presenza, al corpo asciutto e allo sguardo teso. Che forza epica doveva esserle apparso, materializzatosi in quel modo nella sua cucina, genitore, padre segnato da tutta la patina del tempo, con la sua fitta storia di associazioni e connessioni, venuto per rammentarle chi lei fosse, per smascherarla, per prendere in mano per un po' di tempo, senza preavviso, la sua vita randagia.

— Avrei potuto fare dei preparativi. Hai un aspetto tremendo. Dove vuoi dormire?

— Dove ho dormito l'ultima volta?

Si voltarono entrambi a guardarmi, cercando di ricordare.

Mentre facevamo colazione, scesero i ragazzi, che si accostarono con aria diffidente a Vernon al fine di riceverne baci e scompigliate di capelli, mentre le ore scorrevano e Babette si abituava alla vista della sua figura che si aggirava per la casa nei jeans con le toppe. Cominciai ad accorgermi del piacere con cui gli girava attorno, facendogli piccoli servizi, standolo ad ascoltare. Un piacere rinchiuso in gesti di routine e ritmi automatici. A volte le toccava ricordargli quali piatti lui preferisse, come gli piacevano preparati e conditi, quali battute diceva meglio, quali figure del passato erano gli assoluti imbecilli, quali gli eroi comici. Dal suo intimo si riversavano spigolature di un'altra vita. Le cadenze del suo linguaggio cambiarono, assumendo un'inflessione dialettale. Cambiarono le parole, le frasi. Era una ragazza che aveva aiutato il padre a levigare e lustrare vecchio legno di quercia, a sollevare i caloriferi dai listelli del pavimento. Negli anni da lui vissuti come carpentiere, le fughe in moto, i bicipiti tatuati.

— Stai diventando pelle e ossa, papà. Finisci quelle patate. Ce ne sono ancora, sulla stufa.

E Vernon intanto mi diceva: — Sua madre faceva le peggiori patate fritte del mondo. Come quelle che vendono nei parchi nazionali —. Poi si rivolgeva a lei e aggiungeva: — Jack lo sa bene che non mi piacciono i parchi nazionali.

Trasferimmo Heinrich sul divano di sotto e sistemammo Vernon in camera sua. Ci avrebbe fatto venire i nervi incontrarlo alle sette del mattino, alle sei, o quale che fosse l'ora grigiastra a cui Babette o io scendevamo a fare il caffè. Dava sempre l'impressione di essere impegnato a superarci, ad agire sul nostro senso di colpa, a mostrarci che per quanto poco dormissimo noi, lui dormiva ancora meno.

— Te lo dico io, Jack. Si diventa vecchi e si scopre di essere pronti per qualcosa, ma non si sa che cosa. Ci si continua a preparare. Ci si pettina, si sta alla finestra a guardare fuori. A me sembra di avere sempre un piccolo rompipalle che mi gira intorno. È per questo che sono saltato in macchina e sono venuto fin qui senza fermarmi.

— Per rompere l'incantesimo, — concordai. — Per sfuggire alle cose di tutti i giorni, che possono essere mortali, Vern, se portate all'estremo. Secondo un mio amico, è per quello che la gente va in ferie. Non per riposare o divertirsi o vedere posti nuovi. Per sfuggire alla morte insita nelle cose di tutti i giorni.

— Che cos'è, un ebreo?

— Che cosa c'entra?

— La grondaia si sta sfondando, — divagò. — Sai come si fa a ripararla, vero?

Gli piaceva girellare intorno alla casa, aspettando gli spazzini, i tecnici dei telefoni, il postino, il ragazzo con il giornale del pomeriggio. Qualcuno con cui parlare di tecniche e procedimenti. Intere serie di metodi particolari. Sequenze, tempi, strumenti. Gli dava maggiore concretezza, apprendere come venivano fatte le cose in zone fuori dal suo raggio d'azione.

Gli piaceva prendere in giro i ragazzi nel suo modo impassibile. Loro rispondevano malvolentieri alle sue provocazioni. Erano diffidenti nei confronti di tutti i parenti. I parenti erano un argomento delicato, parte del vischioso e complesso passato, le vite separate, le memorie che potevano essere fatte affiorare da una parola o da un nome.

Gli piaceva star lì seduto nella sua auto mezza scassata, a fumare.

Babette lo guardava dalla finestra provando amore, preoccupazione, tristezza e insofferenza, speranza e disperazione tutte allo stesso tempo. Bastava che Vernon spostasse il piede da una gamba all'altra, perché lei si sentisse sopraffatta da emozioni incredibilmente intense.

— Conto su te per dirmelo, Jack.

— Dirti che cosa?

— Sei l'unica persona di mia conoscenza che sia abbastanza istruita da potermi dare la risposta che cerco.

— La risposta a che cosa?

— La gente era così scema, prima della televisione?

Una notte sentii una voce e pensai che stesse gemendo nel sonno. Poi, messami la vestaglia e uscito nel corridoio, mi resi conto che il rumore veniva dall'apparecchio TV in camera di Denise. Entrai e lo spensi. La ragazzina dormiva in un bailamme di coperte, libri e vestiti. D'impulso mi avvicinai silenziosamente all'armadio a muro aperto, tirai la funicella della luce e scrutai all'interno, in cerca delle pastiglie di Dylar. Rinchiusi la porta sul mio corpo, che rimase così metà dentro e metà fuori. Vidi una gran quantità di tessuti, scarpe, giocattoli, giochi e altri oggetti. Frugai qua e là, cogliendo casuali tracce di fragranza infantile. Argilla, scarpe da tennis, trucioli di matita. Il flacone poteva anche essere in una scarpa abbandonata, nella tasca di una vecchia camicia appallottolata in un angolo. La sentii agitarsi. Mi immobilizzai, trattenendo il fiato.

— Che cosa stai facendo? — chiese.

— Sta tranquilla, sono io.

— Lo so che sei tu.

Continuai a ispezionare l'armadio a muro, pensando che la cosa mi avrebbe fatto apparire meno colpevole.

— E so anche che cosa stai cercando.

— Di recente ho avuto una grossa paura, Denise. Ho temuto che stesse per succedere qualcosa di terribile. Poi, grazie a Dio, si è scoperto che mi sbagliavo. Ma gli effetti continuano. Ho bisogno del Dylar. Può aiutarmi a risolvere il problema.

Continuai a frugare.

— E quale sarebbe, questo problema?

— Non ti basta sapere che c'è? Altrimenti non sarei qui. Vuoi essermi amica?

— Lo sono. Però non voglio farmi imbrogliare.

— Non c'è nessun imbroglio. Ho soltanto bisogno di provare quella medicina. Ce ne sono ancora quattro pastiglie. Le prendo e non ne parliamo più.

Più disinvolta era la voce, maggiori diventavano le mie probabilità di convincerla.

— Invece non le prendi tu. Le dai a mia madre.

— Cerchiamo di essere chiari almeno su una cosa, — ribattei, nel tono di un alto funzionario governativo. — Tua madre non è una drogata. Il Dylar non è una medicina di quel tipo.

— E allora che cos'è? Dimmelo.

Qualcosa nella sua voce, o nel mio cuore, o nell'assurdità della situazione, mi consentì di esaminare la possibilità di rispondere alla domanda. Una breccia. Perché non dirglielo? Era responsabile, capace di cogliere le implicazioni delle cose serie. Mi resi conto che Babette si era comportata in maniera stupida, tenendole nascosta la verità. La ragazzina avrebbe abbracciato tale verità, ci avrebbe conosciuto meglio, amato più profondamente nella nostra debolezza e paura.

Andai a sedermi sul bordo del letto. Lei mi osservava attentamente. Le raccontai gli elementi fondamentali della storia, lasciando fuori lacrime, passioni, terrore, orrore, la mia esposizione al Nyodene D., l'accordo sessuale intercorso tra Babette e Gray, la nostra polemica su chi di noi due avesse più paura della morte. Mi concentrai sulla medicina in sé, dicendole tutto ciò che sapevo circa la sua vita nel tratto gastrointestinale e nel cervello.

La prima cosa che replicò, furono gli effetti collaterali. Tutte le droghe ce l'hanno. Una in grado di eliminare la paura della morte doveva averne di spaventevoli, specialmente se ancora in fase sperimentale. Aveva ragione, naturalmente. Babette aveva parlato di morte vera e propria, di morte cerebrale, di morte della parte sinistra del cervello, di paralisi parziale, di altre singolari e dure condizioni di corpo e mente.

Dissi a Denise che la forza di suggestione poteva essere più importante degli effetti collaterali.

— Ti ricordi che hai sentito dire alla radio che la nuvola grassa provocava sudore ai palmi delle mani? E ti è venuto, no? La forza di suggestione fa star male certe persone e bene certe altre. Può non importare nulla quanto forte o debole sia il Dylar. Se penso che mi faccia bene, me lo fa.

— Fino a un certo punto.

— Stiamo parlando di morte, — replicai con un filo di voce. — In senso assolutamente reale non importa che cosa ci sia in quelle pastiglie. Potrebbe essere zucchero, spezie. Io ho una voglia tremenda di essere imbrogliato, preso in giro.

— Non ti sembra un po' una scemenza?

— Così succede alla gente disperata, Denise.

Seguì una pausa di silenzio. Mi aspettavo che chiedesse se questa disperazione era inevitabile, se l'avrebbe sperimentata anche lei, un giorno, se sarebbe stata sottoposta allo stesso travaglio.

Invece disse: — Forte o debole, ormai non importa più. Il flacone l'ho buttato via.

— No! Dove?

— Nel compressore dei rifiuti.

— Non ci credo. Quando?

— Circa una settimana fa. Temevo che Baba potesse infilarmisi in camera e scoprirlo. Così ho deciso di farla finita. Nessuno voleva dirmi che cosa fosse, no? Così l'ho buttato via con i barattoli, le bottiglie e l'altra spazzatura. Poi ho compresso il tutto.

— Come un'auto usata.

— Nessuno ha voluto dirmi niente. Bastava che qualcuno lo facesse. Ero lì che aspettavo.

— Va benissimo lo stesso. Non preoccuparti. In fondo mi hai fatto un favore.

— Bastava che mi venissero dette non più di otto parole.

— Me la cavo meglio, senza.

— Non sarebbe stato la prima volta che mi imbrogliavano.

— Rimani sempre un'amica, — la consolai.

La baciai sulla testa e andai alla porta. Mi resi conto di avere una fame terribile. Quindi scesi di sotto a cercare qualcosa da mangiare. La luce in cucina era accesa. Vernon stava seduto al tavolo, completamente vestito, a fumare e tossire. La cenere della sigaretta era lunga più di due centimetri e stava cominciando a piegarsi. Era una sua abitudine lasciarla penzolare. Secondo Babette lo faceva per provocare negli altri dei sentimenti di suspense e ansia. Rientrava nel clima di inquietudine in cui viveva lui.

— Proprio la persona che volevo vedere.

— Siamo nel cuore della notte, Vern. Non dormi mai?

— Andiamo in macchina, — replicò.

— Dici sul serio?

— Ci troviamo di fronte a una situazione che è necessario affrontare in privato. Questa casa è piena di femmine. O mi sbaglio?

— Qui siamo soli. Di che cosa vuoi parlare?

— Quelle ascoltano anche mentre dormono, — ribatté lui.

Uscimmo per la porta sul retro, per non svegliare Heinrich. Lo seguii lungo il vialetto sul fianco della casa e poi giù per i gradini che portavano al viale d'ingresso. La sua macchinetta era lì al buio. Si mise al volante e io mi infilai al suo fianco, stringendomi nell'accappatoio e sentendomi intrappolato in quello spazio angusto. Nell'auto c'era un odore tipo il pericoloso vapore che aleggia nei recessi di uno sfasciacarrozze, un misto di metallo consunto, tappetini infiammabili e gomma bruciacchiata. I rivestimenti erano logori. Nell'alone di luce di un lampione vidi alcuni fili che penzolavano dal cruscotto e dalla sovrastante strumentazione.

— Voglio che questa la tenga tu, Jack.

— Che cosa?

— Ce l'ho da anni. Adesso voglio che la tenga tu. Chissà se vi rivedrò mai più? Che diavolo. Chi se ne frega. Bella roba.

— Mi dai la macchina? Non la voglio. È in condizioni pazzesche.

— In tutta la tua vita di uomo del nostro tempo, hai mai posseduto un'arma da fuoco?

— No, — risposi.

— Me lo immaginavo. Infatti mi sono detto: «Ecco qui l'ultimo americano incapace di difendersi».

Quindi infilò una mano in un buco del sedile posteriore, estraendone un piccolo oggetto scuro, che resse nel palmo della destra.

— Prendila, Jack.

— Che cos'è?

— Soppesala. Senti com'è. È carica.

Quindi me la passò. Con aria stupida tornai a chiedere: — Che cos'è? — Nell'esperienza di tenere in mano una pistola c'era qualcosa di irreale. Continuavo a fissarla, chiedendomi che motivi potesse avere Vernon. Forse, in definitiva, era veramente l'oscuro messaggero della Morte. Un'arma carica. Come fece in fretta a provocare in me un cambiamento, intorpidendomi la mano già mentre ero lì che la fissavo, oggetto di cui non volevo dare una definizione. Forse Vernon intendeva farmi pensare, dare alla mia vita un disegno nuovo, uno schema nuovo, una nuova proporzione di componenti. Volevo dargliela indietro.

— È piuttosto piccolina, ma spara pallottole vere, che è tutto ciò che un uomo nella tua posizione può pretendere da un'arma da fuoco. Sta tranquillo, Jack. Nessuno può risalire a te.

— E perché dovrebbero cercarla?

— Se si dà a uno un'arma carica, bisogna fornirgli anche tutti i particolari. È una Zumwalt automatica calibro 25. Di fabbricazione tedesca. Non ha la forza di arresto di un'arma a canna pesante, ma non ti capiterà mai di dover affrontare un rinoceronte, o no?

— È proprio questo il punto. Chi diavolo dovrei affrontare? Perché dovrei avere bisogno di questo aggeggio?

— Non chiamarla aggeggio. Rispettala, Jack. È un'arma ben progettata. Pratica, leggera, facile da nascondere. Impara a conoscere la tua pistola. È solo questione di tempo perché tu abbia bisogno di usarla.

— E quando?

— Viviamo sullo stesso pianeta, o no? In che secolo siamo? Guarda quanto ci ho messo a entrare nel tuo cortiletto. Forzo una finestra e sono in casa tua. Avrei potuto essere uno scassinatore professionista, un evaso, uno di quegli sbarbatelli sbandati. Un assassino che si muove seguendo il sole. Un impiegato con l'hobby del massacro nel weekend. Fa' un po' tu.

— Forse dove vivi tu una pistola serve. Riprenditela. A noi non occorre.

— Io mi sono piazzato di fianco al letto una Magnum da combattimento. Permettimi di non stare a precisarti che disastro può provocare nei lineamenti di un uomo.

Quindi mi rivolse un'occhiata cauta. Io tornai a fissare la pistola. Mi era venuto in mente che si trattava dello strumento definitivo per determinare l'appartenenza di un individuo a questo mondo. Me la soppesai nel palmo, ne annusai la canna d'acciaio. Che cosa significherà mai per una persona, al di là del suo senso di appartenenza, benessere e valore personale, portare con sé un'arma mortale, maneggiarla bene, essere pronto e disposto a usarla? Un'arma mortale nascosta. Era un segreto, una seconda vita, un secondo io, un sogno, un incantesimo, un intrigo, un delirio.

Made in Germany.

— Non dirlo a Babette. Darebbe di testa, se sapesse che tieni nascosta un'arma da fuoco.

— Non la voglio, Vern. Riprenditela.

— E non lasciarla nemmeno in giro. Se uno dei ragazzini la trova, in quattro e quattr'otto ti puoi trovare nei casini. Stai all'erta. Pensaci bene a dove la metti, in modo di averla a portata di mano al momento giusto. E calcola prima il tuo campo di fuoco. Se ti capita qui un intruso, come fa ad avvicinarsi alla roba di valore? Se ti capita un matto, da che parte ti salta addosso? I matti sono imprevedibili, perché non sanno neanche loro quello che fanno. Arrivano da qualsiasi parte, da una pianta, da un ramo. Vedi di mettere dei cocci di vetro sui davanzali. Impara a fare in fretta a buttarti a terra.

— Ma nella nostra cittadina non abbiamo bisogno di armi.

— Cerca di essere dritto una volta tanto nella vita, — ribatté. — Non c'entra niente se ne hai bisogno o no.

Il mattino dopo, di buon'ora, arrivò una squadra di operai a riparare la strada. Vernon fu immediatamente lì, a guardarli lavorare con il martello pneumatico e gettare l'asfalto. Quando se ne andarono, la sua visita parve concludersi, cadere a precipizio con l'esaurirsi del suo slancio. Cominciammo a vedere un vuoto, dentro il quale si trovava lui. Ci osservava da una distanza prudenziale, come se fossimo degli estranei animati da segreti risentimenti. Sui nostri sforzi per fare conversazione prese ad aleggiare un senso indefinibile di fatica.

Sul marciapiede, Babette lo abbracciò piangendo. Per partire si era fatto la barba, aveva lavato l'auto e si era messo un fazzoletto azzurro al collo. Pareva che Babette non riuscisse più a smetterla di piangere. Lo guardava in faccia e piangeva. Piangeva mentre lo abbracciava. Gli diede un contenitore termico pieno di panini, pollo e caffè, quindi scoppiò a piangere quando lui lo posò tra l'imbottitura scoppiata del sedile e il rivestimento a pezzi.

— È una brava ragazza, — mi disse in tono arcigno.

Accomodatosi al posto di guida, si fece scorrere le dita nei capelli raccolti sulla nuca, dandosi una ripassata nello specchietto retrovisore. Quindi tossì un po', offrendoci un ulteriore esibizione di catarro sferzante. Ci chinammo verso il finestrino di destra, guardandolo ingobbirsi nella posizione di guida, sistemandosi disinvoltamente tra portiera e sedile, con il braccio sinistro fuori dal finestrino.

— Non preoccupatevi per me, — disse. — Quel poco che zoppico non significa niente. Capita, alla gente della mia età. È normale. E anche la tosse: non è niente. Fa bene, tossire. Si smuove la roba che si ha dentro. Non può fare del male, se non si blocca in un posto, restando lì per anni. Quindi la tosse va benissimo. E idem l'insonnia. Va benissimo. Che cosa ci guadagno, a dormire? Si arriva a un'età in cui ogni minuto di sonno è un minuto in meno per fare qualcosa di utile. Come tossire o zoppicare. E non parliamo delle donne. Vanno alla meraviglia. Si affitta una videocassetta e si fa un po' di sesso. È una cosa che pompa il sangue nel cuore. E anche le sigarette. Mi piace dire a me stesso che la passerò liscia. Lascia che siano i mormoni a smettere di fumare. Tanto crepano lo stesso. I soldi non sono un problema. Le mie entrate sono a posto. Niente pensione, niente risparmi, niente azioni e titoli. Quindi non c'è da preoccuparsi. Va tutto liscio. E non parliamo dei denti. Sono perfetti. Più ballano, più si può farli ballare con la lingua. Così ha qualcosa da fare anche lei. E non preoccupatevi del tremito. Prima o poi capita a tutti. E comunque è solo la sinistra. Per divertirsi, basta pensare che sia la mano di un altro. E l'improvviso e inaspettato calo di peso? Niente. Non ha senso mangiare quello che non si vede. E non preoccupatevi degli occhi. Possono sempre peggiorare. Quanto alla testa, poi, non pensiamoci neanche. Se ne va prima del corpo. Così dev'essere. Quindi non preoccupatevi della testa. Va benissimo. Pensiamo piuttosto alla macchina. Lo sterzo tira tutto da una parte. I freni sono stati rifatti tre volte. Sul terreno sconnesso il cofano salta su.

Impassibile. Secondo Babette quest'ultima parte era stata divertente. Quella dell'auto. Io rimasi lì interdetto, guardandola procedere in stretti cerchi in preda all'ilarità, dinoccolata, mentre i suoi timori e le sue difese si dissolvevano nella storia furtiva della voce di suo padre.

34

Arrivò il tempo dei ragni. Negli angoli alti delle stanze. Bozzoli avvolti in ragnatela. Fili argentei penduli che sembravano il puro gioco della luce, luce come notizie evanescenti, idee trasportate dalla luce. La voce di sopra disse: — Adesso guardiamo questa scena. Joanie sta cercando di spaccare la rotula a Ralph con un tremendo calcio da *bushido*. Lei arriva a segno, lui si accascia, lei scappa.

Denise informò Babette che Steffie aveva l'abitudine di esaminarsi il petto in cerca di protuberanze. Babette lo disse a me.

Murray e io allargammo il raggio delle nostre passeggiate contemplative. Un giorno, in città, cadde in leggeri e imbarazzati stati di rapimento per il parcheggio in diagonale. Da quelle file di veicoli messi di sbieco emanava un certo fascino, un nonsoche di autoctono. Tale forma di parcheggio costituiva uno specifico delle piccole città americane, anche se le auto erano di fabbricazione straniera. Una sistemazione che non soltanto era pratica, ma evitava anche il confronto, gli elementi di aggressione sessuale contenuti nel parcheggio muso-coda proprio delle grandi città sovraffollate.

Secondo lui si può avere nostalgia di un posto anche quando ci si sta.

Il mondo a due piani di una comune via principale. Modesta, carica di buon senso, commerciale senza fretta, in un modo anteguerra, con tracce di particolari architettonici anteguerra ancora presenti nei piani superiori, nelle grondaie in rame e nelle finestre piombate, nel fregio a anfora sopra l'ingresso del rigattiere.

Mi faceva pensare alla Legge delle Rovine.

Spiegai a Murray che Alfred Speer avrebbe voluto costruire delle strutture che si disfacessero in maniera gloriosa, solenne, come rovine romane. Niente ammassi rugginosi né rozzi casermoni di acciaio. Sapeva che Hitler sarebbe stato favorevole a tutto ciò che potesse lasciare senza parola i posteri. Quindi aveva fatto il disegno di una struttura del Reich da costruire con materiali speciali, che le consentissero di sgretolarsi in maniera romantica, un progetto a base di mura cadute, mezze colonne avvolte nel glicine. La rovina è già inclusa nella creazione, spiegai, che dimostrava l'esistenza di una certa nostalgia dietro il principio del potere, oppure di una tendenza a programmare in anticipo la malinconia delle generazioni future.

Lui replicò: — Io non credo nella nostalgia di nessuno all'infuori della mia. La nostalgia è prodotto di insoddisfazione e rabbia. È un regolamento di conti tra il presente e il passato. Più forte è, più vicini si arriva alla violenza. La guerra è la forma assunta dalla nostalgia quando gli uomini sono forzati a dire qualcosa di bene del proprio paese.

Un'ondata di clima umido. Aprii il frigorifero e scrutai nel freezer. Dagli involti in plastica degli alimenti, dalle pellicole avvolte intorno alle cose mezze mangiate, dai sacchetti ermetici di fegato e cotolette, tutti luccicanti di cristalli nevosi, veniva uno strano rumore crocchiante. Uno sfrigolio secco e freddo. Un rumore come di qualcosa che andasse in frantumi, trasformandosi in vapori di freon. Elettrostatica inquietante, insistente eppure quasi subliminale, che mi faceva pensare ad anime ibernate, a una forma di vita in letargo ma prossima a raggiungere la soglia della percezione.

In giro non c'era nessuno. Attraversai la cucina, aprii lo sportello del compressore e guardai nei sacchetti della spazzatura. Uno stillante cubo di lattine semistritolate, appendini per abiti, ossa di animali e altri rifiuti. Le bottiglie erano in frantumi, i cartoni appiattiti. I colori dei prodotti, tuttavia, erano intatti quanto a vivacità e intensità. Grassi, sughi e detriti pesanti filtravano attraverso strati di sostanze vegetali compresse. Mi sentivo come un archeologo in procinto di passare al vaglio un reperto di frammenti di utensili e spazzatura cavernicola assortita. Erano passati circa dieci giorni da quando Denise aveva compresso il Dylar. Quella particolare massa di spazzatura a questo punto era ormai quasi certamente stata messa fuori e portata via. E se anche così non fosse stato, le pastiglie erano sicuramente state distrutte dal pistone del compressore.

Tutti fatti che giovavano agli sforzi che stavo facendo di fingere di star semplicemente passando il tempo, frugando distrattamente nella spazzatura.

Slacciai il sacco, lo aprii e lo tirai fuori. Il tanfo terribile mi colse con una forza sconvolgente. Era nostro? Roba veramente nostra? Lo avevamo prodotto noi? Portai il sacco fuori dal garage e lo svuotai. La massa compressa se ne stette posata lì, come un'ironica scultura moderna, massiccia, tozza, beffarda. Vi ficcai più volte il manico di un rastrello e poi sparpagliai il materiale sul suolo in cemento. Quindi ne estrassi i vari oggetti a uno a uno, massa informe dopo massa informe, chiedendomi perché mai mi sentissi così colpevole, come di violare una privacy, di svelare certi segreti intimi e forse vergognosi. Era difficile non venire distratti da questo o quell'oggetto affidato all'apparecchio devastatore. Ma perché mi sentivo come una spia domestica? La spazzatura ha un carattere tanto privato? Arde nel proprio intimo di un calore personale, dei segni di una più profonda natura, indizi di aspirazioni personali, di fallimenti umilianti? Quali abitudini, manie, vizi, tendenze? Quali atti solitari, quali abitudini inveterate? Trovai alcuni disegni a matita di una figura dotata di grosse mammelle e genitali maschili. C'era una lunga striscia di spago piena di nodi e cappi. Sulle prime mi parve una costruzione fatta a caso. Poi, guardando più attentamente, pensai di cogliere una relazione complessa tra il formato dei diversi cappi, il grado dei nodi (semplici e doppi) e gli intervalli intercorrenti tra nodi con cappi e nodi liberi. Una sorta di geometria occulta o di simbolica ghirlanda di ossessioni. Trovai una buccia di banana con dentro un tampone. Forse il lato sotterraneo e oscuro della coscienza del consumatore? Mi imbattei in un'orrenda massa grumosa di capelli, sapone e bastoncini cotonati per gli orecchi, scarafaggi spappolati, anelli per aprire le lattine, garza sterile coperta di pus e grasso di bacon, sfilacci di filo per i denti, frammenti di ricambi per penna a sfera, stuzzicadenti con ancora impalati dei frammenti di cibo. C'era un paio di boxer a brandelli con tracce di rossetto, forse un ricordo del Grayview Motel.

Ma nessunissima traccia di un flacone color ambra spiaccicato, né alcun resto di quelle pastiglie in forma di disco. Pazienza. Avrei affrontato ciò che c'era da affrontare senza alcuna assistenza chimica. Babette aveva detto che il Dylar era uno specchietto per allodole. Aveva ragione, come l'avevano Winnie Richards e Denise. Erano mie amiche e avevano ragione.

Decisi di fare degli altri esami. Quando arrivarono i risultati, andai a trovare il dottor Chakravarty nel suo studiolo, presso l'ambulatorio medico. Si sedette a esaminare il tabulato, uomo dal viso paffuto e dagli occhi segnati, con le lunghe mani stese sulla scrivania e la testa che ondeggiava leggermente.

— Eccola qui di nuovo, signor Gladney. Da qualche tempo la vediamo con una certa frequenza. Fa piacere trovare un paziente che si occupa seriamente del proprio stato.

— Quale stato?

— Quello appunto di paziente. La gente tende a dimenticarsene. Una volta uscita dallo studio medico o dall'ospedale, lo rimuove completamente. Invece siete tutti pazienti in stato permanente, che vi piaccia o no. Io sono il medico, voi i pazienti. Il medico non cessa di essere tale alla fine della giornata. Quindi nemmeno i pazienti devono. La gente pretende che i medici si occupino delle loro cose con la massima serietà, bravura ed esperienza. I pazienti, invece? Quanto sono professionali?

Dicendo tutto ciò, con la sua meticolosa cantilena, non sollevò mai lo sguardo dal tabulato.

— Direi che il suo potassio non mi piace un granché, — continuò. — Guardi. Un numero fra parentesi con degli asterischi di computer.

— Che cosa significa?

— Non è necessario che lei lo sappia, in questa fase.

— L'altra volta come andavo con il potassio?

— Assolutamente nella media. Ma forse si tratta di un rialzo fasullo. Si tratta di sangue integrale. C'è la questione di una barriera gelatinosa. Lo sa che cosa significa?

— No.

— Non abbiamo il tempo per spiegarlo. Ci sono rialzi veri e rialzi fasulli. Tanto le basti.

— Quanto è alto il mio potassio, con esattezza?

— Ha sfondato il tetto, evidentemente.

— Di che cosa potrebbe essere segno?

— Potrebbe non significare niente oppure anche moltissimo.

— Quanto?

— Qui si entra nell'ambito della semantica, — rispose.

— Ciò che sto cercando di capire è se questo potassio potrebbe essere indizio di uno stato che cominci appena a manifestarsi, uno stato provocato per esempio da un'ingestione, da un'esposizione, da un'involontaria immissione nel mio corpo di una scoria, di una sostanza contenuta nella pioggia o nell'aria.

— Nella realtà dei fatti, le è capitato di entrare in contatto con sostanze del genere?

— No, — risposi.

— Ne è sicuro?

— Assolutamente. Perché, le cifre indicano una possibile esposizione?

— Se non le è capitato di esporsi, non è in nessun modo possibile che lo indichino, no?

— Allora concordiamo, — replicai.

— Mi dica in tutta franchezza, signor Gladney: come si sente?

— Per quanto mi è dato sapere, benissimo. Ottimamente. Meglio che mai da alcuni anni a questa parte, relativamente parlando.

— In che senso, relativamente parlando?

— Dato che adesso sono meno giovane.

Mi osservò attentamente. Sembrava che stesse cercando di farmi abbassare lo sguardo. Poi scrisse un appunto sulla mia scheda. Avrei potuto essere un ragazzino convocato dal preside per una serie di assenze ingiustificate.

— Come si fa a capire se un rialzo è vero o fasullo? — chiesi.

— La mando a Glassboro a fare degli altri esami. Le va bene? C'è un istituto nuovo denominato Autumn Harvest Farms. Hanno delle attrezzature nuove fiammanti. Non resterà deluso, vedrà. Veramente fiammanti.

— Benissimo. Ma non c'è nient'altro da controllare, oltre il potassio?

— Meno sa e meglio è. Vada a Glassboro. Dica loro di andare a fondo. Senza tralasciare niente. E dica loro anche di darle i risultati in una busta sigillata da portarmi. Li analizzerò fino all'ultimo dettaglio. Li esaminerò a uno a uno. Mi creda, a Harvest Farms sono davvero all'avanguardia, hanno le attrezzature più sofisticate. Il meglio dei tecnici del terzo mondo, i metodi più innovativi.

Il suo sorriso luminoso era lì appeso come una pesca sull'albero.

— Insieme, in qualità di medico e paziente, possiamo fare cose che nessuno di noi due, individualmente, potrebbe. Non si tiene in sufficiente conto la prevenzione. Meglio prevenire, si dice. È un proverbio o una massima? Certamente il professore ce lo sa dire.

— Ho bisogno di tempo per pensarci.

— In ogni caso, quello che conta è la prevenzione, no? Ho appena visto l'ultimo numero di *American Mortician*. Un quadro davvero sconvolgente. La loro industria è appena sufficiente a coprire le grosse quantità di morti che ci sono.

Babette aveva ragione. Parlava un ottimo inglese. Tornai a casa e mi misi a buttare via roba. Esche, palline da tennis inservibili, valige logore. Rovistai il solaio in cerca di vecchi mobili, lampade scartate, zanzariere arrotolate, riloghe storte. Gettai via cornici, forme per scarpe, portaombrelli, mensole, seggioloni e culle, sostegni pieghevoli per apparecchi TV, seggiole in tela, giradischi rotti. Gettai via tappezzeria per scaffali, carta da lettere scolorita, manoscritti di miei articoli, bozze dei medesimi, i giornali in cui erano stati pubblicati. Più cose gettavo via, più ne trovavo. La casa era un dedalo color seppia di cose vecchie e stanche. C'era un'immensa quantità di cose, un peso travolgente, una connessione, una mortalità. Ispezionai le stanze, gettando oggetti in scatole di cartone. Ventilatori elettrici in plastica, tostapane bruciati, lavori al piccolo punto su disegni tratti da *Star Trek*. Mi ci volle più di un'ora per portare il tutto fuori sul marciapiede. Non mi aiutò nessuno. Non volevo né aiuto né compagnia né comprensione umana. Volevo soltanto buttare fuori di casa tutta quella roba. Quindi mi sedetti da solo sui gradini d'ingresso, ad aspettare che l'atmosfera attorno a me venisse pervasa da un senso di serenità e pace.

Una donna che passava per strada disse: — Un decongestionante, un antistaminico, un calmante per la tosse, un analgesico.

35

Babette non era mai sazia di programmi radiofonici con telefonate.

— Non posso soffrire la mia faccia, — disse una donna. — È un problema che ho da anni. Di tutte le facce che mi potevano capitare, questa deve essere la peggiore. Ma come faccio a non guardarla? Anche se mi portassero via tutti gli specchi, troverei sempre un modo. Da una parte, come faccio a non guardarla? Eppure, dall'altra, non la posso soffrire. Insomma, continuo a guardarla. Perché, in definitiva, di chi è, 'sta faccia? Che cosa faccio? Faccio finta che non ci sia? Che sia di un'altra persona? Insomma, Mel, quello che sto cercando di fare, con questa telefonata, è di trovare altre persone che facciano fatica ad accettare la propria faccia. Ecco qualche domanda, tanto per cominciare. Com'eravate, prima di nascere? Come sarete nell'aldilà, a prescindere da razza o colore?

Babette era quasi sempre in tuta. Un capo comune, grigio, largo e cascante. Se la metteva per cucinare, per portare a scuola in auto i ragazzi, dal ferramenta come dal cartolaio. Dopo averci pensato per un po', avevo concluso che non c'era niente di eccessivamente strano, niente da preoccuparsi, nessun motivo per ritenere che stesse sprofondando nell'apatia e nella disperazione.

— Come ti senti? — chiesi. — Dì la verità.

— Quale sarebbe la verità? Passo più tempo con Wilder. Mi aiuta a tirare avanti.

— Dipende solo da te di tornare a essere la sana Babette estroversa di un tempo. Ne ho bisogno come ne hai bisogno tu, se non di più.

— Che cosa sarebbe il bisogno? Tutti ne abbiamo. Dove sarebbe la singolarità di tutto ciò?

— In sostanza ti senti la stessa?

— Vuoi dire se ho paura della morte? La paura c'è sempre, Jack.

— Dobbiamo restare attivi.

— L'attività serve, ma Wilder è meglio.

— Me lo immagino io, — chiesi, — o parla ancora meno di prima?

— Si parla già abbastanza. Che cosa sarebbe il parlare? Non voglio che parli. Meno lo fa, meglio è.

— Denise si preoccupa per te.

— Chi?

— Denise.

— Il parlare è la radio, — ribatté.

Denise non voleva lasciar andare la madre a correre se non prometteva di mettersi diversi strati di crema solare. La seguiva fin fuori casa per spalmargliene un ultimo spruzzo sul dietro del collo, mettendosi poi in punta di piedi per fargliela penetrare a fondo. Cercava di coprire ogni punto esposto. Sopracciglia, palpebre. Sull'utilità di farlo, scoppiavano accese dispute. Denise sosteneva che per le persone dalla pelle chiara il sole è un rischio. Sua madre ribatteva che non era altro che pubblicità dei malanni.

— E poi io corro, — continuò. — E, per definizione, chi corre è meno soggetto a essere colpito dai raggi dannosi rispetto a una figura ferma o in cammino.

Denise si girò di scatto verso di me, le braccia allargate supplicandomi a gesti di dirle qualcosa.

— I raggi peggiori sono quelli diretti, — insistette Babette. —Il che significa che più in fretta uno si muove, più è probabile che venga colpito soltanto parzialmente, da raggi riflessi, deviati.

Denise lasciò cascare la mascella e si piegò sulle ginocchia. In realtà io non ero sicuro che sua madre non avesse ragione.

— È tutto un pacchetto di servizi, — concluse Babette. — Lo schermo solare, il marketing, la paura, il malanno. Non si può avere uno senza l'altro.

Portai Heinrich e Orest Mercator, il suo amico dei serpenti, a cena nella zona commerciale. Erano le quattro del pomeriggio, ovvero l'ora in cui il programma di addestramento di Orest prevedeva il pasto principale della giornata. A sua richiesta andammo da Vincent's Casa Mario, struttura edile con feritoie che sembrava parte di un sistema di difesa costiero.

Mi accorsi che stavo pensando a Orest con i suoi serpenti e mi venne voglia di parlarne ancora con lui.

Ci sedemmo in un separè color rosso sangue. Orest afferrò il grazioso menu con le sue mani massicce. Le sue spalle sembravano più larghe che mai e rinchiudevano parzialmente tra loro la testa meditabonda.

— Come va l'addestramento? — chiesi.

— Sto rallentando un po'. Non voglio bruciarmi troppo presto. So come badare al mio corpo.

— Heinrich mi ha detto che dormi seduto, per prepararti alla gabbia.

— Finito. Adesso faccio altra roba.

— Per esempio?

— Carico carboidrati.

— È per questo che siamo venuti qui, — spiegò Heinrich.

— Ne carico un po' ogni giorno.

— Per via dell'enorme quantità di energia che consumerà nella gabbia, per stare attento e tendersi quando gli si avvicina un mamba, o roba del genere.

Ordinammo pasta e acqua.

— Di' un po', Orest, a mano a mano che il momento si avvicina, cominci a sentirti ansioso?

— Macché ansioso. Voglio soltanto entrare in quella gabbia. Prima è, meglio è. Così è fatto Orest Mercator.

— Non sei nervoso? Non pensi a quello che potrebbe succedere?

— Gli piace essere positivo, — intervenne Heinrich. — Così devono essere gli atleti, al giorno d'oggi. Non si perde tempo con la negatività.

— Che cosa sarebbe questa negatività? Spiega un po'. Che cosa ti viene in mente quando pensi alla negatività?

— Mah, senta. Che senza i serpenti non sono niente. L'unico aspetto negativo è questo: se la cosa non riesce, o la società umana non mi lascia entrare in quella gabbia. Come faccio a essere il migliore nel mio campo, se non me lo lasciano fare?

Mi piaceva guardarlo mangiare. Introiettava il cibo secondo principi aerodinamici. Differenze di pressione, velocità di immissione. Vi procedeva in silenzio e con determinazione, caricando, concentrandosi, sembrava crescere in autoconsiderazione a ogni grumo di amido che gli scorreva sulla lingua.

— Lo sai che potrebbero morderti. Ne abbiamo parlato l'altra volta. Non pensi a che cosa succederebbe, dopo che i denti ti si fossero chiusi sul polso? Non pensi alla possibilità di morire? È questo che vorrei sapere. La morte non ti fa paura? Non ti ossessiona? Consentimi di mettere le carte in tavola, Orest. Non hai paura di morire? Non ti fa mai tremare o sudare? Quando pensi alla gabbia, ai serpenti, ai denti, non ti sembra quasi che la tua camera venga attraversata da un'ombra?

— Che cosa ho letto, proprio l'altro giorno? C'è più gente morta oggi che nel resto della storia, tutta insieme. Che cosa sarebbe uno di più? Dunque tanto vale tentare di morire cercando di finire sul Guinness dei Primati.

Guardai mio figlio. Quindi chiesi: — Sta cercando di dirci che è morta più gente nelle ultime ventiquattr'ore che nel resto della storia dell'uomo, fino a questo momento?

— Sta dicendo che il numero dei morti è maggiore oggi che nel resto della storia, tutti insieme.

— Quali morti? Definiamoli.

— Intende la gente ormai morta.

— Ma che cosa intendi con ormai morta? Chiunque sia morto è ormai morto.

— Intende dire quelli nella tomba. I morti noti. Quelli che si possono contare.

Ascoltavo con attenzione, cercando di capire che cosa intendessero. Arrivò un secondo piatto di cibo per Orest.

— Ma capita che qualcuno rimanga nella tomba per centinaia di anni. Sta dicendo che ci sono più morti nelle tombe che altrove?

— Dipende da che cosa intendi con altrove.

— Non lo so, che cosa intendo. Gli annegati. Quelli fatti saltare per aria.

— Ci sono più morti adesso che mai. Non sta dicendo altro.

Lo guardai un po' più a lungo. Poi mi rivolsi a Orest.

— Tu stai per affrontare intenzionalmente la morte. Ti appresti a fare esattamente ciò che la gente passa tutta la vita a cercar di non fare. Morire. Voglio sapere perché.

— Il mio istruttore dice: «Respira, non pensare». Dice: «Sii serpente e conoscerai l'immobilità del serpente».

— Adesso ha un istruttore, — spiegò Heinrich.

— È un Sunny Moslem, un musulmano sunnita, — aggiunse Orest.

— Ce ne sono diversi, a Iron City, verso l'aeroporto.

— Di solito sono coreani. Però il mio è arabo, credo.

— Non vorrai per caso dire che sono i Moonie, seguaci del reverendo Moon a essere per lo più coreani? — chiesi.

— Lui è un Sunny, — ribatté Orest.

— Ma sono i seguaci di Moon a essere per lo più coreani. Per finta, naturalmente. In realtà lo è soltanto il gruppo guida.

Ci pensarono su per un po'. Io guardavo Orest mangiare. Buttarsi nelle fauci grosse forchettate di spaghetti. La sua testa meditabonda era immobile, semplice passaggio per il cibo che volava via dalla forchetta meccanica. Che senso di determinazione trasmetteva, di massima coerenza nel perseguire la sua azione. Se è vero che ciascuno di noi costituisce il centro della propria esistenza, Orest sembrava impegnato ad ampliarlo, tale centro, a renderlo totalizzante. È questo che fanno gli atleti, ovvero occupare più pienamente l'io? Probabilmente li invidiamo per una maestria che ha poco a che vedere con lo sport. Affrontando un pericolo, gli sfuggono in un senso più profondo, si rifugiano in una scansione angelica, capaci di sfuggire liberi dalla comune morte. Ma Orest era un atleta? In definitiva non avrebbe fatto altro che starsene seduto: seduto per sessantasette giorni in una gabbia di vetro, in attesa di essere pubblicamente morso.

— Non sarai in grado di difenderti, — continuai. — Non soltanto, ma ti troverai in gabbia con le creature più viscide, temute e repellenti del mondo. I serpenti. C'è gente che ne ha l'incubo. Vertebrati striscianti, furtivi, a sangue freddo, ovipari. C'è gente che va dallo psichiatra. I serpenti occupano un loro viscido specifico nel nostro inconscio collettivo. E tu hai intenzione di metterti volontariamente in un posto chiuso con una trentina o una quarantina dei serpenti più velenosi del mondo.

— Ma quale viscidi? Non sono viscidi per niente.

— La famigerata viscidezza è un mito, — confermò Heinrich. — Entrerà in una gabbia con alcune vipere del Gabon, dai denti lunghi cinque centimetri. E magari con una dozzina di mamba. Che sarebbe il serpente più veloce del mondo. Non ti pare che quello della «viscidezza» sia un po' un falso problema?

— È esattamente quello che intendo dire io. Denti. Morso di serpente. Ne muoiono cinquantamila persone all'anno. L'hanno detto alla TV ieri sera.

— Che cos'è che non hanno detto ieri sera alla TV? — ribatté Orest.

Ammirai la sua risposta. Probabilmente ammiravo anche lui. Da un'aspirazione da tabloid stava tirando fuori un io di qualità imperiale. Si sarebbe addestrato senza tregua, avrebbe parlato di se stesso in terza persona, caricato carboidrati. C'erano sempre il suo istruttore, i suoi amici, attratti da quell'aura di rischio illuminato. A mano a mano che si fosse avvicinato al momento fatale, sarebbe cresciuto in energia vitale.

— L'istruttore gli sta insegnando a respirare come una volta, alla maniera sunnita. Un serpente è una cosa sola. Un'essere umano, invece, può essere mille cose diverse.

— Sii un serpente, — disse Orest.

— La gente comincia a interessarsi, — continuò Heinrich. — Cioè lo farà sul serio sai, adesso credono in lui. In tutto e per tutto.

Se l'io è morto, come può anche essere più forte della morte?

Chiesi il conto. Flash estranei di Gray. Un'immagine nebulosa in mutande e calze grige. Tolsi diverse banconote dal portafoglio, strofinandole energicamente con le dita per accertarmi che non ve ne fossero altre appiccicate. Nello specchio del motel ecco lì mia moglie a figura intera, corpo bianco, seno pieno, ginocchia rosee, con addosso soltanto gli scaldamuscoli color menta, come una ragazza pon pon liceale a un'orgia.

Quando arrivammo a casa, la trovai che stirava in camera da letto.

— Che cosa fai? — chiesi.

— Ascolto la radio. Solo che si è appena spenta.

— Se pensavi che con Gray l'avessimo fatta finita, ti sbagli di grosso.

— Intendi Gray come composto o come individuo? C'è una bella differenza.

— Certo che c'è. Denise ha buttato le pastiglie nel compressore.

— Significa che con il composto l'abbiamo fatta finita?

— Non lo so che cosa significhi.

— Significa che hai rivolto la tua attenzione di maschio all'individuo del motel?

— Non ho detto niente di simile.

— Non c'è bisogno che tu lo dica. Sei un maschio. E i maschi seguono la via della furia omicida. La via biologica. La via della comune, fessa e cieca biologia del maschio.

— Guardala lì, tutta contenta, che stira i suoi fazzoletti.

— Jack, quando muori mi butto per terra e resto lì. Alla fine, magari, dopo un bel po', ma proprio un bel po', mi troveranno lì rannicchiata nel buio, incapace di gesti e parole. Ma per adesso non ho nessuna intenzione di aiutarti a trovare né quell'individuo né quella medicina.

— Eterna saggezza di coloro che stirano e cuciono.

— Chiediti che cos'è che desideri di più, se placare la tua paura ancestrale o vendicare il tuo infantile e sciocco orgoglio maschile ferito.

Scesi nell'ingresso ad aiutare Steffie a fare i bagagli. Un cronista sportivo disse: — Non stanno facendo «buuu buuu», ma gridando «Bruce, Bruce» —. Con la bambina c'erano Wilder e Denise. Dall'atmosfera ovattata dedussi che quest'ultima aveva appena finito di fornire una serie di consigli riservati circa le visite ai genitori lontani. Il volo di Steffie partiva da Boston e faceva due scali tra Iron City e Mexico City, ma senza cambi di aereo, per cui la situazione sembrava fattibile.

— Come faccio a sapere che riconoscerò mia madre?

— L'hai vista l'anno scorso, — risposi. — E ti è piaciuta.

— E se si rifiuta di mandarmi indietro?

— Idea per la quale dobbiamo ringraziare Denise, vero? Grazie, Denise. Non preoccuparti. Vedrai che ti rimanda qui.

— E se invece non lo fa? — intervenne Denise. — Sono cose che succedono, sai.

— Non questa volta.

— Dovrai andare giù a rapirla, per riportarla qui.

— Non sarà necessario.

— E se invece sì? — chiese Steffie.

— Lo faresti? — chiese a sua volta Denise.

— Non succederebbe mai e poi mai.

— Succede continuamente, — ribatté lei. — Un genitore si prende la figlia e l'altro paga dei rapitori per riprendersela.

— E se mi tiene là? — chiese Steffie. — Tu che cosa fai?

— Gli toccherà mandare qualcuno in Messico. È l'unica cosa che può fare.

— Ma lo farà? — chiese Steffie.

— Tua madre sa benissimo che non può tenerti là, — replicai. — È continuamente in viaggio. È fuori questione.

— Non preoccuparti, — le disse Denise. — Può dire quello che vuole, ma al momento giusto ti riporta qui.

Steffie mi osservò con un misto di profondo interesse e curiosità. Le dissi che sarei andato in Messico di persona, facendo tutto il necessario per riportarla qui. Steffie guardò Denise.

— È meglio pagare qualcuno, — disse la ragazzina più grande con l'aria di volersi rendere utile. — Così almeno si usa una persona che l'ha già fatto altre volte.

Arrivò Babette, che prese Wilder in braccio.

— Eccoti qui, — disse. — Adesso andiamo tutti all'aeroporto con Steffie. Sì, è così. Sì, sì.

— Bruce, Bruce.

Il giorno seguente ci fu un'evacuazione per odore malefico. Ovunque si vedevano veicoli della SIMUVAC. Le vie vennero perlustrate da uomini in Mylex, dei quali molti portavano strumenti per misurare il danno. La ditta di esperti che aveva organizzato l'evacuazione, riunì un gruppetto di volontari, passati al vaglio del computer, in un furgone della polizia piazzato nel parcheggio del supermercato. Vi fu una mezz'ora di conati e di vomito auto indotti. L'episodio venne registrato su video tape e mandato chissà dove per essere analizzato.

Tre giorni dopo, dall'altra riva del fiume arrivò un odore malefico per davvero. Sulla città parve stendersi uno stato di calma, di pensosità intenta. Il traffico rallentò, gli automobilisti divennero straordinariamente cortesi. Non vi era traccia di iniziative ufficiali, niente minibus o piccole ambulanze dipinte nei colori primari. La gente evitava di guardarsi negli occhi. Un odore irritante nelle narici, un gusto di rame sulla lingua. Con il passare del tempo la volontà di non fare niente parve diventare ancora più profonda, prendere saldamente piede. Vi era chi negava di sentire il minimo odore. È sempre così, con gli odori. Vi era chi sosteneva di non saper cogliere il lato divertente della suddetta inattività. Avevano partecipato alla simulazione della SIMUVAC, ma ora erano riluttanti a scappare. C'era chi si chiedeva che cosa fosse a provocare quell'odore, chi appariva preoccupato, chi sosteneva che l'assenza di personale tecnico significava che non c'era niente di cui preoccuparsi. Cominciarono a lacrimarci gli occhi.

Circa tre ore dopo che ce n'eravamo accorti, di punto in bianco l'odore se ne andò, salvandoci dal dover prendere decisioni ufficiali.

36

Di quando in quando mi capitava di pensare alla Zumwalt automatica nascosta in camera da letto.

Arrivò il tempo degli insetti penduli. Case bianche con bruchi penduli dalle grondaie. Sassi bianchi nei vialetti d'ingresso. La sera si poteva camminare in mezzo alla strada e sentire donne che parlavano al telefono. Il clima più tiepido produce voci nell'oscurità. Parlano dei figli maschi adolescenti. Che grandi, come hanno fatto in fretta. Fanno quasi paura. La quantità di roba che riescono a mangiare. Il modo come si stagliano enormi nelle porte. Sono i giorni pieni di insetti verminosi. Compaiono nell'erba, appiccicati ai rivestimenti della casa, appesi in aria, penzolanti da alberi e grondaie, attaccati alle zanzariere. Le donne facevano interurbane ai nonni dei ragazzi adolescenti. I quali si dividevano la cornetta, vecchi dal sorriso vago e dal golf fatto a mano, a reddito fisso.

Che ne era di loro, quando finivano gli spot pubblicitari?

Una sera una telefonata la ricevetti anch'io. La centralinista disse: — C'è una certa Madre Devi che vuole parlare con Jack Gladney, chiamata a carico del destinatario. Accetta?

— Ciao Janet. Che cosa vuoi?

— Soltanto dirti ciao. Chiederti come stai. Sono secoli che non parliamo un po'.

— Parliamo?

— Lo swami vuole sapere se nostro figlio quest'estate viene qui all'ashram.

— Nostro figlio?

— Tuo, mio e suo. I figli dei propri seguaci lo swami li considera figli suoi.

— Ho appena mandato una figlia femmina in Messico, la settimana scorsa. Quando torna sarò pronto a parlare del maschio.

— Lo swami dice che il Montana farà bene al ragazzo. Crescerà, si irrobustirà. È nell'età critica.

— Perché hai telefonato? Di' la verità.

— Soltanto per salutarti, Jack. È una nostra usanza.

— È uno di quegli swami strambi, con la barba candida? Un po' ridicolo da vedere?

— Siamo gente seria, qui. Il ciclo della storia è composto soltanto di quattro fasi. E adesso ci troviamo nell'ultima. C'è poco tempo per le stramberie.

La sua vocetta stridula rimbalzò fino a me da un globo cavo sistemato in un'orbita geosincronica.

— Se quest'estate Heinrich avrà voglia di venire da te, per me va benissimo. Fallo andare a cavallo, a pescare le trote. Ma non voglio che venga impegolato in qualcosa di personale e intenso, tipo la religione. Da queste parti si è già parlato di rapimenti. C'è una certa tensione.

— L'ultima Era è quella del Buio.

— Bene. Adesso dimmi che cosa vuoi.

— Niente. Ho tutto. Pace mentale, una finalità, vera fratellanza. Desidero soltanto salutarti. Ti saluto, Jack. Ho nostalgia di te. Della tua voce. Vorrei soltanto poter parlare un po', passare qualche istante di ricordi amichevoli.

Appesi e andai a fare un giro. Le donne erano nelle loro case illuminate, occupate a parlare al telefono. Gli swami hanno gli occhi che brillano? Sarebbe stato capace, costui, di rispondere alle domande del ragazzo a cui io non ero riuscito a dare risposta? A fornire sicurezza dove io avevo provocato discussione e polemica? Quanto definitiva sarà l'Era del Buio? Significherà la distruzione suprema, una notte che inghiottirà l'esistenza in maniera tanto completa da farmi guarire del mio morire in solitudine? Ascoltai le donne parlare. Puro suono, come anime.

Arrivato a casa, trovai Babette in tuta, accanto alla finestra della camera da letto, con lo sguardo fisso nella notte.

Cominciarono ad arrivare i delegati all'incontro di studi hitleriani. Una novantina di studiosi di Hitler avrebbero passato i tre giorni dell'incontro partecipando a conferenze, riunendosi in commissioni, assistendo a proiezioni. Sarebbero andati in giro per il campus con il nome scritto in caratteri gotici su targhette laminate appuntate al bavero. Si sarebbero scambiati pettegolezzi su Hitler, diffondendo le solite voci sensazionali circa gli ultimi giorni passati nel *führerbunker*.

Era interessante vedere quanto profondamente fossero simili, nonostante la larga diversità di origini nazionali e regionali. Erano allegri ed entusiasti, sputacchiavano quando ridevano, amavano l'abbigliamento sorpassato, le cose alla buona, la puntualità. Sembravano avere un debole per i dolci.

Diedi loro il benvenuto nella cappella nuova di zecca. Parlai in tedesco, dai miei appunti, per cinque minuti. Soprattutto della madre, del fratello e del cane di Hitler. Un cane di nome Wolf. Parola che in tedesco e in inglese è uguale. Come del resto la maggior parte di quelle che usai nel mio discorso di saluto, più o meno. Avevo passato intere giornate con il dizionario, compilandone degli elenchi. Le mie osservazioni furono di necessità slegate e strane. Feci molti riferimenti a Wolf, molti di più a madre e fratello, alcuni a scarpe e calze, alcuni altri a jazz, birra e baseball. E naturalmente a Hitler. Nome che pronunciai spesso, sperando che dominasse la malcerta struttura delle mie frasi.

Per il resto del tempo cercai di evitare i tedeschi del gruppo. Anche in toga nera e occhiali scuri, con appiccicato sul cuore il nome scritto in caratteri nazisti, in loro presenza, ascoltandoli produrre i loro suoni gutturali, le loro parole, il loro heavy metal, mi sentivo debole, mortale. Raccontavano aneddoti hitleriani e giocavano a pinnacolo. Io non riuscivo a fare altro che borbottare qualche monosillabo a caso, prorompere in vacui accessi di allegria. Passai moltissimo tempo nascosto nel mio studio.

Ogni volta che mi veniva in mente la pistola, rimpiattata tra una pila di magliette come un insetto tropicale, mi sentivo attraversare da una sensazione breve ma intensa. Se fosse piacevole o spaventosa, non avrei saputo dirlo. Più che altro la riconoscevo come un momento dell'infanzia, la profonda eccitazione di avere un segreto nascosto.

Che strumento subdolo è una pistola. Una così piccola, in particolare. Una cosa intima e scaltra, la storia segreta dell'uomo che la possiede. Mi venne in mente come mi sentivo qualche giorno prima, mentre cercavo di trovare il Dylar. Come qualcuno intento a spiare la spazzatura di famiglia. Stavo a poco a poco sprofondando nella vita segreta? Forse la ritenevo l'ultima spiaggia nei confronti della rovina preparatami con tanta casualità dalla forza o non-forza, dal principio o potere o caos che determina simili cose? Stavo forse cominciando a capire le mie ex mogli e i loro legami con il mondo dei servizi segreti?

Gli studiosi di Hitler si riunivano, mangiavano voracemente, ridevano esibendo denti immensi. Io me ne stavo seduto alla mia scrivania, a pensare ai segreti. I quali forse costituiscono il tunnel che dà su un mondo di sogno, dove gli eventi si controllano.

Quella sera mi precipitai all'aeroporto per andare a prendere mia figlia. Era entusiasta e felice, aveva addosso alcune cose messicane. Disse che quelli che mandavano a sua madre i romanzi da recensire, non le davano tregua. Dana riceveva ogni giorno dei tomi enormi che recensiva microfilmando le recensioni e mandandole a un certo archivio segreto. Lamentava nervi tesi, periodi di profondo affaticamento spirituale. Aveva detto a Steffie che stava pensando di abbandonare la clandestinità.

Il mattino seguente feci una rapida scappata a Glassboro all'Autumn Harvest Farms, per fare gli ulteriori esami consigliati dal mio medico. La serietà di una simile occasione è direttamente proporzionale al numero di emissioni corporee che si viene richiesti di destinare alle analisi. Portavo con me diversi esemplari di flaconi, ciascuno dei quali conteneva una malinconica deiezione o secrezione. Da solo, nel cassetto del cruscotto, viaggiava un minaccioso cialdone di plastica, che avevo reverentemente rinchiuso in tre strati di protezione, accuratamente legati. Una sbrodolatura della più solenne tra tutte le deiezioni, che sarebbe certamente stata trattata dai tecnici di servizio con il misto di deferenza, reverenza e timore che generalmente associamo con le religioni esotiche di questo mondo.

Ma prima dovevo trovare il posto. Si rivelò essere un funzionale edificio chiaro in mattoni, a un piano, con pavimenti a piastrelle e fortemente illuminato. Perché mai un posto del genere doveva chiamarsi Autumn Harvest Farms, Fattorie del Raccolto d'Autunno? Che fosse un tentativo per equilibrare l'insensibilità dei loro fiammanti strumenti di precisione? Forse un nome pittoresco ha la facoltà di indurci a credere che vi-

viam in un un'epoca precancerogena? Quale tipo di stato ci si poteva aspettare che venisse diagnosticato in un istituto denominato Fattorie del Raccolto d'Autunno? Pertosse? Laringite difterica? Un po' di influenza? Famigliari vecchi malanni di campagna, da curare con un po' di riposo a letto e un massaggio toracico in profondità con Vicks VapoRub. Qualcuno ci avrebbe letto brani del *David Copperfield*?

Provavo una certa apprensione. Mi portarono via i campioni e quindi mi fecero sedere davanti a una tastiera di computer. Digitai la storia della mia vita e morte, a poco a poco: ogni risposta sollecitava ulteriori domande, in un'implacabile progressione di voci e sottovoci. Mentii tre volte. Quindi mi diedero una vestaglia ampia e una targhetta di riconoscimento da attaccare al polso. Dopo di che venni spedito per certi corridoi oscuri, dove venni misurato e pesato, sottoposto a esame del sangue, a encefalogramma, a registrazione dei flussi che mi attraversavano il cuore. Mi studiarono ed esaminarono stanza dopo stanza, in cubicoli apparentemente sempre più angusti, più violentemente illuminati, più vuoti di mobilio umano. Sempre un tecnico nuovo. Sempre co-pazienti privi di volto, nel dedalo di corridoi che portava da stanza a stanza, tutti in vestaglia identica. Nessuno mi rivolse un saluto. Fui piazzato su un'apparecchiatura oscillante, voltato sottosopra e lasciato lì così appeso per sessanta secondi. Da uno strumento vicino emerse un tabulato. Fui messo su un tappeto mobile e mi dissero di correre, correre ancora. Mi attaccarono vari strumenti alle cosce, mi piantarono diversi elettrodi nel torace. Fui inserito in un elaboratore di immagini, una specie di scanner computerizzato. Qualcuno sedeva a una tastiera e digitava, trasmettendo un messaggio alla macchina incaricata di rendere trasparente il mio corpo. Sentii venti magnetici, vidi lampi di aurora boreale. Varie persone attraversarono il corridoio come anime in pena, reggendo alta la propria urina in certe coppette chiare. Mi trovai in piedi in una stanza dalle dimensioni di un ripostiglio. Mi dissero di puntare un dito davanti alla mia faccia e di chiudere l'occhio sinistro. Il pannello si chiuse, lampeggiò una luce bianca. Stavano cercando di aiutarmi, di salvarmi.

Finalmente, rivestito, mi trovai seduto a una scrivania, di fronte a un giovane nervoso in camice bianco. Esaminò la mia scheda, borbottando qualcosa circa il fatto di essere nuovo. Fui sorpreso di scoprire che la cosa mi lasciava indifferente. Anzi, credo di averne persino tratto sollievo.

— Quanto ci vuole perché arrivino i risultati?

— Sono già arrivati, — rispose.

— Pensavo che fossimo qui per una discussione generale. La parte umana di tutto questo procedimento. Ciò che le macchine non sono in grado di cogliere. E che i numeri veri e propri sarebbero stati pronti tra due o tre giorni.

— Invece sono già pronti.

— Ma non sono sicuro di esserlo io. Tutte queste apparecchiature fiammanti scombussolano un po'. Posso immaginare benissimo che una persona perfettamente sana si possa ammalare soltanto sottoponendosi a tutti questi test.

— E perché mai? Sono le apparecchiature d'esame più accurate del mondo. Disponiamo di sofisticati computer per analizzare i dati. Questa attrezzatura è capace di salvare una vita. Mi creda, l'ho visto succedere. Abbiamo strumenti che lavorano meglio delle più moderne apparecchiature a raggi X o dei TAC più aggiornati. Possiamo vedere molto più a fondo, con maggior cura.

Parve acquistare confidenza. Era un individuo dallo sguardo mite e dal viso butterato, che mi fece venire in mente i ragazzi che al supermercato stanno piazzati fuori dalle casse, a mettere la spesa dentro le borse di plastica.

— Ecco come cominciamo di solito, — continuò. — Io faccio qualche domanda in base al tabulato e lei risponde al meglio delle sue capacità. Alla fine le do il tabulato in una busta sigillata e lei la porta al suo medico per una visita a pagamento.

— Bene.

— Bene. Di solito cominciamo chiedendo come si sente.

— In base al tabulato?

— No, così, come si sente e basta, — rispose con voce gentile.

— Secondo me, in termini reali, mi sento relativamente sano, salvo conferma.

— Poi di solito passiamo alla stanchezza. Ne ha avvertita, di recente?

— Di solito cosa risponde la gente?

— Affaticamento medio, per lo più.

— Potrei dire esattamente la stessa cosa ed essere mentalmente convinto di avere definito il mio stato in maniera corretta e precisa.

Apparentemente soddisfatto della risposta, prese un baldanzoso appunto sulla pagina che aveva di fronte.

— E l'appetito? — chiese.

— Mah, potrei dire bene come anche male.

— Più o meno come direi io, in base al tabulato.

— In altre parole vuole dire che a volte ce l'ho buono e altre volte no.

— È una domanda o un'affermazione?

— Dipende da quello che dicono i numeri.

— Allora siamo d'accordo.

— Bene.

— Bene, — concordò. — E il sonno? Di solito ce ne occupiamo prima di chiedere al paziente se gradisce un po' di tè o di decaffeinato. Non forniamo zucchero.

— Vi capita tanta gente con problemi di sonno?

— Solo nelle fasi finali.

— Le fasi finali del sonno? Cioè, che si svegliano presto e non riescono più a riaddormentarsi?

— Le fasi finali della vita.

— Proprio come pensavo. Bene. L'unica cosa che ho è una certa soglia bassa dell'agitazione.

— Bene.

— Divento un po' inquieto. A chi non capita?

— Si agita e rivoltola?

— Mi agito, — risposi.

— Bene.

— Bene.

Prese alcuni appunti. Pareva che le cose andassero bene. Fui rincuorato nel constatare quanto. Declinai l'offerta del tè, cosa che parve fargli piacere. Procedevamo spediti.

— È a questo punto che chiediamo del fumo.

— Facile. La risposta è no. E non è che abbia smesso cinque o dieci anni fa. Non ho mai fumato. Neanche da ragazzo. Mai provato. Mai sentito il bisogno.

— È sempre un punto a favore.

Mi sentii immensamente rassicurato e pieno di gratitudine.

— Procediamo spediti, vero?

— C'è gente a cui piace farla lunga, — rispose. — Si interessano al proprio stato. Diventa quasi un hobby.

— A che cosa dovrebbe servirmi la nicotina? Ma non basta. Bevo caffè di rado e certamente mai con la caffeina. Non riesco a capire che cosa ci trovi la gente in questo tipo di stimolo artificiale. Per tirarmi su, a me basta una passeggiata per i boschi.

— Astenersi dalla caffeina è sempre meglio.

Sì, pensai. Premia la mia virtù. Dammi la vita.

— Poi c'è il latte, — continuai. — Non si accontentano del caffè e dello zucchero. Vogliono anche il latte. Con tutti quegli acidi grassi. Non lo tocco da quando ero bambino. Mai toccato la panna. Sempre mangiato cibi leggeri. Raramente un liquore forte. Mai capito perché la gente beva. Acqua. Io bevo quella. Di un bicchiere d'acqua ci si può fidare.

Attesi che mi dicesse che così facendo aggiungevo anni alla mia vita.

— A proposito di acqua, — disse invece, — le è mai capitato di trovarsi esposto a sostanze industriali contaminanti?

— Che cosa?

— Materiale tossico nell'aria o nell'acqua.

— È quello che chiedete di solito, dopo le sigarette?

— È una domanda che esula dal programma.

— Intende dire se lavoro con materiali come l'amianto? Assolutamente no. Faccio l'insegnante. La mia vita è nell'insegnamento. L'ho passata tutta in un campus. Che cosa c'entra l'amianto?

— Ha mai sentito parlare del Nyodene Derivative?

— Dovrei, in base al tabulato?

— Ce ne sono tracce nel suo flusso sanguigno.

— Com'è possibile, se non ne ho mai sentito parlare?

— Lo scanner magnetico dice che c'è. Vedo dei numeri tra parentesi con asterisco.

— Vuol dire che il tabulato mostra le prime ambigue tracce di uno stato appena percepibile, derivante da una minima accettabile esposizione a una scoria?

Perché mi esprimevo in quella maniera artificiosa?

— Lo scanner magnetico è piuttosto chiaro, — rispose.

Che cosa ne era del nostro tacito accordo di procedere speditamente nel programma, senza approfondimenti capaci di far perdere tempo e di produrre inutili polemiche?

— Che cosa succede quando una persona ha delle tracce di questo materiale nel sangue?

— Gli si forma una massa nebulosa, — rispose.

— Io credevo che nessuno sapesse con certezza che cosa fa il Nyodene D. agli esseri umani. Ai topi sì, è noto.

— Ma se mi ha appena detto che non ne ha mai sentito parlare. Come fa a sapere quello che fa o non fa?

Mi aveva beccato. Mi sentii imbrogliato, raggirato, preso per fesso.

— Le nozioni cambiano ogni giorno, — continuò. — Disponiamo di dati contraddittori secondo i quali l'esposizione a quella sostanza può provocare una massa.

La sua fiducia in se stesso aveva raggiunto un livello stratosferico.

— Bene. Passiamo al punto successivo. Ho una certa fretta.

— Siamo arrivati al punto in cui io le consegno la busta sigillata.

— E la ginnastica? La risposta è: niente. La odio, mi rifiuto di farla.

— Bene. Le consegno la busta.

— Che cos'è una massa nebulosa, tanto per curiosità?

— Una possibile escrescenza nel corpo.

— E si chiama nebulosa perché non si riesce ad averne un'immagine chiara.

— Noi otteniamo immagini chiarissime. L'elaboratore di immagini fa le foto più chiare che sia umanamente possibile. Si chiama massa nebulosa perché non ha né conformazione, né forma, né limiti definiti.

— Che cosa può fare, nella peggiore delle ipotesi?

— Può far morire.

— Parli come mangia, per amor di Dio. Questo gergo moderno non mi piace.

Prese bene l'insulto. Più mi arrabbiavo, più gli piaceva. Irradiava energia e salute.

— E adesso siamo arrivati al punto in cui la prego di passare alla cassa.

— E il potassio? Sono venuto qui soprattutto perché avevo

il potassio sopra la norma.

— Noi non ce ne occupiamo.

— Bene.

— Bene. L'ultima cosa che sono tenuto a dirle è di portare la busta dal suo medico. Lui conosce i simboli.

— È finita, dunque. Bene.

— Bene, — concluse.

Mi trovai a stringere cordialmente la sua mano. Qualche minuto dopo ero per strada. Un ragazzo procedeva a piedi piatti su un prato pubblico, spingendo davanti a sé un pallone da calcio. Un altro era seduto sull'erba, impegnato a togliersi le calze tirandole con violenza dai calcagni. È tutto così letterario, pensai stizzosamente. Strade zeppe di particolari di vita istintiva mentre il protagonista pondera l'ultimissima fase del proprio morire. Era una giornata parzialmente nuvolosa, con tendenza dei venti a calare verso il tramonto.

Quella sera andai a fare un giro per le strade di Blacksmith. Ardore di TV dagli occhi azzurri. Voci ai telefoni digitali. Lontani, i nonni si strizzano su una sola poltrona, felici di dividersi la cornetta mentre le onde portanti si trasformano in segnali udibili. È la voce del nipote maschio, il ragazzo adolescente, il cui viso compare nelle istantanee sistemate tutto attorno al telefono. Dai loro sguardi trasuda gioia, ma una gioia offuscata, trasfusa in una consapevolezza triste e complessa. Che cosa sta dicendo il ragazzo? La pelle brufolosa lo rende infelice? Vuole lasciare la scuola e andare a lavorare a tempo pieno al Foodland, a mettere le merci nei sacchetti di plastica? Sostiene che gli *piace* farlo. È l'unica cosa che in vita sua trovi gratificante. Mettere dentro prima i bidoncini da cinque litri, sistemare bene i contenitori da sei lattine, mettere un doppio sacchetto per la mercanzia pesante. Lo fa bene, ci è tagliato, *vede* i diversi articoli già sistemati nel sacchetto prima ancora di toccarne uno solo. È come lo Zen, nonno. Stacco due sacchetti, li ficco uno dentro l'altro. Non ammacco la frutta, sto attento alle uova, metto il gelato in un sacchetto termico. Mi passano davanti mille persone al giorno, ma non mi vede nessuno. Mi piace, nonna, è una cosa totalmente priva di minaccia, è così che voglio passare la vita. E loro lo ascoltano tristemente, volendogli ancora più bene, con il viso premuto contro la lustra cornetta del Trimline o del Princess nella camera da letto, o del semplice Rotary marrone nel rifugio del nonno, rivestito di pannelli, in cantina. Il vecchio signore si fa scorrere una mano nel ciuffo di capelli bianchi, la signora regge gli occhiali chiusi contro il viso. Nuvole corrono accavallandosi sullo sfondo della luna che procede verso ovest; le stagioni cambiano in fosca sequenza, procedendo più a fondo nell'immobilità dell'inverno, un paesaggio di silenzio e ghiaccio.

Il vostro medico conosce i simboli.

37

La lunga camminata cominciò a mezzogiorno. Non immaginavo sarebbe diventata così lunga. Pensavo che potesse essere una meditazione di eterogenea natura, Murray e io, una mezz'oretta di deambulazione per il campus. Invece si trasformò in un pomeriggio carico di importanza, in una seria e tortuosa passeggiata socratica, con conseguenze pratiche.

Incontrai Murray dopo il suo seminario sugli incidenti d'auto e ci dirigemmo verso i margini del campus, oltre i condomini perlinati di cedro e sistemati nel loro assetto famigliarmente difensivo tra gli alberi, grappolo di dimore così ben fuse nell'ambiente che gli uccelli continuavano ad andare a sbattere contro i cristalli delle finestre.

— Ma tu fumi la pipa, — dissi.

Lui esibì il suo sorriso sfuggente.

— Dà un buon look. Mi piace. Funziona.

Abbassò lo sguardo, sorridendo. La pipa aveva un cannello lungo e stretto, e un fornello cubico. Era color bruno chiaro e dava l'idea di un arnese domestico di elevata origine, tipo un pezzo di antiquariato Amish o Shaker. Mi chiesi se l'avesse scelta per accordarla alla barbetta, che aveva un tono vagamente severo. Dai suoi gesti e dalle sue espressioni sembrava emanare una tradizione di ferma virtù.

— Perché non riusciamo ad affrontare la morte con intelligenza? — chiesi.

— È evidente.

— Cioè?

— Ivan Ilich smaniò per tre giorni. È il massimo di intelligenza che possiamo raggiungere. Lo stesso Tolstoi faceva fatica a capire. Ne aveva una paura terribile.

— È quasi come se fosse proprio la nostra paura a farla arrivare. Se riuscissimo a imparare a non avere paura, potremmo forse vivere per sempre.

— Ci autoconvinciamo della sua esistenza. È questo che intendi?

— Non lo so che cosa intendo. So soltanto che sto concludendo i moti del vivere. Sono tecnicamente morto. Nel mio corpo si sta formando una massa nebulosa. Sono cose che vengono individuate come i satelliti. Tutto ciò come conseguenza del sottoprodotto di un insetticida. Nella mia morte c'è qualcosa di artificiale. È vuota, non appagante. Io non sto né in cielo né in terra. Sulla mia tomba bisognerebbe incidere una bomboletta spray.

— Ben detto.

Ben detto? Che cosa intendeva, con questa espressione? Volevo che mi contraddicesse, che sollevasse la mia morte a un livello più elevato, che mi facesse sentire meglio.

— Credi che sia ingiusto? — chiese.

— Certo. Oppure è una risposta trita?

Parve scrollare le spalle.

— Guarda come ho vissuto io. Ti sembra che la mia vita sia stata una folle corsa al piacere? Che io mi sia votato deliberatamente all'autodistruzione, prendendo droghe illegali, guidando auto veloci, bevendo all'eccesso? Un po' di sherry secco ai ricevimenti della facoltà. Mangio cibi leggeri.

— No, non è vero.

Diede alcune tirate alla pipa, serissimo, incavando le guance. Per un po' procedemmo in silenzio.

— Credi che la tua morte sia prematura? — chiese poi.

— Tutte le morti sono premature. Non c'è ragione scientifica per la quale non si possa vivere centocinquant'anni. In effetti ad alcune persone succede, stando a un titolo che ho visto al supermercato.

— Credi che sia un senso di incompletezza a provocare in te il più profondo rimpianto? Ci sono ancora cose che speri di compiere. Lavoro da fare, sfide intellettuali da affrontare.

— Il rimpianto più profondo è la morte. L'unica cosa da affrontare è la morte. Non penso ad altro. Il punto è uno solo: non voglio morire.

— Dall'omonimo film di Robert Wise, con Susan Hayward nella parte di Barbara Graham, assassina in carcere. Aggressiva colonna sonora jazz di Johnny Mandel.

Lo guardai.

— In conclusione, Jack, staresti affermando che la morte risulterebbe ugualmente minacciosa anche se avessi compiuto tutto ciò che speravi di compiere nella tua vita e nel tuo lavoro.

— Sei matto? Naturale. Che idea elitaria. A uno che di mestiere mette le merci nei sacchetti di plastica, chiederesti se teme la morte non in quanto tale, ma perché ci sono ancora dei simpatici alimentari che gli farebbe piacere mettere nei sacchetti?

— Ben detto.

— La morte è così. Non voglio che ritardi quanto basta perché io possa scrivere una monografia. Voglio che si tolga dai piedi per un settanta, ottant'anni.

— La tua condizione di condannato conferisce alle tue parole un certo prestigio e una certa autorità. Mi piace. A mano a mano che si avvicina il momento fatale, penso che scoprirai che la gente ha una grandissima voglia di sentire quello che hai da dire. Ti daranno la caccia.

— Vuoi dire che mi si offre una meravigliosa opportunità per farmi degli amici?

— Dico che non puoi rinunciare a vivere per lasciarti andare nell'autocompatimento e nella pena. Si pretenderà che tu sia coraggioso. Ciò che si cerca in un amico moribondo è un'ostinata sorta di nobiltà a piena voce, il rifiuto di rinunciare, con momenti di humour irrefrenabile. Tu stai crescendo in prestigio già mentre siamo qui che parliamo tra noi. Ti stai creando un'aureola attorno al corpo. Devi ammettere che è una grande cosa.

Scendemmo tenendoci al centro di una strada ripida e tortuosa. In giro non c'era nessuno. Le case erano vecchie e sembravano incombere gigantesche su di noi, sistemate com'erano sopra strette scalinate in pietra, fatiscenti.

—Credi che l'amore sia più forte della morte? — chiese.

— Neanche per idea.

— Bene, — replicò. — Nulla lo è. Credi che a temere la morte siano soltanto coloro che hanno paura della vita?

— Che sciocchezza. Un'idiozia totale.

— Giusto. Ne abbiamo paura tutti, in una certa misura. Chi lo nega mente a se stesso. Gente vuota.

— Gente che mette il proprio nomignolo sulla targa dell'auto.

— Eccellente battuta, Jack. Credi che la vita senza la morte sia in qualche misura incompleta?

— E come potrebbe? È proprio la morte a renderla tale.

— Non pensi che la nostra coscienza della morte rende la vita più preziosa?

— A che cosa serve una preziosità basata su paura e angoscia? È tremendo, terrificante.

— Vero. Le cose più preziose sono quelle di cui ci sentiamo più sicuri. Una moglie, un figlio. Questo eventuale figlio, lo spettro della morte lo rende più prezioso?

— No.

— No. Non c'è motivo di credere che la vita sia più preziosa perché fugge. Riflettiamo su questo. Bisogna che gli venga detto che deve morire, perché uno possa cominciare a vivere in tutta pienezza la propria vita. Vero o falso?

— Falso. Una volta stabilita la morte, diventa impossibile vivere una vita soddisfacente.

— Preferiresti sapere data e ora esatte della tua morte?

— Assolutamente no. È già abbastanza temere l'ignoto. Di fronte all'ignoto possiamo fingere che non esista. Le date esatte indurrebbero molti al suicidio, se non altro per farla in barba al sistema.

Attraversammo un vecchio ponte sull'autostrada, schermato, invaso da oggetti tristi e scoloriti. Seguimmo un sentiero lungo un torrentello, ci avvicinammo al bordo del campo sportivo della scuola superiore. Delle donne vi portavano i bambini a giocare nella fossa del salto in lungo.

— Che cosa posso fare? — chiesi.

— Potresti fidare nella tecnologia. Ti ha messo in questa situazione, può tirartene fuori. È la sua ragione d'essere. Da una parte produce fame di immortalità. Dall'altra minaccia l'estinzione universale. La tecnologia è la lussuria estrapolata dalla natura.

— Davvero?

— È ciò che abbiamo inventato per celare il terribile segreto del decadimento del nostro corpo. Ma è anche vita, no? La prolunga, fornisce nuovi organi in cambio di quelli consumati. Nuovi strumenti, nuove tecniche ogni giorno che passa. Laser, maser, ultrasuoni. Fida in lei, Jack. Credici. Ti inseriranno in un tubo luminoso, irradieranno il tuo corpo con il componente base dell'universo. Luce, energia, sogni. La stessa bontà di Dio.

— Non credo che per un po' avrò voglia di vedere nessun medico, Murray.

— In questo caso puoi sempre sconfiggere la morte concentrando la tua attenzione sulla vita a venire.

— E come dovrei fare?

— È evidente. Leggi libri sulla reincarnazione, sulla trasmigrazione, sull'iperspazio, sulla resurrezione dei morti e così via. Sono credenze su cui si basano dei sistemi splendidi. Studiale.

— Tu ci credi?

— Milioni di persone ci credono da migliaia di anni. Buttatici. La fede in una seconda nascita, in una seconda vita, è praticamente universale. Deve pur significare qualcosa.

— Ma gli splendidi sistemi di cui sopra sono tutti completamente diversi.

— Scegline uno che ti piace.

— La metti in termini tali da farla sembrare una comoda fantasticheria, la peggior forma di autoillusione.

Parve di nuovo scrollare le spalle. — Pensa alla grande poesia, alla musica, alla danza, ai rituali che vengono prodotti dalla nostra aspirazione a una vita oltre la morte. Forse sono cose che bastano da sole a giustificare le nostre speranze e i nostri sogni, anche se non lo direi a un moribondo.

Così detto mi diede una gomitata. Quindi procedemmo verso la zona commerciale della città. Murray si fermò un attimo, sollevò un piede alle proprie spalle e si chinò all'indietro per battere fuori un po' di cenere dalla pipa. Quindi la intascò con aria esperta, ficcandola a fornello in giù nella giacca di velluto a coste.

— Seriamente parlando, si può trovare molto sollievo su larga scala nell'idea di un aldilà.

— Ma non devo crederci veramente? Non devo sentire nell'animo che c'è effettivamente qualcosa al di là di questa vita, lassù, aleggiante nell'oscurità?

— Che cosa credi che sia l'aldilà, un insieme di fatti che non aspettano altro che di essere scoperti? Credi che l'aeronautica militare degli Stati Uniti stia segretamente raccogliendo dati sull'aldilà, tenendoli nascosti soltanto perché non siamo abbastanza maturi per accettare le scoperte fatte? Perché provocherebbero del panico? No. Te lo dico io che cos'è l'aldilà. È un'idea dolce ed estremamente commovente. Si può prendere o lasciare. Per adesso quello che dovresti fare sarebbe come sopravvivere a un tentativo di assassinio. Sarebbe un tonico istantaneo. Ti sentiresti favorito, privilegiato, cresceresti in carisma.

— Ma prima hai detto che era la morte a darmi questo maggiore carisma. E poi, chi sarebbe a volermi uccidere?

Scrollò ancora una volta le spalle. — Sopravvivi a un disastro ferroviario con cento vittime. Esci sano e salvo dal tuo monoplano Cessna precipitato su un campo di golf dopo essere andato a sbattere nei fili dell'alta tensione, pochi minuti dopo il decollo, a causa della forte pioggia. Non è indispensabile che sia un assassinio. Pensa di essere sull'orlo di una rovina dopo un incendio, dove siano stesi altri corpi inerti e contorti. È un'idea che può controbattere qualsiasi numero di masse nebulose, almeno per un po'.

Guardammo per un po' le vetrine, quindi entrammo in una calzoleria. Murray osservò un po' di Dockstep, Clark, Sax. Poi tornammo fuori al sole. Bambini nei passeggini ci guardavano dal basso, strizzando gli occhi, quasi pensassero che fossimo qualcosa di strano.

— Il tedesco ti è servito a qualcosa?

— Non posso dire di sì.

— Ti è stato mai di aiuto?

— È difficile da dire. Non so. Chi può mai saperle, queste cose?

— Che cos'hai cercato di fare, in tutti questi anni?

— Di mettermi sotto la protezione di un incantesimo, credo.

— Giusto. Non c'è niente da vergognarsi, Jack. È soltanto la paura a farti agire così.

—*Soltanto* la paura? *Soltanto* la morte?

— Non dobbiamo stupirci del tuo mancato successo. Quanto hanno dimostrato di essere potenti, i tedeschi? In definitiva hanno perso la guerra.

— È quello che ha detto anche Denise.

— Ne hai discusso con i bambini?

— Superficialmente.

— Le persone indifese e timorose vengono attratte dalle figure magiche, mitiche, dai personaggi epici intimidatori e cupamente giganteggianti.

— Stai parlando di Hitler, mi pare.

— Ci sono personaggi più grandi della vita. Hitler è più grande della morte. E tu pensavi che ti avrebbe protetto. Lo capisco perfettamente.

— Davvero? Anche a me piacerebbe capire.

— È del tutto evidente. Volevi essere aiutato e protetto. La massa dell'orrore non avrebbe dovuto lasciare spazio per la tua morte. «Sommergimi», hai detto. «Assorbi la mia paura». A un certo livello avresti desiderato nasconderti in Hitler e nelle sue opere. A un altro avresti invece voluto servirtene per crescere in importanza e forza. Avverto una certa confusione di mezzi. Non che intenda criticare. È stata una cosa temeraria, quella che hai fatto, un colpo temerario. *Servirtene*. È un tentativo che ammiro, anche se ne vedo tutta la futilità. Non peggiore, comunque, di portarsi addosso un amuleto o un pezzo di ferro da toccare. Seicento milioni di indù stanno a casa dal lavoro se quel mattino i segni non sono fausti. Quindi non è che ti stia puntando il dito contro.

— L'orrenda e vasta profondità.

— Naturale.

— L'inesauribilità.

— Capisco.

— L'immensa ineffabilità.

— Sì, assolutamente.

— La solenne oscurità.

— Certo, certo.

— La terribile, infinita immensità.

— Ti capisco perfettamente.

Quindi diede un colpetto sul paraurti di un'auto parcheggiata in diagonale, con un mezzo sorriso.

— Perché non ce l'hai fatta, Jack?

— Una confusione di mezzi.

— Giusto. Ci sono numerosi modi per aggirare la morte. E tu hai cercato di usarne due in una volta sola. Da una parte ti sei esposto e dall'altra hai cercato di nasconderti. Come lo definiamo, un tentativo del genere?

— Stupido.

Lo seguii nel supermercato. Esplosioni di colore, strati di suono oceanico. Procedemmo sotto un vistoso stendardo che annunciava una lotteria per raccogliere fondi per una malattia incurabile. Il messaggio era composto in maniera tale da far pensare che la malattia se la sarebbe presa il vincitore. Murray lo paragonò a una bandiera tibetana di preghiera.

— Perché ho avuto questa paura tanto a lungo, in maniera così consistente?

— È evidente. Non sei capace di rimuovere. Siamo tutti coscienti che non c'è scampo alla morte. Che fare, con una consapevolezza tanto schiacciante? Rimuoviamo, camuffiamo, seppelliamo, escludiamo. Alcuni ci riescono meglio di altri. È tutto.

— Come posso migliorare?

— Non puoi. Alcuni, semplicemente, non dispongono degli strumenti inconsci che servono per compiere le necessarie operazioni di camuffamento.

— Come facciamo a sapere che esiste questa rimozione, se gli strumenti sono inconsci e ciò che stiamo rimuovendo è una cosa tanto abilmente camuffata?

— L'ha detto Freud. A proposito di figure giganteggianti.

Prese una scatola di Domopak, leggendo il lettering dell'espositore, studiandone i colori. Annusò un pacchetto di minestra disidratata. Quel giorno i dati erano fortissimi.

— Credi che io stia in qualche modo meglio perché non so come rimuovere? È possibile che la paura costante sia la condizione naturale dell'uomo e che, vivendo a così stretto contatto con la mia paura, io stia effettivamente compiendo qualcosa di eroico, Murray?

— Ti senti eroico?

— No.

— Allora probabilmente non lo sei.

— Ma la rimozione non è una cosa innaturale?

— È la paura a esserlo. Lo sono lampi e tuoni. Dolore, morte, realtà, queste sono cose innaturali. Non possiamo sopportarle così come sono. Sappiamo troppo. Quindi ricorriamo alla rimozione, al compromesso, al camuffamento. È così che sopravviviamo nell'universo. È questo il linguaggio naturale della specie.

Lo guardai attentamente.

— Io faccio ginnastica. Mi prendo cura del mio corpo.

— Non è vero, — replicò.

Quindi aiutò un vecchio a leggere la data su una forma di pane all'uvetta. Bambini correvano qua e là sui carrelli argentei.

— Dash, Dixan, Ariel.

Scrisse qualcosa nel suo taccuino. Quindi lo vidi evitare con destrezza una dozzina di uova cascate sul pavimento, che facevano colare materia tuorlacea da un cartone sfondato.

— Perché sto così bene quando sono con Wilder? Non è come essere con gli altri ragazzi, — dissi.

— Avverti la totalità del suo ego, il suo essere esente da limitazioni.

— In che senso, esente da limitazioni?

— Non sa che deve morire. Non sa nulla della morte. Tu godi della benedizione del suo essere un semplice, del suo essere esente dai pericoli. Vuoi avvicinarti a lui, toccarlo, guardarlo, inspirarlo. Com'è fortunato. Una nuvola di inconsapevolezza, una personcina onnipotente. Il bambino è tutto, l'adulto niente. Pensaci. Tutta la vita di un individuo è il dipanarsi di questo conflitto. Non c'è da meravigliarsi se siamo confusi, sconcertati, distrutti.

— Non stai andando un po' troppo in là?

— Sono di New York.

— Creiamo cose belle e durature, edifichiamo vaste civiltà.

— Splendide evasioni, — continuò. — Grandiose fughe.

I battenti si separarono fotoelettronicamente. Uscimmo all'aperto, superando la tintoria, la parrucchiera, l'ottico.

Murray riaccese la pipa, dando poderose tirate al bocchino.

— Abbiamo parlato dei modi per aggirare la morte, — disse. — Abbiamo già discusso come tu ne abbia provati due, che si sono annullati a vicenda. Abbiamo parlato di tecnologia, di disastri ferroviari, della fede in un aldilà. Ma ci sono anche altri metodi, e vorrei parlare di almeno uno di essi.

Attraversammo la strada.

— Io credo, Jack, che al mondo ci siano due tipi di persone. Chi assassina e chi muore. Nella stragrande maggioranza apparteniamo al secondo dei due. Non abbiamo la disposizione, la furia o quel che sia, che occorre per essere assassini. Lasciamo che la morte arrivi. Ci mettiamo lì e moriamo. Ma pensa cosa si prova a essere un assassino. Pensa quant'è eccitante, in teoria, ammazzare un altro in un confronto diretto. Se muore l'altro, non puoi morire tu. Ucciderlo significa guadagnare credito vitale. Più gente si uccide, più credito si accumula. È la spiegazione di qualsiasi massacro, guerra, esecuzione.

— Stai dicendo che l'uomo, nella storia, ha sempre cercato di guarire dalla morte uccidendo gli altri?

— È evidente.

— E la definisci una cosa eccitante?

— Sto parlando in teoria. In teoria la violenza è una forma di rinascita. Colui che muore soccombe passivamente. L'assassino continua a vivere. Che equazione meravigliosa. Più una banda di predoni ammassa cadaveri, più ammassa forza. Forza che si accumula come un favore degli dèi.

— Ma tutto questo che cosa c'entra con me?

— È teoria. Siamo un paio di accademici che stanno facendo una passeggiata. Ma immagina lo shock viscerale di vedere l'avversario insanguinato nella polvere.

— Pensi che ciò aumenti la riserva di credito dell'altro, come una transazione bancaria?

— Il nulla ti sta fissando in faccia. Oblio totale ed eterno. Cesserai di essere. *Di essere*, Jack. Chi muore lo accetta e muore. L'assassino, in teoria, tenta di sconfiggere la propria morte ammazzando gli altri. Compera tempo, compera vita. Guarda gli altri contorcersi. Vede il sangue scorrere nella polvere.

Lo guardai, sbalordito. Tirava beato la sua pipa, producendo rumori sordi.

— È un modo per tenere sotto controllo la morte. Un modo per conquistare il sopravvento definitivo. Essere per una volta l'assassino. E lasciare a un altro la parte di quello che muore. Lasciarsi, teoricamente, sostituire da lui in quel ruolo. Se muore lui, non puoi essere tu. Lui muore, tu vivi. Non vedi com'è meravigliosamente semplice?

— Vuoi dire che è quello che si fa da secoli?

— E si continua a farlo. Lo si fa su piccola scala privata, lo si fa per gruppi, folle e masse. Si ammazza per vivere.

— Mi sembra una cosa terribile.

Parve scrollare le spalle. — Il massacro non avviene mai a caso. Più gente si ammazza, più potere si ottiene sulla propria morte. Negli assassinii più selvaggi e indiscriminati agisce una forma di segreta precisione. Parlarne non significa fare pubbliche relazioni per l'assassinio. Siamo due accademici in un ambiente intellettuale. È nostro dovere esaminare correnti di pensiero, indagare il significato del comportamento umano. Ma pensa quant'è eccitante riuscire vincitore in una lotta mortale, guardare quel bastardo dell'avversario che spande sangue.

— In altre parole mi stai dicendo di tramare un assassinio. Ma ogni trama è in realtà un assassinio. Tramare significa morire, che lo si sappia o no.

— Tramare significa vivere, — ribatté.

Lo guardai. Esaminai il suo volto, le sue mani.

— Cominciamo la vita nel caos, nel balbettio. Poi, a mano a mano che ci eleviamo nel mondo, cerchiamo di elaborare una forma, un progetto. Tutto ciò ha una sua dignità. Tutta la vita è una trama, un piano, un diagramma. Un piano fallito, ma questo non c'entra. Tramare significa affermare la vita, cercarne una forma e il controllo. Anche dopo la morte — anzi, soprattutto dopo la morte — la ricerca continua. I riti funebri sono un tentativo di completare lo schema, in termini rituali. Immaginati un funerale di stato, Jack. È tutto precisione, dettaglio, ordine, disegno. La nazione trattiene il fiato. Gli sforzi di un governo immenso e potente in azione su una cerimonia che elimina l'ultima traccia di disordine. Se tutto va bene, se essa viene portata a compimento, si osserva una legge naturale della perfezione. La nazione è liberata dall'ansia, la vita del defunto è redenta, la vita stessa è rafforzata, riaffermata.

— Ne sei sicuro? — chiesi.

— Tramare, mirare a qualcosa, dare forma a tempo e spazio. È così che facciamo progredire l'arte della coscienza umana.

Tornammo verso il campus compiendo un ampio arco. Vie

immerse in un'ombra profonda e silenziosa, sacchi della spazzatura messi fuori per essere ritirati. Superammo il sovrappasso del tramonto, facendo una breve sosta per guardare le macchine schizzare via velocissime. Raggi del sole che rimbalzavano da vetri e cromature.

— Tu sei un assassino o uno che muore, Jack?

— La risposta la sai già. È tutta la vita che muoio.

— Che cosa potresti fare allora?

— Che cosa può fare chiunque sia destinato a morire? Non è implicito nel gioco, che non possa passare dall'altra parte?

— Pensiamoci. Esaminiamo la natura, per così dire, della belva. L'animale maschio. Non c'è un fondo, una pozza, un serbatoio di potenziale violenza nella psiche del maschio?

— In teoria suppongo di sì.

— Ma noi stiamo parlando *proprio* di teoria. È *esattamente* ciò di cui stiamo parlando. Due amici in una via alberata. Che cos'altro, se non teoria? Non c'è un campo in profondità, una sorta di deposito di petrolio grezzo, cui si possa attingere quando l'occasione lo consente? Un grande lago oscuro di furia maschia.

— È quello che dice Babette. Furia omicida. Mi sembri lei.

— Donna straordinaria. Ha ragione o torto?

— In teoria? Ha probabilmente ragione.

— Non esiste forse una zona limacciosa che preferiresti non conoscere? Residuo di un periodo preistorico, allorché sulla terra erravano i dinosauri e gli uomini combattevano con armi di pietra? Quando uccidere significava vivere?

— Babette parla di biologia maschile. Si tratta di biologia o di geologia?

— Importa qualcosa, Jack? A noi occorre soltanto sapere se è lì, celato nell'animo più prudente e modesto.

— Credo di sì. Può essere. Dipende.

— C'è o non c'è?

— C'è, Murray. E allora?

— Voglio soltanto sentirtelo dire. Nient'altro. Desidero soltanto cavare fuori delle verità che possiedi già, delle verità che a un certo livello di base hai sempre conosciuto.

— Vuoi dire che il destinato a morire può convertirsi in assassino?

— Sono soltanto un visiting professor. Teorizzo, faccio passeggiate, ammiro alberi e case. Ho i miei studenti, la mia camera in affitto, il mio apparecchio TV. Prendo una parola qui, un'immagine là. Ammiro i prati, le verande. Che cosa meravigliosa è una veranda. Come ho fatto a passare tutta una vita, fino ad adesso, senza una veranda dove sedermi? Io speculo, rifletto, prendo continuamente appunti. Sono qui per pensare, per vedere. Consentimi di avvertirti, Jack. Io non mollo.

Oltrepassammo la mia via e ci avviammo su per la collina, verso il campus.

— Chi è il tuo medico?

— Chakravarty, — risposi.

— È bravo?

— Come faccio a saperlo?

— Ho una spalla fuori uso. Una vecchia ferita di natura sessuale.

— Ho paura di vederlo. Ho messo il tabulato della mia morte nell'ultimo cassetto di un comò.

— Lo so che cosa provi. Ma la parte dura deve ancora venire. Hai detto addio a tutti tranne che a te stesso. Come si fa a farlo? È un succulento problema esistenziale.

— Lo è, senza ombra di dubbio.

Oltrepassammo l'edificio dell'amministrazione.

— Non mi piace doverlo fare io, Jack, ma c'è una cosa che va detta.

— Che cosa?

— Meglio te che me.

Annuii gravemente. — Perché andava detto?

— Perché gli amici devono essere brutalmente franchi tra di loro. Mi sarei sentito proprio in colpa se non ti avessi detto quello che pensavo, specialmente in un momento come questo.

— Te ne sono grato, Murray. Davvero.

— E poi, rientra nell'universale esperienza della morte. Che ci si pensi coscientemente o meno, a un certo livello si è consapevoli del fatto che gli altri vanno attorno dicendosi: «Meglio lui che me». È assolutamente naturale. Non si può biasimarli o augurargli un malanno.

— Tutti tranne mia moglie. Lei vuole morire per prima.

— Non esserne tanto certo, — replicò.

Di fronte alla biblioteca ci stringemmo la mano. Lo ringraziai per la sua franchezza.

— Va sempre a finire così, — disse. — Si passa la vita a dire addio ad altri. Come si fa a dirlo a se stessi?

Gettai via piattina per incorniciare foto, fermalibri in metallo, sottobicchieri in sughero, targhette in plastica per chiavi, polverosi flaconi di mercurocromo e vaselina, pennelli incrostati, spazzole per scarpe impataccate, bianchetto raggrumato. Gettai via stoppini di candela, segnaposti laminati, presine sfilacciate. Quindi mi dedicai agli appendini imbottiti, alle lavagne magnetiche. Ero in condizioni mentali vendicative e quasi selvagge. Si trattava di cose nei cui confronti nutrivo un astio personale. In qualche modo erano state loro a mettermi in quella situazione. Mi avevano tirato sotto, rendendomi impossibile sfuggirvi. Le due ragazzine mi seguivano, osservando un silenzio pieno di rispetto. Gettai via la mia ammaccata borraccia cachi, i miei ridicoli stivali alti fino in vita. Gettai via diplomi, certificati, premi e citazioni. Quando le ragazzine mi fermarono, stavo già facendomi i bagni, gettando via saponette usate, asciugamani umidi, bottiglie di shampoo con l'etichetta strappata o senza tappo.

ATTENZIONE PREGO. Nel giro di qualche giorno con la posta le arriverà la nuova carta bancaria automatizzata. Se è rossa con striscia d'argento, il codice segreto rimane lo stesso. Se è verde con striscia grigia, deve presentarsi alla sua filiale, munito della suddetta carta, onde concordare un codice segreto nuovo. Sono molto diffusi quelli basati sulla data di nascita. AVVERTENZA. Non metta il codice per iscritto. Non lo porti con sé. MEMENTO. Non potrà accedere al suo contante se non avrà inserito correttamente il codice. Non lo riveli a nessuno. Esso ed esso soltanto le consente di penetrare nel sistema.

38

Avevo la testa posata tra i suoi seni, dove ultimamente sembrava passare moltissimo tempo. Lei mi accarezzava la spalla.

— Secondo Murray il problema è che non rimuoviamo la paura.

— Rimuoverla?

— Alcuni hanno il dono di saperlo fare, altri no.

— Dono? Pensavo che la rimozione fosse una cosa superata. Hanno continuato per anni a dirci di non rimuovere paure e desideri. La rimozione provoca tensione, ansia, infelicità, centinaia di malattie e stati di malessere. Pensavo che l'ultima cosa da fare fosse rimuovere qualcosa. Ci hanno detto di parlarne, delle nostre paure, di tenerci in contatto con i nostri sentimenti.

— Tenerci in contatto con la morte non era esattamente quello che avevano in mente. La morte è una cosa talmente forte che dobbiamo rimuoverla, chi di noi sappia come si fa.

— Ma la rimozione è una cosa totalmente falsa e meccanica. Lo sanno tutti. Non dobbiamo negare la nostra natura.

— Invece, secondo Murray, è naturale negarla. È proprio questo a renderci diversi dagli animali.

— Ma è una follia!

— È l'unico modo per sopravvivere, — insistetti, parlandole tra i seni.

Lei mi accarezzò la spalla, meditabonda. Flash grigi di un uomo elettrostatico, in piedi accanto a un letto matrimoniale. Il corpo distorto, aggrinzato, incompiuto. Non c'era bisogno che immaginassi la sua compagna di motel. I nostri corpi erano un tutt'uno, quello di Babette e il mio, ma le delizie del tatto erano appannaggio di Gray. Era il suo piacere che sperimentavo, la sua presa su Babette, la sua squallida forza da quattro soldi. Giù nell'ingresso una voce entusiasta disse: — Se continuate a perdere il gomitolo di spago, ficcatelo in un cestello, quindi infilate qualche molletta nel sughero isolante della cucina e appiccicatecelo. Semplice!

Il giorno seguente cominciai a portarmi a scuola la Zumwalt automatica. La tenevo nella tasca della giacca quando insegnavo, nel cassetto in alto della scrivania quando ricevevo qualcuno nel mio studio. Mi creava una seconda realtà da abitare. L'aria era luminosa e mi turbinava attorno alla testa. Sentimenti ignoti mi premevano carichi di eccitazione sul petto. Si trattava di una realtà che ero in grado di controllare, di dominare segretamente.

Com'era stupida quella gente, a entrarmi in ufficio disarmata.

Un pomeriggio tardi la tirai fuori dalla scrivania e l'esaminai attentamente. Nel caricatore rimanevano solamente tre pallottole. Mi chiedevo a che fini fossero state usate da Vernon Dickey i colpi mancanti (o comunque vengano chiamate le pallottole da chi ha pratica di armi). Quattro pastiglie di Dylar, tre pallottole di Zumwalt. Perché ero tanto sorpreso di scoprire che le pallottole avevano una così inequivocabile forma di pallottola? Probabilmente pensavo che nei decenni passati da quando avevo acquisito consapevolezza degli oggetti e delle loro funzioni, a quasi tutto fosse stato dato un nuovo nome e una nuova forma. L'arma aveva forma di pistola, i piccoli proiettili a punta una rassicurante forma di pallottola. Erano come oggetti dell'infanzia in cui ci si fosse imbattuti dopo quarant'anni, cogliendone per la prima volta il genio.

Quella sera sentii Heinrich, in camera sua, che cantava in tono seccato «The Streets of Laredo». Mi fermai per chiedergli se Orest era entrato nella gabbia.

— Hanno detto che non era una cosa umana. Non hanno trovato un solo posto dove gli consentissero di farlo ufficialmente. Ha dovuto farlo di nascosto.

— E dove?

— A Watertown. Lui e l'istruttore. Hanno trovato un notaio che ha detto che avrebbe certificato come Orest Mercator avesse passato tot e tot giorni incarcerato con questi rettili ve-nefici e bla e bla e bla.

— E dove l'avrebbero trovata, a Watertown, una grossa gab-bia di vetro?

— Non l'hanno affatto trovata.

— E allora?

— Hanno trovato una stanza nell'unico albergo. In più c'e-rano soltanto tre serpenti. Ed è stato morso nel giro di quattro minuti.

— Vuoi dire che all'albergo gli hanno lasciato mettere dei serpenti velenosi in camera?

— Non lo sapevano. Quello che ha fornito i serpenti li ha portati su nella borsa di una linea aerea. Tutto un grande sot-terfugio, solo che 'sto tipo è arrivato con tre serpenti invece dei ventisette di cui avevano parlato.

— In altre parole aveva sostenuto di avere la disponibilità di ventisette serpenti.

— Velenosi. Solo che non lo erano. Quindi Orest è stato morso per niente. Il cretino.

— Di punto in bianco diventa un cretino.

— Avevano tutto questo contravveleno che non hanno neanche potuto adoperare. Nel giro di quattro minuti.

— E adesso come sta?

— Come staresti, tu, se fossi un cretino?

— Contento di essere vivo, — ribattei.

— Orest invece no. È scomparso. Si è messo in clausura to-tale. Nessuno l'ha più visto, dopo il fatto. Non viene alla porta, non risponde al telefono, non si fa vedere a scuola. Niente.

Decisi di andare in studio a dare un'occhiata a qualche pro-va di esame da correggere. La maggior parte degli studenti se n'erano già andati, beati di dare il via al comune edonismo di un'ennesima estate a membra nude. Il campus era scuro e vuo-to. Vi aleggiava una nebbia tremolante. Mentre superavo una fila di alberi mi parve di avvertire qualcuno avvicinarmisi alle spalle, a una trentina di metri. Quando guardai, sulla stradina non c'era nessuno. Che fosse la pistola a rendermi così nervoso? Certo: una pistola può attirare a sé la violenza, richiamarne al-tre nel proprio circostante campo di forza. Procedetti rapida-mente verso la Centenary Hall. Udii dei passi sulla ghiaia, un robusto scricchiolio. C'era qualcuno, là, ai margini del parcheggio, tra gli alberi e la nebbia. Disponevo di una pistola, perché avevo paura? E se avevo paura, perché non mi mettevo a correre? Contati cinque passi, mi voltai di scatto sulla sinistra, vedendo una figura che si muoveva parallela alla stradina, dentro e fuori l'ombra fitta. Mi misi a un trotto sciolto, con la destra in tasca, serrata sulla pistola automatica. Quando tornai a guardare, non c'era più. Rallentai cautamente e, attraversato un vasto prato, sentii un rumore di corsa, un ritmo di piedi vicini. Questa volta arrivava dalla destra, a tutta birra, avvicinandosi velocemente. Ruppi in una corsa a zig zag, sperando di costituire così un bersaglio sfuggente per chi mi sparasse alle spalle. Mai, prima di allora, avevo corso a zig zag. Tenevo la testa bassa, deviando bruscamente e in maniera imprevedibile. Un modo interessante di correre. Fui sorpreso dalla gamma di possibilità, dal numero delle combinazioni che potevo elaborare con una serie di deviazioni sulla sinistra e sulla destra. Ne feci una stretta sulla sinistra, allargai, tagliai bruscamente a destra, fintai a sinistra, andai a sinistra, mi spostai tutto a destra. A una ventina di metri dallo scoperto la smisi di andare a zig zag e presi a correre il più diritto e in fretta possibile verso una quercia rossa. Quindi allargai il braccio destro e girai intorno all'albero in precipitoso avvitamento sbandato, usando simultaneamente la mano destra per estrarre la Zumwalt dalla tasca della giacca, in modo che mi trovai davanti alla persona da cui scappavo, protetto da un tronco d'albero, con la pistola spianata.

La più straordinaria esibizione di destrezza che mi fosse probabilmente mai riuscita in vita mia. Quindi aguzzai lo sguardo nella nebbia fitta, mentre il mio aggressore si avvicinava a piccoli passi sordi. Quando mi accorsi del famigliare procedere a balzi, rimisi la pistola in tasca. Era Winnie Richards, naturalmente.

— Ciao, Jack. Sulle prime non sapevo chi fosse, per cui ho usato una tattica evasiva. Ma quando ho visto che eri tu, mi sono detta: ecco proprio la persona che ho bisogno di vedere.

— Come mai?

— Ti ricordi quella volta che mi hai chiesto notizie di un gruppo segreto di ricerca? Che si occupava della paura della morte? Che cercava di realizzare una medicina?

— Certo, il Dylar.

— Ieri ho trovato un giornale abbandonato in studio. L'*American Psychobiologist*. C'era su una storia strana. Un gruppo simile esiste davvero. Sostenuto da una multinazionale gigante. E opera nella più profonda segretezza in un edificio senza insegne, appena fuori Iron City.

— Perché nella più profonda segretezza?

— È evidente. Per impedire azioni di spionaggio da parte dei giganti della concorrenza. Il fatto è che sono arrivati molto vicini a raggiungere l'obiettivo.

— E poi che cosa è successo?

— Un sacco di cose. Il genio organizzativo interno, uno dei punti forti del progetto, è un tizio di nome Willie Mink. E si scopre che è un personaggio discutibile. Che fa cose molto, molto discutibili.

— Scommetto che la prima la so. Mette un'inserzione in un giornaletto, cercando volontari per un esperimento azzardato. PAURA DELLA MORTE, c'è scritto.

— Perfetto, Jack. Un'inserzioncina su un giornaletto da strapazzo. Quindi quelli che hanno risposto li incontra in una stanza di motel, sottoponendoli a esami sull'integrazione emotiva e su un'altra dozzina di altre cose, nel tentativo di elaborarne il profilo di morte individuale. Esami in un motel. Quando gli scienziati e i legali ne vengono a conoscenza, danno vagamente di matto, coprono di reprimende Mink e affidano il tutto a una serie di test computerizzati. Reazione ufficiale furibonda.

— Ma non è finita.

— Come hai ragione! Sebbene ormai Mink sia una persona sottoposta ad attenta sorveglianza, uno dei volontari riesce a intrufolarsi oltre lo schermo di guardia e a cominciare un programma di sperimentazione umana più o meno senza controlli, prendendo una medicina totalmente sconosciuta, non testata e non approvata, con effetti collaterali da far arenare una balena. Un essere umano ben piazzato e senza scrupoli.

— Di sesso femminile, — aggiunsi.

— Giustissimo. Periodicamente costei fa rapporto a Mink nello stesso motel dove lui aveva fatto i suoi primi esami, arrivando talvolta in taxi e talvolta a piedi dallo sgangherato e squallido capolinea dell'autobus. E che cosa ha addosso, Jack?

— Non saprei.

— Un passamontagna. È la donna del passamontagna. Quando gli altri scoprono la nuova scemenza fatta da Mink, c'è un prolungato periodo di polemica, animosità, litigio e onta. I giganti farmaceutici hanno un loro codice etico, come te e me. Il direttore viene mandato via a calci e il progetto procede senza di lui.

— Nell'articolo c'era scritto che cosa ne sia stato?

— Il giornalista l'aveva rintracciato. Vive nello stesso motel dove ha avuto luogo tutta la controversa questione.

— E dove sarebbe?

— A Germantown.

— Dov'è? — chiesi.

— A Iron City. Il vecchio quartiere tedesco. Dietro la fonderia.

— Non sapevo che a Iron City ci fosse un quartiere denominato Germantown.

— I tedeschi non ci sono più, naturalmente.

Andai dritto a casa. Denise stava facendo dei segni in un tascabile intitolato *Dizionario dei numeri telefonici gratuiti*. Trovai Babette seduta accanto al letto di Wilder, occupata a leggergli una storia.

— Non ho niente contro l'abbigliamento da jogging in sé, — dissi. — La tuta qualche volta può essere una cosa pratica da mettere. Ma vorrei che non te la mettessi per leggere favole a Wilder o per fare le trecce a Steffie. Sono momenti in cui c'è un qualcosa di commovente, che viene messo a dura prova dall'abbigliamento da jogging.

— Magari me la sono messa per un motivo preciso.

— Per esempio?

— Che sto andando a fare jogging, — rispose.

— Ti sembra una buona idea? Di sera?

— Che cosa sarebbe la sera? Arriva sette volte alla settimana. Che cos'avrebbe di unico?

— È buio e umido.

— Viviamo forse nell'abbagliante riverbero del deserto? Che cosa sarà mai un po' di umidità? Ci conviviamo ogni giorno.

— Babette non si esprime così.

— La vita deve fermarsi perché metà della terra è al buio? C'è qualcosa nella sera che si opponga fisicamente all'atto del correre? Ho bisogno di ansimare e respirare con affanno. Che cosa sarà mai il buio? Solamente un altro modo di definire la luce.

— Nessuno mi convincerà che la persona che conosco come Babette voglia veramente correre su per i gradini dello stadio alle dieci di sera.

—Non è ciò che voglio, ma ciò di cui ho bisogno. La mia vita non appartiene più all'ambito del volere. Faccio quello che devo fare. Ansimo, respiro con affanno. È un bisogno che risulta chiaro a chiunque corra.

— Ma perché devi correre su per dei gradini? Non sei un'atleta professionista che tenti di rimettere in sesto un ginocchio fracassato. Corri in piano. Non farne qualcosa di intimamente coinvolgente. Oggi non c'è niente che non lo sia.

— È la mia vita. Tendo a farmi coinvolgere.

— Non è la nostra vita. È soltanto ginnastica.

— Chi corre ha delle esigenze, — replicò.

— Anch'io. E questa sera ho bisogno dell'auto. Non stare su ad aspettarmi. Chissà quando torno.

Aspettai che mi chiedesse quale misteriosa missione mi imponesse di salire in macchina per andare in giro nella notte striata di pioggia, con orario di rientro ignoto.

Invece disse: — Non posso andare a piedi fino allo stadio, correre su per i gradini cinque o sei volte e poi tornare a casa sempre a piedi. Puoi accompagnarmi, aspettarmi e riportarmi qui. Dopo di che l'auto è a tua disposizione.

— Non la voglio. Che cosa credi? Se la vuoi, prendila tu. Le strade sono sdrucciolevoli. Lo sai che cosa significa, vero?

— Che cosa?

— Allacciati la cintura di sicurezza. E poi nell'aria c'è un certo gelo. Lo sai che cosa significa.

— Che cosa?

— Mettiti il passamontagna.

Il termostato si mise a ronzare.

Mi misi una giacca e uscii. Era dai tempi dell'evento tossico aereo che i nostri vicini, gli Stover, tenevano l'auto nel vialetto invece che in garage, con il cofano rivolto verso la strada e la chiave nell'avviamento. Entrai nel vialetto e la presi. Fissati al cruscotto e alle spalliere c'erano dei contenitori per i rifiuti, sacchi penduli di plastica pieni di involucri di gomme da masticare, di mezzi biglietti, di salviettine macchiate di rossetto, di lattine ammaccate, di circolari e ricevute appallottolate, di resti di portacenere, di bastoncini di lecca lecca e di patatine fritte, di buoni e fazzoletti di carta appallottolati, di pettini tascabili con qualche dente mancante. Così famigliarizzatomi, misi in moto il motore, accesi i fari e partii.

Per attraversare Middlebrook Street passai con il rosso. Arrivato in fondo alla rampa dell'autostrada, non rallentai. Per tutta la strada fino a Iron City avvertii una sensazione di sogno, liberazione, innaturalezza. Al casello rallentai, senza tuttavia curarmi di gettare un quartino nell'apposito cestello. Si accese un allarme, senza tuttavia che nessuno mi si mettesse alle calcagna. Che cos'è un quartino in più per uno stato indebitato per miliardi di dollari? Che cosa sono venticinque centesimi, quando stiamo parlando di un'auto rubata da novemila dollari? Dev'essere in questo modo che la gente sfugge alla trazione esercitata dalla terra, alla fluttuazione gravitazionale che ora dopo ora ci porta più vicini alla morte. Basta smettere di obbedire. Rubare invece di comperare, sparare invece di parlare. Nel mio accostamento a Iron City sotto la pioggia passai altre due volte con il rosso. Gli edifici remoti erano lunghi e bassi, mercati del pesce e dei prodotti agricoli, magazzini della carne, con vecchie tettoie di legno. Entrato in città accesi la radio, avvertendo il bisogno di compagnia non sull'autostrada, ma qui, sulle strade selciate, nelle luci al vapore di sodio, cui si aggrappava il vuoto. Ogni città ha le sue zone. Superai quella delle auto abbandonate, quella della spazzatura non raccolta, quella dei cecchini appostati, quella dei divani marcescenti e dei vetri rotti. Sotto le ruote sentii uno scricchiolio vetroso. Puntai verso la fonderia.

Random Access Memory, Acquired Immune Deficiency Syndrome, Mutua Distruzione Assicurata.

Continuavo a sentirmi straordinariamente leggero, più leggero dell'aria, incolore, inodore, invisibile. Ma attorno alla leggerezza e alla sensazione di sogno si stava formando qualcos'altro, un'emozione di ordine diverso. Un impulso, una volontà, un'agitarsi di passioni. Misi la mano in tasca, strofinai le nocche contro il ruvido acciaio inossidabile della canna della Zumwalt. La voce maschile alla radio disse: — Annulla quando è proibito.

39

Girai due volte attorno alla fonderia, cercando le tracce di una passata presenza tedesca. Oltrepassai le case allineate. Erano disposte su un'altura ripida, con frontoni stretti, linea rampicante di tetti aguzzi. Oltrepassai la stazione degli autobus sotto il martellare della pioggia. Mi ci volle un po' per trovare il motel, edificio a un solo piano, piazzato a ridosso del pilone in cemento di una tangenziale sopraelevata. Si chiamava Roadway Motel.

Piaceri transitori, misure drastiche.

La zona era deserta, quartiere dipinto a spruzzo di magazzini e industrie leggere. Il motel aveva otto o nove stanze, tutte buie, non un'auto sul davanti. Ci passai davanti tre volte, studiando la scena e parcheggiando finalmente a metà strada sul pietrisco sotto la tangenziale. Quindi tornai verso il motel. Erano i primi tre elementi del mio piano.

Ecco il mio piano. Passare diverse volte davanti al luogo, parcheggiare a una certa distanza, tornare indietro a piedi, individuare Gray sotto il suo vero nome o pseudonimo, sparargli tre colpi nei visceri in modo da provocargli il massimo di dolore, ripulire l'arma dalle impronte, ficcarla nella mano elettrostatica della vittima, trovare una matita o un rossetto per le labbra e scarabocchiare una criptica nota suicida su tutta la lunghezza dello specchio, prendere la provvista di Dylar a disposizione della medesima vittima, tornare furtivamente all'auto, dirigersi verso l'ingresso della tangenziale, prendere a est, verso Blacksmith, lasciare la tangenziale all'uscita del vecchio fiume, parcheggiare l'auto degli Stover nel garage del Vecchio Treadwell, sbarrarne la porta, tornare a casa sotto vento e pioggia.

Stiloso. Tornai di umore gaio. Procedevo in consapevolezza.

Mi osservavo avanzare un passo dopo l'altro. A ciascuno di essi divenivo consapevole di processi, componenti, relazioni tra le diverse cose. L'acqua cadeva sulla terra in gocce. Vedevo le cose in un modo nuovo.

Sopra la porta dell'ufficio c'era una tettoia in alluminio. Sulla porta, invece, c'erano delle minuscole lettere in plastica combinate in blocchi per formare un messaggio. Che diceva: NU MISH BOOT ZUP KO.

Incomprensibile, ma di alta qualità. Avanzai lungo la parete, guardando attraverso le finestre. Era il mio piano. Stare ai bordi delle finestre con la schiena alla parete, quindi girare la testa per guardare di sbieco nelle stanze. Alcune finestre erano spoglie, altre avevano le tapparelle o imposte polverose. Nell'oscurità dei locali riuscivo a individuare vagamente i profili di poltrone e letti. Sopra la mia testa rombavano i camion. Nella penultima unità abitativa c'era un baluginio minimo di luce. Rimasi in piedi ai bordi della finestra, ascoltando. Quindi girai la testa, guardando nel locale con la coda dell'occhio destro. C'era una figura seduta in una poltrona bassa, con lo sguardo rivolto in alto verso il tremolio di luce. Avvertivo di far parte di una rete di strutture e canali. Conoscevo la natura precisa degli eventi. Mi avvicinavo alle cose nel loro stato effettivo, a mano a mano che procedevo verso una certa violenza, una intensità esplosiva. L'acqua cadeva in gocce, le superfici rilucevano.

Capii che non c'era bisogno di bussare. La porta doveva essere aperta. Afferrai la maniglia, aprii appena un pertugio, scivolai nella stanza. Furtivo. Era facile. Tutto sarebbe stato facile. Mi trovai nella camera, avvertendo cose, notando il tono della stanza, l'aria greve. Le informazioni affluirono alla mia volta, lentamente, in maniera incrementale. La figura era maschile, ovviamente, e stava seduta stravaccata nella poltrona dalle gambe corte. Indossava una camicia hawaiana e pantaloni corti con il marchio della birra Budweiser. Dai suoi piedi penzolavano dei sandali di plastica. La poltrona gibbosa, il letto sfatto, il tappeto dozzinale, l'armadio sgangherato, le pareti di un verde triste, le crepe nel soffitto. La TV sospesa per aria, su un sostegno di metallo, puntata in giù, verso di lui.

Parlò per primo, senza distogliere gli occhi dallo schermo tremolante.

— Ha male al cuore o all'anima?

Mi appoggiai alla porta.

— Lei è Mink, — dissi.

Con calma mi guardò, la mia vasta figura amichevole, dalle spalle cadenti e dal viso perfettamente dimenticabile.

— Che razza di nome sarebbe Willie Mink? — chiesi.

— Un nome e un cognome. Come qualsiasi altro.

Parlava con un accento? Il suo viso era strano, concavo, con fronte e mento sporgenti. Stava guardando la TV con il volume spento.

— A una di quelle pecore dal piede sicuro è stata applicata una radio trasmittente, — disse.

Avvertivo la pressione e la densità delle cose. Tutto ciò stava avvenendo. Sentivo le molecole attive nel mio cervello, che si muovevano lungo i tratti nervosi.

— È venuto per avere un po' di Dylar, naturalmente.

— Certo. Perché, altrimenti?

— Perché, altrimenti? Per liberarsi della paura.

— Liberarmi della paura. Cancellare il file.

— Cancellare il file. È per quello che la gente viene da me.

Il mio piano era proprio quello. Entrare non annunciato, conquistare la sua fiducia, aspettare un attimo che abbassasse la guardia, tirare fuori la Zumwalt, spargagli tre volte nei visceri per procurargli la massima lentezza di agonia, ficcargli la pistola in mano per dare l'idea del suicidio di un uomo solitario, scrivere qualcosa di vagamente incoerente sullo specchio, lasciare l'auto di Stover nel garage di Treadwell.

— Venendo qui, ci si adegua a un certo comportamento, — disse Mink.

— Quale?

— Quello da camera. Il tratto distintivo di una camera è di trovarsi all'interno. Nessuno dovrebbe entrarci, se non lo ha capito. Ci si comporta in un modo in una stanza e in un altro per strada, in parchi e aeroporti. Entrare in una stanza significa adeguarsi a un certo tipo di comportamento. Ne segue che dev'essere il comportamento che ha luogo nelle camere. È lo standard, in opposizione a parcheggi e spiagge. È il tratto distintivo delle camere. Nessuno deve entrare in una camera senza esserne consapevole. Tra la persona che penetra in una camera e quella la cui camera viene penetrata esiste un accordo non scritto, opposto ai teatri all'aperto, alle piscine scoperte. La finalità di una camera deriva dalla sua natura particolare. È su questo che le persone che si trovano in una camera devono concordare, a differenza di quando si trovano in prati, praterie, campi, orti.

Concordavo in pieno. Tutto ciò aveva perfettamente senso. Perché mi trovavo lì, se non per definire, fissare nella vista, prendere la mira? Sentii un rumore, debole, monotono, bianco.

— Per cominciare un pullover, — continuò, — prima ci si deve chiedere quale tipo di manica si ritiene più opportuno.

Aveva il naso piatto, la pelle del colore di una nocciolina americana. Qual è l'origine geografica di una faccia a cucchiaio? Era melanesiano, polinesiano, indonesiano, nepalese, surinamese, cino-olandese? Era un composto? Quanta gente veniva lì in cerca del Dylar? Dov'era Surinam? Come procedeva il mio piano?

Esaminai il disegno a palme della sua camicia sciolta, il marchio Budweiser ripetuto sulla superficie dei Bermuda. Troppo lunghi. Teneva gli occhi semichiusi. Aveva i capelli lunghi e ispidi. Era stravaccato nell'atteggiamento del passeggero di aereo lasciato a terra, di una persona che avesse da lungo tempo ceduto alla noia dell'attesa, delle chiacchiere da aeroporto. Cominciai a sentirmi dispiaciuto per Babette. Era questa vibrazione stanca di uomo — ormai ridotto a spacciatore qualsiasi, dai capelli ispidi, che stava diventando matto in un motel morto — ad aver rappresentato la sua speranza di trovare rifugio e serenità.

Frammenti di suono, brandelli, puntini ruotanti. Una realtà di più elevato livello. Una densità che era anche una trasparenza. Le superfici luccicavano. L'acqua colpiva il tetto in masse sferiche, globuli, gocce e spruzzi. Prossimo alla violenza, prossimo alla morte.

— Il cagnolino sotto stress può avere bisogno di una dieta prescritta dal medico, — disse.

Evidentemente non era sempre stato così. Era stato direttore di un progetto, dinamico, pieno di iniziativa. Individuavo ancora nel suo viso e nei suoi occhi i vaghi resti di un'acutezza e intelligenza intraprendenti. Si infilò una mano in tasca e ne estrasse una manciata di pastiglie bianche, che lanciò in direzione della propria bocca. Alcune vi entrarono, altre volarono per aria. Le pillole in forma di disco. La fine della paura.

— Di dove sei originario, Willie, se mi è lecito darti del tu?

Si immerse nei propri pensieri, cercando di ricordare. Avrei voluto metterlo a suo agio, indurlo a parlare di sé, del Dylar. Parte integrante del mio piano. Che era il seguente: girare la testa per guardare nelle camere, metterlo a suo agio, aspettare un momento in cui avesse abbassato la guardia, sparargli tre volte nella pancia per raggiungere la massima efficienza possibile di dolore, prendere il Dylar, uscire alla strada del fiume, chiudere la porta del garage, tornare a casa a piedi nella pioggia e nella nebbia.

— Non sono sempre stato come mi vedi adesso.

— È esattamente quello che stavo pensando.

— Stavo facendo un lavoro importante. Invidiavo me stesso. Ero letteralmente impegnato. La morte senza paura è roba di tutti i giorni. Ci si può vivere. Ho imparato l'inglese guardando la TV. Il primo rapporto sessuale americano l'ho avuto a Port-O-San, nel Texas. Tutto quello che dicevano era vero. Mi piacerebbe ricordarmelo.

— Vuoi dire che non c'è una morte come la conosciamo noi senza l'elemento della paura? La gente ci si adatterebbe, ne accetterebbe l'ineluttabilità?

— Il Dylar ha fallito, contro voglia. Ma alla fine arriverà. Forse ora, forse mai. Il calore della mano farà effettivamente sì che la lamina dorata si attacchi alla carta cerata.

— Vuoi dire che ci sarà finalmente una medicina efficace? Una cura per la paura?

— Seguita da una morte più grande. Più efficace, in termini di prodotto. È questo che gli scienziati, tutti presi a lavarsi il camice con il Woolite, non capiscono. Non che io abbia alcunché contro la morte dal nostro punto di vista, nella fila più alta del Metropolitan County Stadium.

—Vuoi dire che la morte si adegua? Che elude i nostri sforzi per venirci a patti?

Sembrava quasi una cosa detta una volta da Murray. Il quale aveva anche aggiunto: — Immagina lo shock viscerale di vedere l'avversario insanguinato nella polvere. Lui muore, tu vivi.

Prossimo a una morte, prossimo al botto dei proiettili metallici sulla carne, allo shock viscerale. Osservai Mink ingurgitare altre pillole, gettandole verso il viso, succhiandole come caramelle, con lo sguardo fisso sullo schermo tremolante. Onde, radiazioni, raggi coerenti. Vedevo le cose in un modo nuovo.

— Rimanga tra noi due, — riprese. — Queste cose le mangio come fossero caramelle.

— Proprio quello che stavo pensando.

— Quante vuoi comperarne?

— Quante me ne occorrono?

— Ti vedo come un uomo bianco, tarchiato, sui cinquanta. È un'immagine che corrisponde alla tua pena? Ti vedo come un individuo in giacca grigia e pantaloni beige. Dimmi quanto ho ragione. Convertire i Fahrenheit in Celsius, ti spiego come si fa.

Seguì una pausa di silenzio. Le cose cominciarono a emanare un alone. La poltrona gibbosa, l'armadio sgangherato, il letto sfatto. Munito di rotelle. Pensai: Ecco lì la figura grigiastra del mio tormento, l'uomo che mi ha portato via la moglie. Che lo facesse girare per la stanza mentre ne stava seduto sul letto, facendosi di pillole? Giacevano entrambi proni, ciascuno su un lato del letto, lasciando penzolare un braccio? Facevano ruotare il letto con le loro pratiche sessuali, una schiuma di cuscini e lenzuola sopra le piccole ruote montate su girevoli? Guardalo lì, adesso, illuminato nella penombra, che esibisce un sorriso da rimbambito.

— Mi sono quasi scordato i bei momenti che ho avuto in questa camera, — continuò, — prima di sp`ermi. C'era una donna in passamontagna, il cui nome al momento mi sfugge. Con il sesso americano, lascia che te lo dica: è così che ho imparato l'inglese.

L'aria era densa di materie extrasensoriali. Più prossimo alla morte, più prossimo alla chiaroveggenza. Un'intensità schiacciante. Avanzai di due passi verso il centro della stanza. Il mio piano era stiloso. Avanzare gradualmente, conquistare la sua fiducia, tirare fuori la Zumwalt, spargli tre pallottole alla vita per provocargli il massimo di pena viscerale, ripulire l'arma dalle impronte, scrivere messaggi da culto suicida su specchi e pareti, prendere la sua riserva di Dylar, tornare di nascosto all'auto, raggiungere l'ingresso della tangenziale, prendere a est verso

Blacksmith, lasciare l'auto di Stover nel garage di Treadwell, andare a casa a piedi nella pioggia e nella nebbia.

Ingurgitò ulteriori pillole, facendone volare altre sul davanti dei pantaloncini Budweiser. Avanzai di un passo. C'erano pastiglie di Dylar spiaccicate su tutto il tappeto ignifugo. Schiacciate, pestate. Ne gettò alcune contro lo schermo. L'apparecchio aveva un'impiallacciatura in noce, con modanature in argento. L'immagine continuava a traballare.

— Adesso prendo il tubetto dell'oro, — disse. — Usando il mestichino e la trementina inodore, addenserò la vernice sulla tavolozza.

Mi vennero in mente le osservazioni di Babette sugli effetti collaterali della medicina. Per prova dissi: — Aereo che precipita.

Mi guardò, afferrandosi ai braccioli della poltrona, facendo balenare nello sguardo le prime tracce di panico.

— Velivolo in caduta, — dissi, pronunciando le parole in tono animato, pieno di autorità.

Gettò via i sandali scalciando, si raggomitolò nella posizione raccomandata in caso di disastro aereo, la testa bene in avanti, le mani allacciate dietro le ginocchia. Lo fece automaticamente, con una destrezza snodata, gettandovisi come un bambino o un mimo. Interessante. Il medicamento non solo faceva sì che chi lo assumeva confondesse le parole con le cose a cui esse si riferivano, ma lo faceva anche agire in maniera in qualche modo affettata. Lo guardai mentre se ne stava lì accasciato, tremante. Il mio piano era proprio così. Guardare di sbieco nelle stanze, entrare all'improvviso, ridurlo tremante, inferirgli tre gravissime ferite da arma da fuoco, uscire alla strada del fiume, chiudere la porta del garage.

Feci un altro passo verso il centro della stanza. A mano a mano che l'immagine della TV saltava, tremolava, si ingarbugliava, Mink sembrava diventare sempre più nettamente visibile. La precisa natura degli eventi. Le cose nel loro stato effettivo. Finalmente emerse dalla posizione aggrovigliata, alzandosi bellamente, chiaramente delineato contro l'aria satura. Rumore bianco ovunque.

— Contenente ferro, niacin e riboflavin. L'inglese l'ho imparato sugli aerei. È il linguaggio internazionale dell'aviazione. Perché sei qui, bianco?

— Per comperare.

— Sei molto bianco, sai?

— Perché sto morendo.

— Questa roba ti mette a posto.

— Morirò in ogni caso.

— Ma non importerà, il che fa lo stesso. Ad alcuni di quei giocosi delfini è stata applicata una radio trasmittente. I loro spostamenti a largo raggio possono dirci molte cose.

Continuavo a procedere in consapevolezza. Le cose emanavano un alone, una vita segreta che si levava da loro. L'acqua sbatteva sul tetto in sfere oblunghe, in schizzi e gocce. Capivo per la prima volta che cosa fosse veramente la pioggia. Che cosa significasse bagnato. Capii la neurochimica del mio cervello, il significato dei sogni (materiale di scarto delle premonizioni). Gran roba ovunque, che correva per la stanza, lentamente. Ricchezza, densità. Credevo a tutto. Ero buddista, giaina, battista del Duck River. La mia unica tristezza era rappresentata da Babette, che aveva dovuto baciare una faccia a mestolo.

— Si metteva il passamontagna per non baciarmi la faccia, che sosteneva essere non-americana. Le ho detto che una camera è una cosa interna. Se non si è d'accordo, non ci si entra. È il tratto distintivo, in opposizione a coste emerse, piattaforme continentali. Oppure si può mangiare granaglie naturali, verdure, uova, niente pesce, niente frutta. Oppure frutta, verdure, proteine animali, niente granaglie, niente latte. O grandi quantità di semi di soia per la B12 e di verdure per regolare la distribuzione dell'insulina, ma niente carne, niente pesce, niente frutta. Oppure carne bianca ma non carne rossa. Oppure B12 ma non uova. Oppure uova ma non granaglie. Le combinazioni realizzabili sono infinite.

Ora ero pronto a ucciderlo. Ma non volevo compromettere il piano. Che era complesso. Passare davanti al luogo diverse volte, avvicinarsi al motel a piedi, girare la testa per guardare di sbieco nelle camere, individuare Gray sotto il proprio nome vero, entrare all'improvviso, conquistarne la fiducia, avanzare a poco a poco, ridurlo al tremito, aspettare un momento che avesse abbassato la guardia, tirare fuori l'automatica Zumwalt calibro 25, sparargli tre proiettili nei visceri per provocare il massimo di lentezza e intensità di dolore, ficcare l'arma in mano alla vittima per suggerire l'idea del banale e prevedibile suicidio di un recluso da motel, spennellare crude parole sulle pareti con il sangue della vittima, come prova della sua definitiva culto-follia, prendere la sua riserva di Dylar, tornare all'auto senza farsi vedere, prendere la tangenziale per Blacksmith, lasciare l'auto di Stover nel garage di Treadwell, chiuderne la porta, tornare a casa nella pioggia e nella nebbia.

Avanzavo nell'alone di luce tremolante, emergendo dall'ombra, cercando di sembrare gigantesco. Mi misi una mano in tasca, afferrai l'arma. Mink guardava lo schermo. Gli dissi in tono dolce: — Grandine di proiettili. —Tenendo la mano in tasca.

Andò a sbattere sul pavimento, prese a strisciare verso il bagno, guardandosi alle spalle, come un bambino, mimando, usando principi di elevato livello ma mostrando un terrore autentico, una paura scopertamente raggrinzante. Lo seguii nella toilette, passando davanti allo specchio a figura intera davanti al quale aveva senza dubbio posato con Babette, con il villoso membro pendulo come quello di un ruminante.

— Fuoco di fucileria, — mormorai.

Cercò di infilarsi sinuosamente dietro la tazza, con entrambe le braccia sopra la testa e le gambe unite. Io mi stagliavo gigantesco sulla soglia, consapevole di esserlo, vedendomi dal suo punto di vista, ingrandito, minaccioso. Era ora di dirgli chi ero. Rientrava nel mio piano. Ecco il mio piano. Dirgli chi ero, fargli conoscere il motivo della sua morte lenta e penosa. Gli rivelai il mio nome, il mio rapporto di parentela con la donna del passamontagna.

Si portò le mani sull'inguine, cercando di infilarsi sotto il cesso, sotto la tazza. L'intensità del rumore nel locale era la stessa a tutte le frequenze. Rumore dappertutto. Tirai fuori la Zumwalt. Grandi emozioni ignote mi si infransero contro il petto. Seppi chi io fossi nel reticolo dei significati. L'acqua cadeva al suolo in gocce, facendo rilucere le superfici. Vedevo le cose in un modo nuovo.

Mink si tolse una mano dall'inguine, togliendosi di tasca altre pastiglie e gettandosele verso la bocca aperta. Il suo volto appariva all'estremità del locale bianco, un ronzio bianco, la superficie interna della sfera. Si tirò a sedere, strappandosi la tasca della camicia in cerca di altre pillole. La sua paura era bella. Mi disse: — Ti sei mai chiesto perché, tra trentadue denti, sono questi quattro a provocare tanti guai? Torno fra un minuto con la risposta.

Feci fuoco con la pistola, l'arma, l'ordigno, l'arma da fuoco, l'automatica. Il sangue dilagò a valanga nel locale bianco, creando nuovi riflessi di onde. Lo guardai spruzzare dal corpo della vittima all'altezza della vita. Un arco delicato. Mi stupii per la delicatezza del colore, avvertii l'azione concausante delle cellule nonnucleate. Il flusso si ridusse a un filo, colante sul pavimento piastrellato. Vidi al di là delle parole. Seppi che cosa fosse veramente il rosso, lo vidi in termini di lunghezza d'onda dominante, luminanza, purezza. Il dolore di Mink era bello, intenso.

Sparai un secondo colpo tanto per spararlo, rivivere l'esperienza, sentire le onde sonore riprodursi per propaggine nel locale, sentire lo shock risalirmi il braccio. Il proiettile lo colpì appena all'interno dell'ileo destro. Su camicia e short si allargò una chiazza violacea. Feci una pausa per guardarlo. Stava seduto incuneato tra tazza e parete, senza un sandalo, gli occhi completamente bianchi. Cercai di vedermi dal suo punto di vista. Giganteggiante, dominante, nell'atto di acquisire forza vitale, di accumulare credito vitale. Ma era troppo andato per avere un punto di vista.

Le cose procedevano bene. Ne ero compiaciuto. I camion mi rombavano sopra la testa. La tenda della doccia sapeva di vinile ammuffito. Ricchezza, intensità schiacciante. Mi avvicinai alla figura seduta, attento a non calpestare il sangue, a non lasciare impronte rivelatrici. Tirai fuori il fazzoletto, ripulii con cura l'arma e la misi in mano a Mink, togliendo con cautela il fazzoletto, rinchiudendo coscienziosamente le sue dita ossute, a uno a uno, attorno al calcio, introducendo con delicatezza l'indice nel ponticello del grilletto. Schiumava un po' dalla bocca. Feci un passo indietro per controllare i resti del momento annientante, la scena di squallida violenza e morte solitaria, ai margini oscuri della società. Il mio piano era proprio così. Fare un passo indietro, osservare lo squallore, assicurarmi che fosse tutto a posto.

Gli occhi gli strabuzzarono dal cranio. Luccicarono, per un

po'. Poi sollevò la mano e premette il grilletto, colpendomi al polso.

Il mondo crollò su di sé, seppellendo sotto cumuli di roba ordinaria tutte quelle vivaci tessiture e connessioni. Mi sentivo deluso. Ferito, stordito e deluso. Che ne era del più elevato livello di energia su cui avevo eseguito il mio piano? Il dolore era bruciante. Il sangue mi copriva avambraccio, polso e mano. Arretrai barcollando, gemendo, guardandomi il sangue colare dalle punte delle dita. Ero inquieto e confuso. Ai margini del mio campo visivo comparvero dei punti colorati. Famigliari macchioline danzanti. Le dimensioni extra, le percezioni super si ridussero a una congerie visiva, a una miscellanea turbinante, priva di significato.

— E questo potrebbe rappresentare il fronte di aria più calda, — disse Mink.

Lo guardai. Vivo. Il grembo ridotto a una pozza di sangue. Nel ristabilirsi del normale ordine di materia e sensazione, mi parve di vederlo per la prima volta come persona. I vecchi garbugli dell'uomo ripresero a scorrere. Compassione, rimorso, pietà. Ma prima di poterlo aiutare bisognava che procedessi a qualche lavoro di riparazione su me stesso. Tirai di nuovo fuori il fazzoletto, riuscendo con la destra e con i denti a legarlo saldamente appena sopra al foro apertomi dalla pallottola nel polso sinistro, ovvero tra la ferita e il cuore. Poi succhiai brevemente la suddetta ferita, sputando il sangue misto a polpa che ne derivò. La pallottola aveva prodotto una penetrazione poco profonda e poi aveva deviato. Servendomi della mano buona, afferrai Mink per il piede nudo e lo trascinai sulle piastrelle chiazzate di sangue, con la pistola ancora stretta in pugno. In tutto ciò c'era una forma di redenzione. Nel fatto di trascinarlo con quel piede nudo sulle piastrelle, sul tappeto trattato, oltre la porta e nella notte. Qualcosa di vasto, grandioso e spettacolare. È meglio commettere il male e cercare di equilibrarlo con un gesto esaltato che vivere una vita decisamente neutrale? Sapevo che mi sentivo virtuoso, macchiato di sangue e maestoso, impegnato a trascinare quell'uomo gravemente ferito per la strada buia e vuota.

La pioggia era cessata. Ero sconvolto dalla quantità di sangue che ci stavamo lasciando dietro. Suo, per lo più. Il marciapiede ne era lordato a strisce. Un interessante deposito culturale. Sollevato debolmente un braccio, si fece cadere dell'altro Dylar in gola. La mano con la pistola veniva trascinata a terra.

Raggiungemmo l'auto. Mink si liberò, scalciando involontariamente, il suo corpo cadde e si contorse, quasi come un pesce. Produceva rumori stremati e ansimanti, in cerca di ossigeno. Decisi di tentare il bocca a bocca. Mi chinai su di lui, servendomi di pollice e indice per serrargli il naso e quindi cercando di accostare il mio viso al suo. La goffaggine e sinistra intimità dell'atto, date le circostanze lo facevano apparire ancor più pieno di dignità. Ancora più grande, più generoso. Continuavo a cercare di raggiungere la sua bocca al fine di insufflargli poderosi aliti d'aria nei polmoni. Le mie labbra erano unite, pronte ad aprirsi a imbuto. I suoi occhi mi seguirono. Forse pensava di stare per essere baciato. Mi gustai la comicità della situazione.

La sua bocca traboccava di schiuma di Dylar rigurgitato, di pastiglie mezze masticate, di caccole di frammenti polimerici. Mi sentivo grande e altruista, al di sopra di qualsiasi risentimento. Era quella la chiave dell'altruismo, o almeno così mi parve mentre mi inginocchiavo su quell'uomo ferito, espirando ritmicamente nella strada piena di rifiuti, sotto la tangenziale. Vincere il disgusto. Perdonare quel corpo insudiciato. Abbracciarlo tutto. Dopo qualche minuto lo sentii rinvenire, tirare respiri regolari. Continuai a rimanere lì, sopra di lui, quasi a contatto di bocca.

— Chi mi ha sparato? — chiese.

— Hai fatto tutto da solo.

— E a te?

— Tu. Hai ancora la pistola in mano.

— Che cosa stavo cercando di dimostrare?

— Avevi perso il controllo. Non eri responsabile. Ti perdono.

— Chi sei tu, alla lettera?

— Un passante. Un amico. Non importa.

— Certi millepiedi hanno gli occhi, altri no.

Con grande fatica, dopo molte false partenze, lo caricai sul sedile posteriore dell'automobile, dove si stese gemendo. Non era più possibile dire se il sangue che mi lordava mani e abiti fosse mio o suo. La mia umanità cresceva a dismisura. Misi in moto l'auto. Il dolore al braccio pulsava, ora in maniera meno bruciante. Procedetti guidando con una mano sola per le strade deserte, in cerca di un ospedale. Clinica materna di Iron City. Madre della Misericordia. Commiserazione e Rapporto. Mi sarei accontentato di qualsiasi cosa, persino di un pronto soccorso nella zona peggiore della città. Eravamo di lì, in definitiva, con tutte le nostre ferite di taglio, quelle d'entrata e d'uscita, quelle provocate da strumenti spuntati, i traumi, le overdose, i deliri acuti. L'unico traffico che incontrammo era rappresentato da un furgone del latte e uno del pane, più qualche camion pesante. Il cielo cominciò a schiarire. Arrivammo in un posto con una croce al neon sopra l'ingresso. Un edificio a tre piani, che avrebbe potuto essere una chiesa pentecostale, un asilo nido, il quartier generale mondiale di un movimento di gioventù irregimentata.

C'era una rampa per le sedie a rotelle, il che significava che avrei potuto trascinare Mink fino all'ingresso senza fargli sbattere la testa sui gradini di cemento. Lo tirai fuori dall'auto, lo afferrai per il piede liscio e presi a salire per la rampa. Si reggeva con una mano alla vita per tamponare la perdita di sangue. Quella con la pistola si trascinava per terra. Alba. Un momento di grande ampiezza, pietà epica, compassione. Avendogli sparato, avendolo indotto a credere di essersi sparato da sé, sentivo di avere reso onore a entrambi, a tutti noi, fondendo le nostre sorti, portandolo fisicamente alla salvezza. Procedevo a lunghi passi, tirando il suo peso. Non avevo pensato che gli sforzi per redimersi potessero prolungare lo stato di esaltazione provato al momento di commettere il delitto per il quale ora si cercava rimedio.

Suonai il campanello. Nel giro di pochi secondi alla porta comparve qualcuno. Una vecchia, una suora, in veste nera, in velo nero, piegata su un bastone.

— Siamo feriti, — dissi, sollevando il polso in aria.

— Roba che vediamo di continuo, — replicò, come niente fosse, con voce venata da un certo accento, voltandosi per tornare dentro.

Trascinai Mink attraverso l'ingresso. Il posto sembrava una clinica. C'erano sale d'aspetto, cubicoli schermati, porte con la scritta Raggi X, Esame della vista. Seguimmo la vecchia suora alla sala traumi. Comparvero due infermieri, grossi uomini tozzi dal fisico di lottatore di sumo. Sollevarono Mink su un tavolo e gli tagliarono gli abiti con netti fendenti da esperti.

— Reddito reale deflazionato, — disse lui.

Arrivarono altre suore, fruscianti, antiche, che si parlavano in tedesco. Portarono un'attrezzatura per le trasfusioni, carrelli di strumenti luccicanti. La prima suora si accostò a Mink per togliergli la pistola di mano. La guardai gettarla nel cassetto di una scrivania, che ne conteneva almeno altre dieci, più una mezza dozzina di coltelli. Sulla parete c'era un ritratto di John Kennedy che stringeva la mano a Giovanni XXIII in paradiso. Che era un posto parzialmente rannuvolato.

Arrivò il dottore, uomo anziano in dimesso completo con panciotto. Si rivolse in tedesco alle suore ed esaminò il corpo di Mink, ora parzialmente avvolto in lenzuola.

— Nessuno sa perché gli uccelli marini vengano a San Miguel, — disse quest'ultimo.

Mi ci stavo affezionando. La prima suora mi portò in un cubicolo per occuparsi della mia ferita. Cominciai a raccontarle i particolari della sparatoria, ma non mostrò alcun interesse. Le dissi che si trattava di una pistola vecchia, con proiettili fiacchi.

— Che paese violento.

— È molto che sta a Germantown?

— Siamo gli ultimi tedeschi rimasti.

— E adesso chi ci sta, per lo più?

— Per lo più nessuno, — rispose.

Passarono altre suore, con il rosario che ondeggiava appeso alla cintura. Le trovai una visione lieta, il tipo di presenza omogenea che all'aeroporto fa sorridere.

Chiesi alla mia come si chiamasse. Suor Hermann Marie. Le dissi che sapevo un po' il tedesco, cercando di entrare nelle sue grazie, come facevo sempre con il personale medico di ogni genere, almeno nelle fasi iniziali, prima che la mia paura e sfiducia travolgessero qualsiasi speranza potessi aver avuto di manovrare in vista di qualche vantaggio.

— *Gut, besser, best,* — dissi.

Sul suo viso grinzoso comparve un sorriso. Mi esibii a suo beneficio contando, indicando alcuni oggetti e dicendone il nome. Annuì felice, ripulendo la ferita e avvolgendo il polso in tamponi sterili. Disse che non avrei avuto bisogno di una stecca e che il dottore mi avrebbe fatto una ricetta per degli antibiotici. Contammo fino a dieci insieme.

Comparvero altre due suore, avvizzite e scricchiolanti. La mia disse loro qualcosa e ben presto ci trovammo tutti e quattro incantati in una conversazione infantile. Ripetemmo colori, capi di abbigliamento, parti del corpo. Mi sentivo molto più a mio agio in questa compagnia germanofona che non con gli studiosi di Hitler. Nell'elencazione dei nomi vi è forse qualcosa di tanto innocente da far piacere a Dio?

Suor Hermann Marie diede gli ultimi tocchi alla ferita provocatami dalla pallottola. Dal mio sedile avevo una visione chiara del ritratto di Kennedy e del papa in cielo. Provocava in me un'ammirazione segreta. Mi faceva sentire buono, sentimentalmente rinnovato. Il presidente ancora pieno di vigore dopo la morte. La bonomia del papa che costituiva una sorta di radianza. Perché non doveva essere vero? Perché non avrebbero dovuto incontrarsi da qualche parte, più avanti nel tempo, sullo sfondo di uno strato di cumuli vaporosi, per stringersi la mano? Perché non avremmo dovuto incontrarci tutti quanti, come in un'epica di divinità proteiformi e gente comune, lassù, ben formati, lustri?

Dissi alla mia suora: — Che cosa dice la chiesa, oggi, a proposito del paradiso? È ancora quello di una volta, così, in cielo?

Si voltò a guardare il ritratto.

— Pensa che siamo stupide? — sbottò.

La veemenza della replica mi sorprese.

— E allora che cosa sarebbe il paradiso, secondo la chiesa, se non è la dimora di Dio, degli angeli e delle anime dei salvati?

— Salvati? Ma che cosa si salva? Ma senti questo testone, che viene qui a parlare di angeli. Me ne faccia vedere uno. La prego. Voglio vedere.

— Ma lei è una suora. In queste cose le suore ci credono. Quando ne vediamo una, è una visione che rallegra. È tenero e divertente che ci venga ricordato come ci sia ancora qualcuno che crede agli angeli, ai santi, a tutte le cose tradizionali.

— E lei sarebbe talmente testone da crederci?

— Non è ciò in cui credo io, a contare, ma ciò in cui crede lei.

— Questo è vero, — ammise. — I non credenti hanno bisogno dei credenti. Hanno un bisogno disperato che qualcuno creda. Ma mi faccia vedere un santo. Mi dia un solo pelo del corpo di un santo.

Si chinò su di me, l'arcigno viso incorniciato dal velo nero. Cominciai a preoccuparmi.

— Noi siamo qui per prenderci cura di malati e feriti. Nient'altro. Se vuole parlare del paradiso, bisogna che vada a cercare un altro posto.

— Altre suore si mettono abiti normali, — replicai in tono conciliante. — Voi invece vi vestite ancora all'antica. La veste, il velo, le scarpe grosse. Dovete credere alla tradizione. Il vecchio paradiso con il suo inferno, la messa in latino. Che il papa è infallibile. Che Dio ha creato il mondo in sei giorni. Le vecchie grandi cose in cui si credeva una volta. Che l'inferno è pieno di laghi di fuoco, di diavoli con le ali.

— E lei arriva qui dalla strada, coperto di sangue, a dirmi che ci sono voluti sei giorni per fare l'universo?

— Il settimo Lui riposò.

— Per parlare di angeli? Qui?

— Qui, certo. Dove, sennò?

Ero deluso e perplesso, prossimo a gridare.

— E perché non degli eserciti che si batteranno in cielo alla fine del mondo?

— Perché no? Altrimenti, perché lei fa la suora? Perché tiene quel ritratto sulla parete?

Si tirò indietro, con gli occhi pieni di un disprezzo goduto.

— È per gli altri. Non per noi.

— Ma è ridicolo. Quali altri?

— Tutti. Quelli che passano la vita a credere che *noi* crediamo ancora. È il nostro compito nel mondo, credere in cose che nessun altro prende sul serio. Abbandonando tali credenze, il genere umano morirebbe. È per quello che siamo qui. Una minuscola minoranza. Per dare corpo a vecchie cose, vecchie credenze. Diavolo, angeli, paradiso, inferno. Se non fingessimo di crederci, il mondo andrebbe a rotoli.

— Fingere?

— Fingere, proprio. Crede che siamo stupide? Fuori di qui.

— Lei non crede nel paradiso? Una suora?

— Se non ci crede lei, perché io?

— Se lo facesse lei, forse ci crederei anch'io.

— Se lo facessi io, non dovrebbe crederci lei.

— I soliti vecchi garbugli, — dissi. — Fede, religione, vita eterna. Le vecchie grandi ingenuità dell'uomo. Vuole dire che non le prendete sul serio? Che la vostra devozione è una finzione?

— È la nostra finzione a essere una devozione. Qualcuno deve dare l'impressione di credere. La nostra vita non è meno seria che se professassimo una fede autentica, un vero credere. A mano a mano che la fede diminuisce in questo mondo, la gente trova sempre più necessario che ci sia *qualcuno* che crede. Uomini dallo sguardo folle rintanati in grotte. Suore in nero. Monaci che non parlano. Restiamo noi, a credere. Scemi, bambini. Quelli che hanno smesso di credere devono continuare a credere in noi. Devono sempre esserci dei credenti. Gli scemi, gli idioti, quelli che sentono voci, quelli che parlano in lingue incomprensibili. Siamo i vostri mattoidi. Cediamo la nostra vita per rendere possibile la vostra mancanza di fede. Voi siete sicuri di essere nel giusto, tuttavia non volete che la pensino tutti come voi. Non c'è verità senza gli scemi. E le vostre sceme siamo noi, le matte che si alzano all'alba per pregare, che accendono candele, che invocano buona salute e lunga vita dalle statue.

— Lei una vita lunga l'ha avuta. Forse funziona.

Si lasciò sfuggire una risata sonora, mettendo in mostra dei denti talmente vecchi da essere quasi trasparenti.

— Presto non più. Resterete senza le vostre credenti.

— E tutti questi anni avete pregato per niente?

— Per il mondo, testone.

— E non resta nulla? La morte è la fine?

— Vuole sapere quello che credo o quello che fingo di credere?

— Non voglio saperlo. È una cosa tremenda.

— Ma vera.

— Lei è una suora. Si comporti come tale.

— Prendiamo i voti. Povertà, castità, obbedienza. Voti seri. Una vita seria. Senza di noi non potreste sopravvivere.

— Ma dev'esserci qualcuna di voi che non finge, che crede

veramente. So che ce n'è. Secoli di fede non svaniscono in pochi anni. C'erano interi campi di studi dedicati a simili argomenti. L'angelologia. Una branca della teologia soltanto per gli angeli. Una scienza degli angeli. Ne hanno discusso grandi menti. E ce n'è anche oggi. Che continuano a discutere, a credere.

— Lei capita qui dentro dalla strada, tirandosi dietro un cadavere per un piede, e si mette a parlare degli angeli che stanno in cielo. Fuori di qui.

E aggiunse qualcosa in tedesco. Qualcosa che non riuscii a capire. Poi parlò ancora, per qualche tempo, spingendo il viso verso il mio, con parole sempre più aspre, più fradice, più gutturali. Il suo sguardo mostrava un tremendo gusto di fronte alla mia incomprensione. Mi stava cospargendo di tedesco. Una tempesta di parole. E più il suo discorso si prolungava, più lei stessa si animava. Nella sua voce comparve una veemenza gioiosa. Parlava più in fretta, in tono più espressivo. I capillari le scintillavano negli occhi e in faccia. Cominciai a distinguere una certa cadenza, un ritmo calcolato. Decisi che stava recitando qualcosa. Litanie, inni, catechismi. Forse i misteri del rosario. Stava sbeffeggiandomi con una preghiera carica di spregio.

La cosa strana è che tutto ciò lo trovavo bello.

Quando la voce le si affievolì, uscii dal cubicolo e me ne andai in giro finché trovai il medico. *Herr Doktor*, chiamai, sentendomi come un personaggio di un film. Mise in funzione l'apparecchio acustico. Ebbi la mia ricetta, chiesi se Willie Mink si sarebbe ripreso. No, almeno per un po'. Ma non sarebbe nemmeno morto, cosa che gli dava un vantaggio su di me.

Il viaggio verso casa fu privo di eventi. Lasciai l'auto nel vialetto degli Stover. Il sedile posteriore era coperto di sangue. Ce n'era anche sul volante, nonché sul cruscotto e sulle maniglie delle portiere. Lo studio scientifico del comportamento culturale e dell'evoluzione dell'uomo. L'antropologia.

Salii di sopra a guardare per un po' i bambini. Tutti addormentati, brancolanti nei sogni, occhi che si muovevano rapidi sotto le palpebre. Mi misi a letto accanto a Babette, completamente vestito se si escludevano le scarpe, sapendo vagamente che la cosa non le sarebbe sembrata strana. Ma la mia mente continuava a correre velocissima, non riuscivo a dormire. Dopo un po' scesi in cucina a sedermi davanti a una tazza di caffè, a sentire il dolore al polso, l'accelerare delle pulsazioni.

Non c'era altro da fare che aspettare il tramonto successivo, quando il cielo avrebbe avuto il suono grave del bronzo.

40

Fu quel giorno che Wilder montò sul suo triciclo di plastica e poi lo fece girare attorno al nostro lotto di terreno e svoltare a destra in una strada senza uscita, pedalando rumorosamente fino in fondo. Quindi, a piedi, spinse il triciclo aggirando il guard-rail e poi si mise a procedere per una passerella pedonale lastricata che scorreva tortuosa attraverso alcuni lotti di terreno pieni di sterpaglie, fino a una serie di venti gradini di cemento. Le ruote di plastica rimbombavano e fischiavano. A questo punto la nostra ricostruzione lascia il posto al terrorizzato racconto di due anziane signore che stavano guardando dalla veranda sul retro, al secondo piano di un alto edificio tra gli alberi. Fece scendere a piedi il triciclo per tutti i venti gradini, guidandolo con mano ligia al dovere e insensibile al sentimento, lasciandolo sballottare, quasi fosse un fratellino dalla forma strana, non necessariamente amato. Quindi rimontò, attraversò la strada, superò il marciapiede e procedette sulla scarpata erbosa che fiancheggia l'autostrada. A quel punto le due donne si misero a chiamarlo. Ehi, ehi, dissero, piano, sulle prime, non pronte ad accettare le possibili conseguenze della scena che si stava svolgendo davanti a loro. Il bambino pedalò in diagonale giù per la scarpata, così riducendo scaltramente l'angolo di discesa, quindi, giunto in fondo, si fermò per puntare il suo tre ruote verso il punto, sul lato opposto, che sembrava rappresentare la distanza più breve di traversata. Ehi, figliolo, no. Agitando le braccia, in frenetica attesa che comparisse un pedone fisicamente abile. Intanto Wilder, ignorando le loro grida o non sentendole affatto nell'ininterrotto frastuono prodotto dal passaggio di auto e camion, si mise a pedalare attraverso l'autostrada, in preda a una carica mistica. Le due donne non potevano fare altro che assistere, ammutolite, ciascuna con un braccio levato in aria, una sorta di implorazione che la scena si svolgesse al contrario, che il bambino pedalasse a ritroso sul suo giocattolo azzurro scolorito e giallo, simile a una figura dei cartoni animati alla TV del mattino. Gli autisti non capivano bene. Nella loro posizione ingobbita, con le cinture allacciate, sapevano che quella scena non apparteneva alla precipitosa coscienza dell'autostrada, alla corrente modernista del largo nastro d'asfalto. Il senso stava nella velocità. Nei segnali stradali, nelle indicazioni, nelle mezzerie. Che cosa significava quella vaga visione rotante? Una qualche energia mondiale doveva essere andata fuori controllo. Sterzavano, frenavano, suonavano il clacson nel lungo pomeriggio, un tormento animale. Il bambino non sollevò nemmeno lo sguardo a loro, continuando a pedalare diritto verso lo spartitraffico, stretta striscia di erba chiara. Era come pompato, pettoruto, le braccia sembravano muoversi rapide come le gambe, la testa rotonda dondolava in un su e giù di ferrea determinazione. Per montare sullo spartitraffico rialzato dovette rallentare, facendo impennare il triciclo perché la ruota anteriore vi potesse salire, estremamente deciso nei movimenti, seguendo uno schema preciso, mentre i veicoli lo superavano lamentosi, i clacson pigiati, gli occhi degli autisti puntati sullo specchietto retrovisore. Spinse il triciclo sulla striscia erbosa. Le donne lo videro riprendere un assetto saldo sul sellino. Resta lì, gridarono. Non andare. No, no. Come straniere ridotte alle frasi elementari. Le auto continuavano ad arrivare come lippe nella corrente diritta, interminabile del traffico. Il bambino si dispose ad attraversare le ultime tre corsie, calando dallo spartitraffico come il rimbalzare di una palla, ruota anteriore, ruote posteriori. Poi la corsa a testa ondeggiante verso l'altro lato. Le auto scartarono, deviarono, montarono sul cordolo, esibendo teste stupefatte dai finestrini. Il bambino intento a pedalare furiosamente non poteva sapere quanto sembrasse muoversi lentamente dall'osservatorio elevato delle due signore nella veranda. Che ora tacevano, come straniate dall'evento, improvvisamente stanche. Con quale lentezza procedeva, come si sbagliava pensando di essere velocissimo. Le faceva stancare. I clacson continuavano a suonare, onde sonore che si mescolavano nell'aria, appiattendosi, lanciando il loro grido a ritroso da auto ormai scomparse, coprendolo di improperi. Raggiunse l'altro lato, procedette per qualche tempo parallelo al traffico, parve perdere l'equilibrio, cadere, precipitando per il terrapieno in un rotolio multicolore. Quando un secondo più tardi riapparve, era seduto a bagno in un canaletto, parte del corso d'acqua che accompagna intermittente l'autostrada. Confuso, prese la decisione di mettersi a piangere. Gli ci volle un attimo, fango e acqua ovunque, il triciclo ribaltato su un fianco. Le donne ripresero a gridare, sollevando entrambe un braccio per bloccare l'azione. Bambino in acqua, gridavano. Guardate, aiuto, affoga. E il bambino, nel suo trono d'acqua, impegnato a strepitare a tutto spiano, parve averle sentite per la prima volta, sollevando lo sguardo al montarozzo di terra, tra gli alberi, sul lato opposto dell'autostrada. La cosa le spaventò ancora di più. Gridavano e gesticolavano, stavano raggiungendo le fasi iniziali del terrore incontrollabile, quando un automobilista di passaggio, come vengono di solito definiti simili personaggi, si fermò all'erta, smontò dall'auto, si lasciò calare giù per il terrapieno e sollevò il bambino dalla fosca cavità, levandolo alto per farlo vedere alle bercianti anziane.

Continuiamo ad andare al cavalcavia, Babette e io. Babette, Wilder e io. Ci portiamo un thermos di tè freddo, parcheggiamo l'auto, guardiamo il sole tramontare. Le nuvole non costituiscono un deterrente. Anzi, intensificano il dramma, rinchiudono e plasmano la luce. Il tempo molto nuvoloso ha scarso effetto. La luce vi irrompe, formando traccianti e archi fumosi. Anzi, contribuisce allo stato d'animo. Troviamo poco da dirci. Arrivano altre auto, le quali parcheggiano in una fila che raggiunge la zona residenziale. La gente sale per la rampa e arriva sul cavalcavia, portando con sé frutta e noci, bibite fredde, soprattutto quelli di mezza età, gli anziani, alcuni addirittura con seggiole da spiaggia, ripiegate, che aprono sul marciapiede, ma anche coppie giovani, a braccetto lungo il corrimano, con lo sguardo rivolto a occidente. Il cielo assume contenuto, senso, una vita esaltata di narrazione. Le strisce di colore salgono altissime, sembrando a volte scomporsi nelle parti costitutive. Vi sono cieli percorsi da cumuli, leggeri temporali, vaghe strisce di luce. È difficile sapere che fare di fronte a tutto ciò. Alcuni hanno paura dei tramonti, altri decidono di sentirsi esaltati, ma la maggior parte di noi non sa che partito prendere, pronto a entrambe le possibilità. La pioggia non costituisce un deterrente. Anzi, provoca esibizioni di vario ordine, magnifiche sfumature di colore. Arrivano altre auto, altra gente monta arrancando per la salita. Lo spirito di queste serate tiepide è difficile da descrivere. L'aria è pervasa da un senso di aspettativa, che tuttavia non è il brusio ansioso di una folla in maniche corte, da mezza estate, un gioco da spiazzo libero, con precedenti logici, una storia di esiti certi. Questa attesa è introversa, irregolare, quasi riluttante e timida, tendente al silenzio. Che cos'altro proviamo? Vi è certamente timore riverenziale, è tutto timore riverenziale, trascende le primitive forme di timore, ma non è dato sapere se, mentre guardiamo, siamo pieni di meraviglia oppure di terrore, non sappiamo che cosa stiamo guardando né che cosa significhi, non sappiamo se sia un fatto permanente, un livello di esperienza al quale a poco a poco ci adatteremo, in cui la nostra incertezza finirà con il venire assorbita, oppure soltanto una bizzaria atmosferica, che passerà presto. Le sedie pieghevoli vengono spalancate, i vecchi si siedono. Che cosa c'è da dire? Il tramonto indugia e noi con lui. Il cielo è in preda a un incantesimo, potente e leggendario. Di quando in quando un'auto percorre tutto il cavalcavia, muovendosi lentamente, rispettosamente. Altre persone continuano a salire per la rampa, alcune addirittura in sedia a rotelle, contorte dal male: chi le assiste si china per affrontare il dislivello. Non sapevo quante persone handicappate e indifese ci fossero in città, finché le sere tiepide non hanno portato vere folle al cavalcavia. Le auto passano veloci sotto di noi, venendo da ovest, emergendo dal torreggiare della luce, e noi le guardiamo come in cerca di un segno, come se sulle proprie superfici smaltate esse portassero con sé un residuo di tramonto, un appena distinguibile lucore, un velo di polvere rivelatrice. Nessuno tiene la radio accesa o parla in un tono di voce di molto superiore al mormorio. Aleggia qualcosa di dorato, una dolcezza ceduta all'aria. Ci sono persone che fanno passeggiare il cane, bambini in bici, un uomo con macchina fotografica e teleobiettivo, in attesa di questo momento. Soltanto dopo che il buio è calato, mentre gli insetti friniscono nel caldo, cominciamo lentamente a disperderci, timidamente, cortesemente, auto dopo auto, restituiti al nostro io individuale e difendibile.

Gli uomini in tuta di Mylex sono ancora nella zona, con il loro grugno giallo, a raccogliere i tremendi dati, a puntare contro il cielo e la terra i loro strumenti a raggi infrarossi.

Il dottor Chakravarty vorrebbe parlarmi, ma io ho deciso di tenermi alla larga. Ha una voglia matta di vedere come procede la mia morte. Un caso interessante, forse. Vorrebbe inserirmi ancora una volta nell'analizzatore di immagini, dove collidono particelle cariche, soffiano venti di alta quota. Ma io ne ho paura. Ho paura dei suoi campi magnetici, della sua pulsazione nucleare computerizzata. Paura di ciò che sa già di me.

Non rispondo al telefono.

Gli scaffali del supermercato sono stati risistemati. È successo un giorno, senza preavviso. Le corsie sono pervase da agitazione e panico, i volti dei vecchi clienti da smarrimento. Procedono in frammentario stato di trance, si fermano e riprendono ad andare, gruppi di figure ben vestite immobili nelle corsie, cercando di capirne la struttura, di individuarne la logica sottesa, cercando di ricordare dove hanno visto la pappa di cereali. Non ne capiscono il motivo, non ne scoprono il senso. Gli strofinacci per il pavimento adesso stanno con il sapone per le mani, i condimenti sono dispersi. Più anziani sono, uomini o donne, più accuratamente sono vestiti e azzimati. Uomini con pantaloni eleganti e magliette colorate. Donne dall'aspetto incipriato e meticoloso, dall'aria insicura, pronte per un evento carico d'ansia. Svoltano nella corsia sbagliata, scrutano lungo gli scaffali, a volte si fermano di botto, facendosi investire dagli altri carrelli. Soltanto gli alimenti generici sono rimasti dov'erano, confezioni bianche dalle etichette comuni. Gli uomini consultano elenchi, le donne no. Ora vi è un senso di sperdutezza, un umore di incertezza e tormento, di gente dal carattere mite portata all'esasperazione. Esaminano le minuscole scritte sulle confezioni, timorosi di un secondo tradimento. Gli uomini studiano le date, le donne gli ingredienti. Molti hanno qualche problema a distinguere le parole. Stampa alonata, immagini fantasmagoriche. Negli scaffali modificati, nel ruggito dell'ambiente circostante, nel banale e spietato fatto del proprio declino, cercano di farsi strada nella confusione. Ma alla fine non importa che cosa vedono o credono di vedere. Le casse sono attrezzate di cellule fotoelettroniche, che decodificano i segreti binari di ogni articolo, senza fallo. È il linguaggio delle onde e delle radiazioni, ovvero quello per il cui tramite i morti parlano con i vivi. Ed è lì che aspettiamo, tutti insieme, a dispetto delle differenze di età, i carrelli stracarichi di merci colorate. Una fila in movimento lento, gratificante, che ci dà il tempo di dare un'occhiata ai tabloid nelle rastrelliere. Tutto ciò di cui abbiamo bisogno, che non sia cibo o amore, lo troviamo nelle rastrelliere dei tabloid. Storie di fatti soprannaturali ed extraterrestri. Vitamine miracolose, le cure per il cancro, i rimedi per l'obesità. Il culto delle star e dei morti.

Indice